Julie Schumacher

Das leise Klopfen deines Herzens

Unverkäufliches Leseexemplar.
Bitte keine Rezensionen vor dem
6. Februar 1997.

Julie Schumacher

Das leise Klopfen deines Herzens

Roman

Aus dem amerikanischen Englisch
von Claudia Feldmann

Paul List Verlag
München · Leipzig

Die Originalausgabe erschien 1995 unter dem Titel
The Body Is Water *im Verlag Soho Press Inc. in New York*

ISBN 3-471-78757-7

Paul List Verlag GmbH & Co. KG München

Satz: Franzis Druck GmbH, München
Druck und Bindung: GGP, Pößneck

Inhalt

Für Lawrence,
der das Licht brennen läßt,

und für Emma und Isabella,
die schliefen.

1. *Juni*

Im dritten Monat schwanger und nicht verheiratet, saß ich mit meinem Vater, mit dem ich fünfzehn Jahre lang nicht klargekommen war, am Küchentisch. Da ich ihm noch nichts von der Schwangerschaft erzählt hatte, tranken wir ganz friedlich unseren Tee und schauten hinaus aufs Meer, das grau schimmerte und für die Jahreszeit überraschend warm war.

Er hatte mich nicht gefragt, warum ich gekommen war. Morgens um halb sieben hatte er die Verandatür geöffnet, um die Zeitung hereinzuholen, und da saß ich auf dem Milchkasten, verschwitzt und erschöpft, von oben bis unten voller Krümel von zahllosen Salzkräckern. Ich sah auf. «Ich bin's, Dad.»

Ich war stundenlang durch die Dunkelheit gefahren, hatte mich, den Black Horse Pike vermeidend, auf Nebenstraßen im Zickzackkurs Richtung Südosten bewegt, als ob mich ein defekter Autopilot nach 5025 Amanda, Sea Haven, New Jersey gelenkt hätte. Ich umklammerte das Steuer und fuhr – die Städte wurden kleiner, die Kiefern immer dürrer und mickriger, bis ich bei Anbruch der Dämmerung das Salz riechen konnte, die toten Muscheln und Krebse, das pulsierende, rollende, in allen Farben schillernde Meer.

Ich stellte den Wagen ab und stieg die Stufen zur Veranda hinauf, die spürbar nach rechts absackte, und ich fühlte, wie Trägheit und Unschlüssigkeit sich wie Weinranken um mich schlangen. Das Haus zwischen mir und dem Sonnenaufgang über dem Meer, sah ich vor meinem inneren Auge, wie mein Vater in seinem blaugrauen Schlafzimmer mit einem Knurren aufwachte, mit seinem gichtigen Knöchel auf das Thermometer an der Wand klopfte und den neuen Tag mit Flüchen über die ganzen Versager, Trottel und Idioten begann, über die Radio Sea Haven in den Nachrichten berichtete. Ich sackte auf dem Milchkasten zusammen und fragte mich, ob es eine gute Idee gewesen war, hierher zu kommen.

«Ach, sieh einer an», sagte er. Er hob die Zeitung auf, zog den Gürtel seines Bademantels fester zusammen und ging wieder ins Haus. Mein Vater ist ein asymmetrischer Mensch. Das rechte Ohr steht seit einem Unfall in seiner Kindheit starr vom Kopf ab, und sein linkes Bein ist kürzer als das rechte. Ich folgte ihm über den sandfarbenen Teppich in die Küche, wo er einen schwarz angelaufenen Kessel auf den Herd stellte und so tat, als sähe er gar nicht, daß ich am Tisch saß und mir die Augen rieb. Er überflog im *Sea Haven Herald* die Seite mit Nachrichten aus aller Welt und dachte laut über ein Zugunglück in Kolumbien, einen Krawall in Pakistan und einen zwölfjährigen britischen Jungen nach, der seine Mutter umgebracht und dann das Haus angezündet hatte, in dem sie ihn zwölf Jahre lang mit Essen und Kleidung versorgt hatte.

«Hast du Tee im Haus?» fragte ich.

Er zuckte mit den Schultern, während er vermutlich nach einem Aufhänger für seine Lieblingsthemen suchte: korrupte Politiker, die Apokalypse, Ebbe und Flut, Müllentsorgung in Städten am Wasser, die Nutzlosigkeit jeglicher Theorie, Tod durch Erhängen und den elektrischen Stuhl, Wirbelstürme und die Wahrscheinlichkeit, daß eine Atombombe zwischen den schmalen Inseln im südlichen Jersey eine Flutwelle in unmittelbarer Nähe seines Hauses auslösen würde.

«Du hast Glück, daß das Haus überhaupt noch steht.» Mein Vater schwenkte einen Teebeutel in seiner Tasse und legte genüßlich mit seiner Weltuntergangs-Stimme los: «1948 hat das ganze Erdgeschoß unter Wasser gestanden. Die Bucht und das Meer liefen hier ganz in der Nähe zusammen. Die paar Leute, die sich überhaupt raus getraut haben und noch nicht mit dem Gesicht nach unten in der Strömung gelandet waren, mußten wie Gondolieri durch die Straßen paddeln.»

Ich wischte seine Bemerkungen beiseite. «Ich weiß, ich kenne die Geschichte.»

«'69 haben wir dreißig Meter Strand verloren. Eine Viertelstunde, und weg war er. Wir können jederzeit bis hinter die Sandbank gespült werden.»

Ich bezweifelte, daß mein Vater überhaupt wußte, wo die Sandbank war. Er ging fast nie ins Wasser, doch da er am Meer lebte, war er Fatalist und glaubte an die Feindseligkeit der Natur, das Ende der Dinge.

Ich hörte, wie Mr. Denzer, der die untere Etage gemietet hatte, seine Teppiche saugte. Das tat er fast jeden Morgen, und zwar in aller Herrgottsfrühe. Mr. Denzer war an der High-School mein Sportlehrer gewesen. Hinter seinem Rücken nannten wir ihn Mister Saubermann.

Mein Vater nahm zwei Pappteller aus dem Kühlschrank (dort waren sie vor den Ameisen sicher) und zwei Gabeln aus der Schublade, damit war der Tisch gedeckt. Er trank aus einem angeschlagenen weißen Becher mit der Aufschrift «Greg H.». Den hatten Bee und ich ihm geschenkt, als wir noch klein waren – ich weiß nicht, warum wir keinen mit «Dad» gekauft haben.

«Vermutlich bist du überrascht, mich hier zu sehen», sagte ich, während er einen Berg noch glibbriger Eier in einer Pfanne schwenkte.

«Schon möglich.» Er streute soviel Pfeffer und Salz über die Eier, daß sie ganz grau wurden.

«Ich werde wohl nicht sehr lange bleiben. Falls dich das interessiert.»

«Tut es nicht. Ihr Mädels könnt machen, was ihr wollt. Ich schreibe euch bestimmt nicht vor, wann ihr kommen oder gehen sollt.»

«Es ist immerhin dein Haus, Dad.»

«Natürlich ist es meins. Wem zum Teufel sollte es wohl sonst gehören? Dschingis Khan vielleicht?» Er setzte sich an den Tisch, teilte die Eier zwischen uns auf und hievte den Plastikmülleimer auf einen Stuhl neben sich. Er liebte es, Abfall in den Eimer zu werfen, während er sich durch eine Mahlzeit futterte: Papierservietten, Pappteller, Brotkrümel. Er benutzte fast ausschließlich Pappteller. Er hätte auch Papptöpfe benutzt, wenn es die gäbe.

«Dad», sagte ich, «nimm den Mülleimer vom Tisch. Das ist unhygienisch. Außerdem wird mir schlecht davon.»

Er lehnte sich zurück, bis die vorderen Stuhlbeine ein gutes Stück über dem Boden schwebten, so daß er ohne aufzustehen den Kühlschrank öffnen konnte. Er griff nach Butter und Marmelade. «Wer besucht hier wen? Du warst schon immer eine Mimose.» Aber er stellte den Eimer auf den Boden zurück. «Da kommst du mich also besuchen, einfach so. Sachen gepackt und los. Kein Problem, wir lassen den Job einfach sausen und –«

«Im Sommer unterrichte ich nicht. Habe ich noch nie gemacht.»

«Nein, du machst dir deinen eigenen Stundenplan. Jedenfalls hast du dir den richtigen Moment ausgesucht: unser Spunk hier hat auch 'ne kleine Reise vor.» Er deutete mit dem Kopf auf die unförmige schwarze Masse zu seinen Füßen. Unser alter Hund, ein Labrador-Pudel-Mischling, lag auf dem kühlen Linoleum, die Beine von sich gestreckt, die Genitalien platt auf den Boden gedrückt.

«Was ist mit ihm?»

Mein Vater machte eine Bewegung, als schnitte er sich die Kehle durch. «Herzschwäche, Arthritis und Gott weiß was. Er kriegt jeden Tag drei Tabletten. Die Uhr läuft ab, Stunde um Stunde. Sein Leben hängt nur noch an seiner haarigen Schwanzspitze.» Er strich Butter auf ein Stück Brot, versteckte eine wenig vertrauenerweckende blaue Tablette darin und warf den Brocken zu Spunk hinüber, der mühevoll die paar Zentimeter darauf zurutschte, ohne Kopf oder Körper vom Boden zu heben. «Als deine Mutter zum zweiten Mal im Krankenhaus lag, hab ich zu ihr gesagt: ‹Wenn du mir jetzt wegstirbst, dann fahr ich als erstes mit hundert Sachen nach Hause und bring diesen Köter um.›»

«Das war anscheinend gelogen», sagte ich.

Ich bemühte mich, ein wenig Mitleid für den Hund aufzubringen, aber keiner in der Familie hatte ihn je gemocht. In dieser Hinsicht war er wie ein Verwandter – wir hatten ihn am Hals, ob wir wollten oder nicht. Meine Mutter hatte ihn verletzt und ausgesetzt auf einem der Fußwege gefunden, die runter zur Bucht führten. In einem ihrer Anfälle von echter Anteilnahme – bei denen Bee und ich uns immer sehnlichst wünschten, daß sie uns mal treffen würden – hatte sie ihm Tatar mit rohem Ei zu fressen gegeben und ihn draußen in der Sonne in ihrem eigenen Shampoo gebadet; trotzdem war er abweisend und verschlossen geblieben. «Schaut nur, er sieht schon viel glücklicher aus», hatte meine Mutter gesagt, als der Hund seine Lefzen hochzog. Es blieb dann meinem Vater – der ihn am wenigsten leiden konnte – überlassen, ihn zweimal täglich im Sumpfland auszuführen, und er riß jedesmal an der Leine, wenn Spunk stehenblieb, um sich mit toten Ratten, Katzenscheiße oder irgendwelchen Fliegen zu beschäftigen.

«Ich kannte mal einen», begann mein Vater und stupste den Hund mit seinem Kordpantoffel, «der hat sich frei genommen, wann immer ihm danach war. Hat sein Leben gelebt, wie es ihm paßte – hat gearbeitet, wenn er Lust dazu hatte, und zu Hause rumgesessen, wenn nicht.» Er machte eine effektvolle Pause. «Das war eines der ärmsten Schweine, die ich je gekannt hab.»

«Schulen sind im Sommer nun mal geschlossen», sagte ich. «Ich krieg das nicht runter. Unglaublich, daß ein Mensch in deinem Alter nicht in der Lage ist, ein Spiegelei zu braten. Ich leg mich erst mal hin. Laß uns später weiterreden.»

Sichtlich verärgert wischte mein Vater mit seinem Unterarm die Krümel vom Tisch. Tagsüber schlafen war seiner Meinung nach etwas für Ausländer, Sozialhilfeempfänger und Kranke. «Schlaf soviel du willst. Solltest du bis morgen mittag wieder wach sein, spielen wir 'ne Runde Golf zusammen. Ich zeig dir, was sie aus dem Back Nine gemacht haben.»

«Ich spiele kein Golf mehr. Das weißt du genau.»

«Alles, was ich weiß, ist, daß du ein beachtliches Talent wegwirfst, ganz zu schweigen von jahrelanger harter Arbeit und dem intensiven Training, das dein Vater dir bezahlt hat. Aber du sitzt ja lieber in einem schmuddeligen Mietshaus und hörst deinen Nachbarn zu, wie sie sich die Köpfe einschlagen, als an die frische Luft zu gehen und dich zu amüsieren. Na ja, so ist unser Spiel wenigstens ein bißchen ausgeglichener.» Ich sah, wie er die Dose mit Spunks Medikament öffnete und sich selbst eine Tablette auf die Zungenspitze legte. «Ich bin ganz schön steif geworden.»

Seit der ersten Sekunde, in der mich der Verdacht beschlichen hatte, ich könnte schwanger sein, litt ich unter plötzlichen Anfällen von Übelkeit und Verzweiflung. In diesem Moment kämpfte ich gegen beides an. «Du bist nie zufrieden mit mir, egal was ich tue.»

Spunk drehte seinen Kopf in meine Richtung. Es sah aus, als wären seine Lidränder nach unten gerutscht und hingen jetzt schlaff unter den Augen; die Haut war zu groß für sein Gesicht geworden. Seine Zähne waren mit zähflüssigem Speichel überzogen, und sein Zahnfleisch war schwarz.

«Zufrieden?» Mein Vater spülte die Tablette mit seinem Tee hinunter und kratzte sich am Kopf. «Was hättest du davon, wenn ich zufrieden wäre? Das ist nicht mein Job.»

Ich schob meinen Stuhl zurück, ging durch die Hintertür nach draußen und atmete den Geruch meines früheren Lebens ein. Vor vier Jahren, als ich meinen Abschluß in Pädagogik gemacht hatte, hatte ich einen Job in Cincinnati, zwölf Stunden von hier, angenommen. Ich hatte keinen besonderen Grund, nach Ohio zu gehen – es gab andere freie Stellen näher an Zuhause –, aber es schien mir eine gute Gelegenheit, etwas Neues auszuprobieren. Allerdings mochte ich den Rektor nicht besonders und kündigte wieder. Das Jahr danach unterrichtete ich in der Umgebung von Pittsburgh – in einer harmlosen Vorstadtschule –, doch ich fand den Monongahela so deprimierend, daß ich erneut meine Sachen packte und nach White Plains, New York, wechselte, wo ich von einem wütenden Schüler ausgeraubt wurde. Schließlich kam ich mit viel Glück und durch eine Empfehlung, die ich nicht verdient hatte, an einen wirklich guten Job in Philadelphia, zu einer Schule mit richtig viel Geld. Intelligente Schüler, flexibler Stundenplan, gute Bezahlung. Trotzdem wußte ich nach dem ersten

Halbjahr, daß ich nicht bleiben würde. Es war immer das gleiche: Man bot mir eine Verlängerung des Vertrags an, und alles wies darauf hin, daß ich unterschreiben würde, aber ein paar Tage später wachte ich dann in einer dieser unpersönlichen Wohnungen auf, die nicht so aussahen, als würde irgend jemand, den ich kannte, darin wohnen können, und warf den ganzen Papierkram in den Müll. Mit jedem neuen Posten wurde der Abstand zum Haus meines Vaters geringer, als wenn mich die Strömung nach Sea Haven zurückziehen würde.

Sea Haven war eigentlich eine schöne Inselstadt. Etwa zweihundert Meter hinter dem Haus meines Vaters lag der Atlantik, oder zumindest die paar Kilometer, die ich davon kannte, und zu dieser Jahreszeit war er noch ziemlich unberührt von Rettungsschwimmern, Gummibooten, Strandliegen, Plastikeimern und Großfamilien aus den Vorstädten rund um Philadelphia. Es war die Vorsaison, in der die hier ansässigen Familien, wie wir es waren, sich gegen überfüllte Geschäfte, Parkplatzprobleme in der eigenen Einfahrt, kleinere Diebstähle, Überfälle und den einen oder anderen Ertrunkenen am Pier wappneten. Mein Vater haßte den sommerlichen Trubel. Als wir klein waren, hatte er meiner Schwester und mir beigebracht zu pfeifen, sobald jemand die Abkürzung durch unseren Garten nahm. Er schoß dann hinter einer Hausecke hervor – meistens trug er eine alte Anzughose, deren Beine er über dem Knie mit der Gartenschere abgeschnitten hatte – und schickte die überraschten Missetäter um den Block herum, wo sie dann gezwungen waren, auf einem glühendheißen, als öffentlich gekennzeichneten Asphaltweg zum Strand hinunterzugehen. Damals hatten die Sommergäste nur wenig zu sagen, inzwischen waren die festen Inselbewohner allerdings in der Minderheit.

Das Privileg, ein Haus direkt am Strand zu haben,

äußerte sich vor allem darin, daß wir den Strand so gut wie nie benutzten. Wir saßen auf den Planken oberhalb der Uferbefestigung und beobachteten die Strandbesucher aus etwa zwei Meter Höhe. Wenn ihre Drachen oder Bälle auf unserem Grundstück landeten, gestatteten wir ihnen, die Treppe vom Strand hochzuklettern und sich ihr Spielzeug zurückzuholen, aber wir warfen sie ihnen nie zu.

Der Strand war beliebt, weil er feinsandig, flach und breit war; bei Ebbe konnte man auf dem feuchten Sand Tennis spielen. Außerhalb der Saison sah der ausgedehnte, saubere, weiße Streifen aus wie eine riesige verlassene Bühne. Die meisten Menschen erinnern sich an Häuser oder ein bestimmtes Viertel, in dem sie aufgewachsen sind; die prägenden Erlebnisse ihrer Kindheit hatten sie in Wohnungsfluren, frisch gestrichenen Hobbykellern, auf dicht bepflanzten Friedhöfen, in Scheunen oder in Einkaufspassagen am Stadtrand – an Orten mit klar umrissenen Grenzen, die eine Stunde oder einen Nachmittag umfassen. Meine Kindheit hingegen spielte sich im Freien ab. Eine einzige Reihe Häuser auf der einen Seite und ansonsten ein endloser, unbestimmbarer Raum. Natürlich gab es Orientierungspunkte – den Pier für die Fischer, die Strandpromenade, die regelmäßig über den Strand verteilten Häuschen der Rettungsschwimmer –, doch das waren nur Markierungen, keine Grenzen. Wenn wir nachts am Strand entlanggingen, konnten wir unseren Standort anhand der Lichter von den Häusern und der Form der erleuchteten Fenster ausmachen: der Eckturm gehörte zu den Dohertys, die kleinen viereckigen Fenster zu den Flynns auf der Daniel Street und die rechteckige, bunte Glasscheibe zu Mrs. Borgs Haus. Unser Leben schien ununterbrochen in einer Richtung zu verlaufen. In gewisser Hinsicht wurden wir dadurch in die Irre geführt. Wenn man am Meer aufwächst, fehlt einem der Sinn für Grenzen, für die Endlichkeit eines Geschehens. Wir glaubten nicht an einen Anfang oder ein Ende oder an den Tod.

Überrascht von der Winzigkeit unserer Stadt, fragen Leute, die nach Sea Haven kommen, oft, wie es ist, in einem kleinen, in sich abgeschlossenen Ort zu wohnen, in dem alle Straßen eben und gerade sind und alle Häuser (insgesamt dreitausendvierhundert) quadratisch. Sie merken nicht, daß es unterschiedliche Viertel gibt, die für die Bewohner hier genauso verschieden sind wie Brooklyn und Manhattan. Achtundsechzig Blocks lang und viereinhalb Blocks breit, beginnt Sea Haven im Süden bei Sandy Point, öffnet sich dann, umschließt das Spielfeld der Fighting Cougars und das Gelände der Freiwilligen Feuerwehr und läuft schließlich im Norden der Insel, kurz hinter der Strandpromenade und dem Hafen an der Bucht wieder zusammen. Wir haben hier ein großes Hotel mit vierundsechzig Zimmern, das «Carlotta» – benannt nach einem Schiffswrack –, und «Linders», das Kaufhaus, das mein Vater früher geführt hat. Wenn wir uns als Kinder gegenseitig fragten, wo wir herkamen, haben wir nie Straßennamen, sondern immer das jeweilige Viertel angegeben: «Zentrum», «Hafen» oder «Bucht», «Sandy Point», «Südstrand» oder «Sumpfland». Ich gehörte zu den wenigen Kindern, die direkt am Meer wohnten, wo sonst fast nur Sommerhäuser standen. Die Familien, die ständig hier lebten, wohnten größtenteils am Hafen, wo sie ihre Fischerboote liegen hatten, oder in der Mitte der Insel, jeweils zwei Häuserblocks vom Meer und von der Bucht entfernt.

Sea Haven war unterteilt nach Einwohnern und Urlaubern oder, offensichtlicher noch, nach alten Häusern und neuen – sprich: teuren, modernen und merkwürdig geformten Apartmenthäusern, die nach Ansicht ihrer Besitzer in die Gegend paßten, weil sie sie mit «heimischen» Pflanzen herausgeputzt hatten. Zwischen den Steingärten überwucherten Tigerlilien, Zwergkiefern und Rohrkolben ihren Rasen. Ihre Holzhäuser strotzten nur so von Balkons, Veranden, riesigen Fensterfronten und Terrassen, die mit Getränkekästen und Sonnenschirmen zugestellt waren. Die hier Ansässigen hingegen bevorzugten Backsteinhäuser ohne Veranda oder Terrasse, denen sie meist dunkle Markisen verpaßten, um die Sonne und mögliche Besucher abzuwehren. Ihre Eingangstüren waren mit der amerikanischen Flagge und dem Adler geschmückt, und die Liegestühle standen nicht zum Wasser, sondern zur Straße hin, so daß die darin Sitzenden beobachten konnten, wer in die Stadt kam oder hinausfuhr. Die Vorgärten waren entweder mit ein paar salzigen Grashalmen bewachsen, oder die Bewohner hatten jegliche Gartentätigkeit aufgegeben und ihr Grundstück mit Plastikrehen, Springbrunnen und Steinen dekoriert.

«Wie wär's mit einem Rundgang über das Grundstück?» Mein Vater stand hinter mir, inzwischen zwar angezogen, allerdings etwas ungewöhnlich in schwarzen Smokinghosen und einem gelben Sweatshirt. Seitdem er – nicht gerade begeistert – als Geschäftsführer von Linders in Pension gegangen war, weigerte er sich, die Läden durch den Kauf neuer Kleidung zu unterstützen. Fast alles, was er trug, hatte zuvor seinem Vater gehört, die Anzüge und Hemden lagerten in uralten Kleiderbeuteln auf dem Dachboden.

Wir stiegen die wackelige Außentreppe hinunter, die mein Vater und ich vor fünfzehn oder sechzehn Jahren nach einem Orkan wieder aufgebaut hatten. Am Morgen nach dem Sturm waren wir von einem Motel in Vineland nach Sea Haven zurückgekehrt und hatten festgestellt, daß einige Häuser verschwunden waren. Unseres sah zwar auch etwas mitgenommen aus, stand aber noch – bis auf die Treppe, die einen Block weiter in einem Wohnzimmer gelandet war. Meinem Vater schien es zu gefallen, daß sie es aus eigener Kraft so weit geschafft hatte. Am unteren Ende der Treppe war ein krummes, schief angebrachtes Brett – die einzige Stufe, die ich selbst gebaut hatte. Ich hatte keine Lust mehr gehabt, die Dose mit den Nägeln und die Wasserwaage zu halten, auf dem Gehweg zu stehen und meinem Vater beim Fluchen zuzuhören, also hatte ich, als er weg war, eine Stufe ausgemessen und eingesetzt. Er ertappte mich bei dem Versuch, das Brett wieder herauszunehmen, weil ich gesehen hatte, daß es schief war, nahm aber einfach den Hammer und nagelte es wütend fest, als bleibendes Zeichen meiner handwerklichen Fähigkeiten. «Die Stufe hier, die hat Jane gemacht», pflegte er später zu sagen und legte sein ganzes Gewicht auf das Brett, so daß es knarrte. Wenn wir Besuch bekamen, stellte er ein Schild mit der Aufschrift VORSICHT! am Fuß der Treppe auf.

Der Garten hinter dem Haus war wie immer zentimeterhoch mit Sand bedeckt. Die Terrasse oberhalb der Uferbefestigung sollte eigentlich verhindern, daß der Sand vom Strand hochgeweht wurde, aber es hatte nie etwas genützt – das kleine Rasenstück bestand nur noch aus einer Handvoll Disteln, die zwischen den Dünen ums Überleben kämpften. Unsere Nachbarn zu beiden Seiten hatten einen Bilderbuchrasen, aber nur deshalb, weil sie sich jedes Jahr für viel Geld den Sand von einem Schaufellader abtragen und Grasmatten von einem Ende des Grundstücks zum andern legen ließen. Jedes Jahr Mitte August waren ihre Pflanzen eingegangen, der Rasen weiß vom Salz, das Immergrün voller Sand und die Geranien in der Sonne gewelkt. Im Mai darauf fingen sie wieder von vorne an. Die Benedettis auf der linken und die Cranes auf der rechten Seite verstärkten ihre Zäune zu uns hin, indem sie Plastikfolien zwischen die

Pfosten spannten, damit der Sand nicht zu ihnen herübergeweht wurde. In regelmäßigen Abständen boten sie uns an, auch unser Grundstück reinigen zu lassen, aber mein Vater wollte nichts davon wissen. Er sagte, der Sand käme sowieso immer näher und mit ihm die See, Zentimeter für Zentimeter, und wer würde schon auf die Idee kommen, sich draußen hinzustellen und das Wasser mit einem Plastikeimer zurück ins Meer zu schütten?

Wir standen auf der Terrasse und blickten auf die Küstenlinie, die mit großen zweistöckigen Apartmenthäusern zugebaut war, so nah nebeneinander, daß man durch die Schlafzimmerfenster vom einen zum anderen klettern konnte.

«Es sieht ziemlich modisch aus», sagte ich, «mehr wie ein Ferienort. Die Häuser, die ich noch kenne, werden von Jahr zu Jahr weniger.»

«Es sieht aus wie von blinden Epileptikern entworfen», knurrte mein Vater. «Wenn du öfter hier wärst, würdest du mitkriegen, wie die Dinge laufen.»

«Erzähl mir den neuesten Klatsch.»

Er zuckte die Schultern. «Immer das gleiche, nur schlimmer. Leute, von denen man's am wenigsten erwartet hätte, verkaufen. Meistens läuft's wie bei Murphy. Die Kinder kommen zurück und sehen zu, daß sie ihre Eltern loswerden – schubsen sie im Rollstuhl die Treppe runter und rufen am nächsten Tag den Makler an.»

«Murphy hat sein Haus verkauft?» Mitgefühl für meinen Vater und für Murphy stieg in mir auf. «Das kann doch nicht wahr sein.»

«Warum nicht? Nach seinem Herzanfall hat seine Tochter es für ihn verkauft, direkt vor seiner Nase. Unterschrieben hat er im Krankenhaus, als er noch halb benebelt war.»

«Karen Murphy? Die ist jünger als ich.»

«Fett ist sie», sagte mein Vater. «Und blöde noch dazu.

Sie hat unter Preis verkauft. Für weniger als Hundertachtzigtausend, und gleich am nächsten Tag wurd's abgerissen. Das Ding, das sie statt dessen hingestellt haben, vermieten sie für Zweitausendfünfhundert pro Woche. Sieht aus wie 'ne überdimensionale Hundehütte.»

«Und wie geht's Murphy?»

«Hat 'ne Narbe wie 'ne Eisenbahnschwelle. Er hat seinen Wohnwagen in Marmora stehen und kommt nicht mehr her.»

«Ist wahrscheinlich besser so.» Murphy war der beste Freund meines Vaters, ein liebenswerter, rundlicher Mann, der oft auf unserer Terrasse gestanden und den Kopf über die neuen Häuser geschüttelt hatte, die das Ufer verschandelten. «Guck dir bloß die Typen an, Greg», sagte er dann. «Die haben keine Ahnung, wer hier wirklich Geld hat.» Als Elektriker im Ruhestand hatte Murphy reichlich davon, wußte aber wahrscheinlich nicht, wie er es ausgeben sollte. Eine ganze Zeit lang war er, mit einem Kochtopf, Streichhölzern und einem Hammer versehen, regelmäßig nach Sandy Point gefahren, um Schwimmkrabben mit einem leichten Schlag zwischen die Augen zu töten.

Fast alle Freunde meiner Eltern hatten verkauft und waren ins Landesinnere gezogen. Sie hatten ihre Häuser für fünfzehn- oder zwanzigtausend gekauft, und die Versuchung, sie zwanzig Jahre später für das Zehnfache zu verkaufen, war zu groß – schließlich hatten sie Kinder, die aufs College wollten, oder eine Pension, die aufgestockt werden mußte. In der ersten Zeit kamen sie noch gerne am Wochenende mit ihren nagelneuen Autos, die sie sich von dem Verkauf geleistet hatten, zurück, doch die Besuche wurden immer seltener, weil sie sich in ihren Chevies neben den Jaguars und Mercedes und angesichts der hoch aufragenden Häuser aus Redwood, die ihre alten ersetzt hatten, lächerlich vorkamen. Ein paar von den alten Freunden meiner Eltern kamen noch ab und an zu Besuch und saßen dann unglücklich in ihrer häßlichen Stadtkleidung auf unserer Terrasse, tranken eisgekühltes Dosenbier und weigerten sich, nach rechts oder links zu schauen. Sie starrten auf das Meer hinaus, als hofften sie darauf, daß es ansteigen und sie alle mit sich reißen würde. Murphy hatte es mit seinem Wohnwagen bestimmt besser getroffen.

«Ich schubse dich bestimmt nicht im Rollstuhl die Treppe runter, Dad.»

«Brauchst du vielleicht auch gar nicht. Wenn die Raten weiter so steigen, kann ich die Versicherung sowieso bald nicht mehr bezahlen.» Er betrachtete das Haus. «Und genau deshalb tauchen diese Trottel von Jason Realty alle paar Monate hier auf. Manchmal rufe ich sie sogar selber an. ‹Hey›, sag ich, ‹warum schickt ihr nicht mal wieder 'n paar von euren Schwachköpfen rüber?› – und die kommen dann tatsächlich. Sie schleichen mit ihren Listen durchs Haus und bieten mir fünftausend mehr als beim letzten Mal. Ich glaube, wir sind jetzt bei zweihundertfünfundvierzig.» Er schüttelte den Kopf. Obwohl sein Gesicht schmal war, hatte er mittlerweile Hängebacken. «Guck dir dieses Plätzchen an. Mir wird richtig warm ums Herz, wenn ich sie in ihren Anzügen schwitzen sehe. Dreihunderttausend sollen die mir bieten, und das an dem Tag, an dem es zusammenfällt.»

«Du verkaufst es doch sowieso nicht.» Das Haus war eines der wenigen Dinge, bei denen mein Vater und ich einer Meinung waren. Bee und meine Mutter hatten sich immer wieder über den absackenden Küchenfußboden und die ständig feuchten und sandigen Teppiche beschwert, mein Vater und ich jedoch liebten die Ecken und Winkel, die Fenster, die in Kniehöhe anfingen und bis fast unter die Decke reichten, und den gemauerten Kamin mit den Initialen meines Großvaters. Mein Vater und das Haus waren mit der Zeit zusammengewachsen.

«Nein, die Indianer hatten schon recht.» Er kletterte von der Terrasse hinunter in den Garten. «Die Lenni-Lenape. Sie sind von hier weggezogen, weil es nutzloses Sumpfland ist. Nichts als Sassafras und Muscheln. Früher oder später muß ich verkaufen. Wie sollst du sonst zu deinem Erbe kommen?»

«Ich könnte mir ja was von Karen Murphy leihen.»

«Ha!» Er drehte sich zu mir um und grinste. Bee meinte, die ständig steigenden Immobilienpreise machten meinen Vater nervös; der Gedanke, in einem Loch zu hausen, das eine Viertelmillion wert war, und das noch dazu auf einem Stück Land, das in zwanzig Jahren vielleicht gar nicht mehr existieren würde, gäbe ihm das Gefühl, nur noch eine Witzfigur zu sein. Vielleicht war es seine Art der Reaktion auf diese groteske Situation,wenn er die Reparaturen am Haus stets so durchführte, daß es hinterher schlimmer aussah als zuvor. Es war ihm völlig egal, ob die neu aufgetragenen Farben zum Außenanstrich paßten, und zum Abstützen der Veranda, die trotz allem immer wieder absackte, nahm er lauter unterschiedliche Balken. Das Haus war hellblau, grau und aquamarin gestrichen, und an den weißen Fenstern und den beiden Außentreppen, die im Zickzack zum ersten Stock führten, blätterte die Farbe ab. Auf dieser Höhe lief, an der Vorderseite des Hauses offen, auf der Rückseite verglast, ein Balkon ums Haus. Zur Meerseite hin war der Dachboden in der zweiten Etage um eine graugestrichene Veranda verlängert. Vor dem Haus stand eine verrostete Dusche zum Füßewaschen, und oberhalb der Fenster, die zum Strand hinausgingen, waren drei Möwen aus angelaufenem Kupfer angenagelt. Neben den von Architekten entworfenen Luxusheimen rechts und links sah unser Haus wie eine armselige Hütte aus.

Auf dem Weg zum Gehsteig hob mein Vater eine zerbrochene Schindel auf. «Willst du mal 'nen Blick auf das Fundament werfen?»

«Nicht jetzt.»

«Ach komm schon. Versuch doch zur Abwechslung auch mal was zu lernen.» Er ließ sich auf alle viere nieder, legte den Kopf auf den Gehweg und starrte auf die Erde und die Pfähle in der Dunkelheit unterhalb des Hauses. «Siehst du die Stützbalken? Einer davon ist total verrottet. Ich hab ein paar Hohlblocksteine dazwischengeschoben, aber die halten wahrscheinlich nicht lange.»

Obwohl ich stehengeblieben war, wurde mir von dem Geruch nach Erde und Schimmel schlecht. Ich fragte mich, ob mein Vater mich wohl aus dem Haus werfen würde, wenn ich ihm erzählte, daß ich schwanger war. Auch wenn es mir nicht gutgehen würde, mußte ich einfach hier sein, wo meine Kindheit und alle meine Erinnerungen wie Fossilien in altem Gestein konserviert waren.

«Dein Großvater konnte sich noch daran erinnern, wie das Haus gebaut wurde. Er hat auf einem Stoß Eisenbahnschwellen gestanden und zugeschaut, wie sie die Pfähle in die Erde gerammt haben.»

Ich versuchte mir meinen Großvater im Alter von zwölf Jahren vorzustellen, wie er, in kurzen Hosen und dazu passender Jacke, lässig den italienischen und irischen Arbeitern zusah, die ein paar Meter vom Meer entfernt in der Mittagssonne schwitzten. Er war in dem Haus aufgewachsen, als es ganz neu war, und darin gestorben, bevor Bee und ich überhaupt geboren waren. Vier Generationen unserer Familie hatten diesen Ort bewohnt, sich darin gestritten und es immer wieder geschafft, sich gegenseitig die Tage zu vermiesen, und das alles mit Blick auf das Meer und die krachenden Wellen, die jedes Jahr ein wenig näher kamen.

«Ich muß mich übergeben», sagte ich und tat es auch prompt, quer über den Gehweg und auf die Plastikplane zwischen den Pfosten in Benedettis Zaun. Ich beugte mich vor, stützte mich mit den Händen ab und erbrach Salzkräcker und Eier, Traubensaft und Brot. Als alles raus war, ging es mir gleich wieder gut. Ich wischte mir die Augen. «Tut mir leid, Dad.»

Er hockte immer noch auf dem Boden. «Schon gut.» Langsam stand er auf und sah sich die Bescherung an.

«Tut mir leid», wiederholte ich. Wir standen vor den Fenstern des Erdgeschosses, auf Augenhöhe mit Mr. Denzels Küche.

«Da werd ich wohl den verdammten Gartenschlauch anschließen müssen.» Er schüttelte den Kopf. «Klopf mal an und frag, ob Bill 'ne Scheuerbürste und Seife hat.»

«Ich hol was von oben.»

«Nein, Bill hat 'nen ganzen Schrank voller Zeug.» Mein Vater drückte die Nase ans Fenster. «Bill!»

«Dad, bitte. Ich bin schon unterwegs.» Ich hatte Angst, daß mir von der Hitze und dem Geruch nach Erbrochenem wieder schlecht würde, und ging deshalb schnell zur Treppe hinüber, wo ich rasch meine Kleider musterte. Bill Denzer kam diskret mit einer blitzsauberen Scheuerbürste, etwas Seife und einem Eimer von der Vorderseite ums Haus. Wahrscheinlich bewahrte er die Sachen ordentlich in einem Regal mit Aufklebern wie «Eimer» und so weiter auf.

«Willkommen zu Hause», sagte er lächelnd und ignorierte mein bleiches Gesicht und die zitternden Hände. «Ich hab dein Auto gesehen. Vielleicht könnte dein Vater die Sachen hier brauchen?»

Selbst unter normalen Umständen fühlte ich mich in Mr. Denzers Gegenwart immer etwas unwohl. Er war mein Lehrer an der Sea Haven High gewesen, als ich vierzehn war, und einige Jahre später, als meine Mutter starb und mein Vater Geld brauchte, war er ins Erdgeschoß unseres Hauses gezogen. Wir hatten es umgebaut, die Treppe zum ersten Stock abgetrennt und die alte Küche unten modernisiert. Wir hatten zwar den besseren Ausblick auf das Meer, aber ansonsten war Mr. Denzers Wohnung schöner als unsere.

«Danke», sagte ich, «ich komme gleich wieder.» Ich taumelte mit dem Eimer davon und stellte das Putzzeug hinter meinem Vater, der sich mit dem Schlauch zu schaffen machte, auf dem Gehweg ab.

«Ich hab dir was mitgebracht», sagte Mr. Denzer, der mir gefolgt war. Er stand auf Zehenspitzen und hielt mir ein gelbes Wassereis hin. Er hatte schon immer einen Sinn für kleine Aufmerksamkeiten.

Ich bedankte mich, wickelte es aus, biß die Spitze ab und ließ das süße Eis langsam auf der Zunge zergehen. Gemeinsam saßen wir auf der Vordertreppe in der Sonne. Mr. Denzer trug eine graue Jogginghose und ein vergilbtes weißes T-Shirt. Er hatte zwar kein Übergewicht, war aber kräftig und rund wie ein Baumstamm.

«Ich kann mich erinnern, wie wir, als du das letzte Mal da warst – wann war das noch mal, vor einem Jahr? –, hier auf der Treppe gesessen und stundenlang über unsere Arbeit geredet haben. Und jetzt sitzen wir wieder hier und machen immer noch denselben Job. Wie läuft's denn so?»

«Prima», log ich. Mr. Denzer rechnete es sich als sein Verdienst an, daß ich Lehrerin geworden war. Für ihn war ich wahrscheinlich immer noch das siebzehnjährige Mädchen, eigenwillig, vielversprechend und unberechenbar.

«Ich wußte von Anfang an, daß du gut mit Kindern umgehen kannst. Ich wußte es.» Er nickte vor sich hin. «Manche haben's eben in sich und andere nicht.»

«Wie steht's mit Ihrem Training?»

«Ach, das ist doch uninteressant.» Er sah mich mit

einem zufriedenen und offenen Gesichtsausdruck an und lächelte wie einer von der Heilsarmee. «Du siehst schon viel besser aus.»

Ich schleckte weiter an meinem Eis und sah den Block hinunter. Noch eine Woche, und auf den Straßen würden wieder lauter Kinder mit ihren Fahrrädern herumflitzen, die Haare nach und nach von der Sonne ausgebleicht. «Manchmal», sagte ich, «kommt es mir vor, als wären die Lehrer in erster Linie dazu da, die Schüler zu unterhalten. Wie im Theater. Die Schüler sitzen auf ihren Plätzen, schauen zu und fällen ihr Urteil: gut oder schlecht. Nur daß die Schauspieler in diesem Fall hinterher ein paar der Zuschauer bestrafen dürfen.»

«Hm, so würde ich das nicht sehen.» Er wischte einen Tropfen Zitronensaft von der Betonstufe. Seine Hände waren kräftig und sehr gepflegt, mit sorgfältig gefeilten Nägeln und zurückgeschnittener Nagelhaut. «Überleg doch mal, was du eigentlich tust. Du gibst ihnen Zugang zur Welt der Bücher. Ich erinnere mich noch sehr genau an meine Englischlehrerin, sie hieß Mrs. Clauston. Bei ihr haben wir *Robinson Crusoe* gelesen.»

Mr. Denzer war genau der Typ, dem *Robinson Crusoe* wegen der praktischen Anleitungen gefiel. Er studierte es vermutlich wie ein Handbuch und versuchte daraus zu lernen, wie man einen Wetterschutz baut, jagt und fischt. Sein hellbraunes Haar war dünner geworden, die Linien auf seiner Stirn und um die Augen tiefer. Ich verstand nicht, warum er immer noch bei meinem Vater im Haus wohnte. Er mußte mittlerweile genug Geld für ein eigenes haben. «Jeder bildet sich gern ein, daß er etwas Nützliches tut», sagte ich.

«Tut ja auch fast jeder.»

Mein Vater tauchte mit dem Schlauch unter der Außentreppe auf. «Ich glaub, ich hab alles weggekriegt. Jetzt sag bloß, du bist schon wieder am essen!»

«Mir geht's wieder gut, ich mußte mich nur mal hinsetzen.» Ich wandte mich wieder Mr. Denzer zu. «Wenn ich hier sitze, muß ich immer an meine Mutter denken. Wir haben ihre Asche ins Meer gestreut. Mein Vater redet nicht mehr über sie.»

Mein Vater ignorierte diese Bemerkung und ging kopfschüttelnd davon, um den Schlauch aufzurollen. Dann kam er mit hochgekrempelten Ärmeln zurück. «Hast du deinen Koffer schon aus dem Wagen geholt?»

«Nein, er ist noch im Kofferraum. Laß nur, ich hole ihn später.»

«Wann ist ‹später›?» Mein Vater ging auf das Auto zu.

«Dad, laß doch», rief ich, doch er hatte den Riegel an der Fahrerseite schon zurückgezogen und starrte auf die Innereien meines rostigen, zehn Jahre alten Dodge.

Im Kofferraum flogen drei Mülltüten und ein Koffer voller Kleidung herum, außerdem etwa fünfzig bis sechzig Bücher, ein Reservereifen, ein halbes Dutzend Paar Schuhe, ein Schmuckkästchen und ein Philodendron in einem selbstgemachten Topf. Ich wußte nicht, warum ich die Pflanze in ein Haus mitgebracht hatte, in dem nichts Grünes überlebte, aber ich hatte sie so in eine Ecke des Kofferraums gezwängt, daß sie nicht umkippen konnte. «Lebt die Pflanze noch?» rief ich.

Mein Vater sah hoch. «Meinst du das hier?» Er hielt eine Handvoll erdfarbenes Wurzelgewächs ohne Blätter hoch. «Nur so aus Neugier –» Er wischte sich die Erde von den Händen. «– besitzt du mehr als einen Koffer?»

«Ich hab die Wohnung aufgeräumt. Ich war mir nicht sicher, was ich hier brauchen würde. Laß einfach alles liegen, Dad, bitte.» Wenn meine Sachen erst mal im Haus waren, würde es vielleicht schwierig werden, sie wieder rauszubekommen.

Mein Vater zögerte einen Moment, brummelte dann

etwas vor sich hin und hievte die beiden kleineren Mülltüten aus dem Wagen.

«Ich faß mal mit an», sagte Mr. Denzer.

Ich aß mein Eis auf, während sie schleppten. Mein Vater packte alle Sachen auf den Rasen, und Mr. Denzer fegte den Kofferraum aus. Ich schämte mich wie ein Kind, das etwas ausgefressen hatte. Ich erinnerte mich an den Sommer, in dem ich vorzeitig vom Sommercamp zurückgekommen war und halbfertige Projekte zurückgelassen hatte, wie zum Beispiel die Anfangsbuchstaben meines Namens aus getrockneten Spaghetti, die ich nicht mehr an die Pinnwand hatte kleben können. Jeden Tag hatte ich zu Hause angerufen und gebettelt, daß meine Eltern mich abholen sollten. Ich haßte die Ponys mit ihren gelblichen Zähnen, ich haßte den Wald, der viel zu grün war und in dem es zu viele Versteckmöglichkeiten gab, und ich hatte einen solchen Horror vor dem Plumpsklo mit seiner feuchten, stinkenden Dunkelheit und seinen Legionen von widerlichen Tausendfüßlern, daß ich meinen Bedürfnissen nur beim Schwimmen im See nachgab. Den größten Teil meiner freien Zeit verbrachte ich damit, heulend auf den Stufen vor Bees Hütte am anderen Ende des Platzes aus plattgetretener Erde zu sitzen und Kekse zu futtern, die andere Kinder von ihren Eltern geschickt bekommen hatten.

Bee mußte auch mit nach Hause – meine Eltern hatten keine Lust, zweimal zu fahren –, und sie würdigte mich den ganzen Weg über keines Blickes, sondern starrte aus dem Fenster. Überall auf dem Boden des Wagens flog Selbstgebasteltes herum: Halsketten, häßliche Keramikuntersetzer, Kordel und Krawatten. Meine Mutter, blaß und zart, döste vorne auf dem Beifahrersitz, und mein Vater fuhr, als hätte er am Steuer eine Strafe abzubüßen. Ich dachte an mein unvollendetes Spaghetti–Kunstwerk und an meine Zimmergenossinnen, und als wir schließlich in Sea Haven ankamen, hatte ich schon wieder das Gefühl, das Ferienlager sei eigentlich ganz nett gewesen. Mein ganzes Leben lang war ich mir nie sicher, wo ich hingehörte.

«Dad, kannst du dich noch an den Sommer erinnern, als ich im Ferienlager war?»

«Vage.» Er hob ein halbes Dutzend Bleistifte vom Boden des Autos auf.

«Mom war gerade aus dem Krankenhaus gekommen. Und ich habe dir ein Haus aus Zweigen gebastelt. Es sollte unser Haus sein. Erinnerst du dich? Das war vermutlich das Beste, was ich je hingekriegt habe.»

Er blieb auf dem Treppenabsatz stehen. «Du warst sieben oder acht», sagte er.

«Acht. Ich habe das Haus richtig gemocht», sagte ich zu Mr. Denzer, der sich bemühte so zu tun, als hätte er unser Gespräch verfolgt. Er hob den Philodendron vorsichtig vom Boden auf und folgte meinem Vater in den ersten Stock. Ich hörte, wie die Fliegengittertür aufging.

«Beweg dein räudiges Fell, Spunk», sagte mein Vater, bevor die Tür zuschlug.

Die Häuser auf der gegenüberliegenden Straßenseite kosteten fünfzig- oder sechzigtausend Dollar weniger, weil sie einen Block vom Wasser entfernt waren; auch sie hatten zwar einen Meeresblick, aber der beschränkte sich auf einen Streifen Wasser rechts und links von unserem Haus. Familien mit mittlerem Einkommen konnten es sich gerade noch leisten, eins von den Häusern für eine Woche zu mieten, und so wimmelte der Gehweg gegenüber stets von Kindern. Die kleinsten krabbelten auf allen vieren über die Kieselsteine, das Gesicht von Sonnenhäubchen umrahmt, und ihre älteren Geschwister kommandierten sie herum. Da Sea Haven nur vorübergehend ihr Zuhause war, tobten die Kinder der Sommergäste wie die Wilden und schreckten vor nichts zurück. Sie stahlen Zucker und Comics aus den Läden, warfen mit Quallen nach Fremden und prügelten sich unter dem Pier. Sie erzählten Lügengeschichten über sich, ohne daß irgend jemand es merkte.

Obwohl wir immer wieder zu hören bekamen, was für ein Glück wir hätten, direkt am Meer zu wohnen, logen auch Bee und ich ständig, weil wir kein anderes Zuhause, kein anderes Leben hatten. «Wo kommt ihr her?» fragten die Urlauberkinder, wobei sie lässig mit ihren bunten Turnschuhen die runden weißen Kiesel auf dem Parkplatz in die Luft kickten. (Bee und ich liefen barfuß auf den Steinen herum, unsere Fußsohlen waren abgehärtet.) «Aus Alaska», hatte Bee einmal geantwortet, um sie zum Schweigen zu bringen. «Aus Juneau, Alaska.» Sie hätten ihr sogar geglaubt, wenn ich mich nicht eingemischt und versucht hätte, die Eisbären zu beschreiben, die uns aus der Hand fraßen, die Iglus, die wir gebaut hatten, und unsere Eskimo-Nachbarn, deren kunstvolle Sprache wir natürlich perfekt beherrschten. «Sag doch mal was auf Eskimo», meinte ein kleiner Junge. Ich wurde rot und brachte stotternd einen Satz heraus, den wir in der Schule gelernt hatten: *«Como te llamas?»* Ihr kreischendes Gelächter konnte man in der ganzen Straße hören.

Ich leckte die geschmolzenen Eisreste vom Stiel und legte ihn weg. Ein Junge auf der anderen Straßenseite zeigte mir einen Stinkefinger, um seinen Freund zu beeindrucken. Ich gab die Geste an ihn zurück. Man sollte sich von Kindern nie aus der Fassung bringen lassen.

Wenn mich jemand fragt, wie ich es ertrage, Zwölf- und Dreizehnjährigen Grammatik beizubringen, antworte ich immer, daß dies das Alter ist, in dem der Mensch am lebendigsten ist. In dieser Lebensphase kommt alles zusammen: Gewalt, Liebe, Sex, Betrug, Freundschaft,

Angst, Großzügigkeit, Haß und Gier. All das, was später zu Langeweile und Unhöflichkeit verwässert, liegt zu dem Zeitpunkt noch offen zutage. In Gegenwart meiner Schüler meine ich immer, Vulkane ausbrechen und Gletscher entstehen zu sehen, ich erlebe magische Riten mit und entdecke die Geheimnisse der Urzeit. In Erwachsenen erkenne ich oft das Kind, das sie einmal waren: den heimlichen Dieb, den Lügner, das Musterkind, den Eiferer, den Streber.

Trotzdem komme ich mit Kindern nicht immer gut klar. Ein paar mögen mich, weil ich noch jung bin, aber die wenigsten interessiert, was ich ihnen zu bieten habe, weil es zu meinem Job gehört, ihnen gewisse Richtlinien und Regeln beizubringen, und das in einem Alter, in dem sie gerade beschlossen haben, sich nicht länger den willkürlichen Vorschriften der Erwachsenen zu beugen. Ich kann's verstehen. Blauäugig, überrascht und wütend stehen sie neuen Erkenntnissen gegenüber: ihre Eltern sind laut, unbeholfen und haben Sex, die Welt hat bald keine Bäume mehr, Gott – falls es ihn überhaupt gibt – hat einen ziemlich merkwürdigen Sinn für Humor, und es ist kein wirklicher Ausweg in Sicht – man kann nur versuchen, sich mit Leidensgenossen zusammenzutun. Und selbst dieser kurzfristige Trost vergeht, sobald die Schule abgeschlossen ist und alle volljährig sind. Jedes Jahr im September starten wir mit guten Vorsätzen und enttäuschen uns doch immer wieder gegenseitig.

Nach der letzten Unterrichtswoche im Juni hatte ich vor einem dicken Stapel Aufsätze gesessen, Seite um Seite bekritzeltes Papier, von denen einige aussahen, als hätten sie Stunden in irgendwelchen Hosentaschen verbracht. Ich machte mich an die Arbeit. Ich gab großzügige Noten und versuchte sooft es ging, nach oben aufzurunden. Nach etwa einer Stunde machte ich jeweils eine Pause, ging hinter meinem Schreibtisch auf und ab und fragte mich, ob mich wohl eines Tages irgendwo in einer reizvollen fremden Stadt einer meiner Schüler wiedererkennen und mir bei einer Tasse Kaffee erzählen würde, wie bedeutsam dieses Jahr für sie oder ihn doch gewesen war. Ich konnte mich nicht konzentrieren und hätte die Aufsätze am liebsten verbrannt. Als nur noch ein Dutzend übrig waren, ging ich einkaufen. Ich kam zurück, ging zur Toilette, setzte mich wieder an den Tisch und stellte zwei mit einer Lösung gefüllte Fläschchen vor mich auf das Fensterbrett. Ich öffnete ein Paket mit Kräckern, steckte immer zwei auf einmal in den Mund und sah auf die Uhr. Dann widmete ich mich wieder den Aufsätzen. «Selbst wenn das der schlechteste Aufsatz ist, den ich je verfaßt habe», hatte ein Schüler geschrieben, «– und das ist er bestimmt nicht –, weiß ich eine Menge über den Autor dieses Buches und seine Vorstellungen.» Ich gab ihm eine Zwei. «Versuch, etwas genauer zu sein. Gut gemacht.» Eine andere Schülerin meinte, «Was ein Autor tut, ist seine Sache. Selbst wenn er nicht an Gott glaubt, was ich tue. Deshalb gibt es viele Gründe, weshalb jeder, der dieses Buch liest, die in ihm geäußerten Ansichten verwerfen muß.» Zwei plus. «Sheryl», schrieb ich darunter, «versuch, etwas genauer zu sein.» Die Flüssigkeit in dem einen Fläschchen wurde allmählich trübe, die andere blieb klar. «Ein paar Beispiele: Hast du mal versucht, Gott zu definieren? Auf welche Art von Gottheit beziehst du dich? Glaubst du an die Existenz eines göttlichen Plans?» Ich strich die Fragen wieder durch. «Gut gemacht. Schöne Ferien.»

Ich korrigierte die letzten Aufsätze und holte meine Zeugnisliste heraus, um die Noten einzutragen. Alle Schubladen meiner Kommode waren herausgezogen, und mein Koffer, den nur noch das Klebeband zusammenhielt, lag auf dem Boden wie ein offener Schlund. Mir war klar, daß ich, sobald ich fertig war, hier weg mußte, irgendwohin. Ich las noch einmal die Anleitungen auf den beiden Fläschchen. Auf dem einen stand: «Wenn die Flüssigkeit rosa bleibt, ist der Test negativ.» Auf dem anderen hieß es, wenn die Flüssigkeit grau würde, wäre der Test positiv. Ich spürte einen Anflug von Übelkeit, nahm ein Aspirin und ging meine Liste durch. Albert, Michael. Ayers, Carl. Bettler, Sue. Ich erwog, die ganze Nacht und den nächsten Tag durchzufahren bis zu Bees Haus in Atlanta, wußte aber, daß meine Schwester mich, wenn ich unangemeldet auftauchte, mit dem leidgeplagten Blick eines Seehundes empfangen würde. Zu Bee wollte ich nicht; es gab nur einen Ort für mich. Bezinsky, Jay. Castler, Harriet. Die eine Flüssigkeit sah jetzt blau aus. Gab es vielleicht noch eine dritte Farbe, die bedeutete, daß ich etwas falsch gemacht hatte? Gab es eine Farbe, die sagte «Achtung! Sie sind nicht in der Lage, die Verantwortung zu übernehmen, die dieser Test Ihnen möglicherweise auferlegen wird«?

Grayson, Will. Letchler, Kareen. Kareen war winzig, ihre Handgelenke waren zerbrechlich wie Kreide. Es fiel mir immer schwer, mir die zarten, schüchternen Schüler als Erwachsene vorzustellen – selbst als die Kinder, die sie noch waren, schien ihnen einiges an Erfahrung zu fehlen, und es war schwer, sie ziehen zu lassen. Pearson, Sheryl. Tiffordson, Wynn. Wynnie hatte eine Klasse übersprungen und kam mir fast zu jung vor, um überhaupt als Mensch durchzugehen, doch in die Tür der Jungentoilette stand eingeritzt WYNN T. KNUSCHT (ich nahm an, das sollte «knutscht» heißen) MICHAEL Z. Die zweite Flüssigkeit war inzwischen eindeutig grau. Ich starrte sie an, als könnte sie mir die Zukunft voraussagen: «All die Zufälle, aus denen Ihr Leben besteht, werden sich zu etwas Sinnvollem verbinden.» Yalisove, Pam. Zinzer, Stephanie. Ich hatte neunundzwanzig Einsen vergeben, viel zu viele, und eine ganze Anzahl Zweien. Nur ein paar hoffnungslose Fälle mußten sich mit weniger zufriedengeben. Ich unterschrieb die Zeugnisliste, faltete sie zusammen und warf die beiden Fläschen in die Toilette. Eine Stunde später war ich unterwegs zum Haus meines Vaters.

Am Telefon hatte meine Schwester sich bemüht, ihre Stimme unter Kontrolle zu halten. «Was soll das heißen, du hast keine Ahnung, wo du bist? Es ist drei Uhr morgens. Wenn du an einer Zahlstation bist, müssen da doch irgendwelche Schilder sein. Oder frag jemanden nach dem Weg.»

«Kann ich nicht, Bee.» Es war neblig und dunkel, und ich stand mit einem fliegenverklebten Hörer in der Hand in einer offenen Telefonzelle an irgendeiner Bundesstraße. Von den anderen Apparaten aus wurden Drogengeschäfte abgewickelt. «Die Zahlstationen sind alle automatisch. Kein Mensch weit und breit.»

«Bist du in der Nähe der I-95?»

«Keine Ahnung. Ich bin über eine ganze Menge Brücken gefahren. Über eine sogar zweimal.»

«Dann bist du immer noch in der Nähe von Philadelphia. Du bist im Kreis gefahren. Wieso willst du gerade jetzt unbedingt zu Dad? Als du das letzte Mal zu Hause warst, hast du die meiste Zeit im Hotel verbracht.»

«Danke, daß du mich daran erinnerst, Bee. Kannst du mir jetzt vielleicht sagen, wie ich da hinkomme?» Bee hatte ganze Landkarten in ihrem Kopf gespeichert. Sie kannte den genauen Verlauf von sämtlichen Flüssen und Eisenbahnlinien, Bundesstraßen und verschlungenen Nebenstraßen.

«Jane, sag nicht, du hast schon wieder deinen Job geschmissen.»

Ich schlug eine Motte tot, deren Körper wie ein häßlicher grauer Zylinder geformt war.

«Das wirst du bestimmt bereuen.»

Ich stellte mir vor, wie sie auf ihrer Telefonliste ein weiteres Minuszeichen hinter meinen Namen setzte.

«Wenn du mal irgendwo länger als ein Jahr geblieben wärst, würdest du dich nicht so oft verfahren. Ich bin seit sieben Jahren hier in Atlanta.»

«Danke für die guten Ratschläge, Bee. Hilfst du mir jetzt oder nicht?»

«Also gut, hör zu», seufzte sie. «Es ist drei Uhr nachts. Ist der Himmel bewölkt?»

Ich zückte meinen Stift. «Was soll das heißen, bewölkt?»

«Sieh nach oben», sagte sie. «Sind da Wolken?»

Ich sah hoch. «Nur ein paar.»

«Der Himmel ist also klar. Such den Großen Bären, der führt dich direkt zum Nordstern. Wenn du den hast, dreh dich um, du stehst dann Richtung Süden. Und da mußt du hin. Wenn du erst mal näher an zu Hause bist, wirst du die Straßen wiedererkennen und dich allein zurechtfinden.»

«Bee, ich sitze hier nicht in einem verdammten Boot, sondern im Auto.»

«Guck einfach durch die Windschutzscheibe nach oben und folge den Sternen. Ich dachte, der Schulleiter wollte deinen Vertrag verlängern? Weißt du eigentlich, was du da tust? Du läßt dir eine echte Chance entgehen.»

Die Stimme vom Band verlangte, ich sollte Geld nachwerfen.

«Mist», fluchte ich, «ich werde den Rest meines Lebens auf dem Highway verbringen.»

«Ganz ruhig.» Bee begann, langsam und deutlich zu sprechen, als wäre ich eine Ausländerin. «Setz dich ins Auto. Vergiß die Karte. Wirf sie einfach weg. Setz dich ins Auto und fahr Richtung Süden, auf die Küste zu. Keine Brücken mehr. Denk an die Himmelsrichtungen. Das Meer liegt von dir aus im Osten, zu Hause im Süden.»

«Feuerland liegt auch im Süden. Ruf mich zurück, Bee. Ich gebe dir die Nummer.»

«Nein», sagte sie. «Leg auf, setz dich ins Auto, und fahr los. Du brauchst ungefähr zwei Stunden. Wenn du unterwegs eine Pause machst, einen Kaffee trinkst und dir das Gesicht wäschst, kommst du bei Sonnenaufgang an. Die Sonne geht im Osten auf. Also über dem Meer.»

«Moment mal», sagte ich.

«Du solltest dich bald auf die Jobsuche machen, wenn du im Herbst wieder arbeiten willst. Es wird langsam Zeit, in mehr als einer Hinsicht.» Sie legte auf, bevor das Geld ganz durchgefallen war. Ich stand in der Dunkelheit, den Hörer in der Hand, und beobachtete, wie sich dann und wann ein Scheinwerferlicht näherte und wieder entfernte. Das Geräusch der vorbeirasenden Autos schien das des Meeres nachzuahmen. Ich stand da, lauschte und hörte Wasser – das salzige Blut in meinen Adern und das schützende Fruchtwasser. Als ich meine Augen schloß, schien ich im Wasser zu schwimmen, aus Wasser zu bestehen. Ein paar Minuten später machte ich mich wieder auf den Weg.

Als ich noch klein war, habe ich oft in verschiedenen Verstecken im Haus geschlafen. Meine Eltern schickten mich zu Bett, aber ich schlich mich heimlich aus dem Schlafzimmer und verkroch mich unter einem Sessel oder in einem Schrank, irgendwo, wo es eng war. Mein Lieblingsplatz war allerdings das Sofa, weil da das Rauschen des Meeres am lautesten war und die Gischt bei starkem Wellengang bis ans Fenster spritzte. Wenn mein Vater mich dort spätabends fand, hob er mich behutsam hoch und tat so, als würde er nicht merken, daß ich aufgewacht war. Er trug mich in mein Zimmer zurück, das nach Osten lag und wenige Stunden später von der aufgehenden Sonne in ein rosa Licht getaucht werden würde. Durch das Schaukeln seiner Schritte schlief ich immer sofort wieder ein. Doch in dem kurzen Augenblick, bevor er mich ins Bett legte, wobei er manchmal mit seiner stoppeligen Wange mein Gesicht streifte, hörte ich jedesmal seine Stimme, wie von weit her: «Hier ist Janes Platz, hier gehört Janey hin. Nicht wieder weglaufen.»

«Dad.» Ich wachte von meinem zweiten Schläfchen an diesem Tag auf. Mein Vater saß da, die Füße auf der Fensterbank, und blickte in Richtung Meer – nur daß die Jalousien am Balkon heruntergelassen waren. Der Raum hatte riesige Fenster, aber mein Vater mochte es nicht, wenn Gammler und Touristen ihn vom Strand aus beobachten konnten, deshalb ließ er bei Einbruch der Dunkelheit immer die Jalousien herunter. Er saß auf dem schmalen Balkon und blickte ins Nichts, genoß die nicht vorhandene Aussicht. Beim Näherkommen sah ich, daß auf dem Ahorntisch neben ihm das kleine Haus aus Zweigen stand, das ich für ihn gebastelt hatte. Bevor ich es zusammengeklebt hatte, hatte ich überall die Rinde abgezogen, damit es hell und freundlich wirkte. Auf die Rückseite hatte ich drei Federn geklebt, eine für jede der anglaufenen Möwen an unserem echten Haus.

«Wo hast du das denn gefunden?» fragte ich.

«Ich mußte es gar nicht suchen, ich wußte, wo es war.»

Ich nahm das Haus hoch und hielt es fest. Ich stand da, wo meine Mutter gestanden hatte, als sie schwanger war, und wo die Mutter meines Vaters mit achtundvierzig ein Kind erwartet hatte, das nie zur Welt gekommen war.

«Wie ich sehe, hast du gar nicht erst ausgepackt. Ich nehme an, du willst dich bei Nacht und Nebel wieder davonschleichen», sagte mein Vater.

«Nicht heute. Ich bin viel zu müde.»

«Du läßt dich einfach treiben. Heute hier, morgen da. Die ganze Nacht habe ich mich gefragt, ob du überhaupt hier auftauchst oder gleich weiterfährst bis runter nach Florida.»

«Bee hat dich also angerufen.» Ich setzte mich.

«Nachts um halb vier hat sie mir die Ohren vollgejammert: ‹Jane ist unterwegs zu dir. Jane hat sich verfahren.› Sie hat gemeint, ich sollte die Lampe draußen anmachen.»

«Das Licht war aus, als ich kam.»

«Weil ich wußte, daß du es nicht brauchst. Außerdem ist das Energieverschwendung. Daß du schwanger bist, hat Bee mir natürlich nicht erzählt. Diese Kleinigkeit hast du ihr wohl erspart.»

Vorsichtig stellte ich das kleine Haus wieder ab. «Woher weißt du, daß ich schwanger bin?»

«Kaum zu fassen.» Er ließ seine Finger knacken. «Kinder halten ihre Eltern immer für Vollidioten. Kommen völlig besoffen um ein Uhr nachts nach Hause, riechen nach Kirschlikör und Zigaretten und meinen, ihr Alter würde nicht merken, daß sie keineswegs bei einer Freundin waren und gepaukt haben. Lieber Himmel, den ganzen Tag lang hast du gefuttert und alles wieder ausgespuckt. Und der oberste Knopf von deiner Hose ist offen. Wie du dich vielleicht erinnerst, bin ich zweifacher Vater. Ich hab da mehr Erfahrung als du.»

Eine Weile saßen wir schweigend da. «Ich wollte es dir sagen. Deshalb bin ich hergekommen.»

Er wartete.

Dieses Gespräch hatte ich mir etwas anders vorgestellt. «Ich glaube, ich wollte rauskriegen, wie es sich anfühlt, an diesem Ort schwanger zu sein. Wo Mom es auch war. Ich bleibe nicht lange. Ich schlafe auf dem Dachboden.» Wieder ein Anflug von Übelkeit und Erschöpfung, als hätte die Schwerkraft plötzlich zugenommen. «Das Kind war nicht unbedingt geplant», fügte ich hinzu, «und es ist wohl auch nicht der ideale Zeitpunkt.»

Er nickte.

«War Mom glücklich, schwanger zu sein?»

Er stand auf und ging in die Küche, um sich ein Bier zu holen, und ich fragte mich, ob er die Frage gehört, ob ich sie überhaupt gestellt hatte. «Ich nehm nie ein Glas», sagte er. «Bier schmeckt einfach besser aus der Dose.»

Spunk lag zu meinen Füßen unter dem Fenster und träumte vor sich hin. Seine schwarze Nasenspitze zuckte, als wäre er noch in der Lage, den Geruch von toten Schwimmkrabben, Krötenlaich oder Möwendreck wahrzunehmen. «Ich hab übrigens nicht die Absicht zu heiraten, Dad.»

Mein Vater lachte. «Ist der Typ so schlimm? Wieso bist du dann überhaupt mit ihm ins Bett gegangen?» Er legte den Kopf in den Nacken und ließ sich das Bier in die Kehle laufen. «Ich nehme an, der Kerl weiß, daß er Vater wird, oder?»

«Er wird nicht Vater, jedenfalls nicht in diesem Sinn. Nur biologisch gesehen.»

«Die Biologie.» Er nickte. «War das nicht eins von den Fächern, in denen du in der Schule durchgefallen bist?»

«Kann sein. Jedenfalls werde ich das Kind alleine zur Welt bringen.»

«Zur Welt bringen? Natürlich tust du das. Es dürfte inzwischen zu spät sein, dich anders zu entscheiden, sonst hättest du's ja wohl getan. Die Geburt ist nicht das Problem, es gibt schließlich jede Menge Betäubungsmittel. Aber was machst du, wenn es erst einmal da ist?»

«Ich hatte eigentlich gedacht, du würdest es für mich großziehen.» Diesen kleinen Scherz konnte ich mir nicht verkneifen; ich fühlte mich orientierungslos und benommen, und bis jetzt trug er es mit Fassung.

«Tu mir den Gefallen und sag mir, welcher Mann dich heiraten und dein Kind aufziehen soll. Bill Denzer würde dich in diesem Zustand bestimmt nicht nehmen.»

«Bill Denzer hatte ohnehin nie vor, mich zu heiraten. Und ich hab gerade eben gesagt, daß ich gar nicht heiraten will. Ich dachte, es würde dich vielleicht glücklich machen, ein Enkelkind zu bekommen. Auch wenn die Umstände vielleicht etwas ungewöhnlich sind.»

Er stand auf und trank sein Bier aus. «Du hast ja keine Ahnung. Du hast nicht den leisesten Schimmer, was da auf dich zukommt. Eine ganze Menge Leute kriegen das nicht auf die Reihe und geben auf. Ihre Kinder verwildern und machen, was sie wollen, genau wie –«

«Ich», ergänzte ich und sah, wie sich sein Gesichtsausdruck veränderte. «Für so was gibt's keine Regeln, Dad.»

Er drehte sich um, hinter ihm die schwarzen Rechtecke der Fenster. «Nur weil du dich nicht an die Regeln hältst, heißt das noch lange nicht, daß es sie nicht gibt. Ich wünschte, ich hätte dir ein bißchen mehr Vorsicht und gesunden Menschenverstand mitgegeben.»

«Blödsinn. Die hast du genausowenig wie ich.»

Ich dachte, er würde gleich anfangen zu brüllen, doch er schien mich wieder nicht gehört zu haben. «Weißt du, was ich an unserm alten Spunk so mag?»

«Was?»

«Er ist ein Hund. Ein ganz einfacher, gewöhnlicher Hund, und er weiß, daß er ein Hund ist, und kämpft nicht dagegen an.»

«Ich verstehe nicht, worauf du hinaus willst. Was sollte er denn sonst sein?»

«Genau das ist der Punkt. Nichts. Er könnte gar nichts anderes sein.»

Ich schüttelte den Kopf. «Ich hab dich nicht um deine Meinung gebeten, Dad.»

Er ging an mir vorbei in die Küche. «Schließlich bist du nach Hause gekommen. Was hast du denn sonst gewollt?»

2. *Lügen*

Abends, bevor ich einschlafe, schleicht er sich leise auf Socken in mein Zimmer und zieht das Nachtlicht aus der Steckdose an der Wand. Im Lichtstreifen, der durch den Türspalt fällt, sehe ich sein Gesicht: auf merkwürdige Weise schön, faltenlos und mit buschigen schwarzen Augenbrauen, wie mit einem dicken Pinsel oberhalb seiner Augen aufgetragen. Er fährt sich mit den Händen durchs ungekämmte Haar und geht zwischen Schrank und Bett auf und ab. Schließlich zieht er einen Stuhl ans Bett.

Er beginnt zu lügen.

Warum er das tut, weiß ich nicht.

Bee und meine Mutter sitzen unten. Der Fernseher läuft, obwohl keine von beiden hinsieht. Bee arbeitet an einem naturwissenschaftlichen Projekt für die Schule. Sie hat eine Dauergenehmigung zum Länger-Aufbleiben, weil meine Mutter meint, sie sei nicht wie andere Kinder und brauche nur vier bis fünf Stunden Schlaf. Meine Mutter strickt, zählt die Maschen, vertut sich und fängt wieder von vorne an, und Bee sitzt mit ausgestreckten Beinen auf dem Teppich, Hunderte von winzigen Metallteilchen zwischen den Knien.

Bee ist klüger als wir alle zusammen. Sie benutzt Wörter, die wir noch nie gehört haben und die wir in dem dicken Wörterbuch im Flur nachschlagen müssen. Manchmal frage ich sie, wie es sich anfühlt, klug zu sein. Sie sagt, es sei relativ, aber ich bin mir nicht sicher, was sie damit meint.

Außerdem frage ich sie: «Kommt er abends zu dir ins Zimmer?»

«Wer?» fragt sie, also lasse ich das Thema fallen. Bee ist zwölf Jahre alt, ich bin acht.

Unsere Mutter hat mit dem Stricken angefangen, als sie krank wurde, aber sie kann es nicht besonders gut. Wir warten ständig darauf, mal einen fertigen Pullover zu sehen, oder wenigstens einen Handschuh, aber sie strickt einfach so vor sich hin, ribbelt alles auf und fängt wieder von vorne an. Manchmal legt sie das Strickzeug weg und schaut aus dem Fenster, als wenn es da in der Dunkelheit irgendwas zu sehen gäbe.

Ein Stockwerk drüber beugt er sich mit dem Nachtlicht in der Hand, das aussieht wie die Erde mit dem Mond, zu mir herüber und fängt an zu flüstern. Seine Knöchel sind weiß, so fest hält er unseren Planeten. «Hör zu», sagt er, «hör zu. Benjamin Franklin war der erste Präsident der Vereinigten Staaten. Der Nil fließt durch den Yellowstone Park. Die Pilgerväter kamen aus Kalifornien, sie bauten den Santa Fe Trail.»

Einen Teil dessen, was er erzählt, kenne ich schon. In der Schule falle ich in Gesellschaftswissenschaften und Mathematik immer durch, aber beim Lesen bin ich gut. Ich gehöre zur Rotkehlchen-Gruppe, und jeder weiß, daß das die beste ist, auch wenn die Lehrer es nie zugeben wollen.

«Albert Einstein hat die Psalmen geschrieben. T war bis vor einem Jahr der erste Buchstabe des Alphabets...» Bee hat mir gesagt, daß meine Eltern viel zu tun haben und daß ich lieber sie fragen soll, wenn ich Hilfe bei den Hausaufgaben brauche. Sie hat mir allerdings nicht gesagt, wie ich meinen Vater davon abbringen kann, mir zu helfen. Ich versuche wach zu bleiben, halte meine Augen aber geschlossen, weil ich weiß, daß das zu den Spielregeln gehört, obwohl nie jemand über Regeln oder über dieses Spiel gesprochen hat. Ich sehe ihn durch das Flattern meiner Wimpern hindurch an. Er krümmt sich zusammen, als ob etwas in seiner Brust weh täte und er sich schützen wollte. Die Lügen kommen ganz langsam aus ihm heraus. «Hörst du mir noch zu?» fragt er und beugt sich auf dem Stuhl weiter vor. «Quallen sind die Larven von Schildkröten.»

Bee sagt, «frag die beiden nicht, wie es Mom geht, sie wird bald wieder gesund.»

«Gregory?» Die Stimme meiner Mutter schwebt durch den Flur.

Sogar im Dunkeln sehe ich, wie mein Vater sich verändert. Er sieht erleichtert aus, entspannt. Er steht auf und tätschelt meinen Arm, steckt das Nachtlicht wieder in die Steckdose und fängt an zu pfeifen, als er zu meiner Mutter in den Flur geht. «Schlecht geträumt», sagt er, eine gute Ausrede. Bee hat vor kurzem ein eigenes Zimmer bekommen, und seitdem habe ich fast jede Nacht schreckliche Alpträume. Manchmal, wenn ich rufe oder weine, kommt sie im Dunkeln herüber und bleibt für ein oder zwei Stunden bei mir auf dem Boden sitzen. Sie bringt dann eines ihrer Projekte mit, breitet die einzelnen Teile auf dem Teppich aus und baut sie zusammen oder nimmt sie auseinander, um zu verstehen, wie sie funktionieren. Einmal hat sie die Uhr auseinandergenommen. Ich versuche, ihren Erklärungen zu folgen, schlafe dabei aber allmählich ein. Ich kann nicht stundenlang wachbleiben wie Bee.

«Alles in Ordnung?» fragt meine Mutter und öffnet

die Tür. Ich setze mich auf, so daß ich ihr Gesicht sehen kann. Es ist schmaler geworden und viel zu blaß, aber irgendwie ist sie hübscher als vorher. Obwohl sie zu Hause war, habe ich sie vermißt. Meine Mutter hat rotblondes Haar, Sommersprossen und zarte, zerbrechlich wirkende Gesichtszüge. Bee sieht ihr ähnlich. Mein Vater und ich dagegen sind kräftig und dunkel. «Wovon hast du geträumt?» fragt sie mich. Ich möchte ihr alles mögliche beichten, mich in ihrem Schoß verkriechen, meine Brust öffnen und ihr alle Rippen zeigen. «Leg dich wieder hin», sagt sie, und ich denke, daß ihre Stimme das letzte in dieser Welt sein wird – wenn es mir nicht gelingt, sie für mich zurückzugewinnen, bin ich verloren. Mit ihren Fingern kämmt sie die Haare in meinem Nacken. «Vorm Schlafen sollte man keine Angst haben.» Wenn ich hochschaue, weil ich hoffe, daß mein Vater in der Tür steht, ist er immer schon weg.

Bei Mrs. McMurtry nehmen wir den Meeresboden durch. Wir lernen, daß es unter Wasser Erdbeben gibt, die Flutwellen auslösen, und daß man diese Flutwellen Tsunami nennt. Wir lernen, wodurch man Kraken von Tintenfischen unterscheiden kann. Als es in der Klasse einen Moment ruhig ist, erzähle ich Freddy Hansen, der rechts neben mir sitzt, von den Riesenmuscheln und von den Unterwasserstädten, wo kleine, aus Korallen geschnitzte Wesen die Riesenmuscheln mit Cocktailspießen jagen. Mrs. McMurtry fragt mich, woher ich das weiß. Ich leiste mir den Luxus, in einem überlegenen Ton zu antworten, erstens weil sie gelauscht hat, was unhöflich ist, und weil sie zweitens rein gar nichts von den winzigen lachsfarbenen Jägern und ihrer Welt weiß. Ich beschreibe also kurz ihr Aussehen, ihre Gewohnheiten, Rituale und Pläne. Mrs. McMurtry sagt, daß es in Ordnung sei, sich manchmal Dinge auszudenken, daß wir aber in der

Lage sein sollten, Wahrheit und Lüge auseinanderzuhalten, und daß es mir vielleicht guttun würde, mich für eine Weile allein in die Ecke zu setzen und über das nachzudenken, was ich gesagt hätte.

«Nimm's nicht so schwer», meint Bee später. «Mrs. McMurtry ist eine Xanthippe. Sie kann Leute, die eigene Gedanken haben oder ihre Ansichten in Frage stellen, nicht leiden.» Wir gehen auf einem Umweg nach Hause, weil ich mir ein Eis kaufen will und Bee einen Gummischlauch aus dem Haushaltswarenladen braucht. Als wir auf unser Haus zugehen, sehen wir Mrs. Floot, die sich um uns kümmert, mit ihren spärlichen Haaren und dem orangeroten Lippenstift in der Tür stehen und uns mitfühlend zulächeln. «Mom hat heute wohl was vor», sagt Bee und schaut schnell zu mir herüber, um zu sehen, ob ich etwas weiß. Aber ich weiß gar nichts, obwohl ich annehme, daß es ein paar Fragen gibt, die ich stellen sollte. Bee nimmt meine schwitzige Hand. «Zum Abendessen gibt's bestimmt verbranntes Schweinekotelett.»

Selbst wenn ich wüßte, welche Fragen ich stellen sollte, würde ich sicher keine Antwort bekommen.

Drei Tage später melde ich mich, als wir gerade über die Planeten sprechen. Mrs. McMurtry sieht verwirrt aus, als ich von Yipton, dem elften Planeten, erzähle, der jeden Tag mit der Sonne zusammenstoßen kann. Er zieht eine große ellipsenförmige Bahn und kommt nur spät nachts an der Erde vorbei, deshalb wissen die meisten Leute gar nicht, daß es ihn gibt. Nicht einmal in der *World Book Encyclopedia* steht er drin. Für diese Ausführungen darf ich den Nachmittag im Büro des Schulleiters verbringen, von wo mich Bee nach dem Unterricht abholt. Sie hinterläßt dem Direktor die schriftliche Nachricht, daß ich zu Hause gebraucht werde, und führt mich quer durch die Eingangshalle an einer Schlange von Kindern vorbei, die auf den Bus warten und mir einen Vogel zeigen. Als wir endlich am Gehweg hinter dem Spielplatz angekommen sind, der nach Hause führt, schniefe und heule ich vor mich hin, weil mir die Schulhefte und Stifte runtergefallen sind.

Bee holt ein Taschentuch aus ihrer Schultasche und hebt meine Sachen auf. «Jane, ich sage dir jetzt nicht, daß du nicht lügen sollst, denn ich glaube, du bist dir dessen nicht einmal bewußt. Aber du mußt aufpassen, was du sagst. In unserem Alter machen wir uns lächerlich, wenn wir uns nicht der Norm anpassen – wenn wir nicht das tun, was alle von uns erwarten.» Sie steckt mein herausgerutschtes Hemd wieder in den Bund. «Woher hast du diese Geschichten? Von jemandem aus deiner Klasse?»

Ich schluchze noch zu sehr, um antworten zu können. Also redet sie weiter. «Sei vorsichtiger. Glaub nicht alles, was du hörst. Die Leute sagen oft Dinge, die nicht stimmen. Du kannst nicht jedem trauen, lerne zu unterscheiden. Geh Leuten aus dem Weg, die nicht vertrauenswürdig sind.»

Ich starre sie verblüfft an. «Bist du vertrauenswürdig?»

«Ich bin deine Schwester.» Sie drückt mir meine Bücher in die Hand. «Benutz deinen gesunden Menschenverstand. Überleg dir, was wahr sein könnte und was nicht. Glaub an dich selbst.»

«Aber was weiß ich denn schon? Ich bin doch erst in der dritten Klasse.»

«Paß halt besser auf. Und rede dir nicht immer ein, daß du nichts kannst.» Sie hat leicht reden.

Jeder weiß, daß Bee ein Bücherwurm und Superhirn ist – sie trägt eine langärmelige weiße Bluse, die sie bis oben zuknöpft, damit die Sonne nicht an sie herankommt.

Obwohl ich sie als meine große Schwester bewundere, ist es mir manchmal peinlich, mit ihr gesehen zu werden. Aber jetzt bin ich in der Schule sowieso unten durch, da macht es auch nichts mehr aus, wenn ich am Samstag, wo alle anderen draußen sind, mit Bee in die Bücherei gehe.

Zwei von den Brznewski-Mädchen sehen uns, als wir auf den Bus warten.

Ich stupse Bee mit dem Ellbogen an. «Guck mal.»

«Einfach ignorieren», sagt sie. Bee kann das gut, sie schottet sich nach außen ab. Marie Brznewski läuft auf mich zu und singt dabei «duu-BII-duu», so laut, daß die anderen Kinder rübergucken. Wenn Bee nicht hier wäre, würde ich Marie mit dem Gesicht nach unten in den Boden rammen. Bee verabscheut Gewalt, was besonders unfair ist, weil das das einzige ist, worin ich besser bin als sie. Bee prügelt sich nie. «Da kommt der Bus», sagt sie. Bevor ich einsteige, greife ich mir noch schnell einen Stein, feuere ihn mit Schwung ab und treffe Marie Brznewski auf die Brust. Die Türen schließen sich hinter uns, und der Bus fährt ab.

Alleine darf ich nicht mit dem Bus fahren, aber zusammen mit Bee schon, und weil ich Busse einfach toll finde, komme ich mit zur Bücherei, auch wenn ich mich, kaum daß wir da sind, schon langweile. Bee liest, während wir durch die Gegend schaukeln, aber ich schaue aus dem Fenster. Zuerst fahren wir durch einen Stadtteil mit ganzen Straßenzügen voller Mietshäuser: riesige, chaotisch gebaute Kästen, beladen mit Balkons, Außentreppen, dreieckigen Fenstern und Gucklöchern, kleinen Erkern und runden Türmchen, die von innen wahrscheinlich so glatt und ausweglos sind wie Blechdosen. Im Sommer wohnen hier Studenten, Rettungsschwimmer und ältere Damen aus fremden Ländern, die dunkle Kleider und dicke Strümpfe tragen und nie an den Strand gehen. Die Gegend verändert sich, als wir uns der Bucht nähern. Die Häuser hier sind genauso groß, aber neu, und es gibt Zäune und Hunde und verkümmerte Fichten, und im Sommer sieht man viele Au-pair-Mädchen, die Kinderwagen Richtung Pier schieben. Sie gehen voller Heimweh an den Booten vorbei und reden auf Deutsch oder Französisch mit sich selbst. Schließlich kommen wir an der Spitze der Insel an, die seltsamerweise tatsächlich wie eine Spitze aussieht – Sea Haven hat die Form einer Zigarre und ist im Norden, in der Mitte und im Süden durch Brücken mit dem Festland verbunden. Die Häuser stehen immer enger nebeneinander, die Straßen laufen zusammen, und dann schwebt man plötzlich über dem Wasser, wie von Flügeln getragen.

Angler lehnen am Brückengeländer oder werfen ihre Köder unten von Booten aus ins Wasser. Sie fangen Krebse und Sandhaie in der Bucht, manchmal auch Flundern und Goldmakrelen. Unterhalb der Brücke liegen, festgemacht an den Metallpfeilern, die schwimmenden Anglergeschäfte und Hot-dog-Stände, und ihre Besitzer werden jedesmal durchgeschaukelt, wenn Rennboote ohne Rücksicht auf die Warnschilder vorbeiflitzen.

Das Festland hinter der Brücke ist flach, windstill und voller Fliegen. In Peery, einem unglaublich schwülen Ort in der Nähe des Sumpflands, steigen wir aus und gehen einen Fußweg entlang, der mit Rohrkolben gesäumt ist und zu der blauen Eingangstür der Bücherei führt. Viele von den Büchern dort sind von Urlaubern gestiftet worden: zerlesene Taschenbücher voller Sand, meistens Krimis, Ratgeber und Romane mit Frauen auf dem Einband, die in zerrissenen Kleidern unter Weidenbäumen stehen. Bee geht an den allgemeinen Regalen vorbei zur Information und füllt Karten für die Bücher aus, die sie sich beim letzten Mal aus der Bücherei in Atlantic City, fünfzig Kilometer von hier entfernt, bestellt hat. Die Angestellten in der Bücherei verdrehen jedesmal die Augen, wenn sie kommt.

«Ich glaube nicht, daß das die richtige Lektüre für ein Mädchen in deinem Alter ist», sagt eine von ihnen, als sie ihr die Bücher gibt.

Bee sieht sie unverwandt an. «Steht irgendwo auf dem Umschlag, daß sie für Minderjährige untersagt ist?»

«Es gibt da ein paar Illustrationen –»

«Nacktheit ist nicht Pornographie.» Bee wendet sich wieder den Leihkarten zu, unterschreibt und dreht die Bücher um, damit sie gestempelt werden können. «Vielleicht könnten Sie meiner Schwester helfen, was zum Lesen zu finden. Sie mag Tierbücher.»

Während Bee die riesigen Bände zu einem Tisch in der Ecke schleppt, nimmt mich eine der Damen an der Hand. Sie sucht mir einen Stapel Hundebücher heraus und setzt mich an einen Tisch in Bees Nähe. Die Bücher machen mich neugierig, ich möchte gern etwas über Hunde erfahren und bin sicher, daß ich hier Sachen finde, die ich wissen sollte. Aber als ich mir dann die Bilder anschaue, finde ich sie platt und dumm, und Hunde sind mir plötzlich völlig egal. Wen interessieren schon Schnauze und Brustfell, Fessel und Pfote? Irgendwie stehe ich plötzlich neben Bee und frage, wann wir wieder gehen. «Bald», antwortet sie, wie immer. Sie liest in einem dicken schwarzen Band mit Bildern von Männern und Frauen ohne Haut. Jedesmal wenn ich frage, was sie da sucht, sagt sie: «Nicht so wichtig», aber ich glaube, sie weiß ein paar Sachen, die sie für sich behält.

Ich stütze mich auf den Tisch und werfe die Beine nach hinten hoch. «Laß das», sagt sie. Ich frage mich, wieso Bee sich nie so langweilt wie ich. Selbst wenn wir Sachen machen, die mir gefallen, Skee-Ball oder Minigolf zum Beispiel, denke ich immer schon darüber nach, was als nächstes kommt, ob es Spaß machen wird und wie lange es bis dahin noch dauert.

«Hier», sagt Bee, «ich habe dir ein Jo-Jo mitgebracht.» Ich kann es nicht ausstehen, wenn sie versucht, mich loszuwerden, aber speziell auf dieses zitronengelbe Modell habe ich schon seit einiger Zeit ein Auge geworfen, also nehme ich es mit nach draußen. Ich stehe in der grellen Sonne auf dem Gehweg neben dem Grünstreifen und lasse das gelbe Ding auf und ab tanzen. Ich zähle bis hundert und singe dann «The Ants Go Marching», bis mir der Text ausgeht. Als ich in die Bücherei zurückkehre, sitzt Bee immer noch da und liest, aber ihr laufen Tränen über das Gesicht.

«Was ist los?» Ich habe meine Schwester nur selten weinen sehen.

«Nichts. Diese Bücher sind traurig. Aber es geht schon wieder.»

«Was steht denn drin? Warum liest du sie?»

Bee will es mir nicht sagen.

Jeden Abend sage ich mir: Ich werde ihn fragen, warum er das tut, er soll es mir erklären. Früher hat er nach dem Abendessen immer mit der Zeitung und einem Bier unten in der Küche gesessen und mich allein gelassen. «Nudeln werden im Frühjahr geerntet», sagt er. «Man braucht dazu ein kleines, scharfes Messer und einen Leinensack.» Ich stelle keine Fragen, sondern liege einfach still da. Manchmal wird er ärgerlich, stapft auf Strümpfen durchs Zimmer und rauft sich die Haare. Ich glaube, er ist wütend, weil ich ihn nicht verstehe – anscheinend sendet er mir verschlüsselte Botschaften. «Der Himmel über der südlichen Halbkugel ist grün», fährt er fort. Es ist, als würde er in einer fremden Sprache zu mir sprechen. Wenn ich nur lange genug zuhöre, werde ich vielleicht irgendwann *begreifen.*

Morgens denke ich dann nicht mehr darüber nach. Da sind die Cornflakes, das Plastikschälchen, der Becher mit meinem Namen drauf, das rot-weiße Tischtuch und die Milch. Und da steht mein Vater in seinem karierten Bademantel, schwarze Socken und Sockenhalter um seine muskulösen Waden, und ißt über dem Spülbecken eine Grapefruit mit seinem Speziallöffel. «Beeil dich. Sieh zu, daß du fertig wirst.» Er setzt uns jeden Morgen an der Schule ab, wenn er zu Linders fährt, wo er ein eigenes Büro hat. Bis Bee mir erklärt hat, was der Geschäftsführer eines Kaufhauses macht, habe ich mir meinen Vater immer als eine Art Präsident von Sea Haven vorgestellt, der kontrolliert, was die Kinder zur Schule anziehen. «Janey, nimm deine Vitamine.» Ich glaube, er ist zwei Väter. Es ist sinnlos, über den Nacht-Vater zu reden, wenn der nicht da ist.

Meine Mutter ist sonst immer früh aufgestanden, hat sich die Haare gewaschen, das Frühstück für uns gemacht und uns kleine Zettel in die Proviantbeutel gesteckt, die wir mit in die Schule nehmen. Aber jetzt schläft sie meistens lange, kommt dann in ihrem dünnen weißen Nachthemd in die Küche und nimmt sich schweigend eine Tasse Kaffee. Bee und ich tun so, als würden wir sie gar nicht sehen, sind aber leiser und machen ihr Platz. Mein Vater begrüßt sie mit einem sachlichen Kuß auf die Wange. Während wir zu Ende frühstücken, das Geschirr in die Spüle räumen und uns die Schuhe zubinden, steht sie mit der Kaffeetasse in der Hand mitten in der Küche. Ich habe keine Ahnung, wie lange sie noch dastehen wird, wenn wir weg sind.

«Seid schön fleißig, ihr beiden», sagt sie. Es klingt nicht so, als ob sie es ernst meint. Wenn wir aus der Schule kommen, macht sie meistens entweder gerade die Schränke auf und zu, starrt in ein Buch, ohne es zu lesen, oder ist überhaupt nicht da. Sie geht nicht mehr oft aus dem Haus. Nur an manchen eher kühlen Nachmittagen zieht sie ihren dunkelblauen Badeanzug an und geht schwimmen. Es ist einer von diesen damenhaften Badeanzügen mit steifem Oberteil und einem Stoffeinsatz über den Oberschenkeln. Inzwischen zu groß für sie, zeigt seine Form noch, wie sie früher mal ausgesehen hat; in ihm umgibt sie ihre frühere Körpergröße wie eine Hülle.

Manchmal geht sie nachts alleine schwimmen, und das ist gefährlich. Ich habe es eines Nachts mitgekriegt, als ich davon wach wurde, daß Bee die Tür hinter sich zuzog, ganz leise, als wenn es etwas zu verbergen gäbe. Als ich zu ihr auf die Veranda ging und aus dem Fenster schaute, sah ich im Scheinwerferlicht des Vollmonds, wie mein Vater im Bademantel auf dem Uferwall stand und auf das Meer hinausstarrte. Meine Mutter entdeckte ich erst, als ich seinem Blick folgte und einen Arm wie ein Ruderblatt aus dem Wasser auftauchen sah. Sie schwamm hinter den Wellen, da, wo das Wasser am ruhigsten ist, hin und her und her und wieder hin, ununterbrochen.

Ich versuchte mir vorzustellen, was im Wasser alles um sie herumschwamm: Algenstücke wie Spitzenbesatz, leise aneinander klappernde Muscheln und die braunen, buckligen Rücken von schlafenden Krabben. Sie schwamm an Millionen von Lebewesen vorbei, von denen einige vielleicht innehielten, um ihr zuzusehen, während andere sich gar nicht um sie kümmerten. Mein Vater rief nicht nach ihr und winkte auch nicht, sondern wartete einfach mit einem Handtuch über dem Arm in der Dunkelheit auf dem Uferwall, genau wie Bee und ich. Wir standen in unseren Nachthemden am Fenster zum Strand hinaus und fragten uns, wonach unsere Mutter suchte, und ob sie wohl wiederkommen würde, wenn sie es gefunden hatte.

«Bee, lebt Columbus noch?»

«Nein.»

Ich hasse es, wenn meine Schwester mich für dumm hält. «Das habe ich gewußt. Ich wollte nur sichergehen. Und die Pilgerväter?»

«Was soll damit sein?» Bee sieht von ihrem Buch auf.

«Na ja, du weißt schon.»

«Du willst wissen, ob sie noch leben? Nein. Aber ihre Nachfahren.»

«Das hab ich auch gewußt... Bee?»

«Jane, ich lese.»

«Bee?» Ich will sie fragen, warum er sich ausgerechnet mich ausgesucht hat, wo ich doch sowieso schon so wenig weiß. Es ist einfach nicht fair. Sie sitzt da und lernt und lernt, ich kann förmlich sehen, wie sie das Wissen in ihrem Gehirn speichert. Und wie ich so dasitze und ihr zuschaue, läuft die Zeit davon, und ich lerne gar nichts. Im Gegenteil, ich vergesse vieles auch noch. Ich spüre, wie es aus mir rausläuft, und am liebsten würde ich mir Korken in Nase, Mund und Ohren stecken und sie nur dann rausnehmen, wenn ich atmen, sprechen oder zuhören muß. Ich weiß schon nicht mehr, wie das Telefon funktioniert, obwohl Bee es mir erst gestern erklärt hat. Für mich ist die Welt eine Liste von Zahlen: Wie viele Meter ergeben einen Kilometer, wie viele Stellen hat eine Million, in wieviel Jahren ist Jim doppelt so alt wie Mary, wenn er jetzt, wo sie achteinhalb ist, dreimal so alt ist wie sie. Wenn ich erwachsen werden will, muß ich all diese Dinge wissen, und bis jetzt habe ich so gut wie nichts davon behalten.

Bee trägt eine neue weiße Brille mit Glitzersternchen auf dem Gestell. Sie sieht damit aus wie eine Ratte, aber das ist ihr egal. Wahrscheinlich war es die erste, die sie im Laden gesehen hat. Sie sitzt zwischen lauter aufgeschlagenen Büchern, und ihr Zimmer ist wie immer völlig chaotisch, ein vollgestopftes Museum für allen möglichen Krimskrams. Wenn man reinkommt und fragt: «Wo ist die Kastanie, die du vor zwei Jahren in Pennsylvania gefunden hast?», räumt sie eine Tüte mit Schrauben und ein paar Fahrradersatzteile zur Seite, und da liegt sie. Mein Zimmer dagegen ist immer aufgeräumt, aber ich habe nicht das Gefühl, daß es deshalb schöner ist als Bees. Bei mir stehen drei Plastikpferde auf dem Regal, außerdem habe ich eine Teddybär-Sammlung und einen riesigen Dauerlutscher in einem Glas. Es sieht aus wie ein Motelzimmer für Kinder.

«Bee, wie lange bleibt es noch so?»

«Was denn?»

«Na ja, du und ich, so wie wir jetzt sind.»

«Wahrscheinlich für immer.» Sie blättert eine Seite um. «Zumindest solange wir keine Erfahrungen machen, die unser Leben auf den Kopf stellen. Ein bißchen werden wir uns vielleicht noch verändern, aber bestimmt nicht ganz. Unsere Persönlichkeit ist schon ausgeformt.»

Es kommt mir vor, als wenn ich das schon immer gewußt hätte. Jemand hat von vornherein die Regeln festgelegt, und die Würfel sind schon längst gefallen, und weil ich nichts dagegen tun kann, strecke ich ganz langsam, damit es nicht wie ein Versehen aussieht, die Hand aus und reiße oben an einer Seite eine Ecke aus einem von Bees Büchern heraus. Einem Buch aus der Bücherei. Es ist nur ein ganz kleines Stück, dreieckig, und es steht nichts drauf außer zwei Zahlen, auf jeder Seite eine. Dann halte ich es Bee hin. Sie sieht mich durch ihre halb heruntergerutschte Brille und über ihre spitze Nase hinweg an und scheint zu verstehen. Sie wird nicht böse, sondern nimmt das Stück Papier entgegen, wobei sich für einen kurzen Moment unsere Finger berühren. «Such bitte mal das Klebeband», sagt sie nur, und ich finde es auch prompt, trotz des Durcheinanders, das anscheinend System hat. Sie klebt die Ecke wieder an, streicht mit ihren Fingern, deren Nägel fast bis auf die Ansätze abgekaut sind, die Seite sorgfältig glatt und liest weiter.

Mrs. McMurtry sagt, daß ich jede Woche für eine halbe Stunde vom Unterricht befreit bin, damit ich zu Mr. Dell gehen kann. Er würde mich gerne kennenlernen. Sie wird mir jeden Mittwoch um zehn einen Schein ausstellen, so daß ich zu seinem Büro am anderen Ende des Flurs gehen kann.

Mr. Dell ist massig wie ein Kleiderschrank, und seine Stirn springt vor wie eine Felsklippe. Er ist fast zwei Meter groß und hat Hände wie Kohlenschaufeln. Als ich das erste Mal zu ihm geschickt werde, gehe ich in die entgegengesetzte Richtung – der Schweiß rieselt mir den Rücken runter – und verstecke mich mit dem Gesicht zur Wand im Eingang zum Speisesaal. Eine der Damen aus der Küche findet mich dort und bringt mich ohne Umschweife zu seinem Büro. Als wir um die Ecke kommen, sehen wir seine bedrohlichen Umrisse am Ende des Ganges.

«Sie hat sich verlaufen.» An ihrer Stimme höre ich, daß die Frau ebenfalls Angst vor Mr. Dell hat. Sie klopft mir aufmunternd auf die Schulter und geht quietschend auf ihren Gesundheitsschuhen davon.

Mr. Dell und ich sitzen auf seinem orangenen Sofa und reden über meine Noten, die immer schlechter werden. Letztes Mal hatte ich eine Vier in «Rücksicht gegenüber anderen» und eine Sechs in Mathe. Er legt die Hände auf die Knie. «Macht dir das Lernen Spaß?» fragt er mich.

Ich sage nein, weil ich nervös bin und die Frage falsch verstanden habe.

«Warum nicht?»

Jetzt muß ich mir etwas einfallen lassen. Ich starre auf den Boden und hoffe auf eine Eingebung.

«Mrs. McMurtry meint, du würdest manchmal Dinge durcheinanderbringen. Gibt es dafür einen Grund?»

Ich sehe auf meine Füße. Neben denen von Mr. Dell sehen sie zwergenhaft aus.

«Du solltest wissen, daß niemand dich bestrafen will. Unsere Gespräche sollen dir helfen. Andere Schüler beneiden dich vielleicht sogar darum, daß du herkommen darfst.» Mr. Dell scheint vergessen zu haben, daß es außerhalb seines Büros jede Menge Kinder gibt, die auf ihren Stühlen herumschaukeln und sich gegenseitig mit Bleistiften in die Ohren pieksen. «Ich möchte, daß du dich hier wohl fühlst, damit wir miteinander reden können. Gibst du diesen Zettel bitte deiner Mutter?» Er kritzelt hastig etwas auf ein Blatt Papier, faltet es zusammen und vertraut es mir tatsächlich an.

Die Nachricht ist in schräger Druckschrift geschrieben, so daß ich sie nur schlecht lesen kann. Ich bedanke mich und stecke den Zettel vorsichtig in die Tasche, wo er bleiben wird, bis ich mich mit Bee auf den langen Heimweg mache. «Ist zu Hause alles in Ordnung?» fragt Mr. Dell.

«Klar, prima», antworte ich und lächele erleichtert, weil die Zeit um ist. Er tätschelt mir den Kopf, als ich aufstehe.

Kaum daß wir das Schulgelände verlassen haben, faltet meine Schwester das Beweisstück auseinander und liest. Eine Weile murmelt sie vor sich hin. «Soll nicht als klassische Therapie aufgefaßt werden ... Schwierigkeiten, Wahrheit und Lüge auseinanderzuhalten ...» Bee faltet den Zettel wieder zusammen. «Bürokraten», schimpft sie. «Stecken ihre Nase überall rein. Was machen wir jetzt damit?»

«Zerreißen?» frage ich hoffnungsvoll.

Bee zuckt mit den Schultern. «Sie warten auf eine Antwort. Die sollen sie haben. Aber du mußt erst mal weiter hingehen, jedenfalls für eine Weile.»

Zu Hause tippt Bee die Antwort. Sie steckt sie in einen Umschlag und gibt sie selbst bei Mr. Dell ab. «Von meiner Mutter», sagt sie, ohne mit der Wimper zu zucken.

Bei unserer nächsten Sitzung sprechen Mr. Dell und ich über Zoos, darüber, warum die Tiere dort leben, wer sie füttert und pflegt, und warum es nicht richtig ist, Elefanten wegen des Elfenbeins zu jagen oder Riesenschildkröten zu töten, um daraus Suppe zu machen. Beinahe vergesse ich mich und erzähle ihm von den Koalabären und wie sie hoch oben an den Ästen der Eukalyptusbäume hängen und schlafen, aber im letzten Moment reiße ich mich zusammen. Statt dessen erzähle ich ihm etwas, das wahr ist.

Meine Mutter geht weiter schwimmen, obwohl es zu kalt dafür ist. Wenn sie vom Strand zurückkommt, sind ihre Lippen und Fingernägel blau angelaufen. Ihre Hände sind ständig in Bewegung, sie hängt Büroklammern in Ketten aneinander oder wickelt Garn auf.

Bee hat sich in ihrem Zimmer verbarrikadiert. Sie lernt gegen den Willen ihres Lehrers gleichzeitig Algebra und Geometrie und studiert außerdem noch auf eigene Faust Chemie.

«Jane», ruft meine Mutter. «Kannst du mir mal eben helfen?» Sie bittet selten um Hilfe, also laufe ich zu ihr. Sie sitzt an ihrem Frisiertisch mit dem weißen Rüschenstoffbesatz und passendem Hocker, Haarbürste und Schere in der Hand. «Es ist nicht so einfach, wie ich dachte. Ich kriege das nicht alleine hin.» Auf ihren Knien liegen fünfzehn Zentimeter lange Strähnen von ihrem pfirsichfarbenen Haar, und an einer Seite geht es nur noch bis zum Ohr.

«Lang ist es schöner», maule ich. «Ich will nicht, daß du es abschneidest.»

«Zu spät», sagt sie und ahmt meinen schmollenden Tonfall nach. «Was wir wollen oder nicht, hat jetzt keine Bedeutung mehr.»

Ich schüttele den Kopf.

Sie hält mir die Schere hin. «Ich bitte dich nur um einen kleinen Gefallen.» Wir sehen uns nicht direkt an, sondern sprechen mit dem großen ovalen Spiegel an der Wand, und ich muß an Märchen denken und an Menschen, die in verzauberten Glassärgen gefangen sind. In letzter Zeit ist es immer so, wenn ich mit meiner Mutter rede. Ich will keine Mutter aus einem Buch, sondern eine echte.

«Ich will nicht, daß du es abschneidest», wiederhole ich, wissend, daß mein Vater mir die Schuld daran geben wird, wie an allem anderen wahrscheinlich auch.

Sie nimmt mein Handgelenk und zieht mich sanft zu sich, als würde sie eine Angelschnur einholen, und drückt mir die Schere in die Hand. «Ich bin die einzige Mutter, die du je haben wirst, ob du willst oder nicht.»

Ich bürste kurz über ihr Haar, nur am Hinterkopf, und ein paar Strähnen bleiben hängen und fallen zu Boden. Dann nehme ich alle Haare über die Schultern nach hinten und schneide mit beiden Händen drauflos. Die Schere ist stumpf.

«Weiter», sagt sie und sieht ihr Spiegelbild an. Ich gehorche, und die Haare fallen büschelweise auf meine Schuhe und auf den Boden. Als ich fertig bin, hängen einzelne Strähnen wie feines Lametta überall auf meinem Pullover, den Schuhen und Strümpfen. Die Schere baumelt an meinen Fingern.

«Das wäre geschafft, Jane.» Ihr Haar steht wie zerzaustes Gestrüpp vom Kopf ab. Sie drückt mich an sich, aber ich spüre, daß sie mich gar nicht wahrnimmt. Sie blickt über meine Schulter hinweg in den Spiegel, auf das Ergebnis meiner Anstrengungen und auf das nichtssagende braune Haar auf meinem Kopf.

Ich verkrieche mich in mein Zimmer und hinterlasse dabei eine verräterische Spur aus glänzenden Haarsträhnen. Ich lasse das Abendessen ausfallen, ziehe meinen Schlafanzug an und gehe ins Bett.

Ich warte. Die Dielen im Flur knacken in regelmäßigen Abständen, Türen gehen auf und zu. Ich höre, wie das Geschirr in die Spüle gestellt wird, höre den Fernseher und die Dusche. Ich höre, wie Bee ihre Zimmertür zu und das Licht ausmacht. Ich schließe eine Weile die Augen und verliere jegliches Zeitgefühl, und als ich sie wieder öffne, sitzt mein Vater an seinem Platz, auf dem Stuhl neben dem Bett.

Mir kommt der Gedanke, daß ich mir diesmal seine Informationen nicht anzuhören brauche, ich kann ihm sagen, daß ich zu alt bin für solche Spielereien und niemandem mehr vertraue. Daß ich nicht mehr die Tochter bin, die er mal gekannt hat. Mein Vater rutscht auf dem Stuhl herum, sagt aber nichts. Er faltet die Hände, legt sie wieder nebeneinander. «Hör zu», sagt er. Ich nehme allen Mut zusammen, um ihn zu unterbrechen, doch er redet nicht weiter. Mir fallen die Augen zu. «Hör zu», sagt er wieder, diesmal lauter, drängender, fährt aber auch diesmal nicht fort. Ich öffne die Augen und sehe, wie mein Vater die Arme um seinen Bauch schlingt und sich über den Papierkorb beugt, als müßte er sich übergeben. Aber er macht nicht das geringste Geräusch. Er sitzt zusammengekrümmt neben dem Bett, als wenn er Schmerzen hätte.

Nebenan hängt meine Mutter Sachen in den Schrank, die Drahtbügel klappern gegen das Holz. Vielleicht ist nichts so, wie es scheint. Ich setze mich im Bett auf. Zuerst kommt es mir schwer vor, doch ich muß nur meine Phantasie gebrauchen und ein bißchen vorsichtig sein. Ich stopfe mir das Kissen in den Rücken, und mein Vater nimmt den Kopf von den Knien. Er ist soweit. Ich hole tief Luft und fange an, ihm zu erzählen, was ich weiß.

3. *Juli*

Nachdem meine Mutter gestorben war, entwickelte mein Vater eine Liebe zu Uhren. Er machte aus meinem Kinderzimmer ein Arbeitszimmer und füllte es mit Ticken, einem gedämpften Hin und Her, das wir manchmal sogar durch die geschlossene Tür hören konnten. In den Monaten nach ihrem Tod kam er immer wieder mit kleinen, ganz und gar gewöhnlichen Zeitmessern an, nahm sie, ohne ein Wort über das Wuchern seiner Sammlung zu verlieren, mit in das Arbeitszimmer, setzte neue Batterien ein und kümmerte sich dann, soweit ich weiß, nie wieder darum. An der Wand hingen dreißig oder vierzig Uhren unterschiedlicher Größe, weitere vierzig bis fünfzig standen auf einem großen schwarzen Tisch und einem Sperrholzregal.

Anfangs machten Bee und ich uns Sorgen – Ob es gut für ihn war, mit soviel gebündelter Vergänglichkeit in einem Raum zu sein? Versuchte er, die Unermeßlichkeit der Zeit einzuschätzen, jetzt, wo er sie allein verbringen mußte? – doch das Ticken, das wie ein gleichmäßiger, gedämpfter Applaus klang, schien ihm gutzutun. In keinem anderen Raum des Hauses gab es eine Uhr, und außerhalb seines Arbeitszimmers trug mein Vater nicht mal eine Armbanduhr.

Abgesehen von den Uhren gab es im Arbeitszimmer noch einen Aktenschrank, vollgestopft mit Steuer- und Rentenunterlagen, zwei goldfarbene Ohrensessel und die Dinge, die mein Vater für sein einziges Hobby – Muschellampen – brauchte. Um sich die Zeit zu vertreiben und ein bißchen Geld zu verdienen, füllte mein Vater leere Lampenfüße aus Glas mit Treibgut, Sand, Algen und Muscheln. Er nahm diese Beschäftigung sehr ernst und arbeitete mit der Geduld und dem Auge eines Künstlers. Oft dachte er sich komplizierte Muster mit Reihen von Seeigeln, Angelhaken und nach oben hin immer größer werdenden Sanddollars aus. Er verkaufte die Lampen an Souvenirläden in der Stadt und bekam auch manchmal Aufträge von Hotels. Ab und zu stellten ihm treue Kunden in der Annahme, er würde auch Reparaturen durchführen, in seiner Abwesenheit kaputte Lampen vor die Tür. Die wurden dann zwar in ihre Einzelteile auseinandergenommen und auf den Tisch und die beiden Sessel verteilt, aber nie wieder zusammengesetzt.

Während meiner zweiten Woche zu Hause klopfte ich an die Tür des Arbeitszimmers, ging hinein und fand meinen Vater mit einer Tube Klebstoff zwischen den Zähnen vor. «Festgeklebt», nuschelte er, als der Verschluß in seinem Mund endlich nachgab. «Was gibt's?» Vor ihm auf dem Tisch lag ein winziger Seestern mit einem abgebrochenen Arm. Das Ticken, Klopfen und Schnarren der Uhren klang wie eine ununterbrochene Unterhaltung. Es war nicht einfach dazwischenzukommen.

«Nichts.» Ich setzte mich hinter ihn und sah durch das Fenster zwei Tauben, die gerade dabei waren, unter dem Dachvorsprung ein Nest zu bauen. «Für die da brauchen wir ein paar Chinaböller», sagte er. «Ich kenne einen Laden, der die per Post vertreibt.» Er arbeitete so sorgfältig an dem Seestern wie ein Edelsteinschleifer an einem Diamanten. «Dieser Idiot von Lieferant hat wohl auf dem Weg von Miami hierher damit Fußball gespielt. Ein paar Dutzend mußte ich kleben.» Fünfzehn bis zwanzig Seesterne lagen zu seinen Füßen auf einem Stück Pappe.

«Kannst du sie nicht zurückschicken?»

«Lohnt sich nicht. Wenn ich mich beschwere, kann bei denen jemand seine Sachen packen.»

Ich fand, er hatte eine etwas übertriebene Vorstellung von seiner Macht, aber das behielt ich für mich. Wir kamen ganz gut miteinander aus, solange wir uns aus dem Weg gingen. Ich schlief auf dem Dachboden und kam selten vor Mittag herunter, und manchmal vergingen ganze Tage, an denen wir uns kaum zu Gesicht bekamen. Wir grüßten uns höflich wie Hotelgäste in der Eingangshalle und sprachen nicht über meine Schwangerschaft. Wahrscheinlich warteten wir beide darauf, daß der andere davon anfing. «Es ist gemütlich hier», sagte ich. Das Zimmer war in einem beruhigenden Seegrün gehalten. Meine Mutter hatte alle Räume im Haus in Meeresfarben gestrichen. «Ich finde es gut, daß du ein Hobby hast – noch dazu ein so nützliches.»

«Nützlich?» Er setzte ein Seepferdchen in den bereits zur Hälfte gefüllten Lampenfuß, der vor ihm auf dem Tisch stand. «Was ist daran nützlich? Totale Zeitverschwendung ist das.»

«Aber es macht dir doch Spaß.»

Er schnaubte durch die Nase. «Weißt du, was mir wirklich Spaß machen würde? Eine Lampe aus Müll. So eine wie die hier nehmen, und dann ein paar plattgetretene Bierdosen rein, eine Plastikschaufel und 'n Dutzend Barbiepuppen-Beine. Und ein Stück Hundescheiße. Das wäre wahre Kunst. Die könnte ich dann ans Museum verkaufen. So was wie das hier kriegt doch jeder Idiot in 'ner halben Stunde hin.»

«Warum machst du's dann?» fragte ich.

Er zog die Schreibtischschublade auf und musterte die ordentlich aufgereihten weißen Kästchen mit Engelsflügeln, Hutschnecken, Trompetenschnecken, Herzmuscheln, Venusmuscheln, Archenmuscheln, Wellhornschnecken, Nixenschnecken, Nabelschnecken und einem halben Dutzend verschiedener Ohrenmuscheln – alles Arten, die er sicher nicht hier in Sea Haven gefunden hatte. «Was soll ein Mann in meinem Alter denn sonst mit seiner Zeit anfangen? Ist doch ganz egal, was ich mache. Andere flechten Körbe, ich mache Lampen.» Er schüttete weißes und rosafarbenes Styropor in den weiten Lampenfuß und klebte sorgfältig eine Kaurischnecke auf das Glas. «Jedenfalls sorgt es dafür, daß dein alter Herr nicht auf der Straße sitzt. Du glaubst gar nicht, was die Leute für so was hier auf den Tisch legen.»

«Apropos Geld, ich wollte dich noch was fragen.»

Er sah in eine weiße Plastikwanne mit verschiedenen Schaufeln, Trichtern und Sand. «Wieviel brauchst du?»

«Darum geht es nicht. Ich möchte dir Miete zahlen.»

Er drehte sich um. «Ich habe schon einen Mieter unten. Willst du, daß ich ihn rauswerfe?»

«Nein, ich meine Miete für hier oben, für den Dachboden. Damit ich nicht mehr so ein schlechtes Gewissen habe, wenn ich mich bei dir durchfuttere. Ich könnte dir so etwa hundert Dollar pro Monat zahlen.»

«Wovon denn? Willst du vielleicht Blut spenden gehen?»

«Ich habe Geld.»

«Du hast 'n Sparbuch mit 'n paar tausend Dollar, das ich dir zum Achtzehnten geschenkt habe, falls du das nicht schon geplündert hast, und wenn's hochkommt vielleicht noch 'n paar Tausender dazu.»

Ich zuckte mit den Schultern. Er überschätzte mein Talent zum Sparen. Den größten Teil des Geldes hatte ich schon ein paar Monate, nachdem er es mir gegeben hatte, auf den Kopf gehauen.

Mein Vater steckte die Hände in die Hosentaschen, als würde er nach Kleingeld suchen. «Über wie viele Monate reden wir denn eigentlich?»

In den vergangenen zehn Tagen hatte ich Zeit gehabt, über einiges nachzudenken. In meinem Zustand wollte ich nicht unterrichten, um dann mitten im Schuljahr mit der Hand auf dem Bauch ins Krankenhaus zu watscheln, und momentan sah ich keinen Grund, das Haus zu verlassen. Ich fühlte mich wohl in meiner Dachkammer, und es hatte etwas Beruhigendes, wieder die Dinge um mich zu haben, mit denen ich aufgewachsen war. Und wie es im nächsten Jahr weitergehen sollte, würde ich mir überlegen, wenn es soweit war. «Ein paar Monate. Ein Weilchen.»

«Wie bitte?» Ein halbes Dutzend Uhren hinter ihm schlugen die Stunde. Mein Vater war der Überzeugung, daß erwachsene Kinder nicht ins Haus ihrer Eltern gehörten.

«Ich weiß es noch nicht genau. Bis zum Winter vielleicht. Ich kann meine Wohnung in Philadelphia untervermieten.»

Er zog die Augenbrauen hoch, die so grau und borstig waren, daß ich sie am liebsten mit dem Daumen glattgestrichen hätte. «Hast du nicht 'nen Job oder so, der im September wieder losgeht?»

«Ich suche mir hier einen Teilzeit-Job. Vielleicht findet sich ja was.»

Er drehte sich wieder um und beugte sich über die Wanne mit feinem weißen Sand. «Du kannst dein blödes Geld für dich behalten.»

«Ich übernehme meinen Anteil am Essen», schlug ich vor. «Schließlich futtere ich ja für zwei.» Ich nahm eine Miesmuschel in die Hand und strich mit dem Finger über ihre schimmernde Innenseite. «Eins wüßte ich gerne. Als Mom schwanger war, ist ihr da auch immer schlecht gewesen? Manchmal habe ich solchen Hunger, daß ich am liebsten –«

«Wie soll ich mich konzentrieren», schnauzte er, «wenn du hier die ganze Zeit rumquasselst?»

Beim Hinausgehen hörte ich, wie er den Eimer mit Sand quer durchs Zimmer kickte.

Ich fand es herrlich, auf dem Dachboden zu wohnen. Morgens beim Aufwachen hörte ich am Lärm, der vom Strand heraufkam, wie spät es war und was für ein Wetter wir hatten. Ich hatte mein Bett an der Tür zur Veranda aufgestellt, so daß ich nachts das Meer hören konnte, das leise Rauschen der Brandung und das leichte Zischen, wenn das Wasser vom flachen Sand wieder nach draußen gezogen wurde. Wenn man an der See aufwächst, gewöhnt man sich an dieses Geräusch, wie ein Baby an Herzschlag und Atmung im Bauch der Mutter. Geht man fort, umfängt einen die Stille und läßt einen nicht wieder los.

An der gegenüberliegenden Seite des langen, schmalen Dachbodens waren zwei dreieckige Fenster, die zur Straße hinausgingen. Die Decke war schräg, niedrig und nicht verputzt, und überall kamen die rostigen Spitzen der Nägel von den Dachbalken durch. Von innen sah der Raum wie ein Sarg aus Fichtenholz aus, mal abgesehen von der Öffnung im Boden, wo die Treppe nach unten führte, den beiden kleinen Fenstern in Kniehöhe an der Westseite, der niedrigen Tür zur Veranda und einer Reihe Glühbirnen an der Decke, die man anmachte, indem man an einer Schnur zog. Zur Meerseite hin hatte mein Vater einen kleinen Raum abgeteilt, in dem das alte Mahagonibett stand, in dessen Kopfteil und Füße Ananasfrüchte geschnitzt waren, außerdem die antike

Frisierkommode mit ihrem silbrigen Spiegel, ein abgetretener Orientteppich und der Schaukelstuhl mit der Sitzfläche aus Bambus. Der Raum sah aus wie aus dem Museum oder wie ein Schlafzimmer auf einer Theaterbühne. Der restliche Teil des Dachbodens, auf der anderen Seite der Treppe, sah auch wie einer aus: jede Menge Krempel von meinen Eltern und Großeltern – alte Kleider und Sammelalben, mottenzerfressene Bettwäsche und über hundert Pappkartons, zugeklebt und völlig unleserlich von Hand beschriftet. Wenn ich schlief, ließ ich eine Glühbirne brennen, um die Silberfische fernzuhalten.

Der einzige Nachteil war, daß der Dachboden sich wie ein Backofen aufheizte, und ich schlief nun mal gerne lange und nie ohne Bettdecke. An einem besonders schwülen Morgen wachte ich mit Kopfschmerzen auf, strich mir die feuchten Haarsträhnen aus Gesicht und Nacken und stolperte durch das gleißend helle Viereck der Verandatür nach draußen. Die Tür war ziemlich klein, etwa einsfünfzig mal ein Meter, so daß ich mich bücken mußte, um in meinem verschwitzten T-Shirt nach draußen zu gelangen, wobei ich blinzelnd vorsichtig einen Fuß nach dem anderen auf die Holzplanken setzte, die glühend heiß und voller Splitter waren. Ich stützte mich am Geländer ab, das um die kleine Veranda herumlief, rieb mir, noch immer geblendet, die Augen – und sah meine Schwester Bee, die auf der Uferbefestigung stand und zu mir herauf schaute. Anstatt zu winken oder meinen Namen zu rufen, stand sie einfach nur da auf den rotgescheckten Planken und studierte mich, den Kragen ihres gestärkten blauen Arbeitshemds als Schutz gegen die Sonne hochgestellt. Sie trug weiße Turnschuhe, die gleiche mädchenhafte Variante, die sie getragen hatte, seit sie laufen konnte, und lange hellbraune Shorts, die so weit waren, daß ihre Beine mager wie die einer Henne aussahen. Obwohl sie sich nie um ihr Äußeres kümmerte, sah Bee immer gut aus, oder doch zumindest so, als würde sie sich bemühen. Ihr kurzes blondes Haar schnitt sie sich selbst, es war fransig, sah bei ihr aber interessant aus und nicht albern, wie das bei mir bestimmt der Fall gewesen wäre.

«Was starrst du mich so an?» rief ich. Rechts in der Einfahrt konnte ich gerade noch die Motorhaube ihres eleganten und teuren deutschen Wagens erkennen, ein neues Modell, das sie vermutlich an Wochenenden aus Spaß auseinandernahm und wieder zusammensetzte.

«Ich guck nur ganz normal», rief sie zurück, «ich starre nicht. Komm runter.»

«Komm du rauf. Ich muß mich erst anziehen.»

Bee drehte sich um und sah zum Strand hinüber, der mit bunten Farbtupfern übersät war: Badeanzüge, Sonnenschirme und Liegestühle. «Ich zieh mir was über», wiederholte ich, aber wegen des Windes war ich nicht sicher, ob Bee mich gehört hatte.

Ich hatte mir kaum das T-Shirt über den Kopf gezogen und die Augen gerieben, da stand sie schon hinter mir auf der Dachbodentreppe. In bezug auf ihre eigene Person war Bee zurückhaltend, aber es störte sie nicht, wenn andere in ihrer Gegenwart nackt waren. Sie musterte mich, betrachtete Bauch und Brüste und schließlich mein Gesicht.

Ich zog mir ein Hemd über den Kopf und nahm meine Shorts vom Haken. Bevor ich sie anziehen konnte, kam Bee auf mich zu und legte ihre Hand auf meinen Bauch. Ihre Hand war glatt und kühl, ganz auf Nützlichkeit ausgerichtet.

«Dad hat's dir gesagt», stellte ich fest.

Sie nickte sachlich und steckte die Hände wieder in die Hosentaschen.

«Nicht gerade die beste Art, über den Zustand seiner

Schwester informiert zu werden. Ist das der Grund, warum du hier bist?»

«Warum bist *du* hier?» fragte sie zurück.

Ich zog meine Shorts an, die allmählich eng wurden, und machte den Reißverschluß zu, soweit es ging. Neben Bee kam ich mir dick, unförmig und haltlos vor. «Tut mir leid. Ich hätte es dir schon noch gesagt. Aber nicht am Telefon.»

«Na klar.» Sie zupfte einen unsichtbaren Fussel von ihrem Hemd.

«Ich habe mir gedacht, daß du nicht gerade begeistert sein würdest.» Ich suchte meinen Kamm. «Normalerweise reden wir ja gar nicht über solche Dinge. Wir erwähnen sie nicht mal.»

Bee zuckte mit den Schultern.

«Wie hat Dad es dir denn beigebracht? Hat er gesagt, ich wäre ‹kompromittiert› worden?»

«Nein, ich glaube, er sagte was von ‹angebumst›. ‹Deine Schwester hat sich anscheinend anbumsen lassen.› Ich soll rauskriegen, was du weiter vorhast.»

«Keine leichte Aufgabe. Weiß ich selbst noch nicht. Fürs erste bin ich eben wieder zu Hause.»

«Nicht unbedingt die beste Idee.»

Bee war ganz offensichtlich hergekommen, um einen langen, dunklen Schatten der Mißbilligung über mich zu werfen. Meine Gründe für mein Hiersein waren nicht so klar umrissen: Das Wesen in meinem Bauch war ein winziger Kompaß und das Haus meines Vaters der Pol.

«Wie lange willst du bleiben?» fragte ich. «Wie hast du es geschafft, frei zu kriegen?»

Bee schüttelte sich die Haare aus den Augen. «Ich habe jede Menge Zeit. Bisher habe ich kaum Urlaub genommen.»

Ich bezweifelte, daß sie das überhaupt je getan hatte. Bee war Softwarespezialistin. Wenn Firmen in ihrer Gegend Probleme mit ihren Computern hatten, riefen sie sie zu jeder Tages- und Nachtzeit an. Sie trug einen Piepser an ihrem Gürtel. Mein Vater hatte sich immer gewünscht, daß sie Ärztin wird. Nun hatte er meinetwegen einen Notruf an sie geschickt, und sie war gekommen.

«Schön», sagte ich. «Dann kannst du dich ja ein bißchen ausruhen.»

Bee saß so gerade auf meiner Bettkante, als hätte sie einen Besenstiel verschluckt. Ich hatte sie seit fast einem Jahr nicht mehr gesehen. Bei meinem letzten Besuch in Atlanta hatte ich die meiste Zeit allein in ihrer Wohnung verbracht, weil sie ständig im Einsatz war. Die Arbeit schien ihr Spaß zu machen, was ich deprimierend fand, denn sie hatte so gut wie nie etwas mit Menschen zu tun.

«Wann soll es kommen?» fragte sie so leise, daß ich zuerst gar nicht sicher war, ob sie überhaupt etwas gesagt hatte.

«Dezember oder Januar, glaube ich.»

«Warst du schon beim Arzt?»

«Ich habe mir einen aus dem Telefonbuch rausgesucht. Montag nachmittag ist der erste Termin.»

«Name?» Bee wollte immer alles ganz genau wissen.

«Subramanian. Er soll sehr gut sein. Aber es gibt sowieso nur vier Ärzte in Sea Haven. Und zu Dr. Crown kann ich schließlich nicht gehen.»

«Crown muß längst tot sein.» Bee fummelte am Bettpfosten herum. «Der war doch schon scheintot, als er noch unser Hausarzt war. Warum schläfst du hier oben?»

«Es gefällt mir hier. Ich bin gern allein. Vielleicht schlafe ich demnächst auch mal wieder draußen auf der Veranda, wie wir das früher immer gemacht haben.»

«Das war nur ein einziges Mal, und am nächsten Morgen waren wir übersät mit Insektenstichen. Du verklärst unsere Kindheit.»

«Nein, tue ich nicht. Die meiste Zeit war es die Hölle.»

Bee lächelte. Sie drückte mir eine braune Papiertüte in die Hand, die sie mitgebracht hatte. «Ein Geschenk», sagte sie. «Mach's auf.»

Ich schüttete den Inhalt auf das Bett. Zwei weiße Jogginghosen mit Gummibund und drei rote T-Shirts, eins davon in Herrengröße und mit langen Ärmeln.

«Deine neue Garderobe.»

Ich sagte nichts zu dem Mangel an farblicher Abwechslung. Wenn Bee mal eine Farbe gefiel, dann blieb sie dabei. «Vielen Dank», sagte ich.

Bee drehte sich um und ging zur anderen Seite des Dachbodens, wo der ganze alte Kram lag. Ihr Haar leuchtete in dem Dämmerlicht auf wie ein goldener Blitz. «Früher hattest du Angst, hierher zu kommen. Manchmal habe ich in dem Sessel hier gelesen, um Ruhe vor dir zu haben. Du kamst immer wieder halb die Treppe rauf, aber nie weit genug, um mich zu entdecken.»

Daran konnte ich mich überhaupt nicht mehr erinnern, obwohl ich noch wußte, daß ich mich immer vor dem Dachboden gefürchtet hatte. Vor allem vor dem Vogelkäfig auf seinem Ständer hatte ich Angst gehabt. Jetzt ging Bee an ihm vorbei quer durch den Raum, entlang an dem alten Kinderwagen und der Tretnähmaschine, der Badewanne mit Krallenfüßen, in der schlappe Luftmatratzen lagen, dem Stapel Bettpfannen aus dem Krankenhaus, den Stehlampen aus Porzellan, jede mit einem Fuß in der Form eines Fuchses, der nach den Trauben haschte, und den Skiern, die wir aus Faßdauben gemacht hatten.

Sie verschwand hinter ein paar Überseekoffern, und mein «Schlafzimmer» kam mir auf einmal vor wie eine kleine, unabhängige Republik neben einem riesigen Reich, das im Chaos versank. «Dad hat gesagt, du willst das Kind behalten?» Sie erschien wieder, nahm ein kaputtes Tonbandgerät hoch und drückte auf die Einschalttaste.

«Meinst du, ich schaff das nicht?»

«Du wirst dich wohl dran gewöhnen – was immer dich da erwartet.» Die Taste sprang wieder hoch, und Bee löste einen winzigen Schraubenzieher von ihrem Schlüsselbund. «Na ja, es scheint in der Familie zu liegen. Schließlich war Mom in der gleichen Situation.»

«Was soll das heißen?»

«Das soll heißen, daß sie auch schwanger war und nicht verheiratet. Ich war ein Dreimonatskind, wie das so schön heißt.»

«Wieso habe ich nichts davon gewußt? Hat sie dir das erzählt?»

«Keiner hat mir was erzählt», sagte Bee. «Aber es liegt ziemlich auf der Hand, wenn du meinen Geburtstag mit ihrem Hochzeitstag vergleichst.»

«Ich kann einfach nicht fassen, daß mir das nie einer gesagt hat.»

Bee öffnete mit einem Knacken die Rückseite des Tonbandgeräts. «Wieso? Was macht das für einen Unterschied? Du bist ja auch nicht gerade mitteilsam, oder?»

«Nein. Wohl nicht.»

Unten knallte die Tür zu.

«Warst du mit ihm zusammen?» Bee sah mich nicht an. Sie und ich sprachen nie über den romantischen Teil unseres Lebens. Ihre letzte Beziehung hatte sie, soweit ich wußte, mit einem spindeldürren, einzelgängerischen Physikochemiker, und das war fünf Jahre her. «Gibt es einen Flüchtigen, der vor Gericht geschleift werden sollte?»

«Eigentlich nicht. Ich hab ihm gar nichts gesagt. Er war nicht wichtig. Und jetzt ist er auf und davon.»

Bee nickte, als würde ihr das genügen. «Ich glaub, ich

geh mal runter und mache das Mittagessen. Beziehungsweise, was dich betrifft, das Frühstück.» Sie hob die Einzelteile des Tonbandgeräts auf. «Du solltest besser in meinem Zimmer schlafen. Wir besorgen uns einen tragbaren Ventilator. Hier oben ist es zu heiß für dich.» Wenn Bee ihre Unterstützung anbot, klang es immer wie ein Befehl.

Ich schüttelte den Kopf. «Mir gefällt's hier.»

Kurz darauf hörte ich, wie sie die Porzellanteller herausnahm – nicht die Pappteller – und mein Vater von irgendwo her erfolglos dagegen wetterte.

Ich zog Sandalen an, die für meine geschwollenen Füße fast zu klein waren, und machte das Bett. Ich hatte gedacht, daß ich vielleicht bereit für die Abreise wäre, nachdem ich meinem Vater die Neuigkeit mitgeteilt hatte, aber dem war nicht so. Meine Mutter hatte meinen Vater geheiratet, weil sie schwanger war. Sie war zart und unnahbar gewesen. Ich hatte sie nie gut gekannt, aber jetzt war sie mir noch fremder geworden. Sie war nicht gestorben, so schien es mir, sondern hatte sich aufgelöst.

Es war mehr als zehn Jahre her, daß wir drei hier den Sommer zusammen verbracht hatten, und wie immer schien das Haus im Sommer kleiner zu sein als sonst. Paradoxerweise hockten wir beim schönsten Wetter des Jahres drinnen oder auf der Veranda, weil wir alle drei keine Lust hatten, uns unter die bunte Masse der Urlauber am Strand zu mischen. Während der Feriensaison hatte ich mich immer schrecklich gefühlt. Ich erinnerte mich an einen Sommerabend, an dem ich weinend zu Bee gelaufen war und geschluchzt hatte, daß unser Vater sie mehr liebte als mich. Sie hatte mir das Haar hinter die Ohren geschoben und widerstrebend zugestimmt. «Er kann nichts dafür», hatte sie gesagt. «Meistens versucht er, sich nichts anmerken zu lassen.»

Jetzt, wo wir wieder zusammen waren, saßen Bee und

ich häufig zeitunglesend auf der vorderen Veranda. Wenn mein Vater uns dort sah, sagte er manchmal händereibend: «Na, wenn das nicht die beiden Torquemada-Töchter sind!» Er hatte meine Mutter früher immer Mrs. Torquemada genannt, wenn die beiden beschwipst und guter Laune waren. Obwohl ich glaube, daß er sich freute, uns da zu haben, war er nicht an soviel Gesellschaft gewöhnt und wurde manchmal ohne jede Vorwarnung giftig: Bee hatte er angefahren, weil sie in sein Arbeitszimmer «eingedrungen» war und die kaputten Lampen und ein Scharnier an der Schranktür repariert hatte, und ich kriegte zu hören, daß er mir mit dem Besenstiel eins überziehen würde, wenn ich meine Pfoten nicht von der Eiscreme mit den Pfefferminz-Schoko-Splits ließe. Wir liefen alle drei unruhig und schweigsam im Haus umher.

Abends spielten wir meistens Scrabble, obwohl wir dabei alle schlechte Laune bekamen. Mein Vater und ich waren lausige Verlierer, und Bee gewann jedesmal, trotz unserer pausenlosen Kritteleien und Gegenattacken. Wenn sie nicht an der Reihe war, ging sie manchmal hinaus, kam dann nach einer Weile wieder, zog ihre Buchstaben und legte damit fast augenblicklich ein Wort, von dem wir noch nie etwas gehört hatten. Wenn einer von uns das Wort dann nachschlug und verlor, achtete sie peinlich genau darauf, daß wir auch wirklich aussetzten. Allerdings führte mein Vater die Punkteliste, und er vergaß hin und wieder gerne, Bees Extrapunkte zu notieren. Während er bei den Zahlen herumtrickste, steckte ich die Buchstabenwürfel, mit denen ich nichts anfangen konnte, in den Beutel zurück und nahm mir ein paar andere.

Eines Abends schließlich legte mein Vater *Zebra* über ein Feld mit dreifachem Wortwert. «Komm her, du hoffnungsloser Fall», rief er Bee hinterher, «diesmal hast du verloren.»

Sie kam zurück, das Tonbandgerät in der Hand, das sie auf dem Dachboden gefunden hatte, legte mit allen sieben Buchstaben, die sie hatte, *Zaibatsu* an das Z und holte einen Schraubenzieher aus ihrer Tasche. «Ich hab das Ding schon fast wieder hingekriegt.»

Mein Vater und ich sahen uns an. «Was zum Teufel ist *Zaibatsu?*» fragte er.

«Soll das eine offizielle Herausforderung sein?» Bee sah nicht einmal hoch.

«Ich frage lediglich, was zum Teufel ein Zaibatsu ist.»

Ich bot an, es nachzuschlagen.

«Nach dem Spiel», sagte Bee. «Wenn du jetzt nachschaust, mußt du aussetzen.» Sie schloß die Rückseite des Geräts, schraubte sie fest und fädelte das Tonband ein.

«Muß das jetzt sein?» fragte mein Vater.

Bee spulte das Band zurück und drückte auf Wiedergabe. «Jane, du bist dran.»

Ich vertiefte mich in meine Sammlung von Fs und As und fragte mich, warum ich soviel Zeit mit Leuten vertat, die schlecht für mein Selbstbewußtsein waren. Ich kriegte *fad*, *lahm* und *faul* zusammen. Plötzlich begann die Spule sich zu drehen. Wir hörten ein Knistern, dann Kinderlachen und eine verschämte Gesangsdarbietung von «Mary Had a Little Lamb» – das war ich im Alter von etwa drei Jahren. Beifall, dann das Knacken des Geräts beim Aus- und Anschalten. Bee, sieben Jahre alt, rezitierte ein mittelalterliches Sonett voller Anzüglichkeiten.

«Ist das Spenser?» fragte ich. «Ich fasse es nicht.»

«Psst», zischte Bee. «Ich will den Rest hören.»

Das Gerät knackte wieder aus und an. Unruhe, wieder Lachen. Und dann hörten wir aus dem Hintergrund die Stimme meiner Mutter, perfekt erhalten und erstaunlich klar: «Nein, natürlich ist das nicht genug. Es ist nie genug. Ich glaube, das gibt es gar nicht.»

Sie hatte eine weiche, tiefe Stimme, geschmeidig und intelligent. Sie wieder zu hören gab mir das Gefühl, einen Schritt ins Nichts zu tun und getragen zu werden, ein Stück über dem Boden zu schweben. «Was macht ihr da?» fragte sie. «Ich will nicht, daß ihr mich aufnehmt. Nein, ist es nicht. Ich sage kein Wort mehr, bis ihr das Ding ausmacht.» Das Band lief noch etwa eine Minute lang weiter, aber sie sagte nichts mehr.

Wir starrten auf das Gerät.

«Lösch es», sagte mein Vater.

Ich bat Bee auszuprobieren, ob noch mehr drauf war.

«Ich hab gesagt, lösch es.»

Bee spulte zurück, und wir hörten dieselben Sätze noch mal. Das restliche Band war leer.

Mein Vater schloß sich in seinem Zimmer ein. Bee und ich räumten das Spiel weg.

«Was hat sic wohl gemeint? Was war nicht genug für sie?» fragte ich.

Wir gaben Spunk seine in Butter gedrückte Tablette und hörten zu, wie Mr. Denzer unter uns die Fenster schloß.

Dr. Subramanian war, den Diplomen zufolge, die gerahmt an der Wand hingen, in Neu-Delhi zur High-School gegangen, in London zum College und in Cincinnati, Ohio, zur Universität. Außerdem hatte er einen Magisterabschluß in englischer Literatur von einem College in Florida, das ich nicht kannte. Seine kleinen, stets feuchten Praxisräume lagen in der Stadt, oberhalb eines Juweliergeschäfts, in dessen Schaufenster eine Unmenge Trauringe auf rotem Samt dekoriert waren. Durch die Jalousien (er ließ die Lamellen immer geöffnet) konnte ich die Wasserrutsche und das Riesenrad mit seinen auf- und absteigenden kleinen bunten Gondeln sehen.

«Sie sind vermutlich in der zwölften bis vierzehnten

Woche.» Dr. Subramanian untersuchte mich, wobei er auf einen imaginären Punkt oberhalb meiner Augen starrte. Ich wiederum starrte an die Decke. Für Dinge wie diese gibt es eine Etikette.

«Anders ausgedrückt: Sie kommen jetzt ins zweite Drittel der Schwangerschaft. Und das hier ist Ihre erste Untersuchung?» Er sprach ein wunderbar klares Englisch. Er war schlank und dunkel und hatte etwas von einem Baby an sich: sein dichtes Haar umrahmte eine niedrige Stirn, die Nase war zart und nicht voll ausgeformt.

«Ich hatte zu tun», erwiderte ich.

Er kratzte sich am Kopf. «Wenn Sie den Zeitpunkt der Empfängnis nicht genau wissen, können wir eine Ultraschallaufnahme machen lassen. Das Nette daran ist, daß Sie den Fötus auf dem Bildschirm sehen können. Der Geburtstermin liegt wahrscheinlich so um Weihnachten. Ein Festtagskind.»

Aus irgendeinem Grund stellte ich mir einen Truthahn vor, fleischig, mit glänzender Fettkruste und zu einer Kugel zusammengerollt.

«Haben Sie noch Fragen?» Er fummelte an einer runden Plastikscheibe herum, auf der lauter Daten eingetragen waren, drehte sie immer wieder vor und zurück und sah dann auf.

«Was wollen die Leute denn normalerweise wissen?»

«Alles mögliche.» Er sah überrascht aus. «Fragen Sie mich, was Sie wollen.»

«Wie groß ist es jetzt?»

Dr. Subramanian lächelte verständnisvoll. «Ungefähr so groß wie ein Stück Seife. Brauchen Sie Informationen über Ernährung und Gymnastik?»

«Ich schätze, das gehört zum Programm.» Keiner von uns rührte sich.

«Ich zögere» – Dr. Subramanian legte an dieser Stelle tatsächlich eine Pause ein –, «Patientinnen zu beraten, die in ihrem Fragebogen angeben, daß sie keine Beratung wollen.»

«Ich hatte keine Lust, mich in Gesellschaft von einem Dutzend Sechzehnjähriger und ihren Freunden wiederzufinden. Und ich glaube, das Ganze ist noch ziemlich abstrakt für mich. Ich sehe mich nicht als Mutter.»

«Abtreibungen führe ich nicht durch.» Dr. Subramanian ordnete einige Papiere auf seinem Schreibtisch. «Aber ich kann Sie an Kollegen überweisen, die das machen. Ich kann Ihnen auch die Adresse einer Adoptionsstelle geben.»

«Wie wär's mit einer Partnervermittlung?»

«Nein, das übersteigt meine Möglichkeiten.» Es dauerte einen Moment, aber er lächelte. «Ich bin sicher, Ihnen fallen noch Fragen ein, und ich hoffe, Sie zögern nicht, mich dann anzurufen. In der Zwischenzeit gebe ich Ihnen etwas zum Lesen mit.» Er reichte mir ein paar Hochglanzbroschüren. Auf einer davon war eine Frau abgebildet, die sich, die Hand auf dem Bauch, mit einem weißhaarigen Arzt unterhielt, der allen Ernstes einen kleinen runden Spiegel am Kopf trug, wie in einem schlechten Film.

«Ich will das Kind behalten. Den Fötus. Im Augenblick wohne ich bei meinem Vater. Ich meine, ich lebe da, aber nur für eine Weile. Ich bin in Sea Haven aufgewachsen.»

Dr. Subramanians Gesicht zeigte keine Regung. «Sonst noch was?»

«Nein. Doch. Warum haben Sie Englisch studiert?»

«Aus Interesse.» Er verschränkte die Arme. «Ich studiere die menschliche Natur. Machen Sie einen zweiten Termin aus, und dann können wir uns unterhalten.»

Ich nahm die Broschüren unter den Arm und ging.

«Der Hund muß heute noch mal zum Tierarzt», sagte Bee. «Er hat überhaupt nichts gefressen.»

Mein Vater war gerade am Telefon und machte für uns drei eine Startzeit auf dem Golfplatz aus, obwohl Bee und ich keine Lust dazu hatten.

Es war Mittwoch, in drei Tagen mußte Bee wieder nach Hause. Obwohl sie angeblich gekommen war, um ein Auge auf mich zu haben, hatten wir kaum Zeit miteinander verbracht. Bei anderen Familien kommt im Falle einer Krise vermutlich alles angerannt, um der leidenden Person die Hand zu halten. Bei uns dagegen eilt alles in den Dunstkreis der Krise, um dort dann untätig zu verharren, in der Hoffnung, der Patient möge sich auf wundersame Weise von selbst wieder berappeln.

«Ihr zwei seid so munter wie ein paar eingeschlafene Füße», sagte mein Vater, die Hand auf der Sprechmuschel. «Und der Hund sieht genauso aus wie vor einer Woche. Warum um alles in der Welt sollte er Hunger haben, wenn er gestern abend die Hälfte von meinem Hamburger gefressen hat?»

«Ich glaube, er hat eine Geschwulst», sagte Bee leise zu mir.

«Viertel nach zwei.» Triumphierend legte mein Vater auf. «Mein Gott, natürlich hat er ’ne Geschwulst. Der Hund ist alt. Ihr solltet erst mal meine sehn. Riesig, sage ich euch. Und ich renne schließlich auch nicht bei jedem Kropf oder Hühnerauge sofort zum Arzt.»

«Kropf und Hühneraugen kriegt man nicht am Bauch. Ich fahr mit ihm zum Arzt.»

Ganz langsam legte mein Vater den Stift hin. Ich sah an seinem Gesicht, daß sich etwas zusammenbraute. «Zwei Mädchen», begann er. «Zwei Mädchen. Als Jane auf die Welt kam, hab ich gedacht, ‹Auch gut. Ich werde ihnen Schach beibringen. Ich geh mit ihnen fischen. Wir spielen im Garten Fangen. Mädchen sind auch okay.›

Das hab ich gedacht. ‹Wir können trotzdem alles machen.›»

«Wir haben nie irgendwas in der Art gemacht, Dad», wandte Bee ein.

Er ignorierte sie. «Wenn mir einer gesagt hat, ‹Mädchen halten nicht so zu ihrem alten Herrn wie Jungs›, hab ich geantwortet, daß er meine Mädels nicht kennt. Ich hab gesagt, ‹Woher willst du wissen, daß sie nicht zu mir halten? Woher willst du wissen, daß sie nicht voller Treue zu mir zurückkommen, wenn sie erwachsen sind, um mir Gesellschaft zu leisten – im Haus bleiben, sich durchfuttern, alles mögliche kaputtmachen, immer fetter werden, sich ab und zu bereit erklären, eine popelige Runde Golf mit mir zu spielen, und den gottverdammten Hund in Ruhe lassen?›»

Zwei Stunden später machten wir uns auf den Weg.

Bee saß am Steuer. Sie hatte einen elenden Fahrstil. Keiner von der Haus-Familie fuhr besonders gut, aber einige hatten mehr Vertrauen in ihre nicht vorhandenen Fähigkeiten als andere. Meine Mutter war rücksichtslos und schnell gefahren und hatte während der Fahrt zwischen ihren Füßen nach heruntergefallenen Sachen gefischt oder in ihrer Handtasche nach einem Stift oder einem Taschentuch gesucht. Oft hatte sie Einkaufslisten oder kurze Briefe am Steuer geschrieben. Mein Vater fuhr zu langsam und schien von Radfahrern oder irgendwelchen Dingen am Straßenrand geradezu magisch angezogen zu werden. Manchmal griff er immer noch nach der nicht mehr vorhandenen Schaltung. Ich wiederum verirrte mich gerne – ganze Highways schienen sich in Luft aufzulösen, sobald ich darauf zu steuerte. Und Bee schließlich klebte stets an den Stoßstangen der Wagen vor ihr, egal ob die zwanzig fuhren oder hundert. Ihr Rücken berührte nie den Sitz – dafür lag sie mit der Brust fast auf dem Lenkrad –, sie beschleunigte wie eine Wahnsinnige und bremste immer erst kurz bevor es knallte ab. Jetzt schloß sie gerade zu einem Buick auf.

Ich saß hinten, schnallte mich an und schloß die Augen.

«Ihr beide trefft auf dem Golfplatz vielleicht ein paar alte Schulfreunde», sagte mein Vater. «Laßt euch von mir nicht stören, wenn ihr ein bißchen quatschen wollt.»

«Wen um alles in der Welt sollten wir wohl treffen?» fragte Bee. Sie hatte auf der High-School ohnehin nur wenige Freunde gehabt, und das Verhältnis war im Laufe der Zeit bestimmt nicht enger geworden.

Mein Vater stützte sich mit den Armen am Armaturenbrett ab. Zwischen uns und dem Buick lagen noch etwa anderthalb Meter. «Na ja, Jane hat doch sicher noch Kontakt zu – wie hieß er noch? – Sandy oder Dirty oder so was in der Art.»

«Dusty», sagte ich. «Nein, hab ich nicht. Ich verfolge schon längst nicht mehr, was aus meinen Ex-Freunden von der High-School geworden ist.»

«Du redest im Plural?» fragte er. «Scheinst ein großzügiges Gedächtnis zu haben. Ich kann mich nur an diesen einen erinnern.»

Der Buick fuhr rechts ran. Ein Mann und eine Frau saßen vorne und stierten uns hinterher, als wir vorbeifuhren. «Dusty», sagte ich, «und dann Bert. Die anderen habe ich vielleicht nie mit nach Hause gebracht.»

«Anscheinend nicht», sagte mein Vater. «Du hast dich wohl für deine Familie geschämt.»

«In dem Alter schämt sich jeder für seine Familie.»

Bee bog links ab, ohne zu blinken.

«Zu meiner Zeit», fing mein Vater an, «hatten wir 'n paar seltsame Bräuche. Leute lernten sich kennen, wurden den Familien vorgestellt, und manchmal heirateten sie. So einfach war das.»

Ich hörte, wie das Getriebe knirschte. «Willst du mir ernsthaft erzählen, es hätte dir nichts ausgemacht, deine Freunde und Freundinnen mit zu Oma und Opa zu nehmen? Opa war doch nicht ganz richtig im Kopf.»

«Bee, fahr nicht so schnell.» Mein Vater griff wieder nach dem Armaturenbrett. «Das hier ist kein Krankenwagen. Mein Vater hat sehr früh seine Eltern verloren, weißt du. Er hat's nicht leicht gehabt.»

«Ich hab gehört, er hat mal versucht, Tante Clara umzubringen», sagte Bee.

«Leider nur ein einziges Mal. Ein paar Leute meinten, er hätte es ruhig noch öfter versuchen sollen.»

Ich erinnerte mich, wie meine Mutter mir mal erzählt hatte, daß ihr Schwiegervater jedes Jahr zu Weihnachten eine kleine Teakholzschachtel eingepackt und unter den Christbaum gelegt hatte. Sie hatte sie aufgemacht – es war ja ein Geschenk – und darin eine Sammlung von abgeschnittenen Fingernägeln gefunden. Sie hatte sich jedes Jahr dafür bedankt. «Es ist nicht weiter tragisch, daß du ihn nie gekannt hast», hatte sie immer gesagt.

Mein Vater kurbelte das Fenster herunter. «Damals waren die Menschen noch interessanter. Die Leute, die man heute so sieht, sind nur noch ein blasser Abklatsch ihrer Eltern und Großeltern. Wer hat denn heutzutage noch Charakter?»

Wir fuhren an der High-School vorbei, auf die wir alle drei gegangen waren. Nur meine Mutter war nicht in Sea Haven aufgewachsen. Sie kam aus Maryland, was für uns geheimnisvoll und fremd klang. Sie hatte nie von ihrer Familie und ihrer Kindheit erzählt. Ihre Eltern waren tot, und das einzige, was sie je über sie gesagt hatte, war: «Wir sind nicht miteinander ausgekommen.»

«Was ist denn das?» Zwischen den Schalensitzen hatte Bee die Hochglanzbroschüren gefunden, die ich aus Versehen im Auto gelassen hatte: «Stillen – Der natürliche Weg», «Geburt und Nachsorge», «Kaiserschnitt» und so weiter.

«Zeig mal her», sagte mein Vater und riß Bee die Broschüren aus der Hand, bevor ich überhaupt begriffen hatte, worum es ging. Er schlug meinen Arm zur Seite, als ich versuchte, sie ihm wegzunehmen. «Oh. Hm.» Er zog die Augenbrauen in die Höhe und las schweigend vor sich hin.

«Nützliche Informationen, Dad?» fragte Bee.

Er ließ sich nicht stören. «Hört euch das an. ‹Müdigkeit kommt im ersten Drittel der Schwangerschaft häufig vor. Die werdende Mutter sollte sich so oft wie möglich hinlegen, wenn sie müde ist.› Das ist doch nichts Neues. Finger weg», knurrte er mich an und schob wieder meine Hand zur Seite. «Wir haben so was nicht gekriegt, als ihr beide unterwegs wart. Eure Mutter und ich mußten uns das meiste selbst zusammenreimen.» Er blätterte weiter. «Ein- oder zweimal pro Monat hab ich in der Badewanne 'nen Strich an den Rand gemacht und bis dahin Wasser einlaufen lassen. Dann ist sie reingestiegen, damit wir sehen konnten, wieviel Wasser sie verdrängt. Auf die Art konnten wir sehen, ob das Baby gewachsen war.»

«Damit kriegt man aber nicht die Größe des Fötus raus», sagte Bee, «sondern die der Frau.»

«Und Mom hat da mitgemacht?» fragte ich.

«Aber klar. Deine Mutter hat mir immer vertraut. Was anderes blieb ihr auch gar nicht übrig.»

Die Vorstellung, wie mein Vater meine nackte, schwangere Mutter drängte, in eine Wanne zu steigen, war für mich völlig obszön. Ich sah sie förmlich vor mir, wie sie sich eine Weile zierte und dann schließlich nachgab: «Also gut, Gregory, ich setze mich in die Wanne, aber laß mich bitte einen Moment allein.» Er kriegte immer seinen Willen.

«‹Wenn Sie stillen wollen›», las mein Vater vor, «‹sollten die Brustwarzen schon vorher daran gewöhnt werden.›»

Bee und ich starrten auf die Straße.

«‹Hämorrhoiden›», fuhr er fort, «‹kommen in den letzten zwei Dritteln der Schwangerschaft häufig vor.› Das kriegen wir schon in den Griff.»

Bee bog ab und fuhr auf den Parkplatz. «Wir sind da.»

Ich öffnete meine Tür, während der Motor noch lief.

Mein Vater hörte nicht auf zu lesen, bis ich ihm die Broschüren wegnahm. Dann stieg er grinsend aus dem Wagen. «Bereit für die Niederlage?» Er winkte einem Mann mit blauweiß gestreiftem Hemd zu, legte die Hände wie einen Trichter um seinen Mund und rief: «Alles, was die beiden hier wissen, haben sie von mir. Und trotzdem sind sie undankbar.»

Bee verdrehte die Augen und ging los, um einen Cart zu mieten.

Der Mann lächelte, winkte aber nicht zurück.

«Idiot», sagte mein Vater. Wir gingen zum ersten Abschlag.

Bees Ungeschicklichkeit in sportlichen Dingen hatte mich schon immer amüsiert. Beim Baseball traf sie keinen Ball, sie schaffte es nur selten, irgend etwas zu fangen, das man ihr direkt in die Arme warf, und wenn sie lief, sah sie aus wie ein Storch. Ich puttete nicht mit der gleichen Konzentration wie früher, aber Bee war auf dem Platz in jeder Hinsicht ein hoffnungsloser Fall, so daß ich bei dem Spiel trotz allem auf meine Kosten kam. Wir waren ein seltsames Dreiergespann. Bee trug Turnschuhe mit glatten Sohlen, ich mein nagelneues leuchtendweißes Sweatshirt und mein Vater eine Patchwork-Golftasche, die Kriegsversehrte gut sechzig Jahre zuvor aus Lederresten zusammengenäht hatten.

Wir warteten am Abschlag, während der Mann, der meinen Vater hatte abblitzen lassen, ein Neuner Eisen wählte. Er tat so, als hätte er uns gar nicht bemerkt, als sein Ball in die Bäume abdriftete.

«So ein Pech aber auch», sagte mein Vater mit breitem Grinsen. «Ganz schöner Slice.» Der Mann drehte sich nicht um, sondern schlug einen zweiten Ball und folgte ihm ohne ein Anzeichen von schlechtem Gewissen zum Fairway.

«Der mogelt doch, oder?» fragte Bee. «Du fängst an, Dad.»

Er winkte ab. «Leg los. Ich werde mir 'n bißchen die Beine vertreten.»

«Du wolltest doch spielen», rief ich, aber er machte sich schon in Richtung des verschwundenen Balls davon.

«Ich dachte, das hätte er sich inzwischen abgewöhnt», sagte Bee.

Eine Zeitlang war mein Vater nur auf Golfplätze gegangen, um die Bälle anderer Spieler einzusammeln. Angefangen hatte er damit, als ich noch auf der High-School war und nicht wollte, daß er mir bei jedem Schlag über die Schulter sah. Ich hatte ihn weggeschickt, und er war mit drei oder vier fleckigen und angeschlagenen Bällen zurückgekommen. Dann hatte er herausgefunden, daß die Pro Shops oft gut erhaltene gebrauchte Bälle für ein paar Cents zurückkauften. Seine Tasche quoll bald über vor Utensilien: lange Teleskopstangen mit Schöpfkellen oder Sieben, um Bälle aus dem Wasser zu fischen, außerdem Zangen, Rechen und Metallhaken, mit denen er Bälle aus dem Gebüsch pflückte. Er konnte stundenlang auf den Knien am Rand eines künstlichen Teichs kauern, ohne sich um die anderen Golfspieler zu scheren, die staunend zusahen, wie der Haufen Bälle neben ihm wuchs.

Bee zog den Driver aus der Tasche meines Vaters. Er

war zu lang, aber das fiel ihr nicht auf. Sie straffte die Schultern und riß in einer einzigen erstaunlichen Bewegung die Arme steil nach hinten, ohne die Ellbogen anzuwinkeln. Der Ball hüpfte etwa zehn Meter weit. «Golf war noch nie meine Stärke. Du bist dran.»

Ich stellte mich in Position, nicht ganz im Gleichgewicht wegen meiner veränderten Formen. Es fühlte sich an, als wären meine Hüftknochen durch einen Abgrund voneinander getrennt. Trotzdem genoß ich es, mich auf die Spannung in meinem Nacken zu konzentrieren, die Haltung meiner Handgelenke wieder zu erspüren und mich körperlich automatisch an die ideale Position von Füßen und Knien zu erinnern. Wahrscheinlich war es dieses Gefühl von Perfektion, was mich an diesem Sport erst angezogen und später dann von ihm abgebracht hatte – die Vorstellung von absoluter Entspannung bei hundertprozentiger Präzision, auf die nur allzubald die Erkenntnis folgte, daß wahre Perfektion nie erreicht werden kann und selbst die größtmögliche Annäherung an dieses Ziel nicht die gewünschte Erfüllung bringt. An einem guten Tag jedoch, einem Tag mit viel Glück, liegt in dem Schwung eines Golfspielers etwas, das im Einklang mit der Welt zu sein scheint. Wenn die Innenfläche der rechten Hand über dem linken Daumen liegt, Ellbogen, Handgelenke, Hüften und Knie im geschmeidigen und kraftvollen Schwung des Schlägers zusammenspielen und dabei Kopf und Füße unverkrampft ihre Position bewahren, fühlst du dich als Ganzes, wie im absoluten Gleichklang mit den Planeten im Weltall, die in ihrer Eigenbewegung meisterhaft aufeinander abgestimmt sind. Obwohl ich das ganze Jahr über noch keinen Schläger in der Hand gehabt hatte, flog der Ball über den Sandbunker neben dem Grün hinweg und landete dreißig Meter von der Fahne entfernt. Mein Vater tauchte aus dem Waldstück auf, als der Ball an ihm vorübersegelte, und hielt anerkennend den Daumen nach oben. Dann verschwand er wieder zwischen den Bäumen. Bee hob ihren Ball auf. «Bringen wir's hinter uns.» Wir fuhren zum Grün hinüber. Ich brauchte für das Par-Drei-Loch nur noch einen Putt und hatte damit einen Birdie. Als wir auf das fünfte Loch spielten, lag ich unter Par. Wir stellten den Cart im Schatten ab und winkten eine Vierergruppe durch. Bee legte methodisch die Bälle in den Ballwäscher und betätigte die Pumpe.

«Es überrascht mich immer wieder», sagte ich, «wie ähnlich ihr euch seid, Dad und du. Schon damals, als wir noch klein waren. Es kam mir vor, als würde ich mit einer Miniatur-Ausgabe meines Vaters aufwachsen.»

Sie sah mich erstaunt an. «Ich bin nicht wie Dad. Ich bin Mom nachgeschlagen.»

«Ich meine nicht das Aussehen.»

«Ich auch nicht.» Sie wischte einen Ball an ihren Shorts ab. «Du hast mich immer an Dad erinnert. Ich bin mehr wie Mom. Sie war selbstbewußt und aufmerksam – wenn auch nicht im Sinne von rücksichtsvoll –, dabei aber irgendwie langsam, genau wie ich. Du und Dad, ihr seid unbesonnen und sentimental. Ihr zieht voreilige Schlüsse, denkt nie etwas bis zum Ende durch.»

Ich sah zu, wie Bee die Tees in meiner alten Golftasche neu ordnete. «Mom schien immer viele Geheimnisse zu haben», sagte ich. «Ich glaube, niemand hat sie je wirklich gekannt.»

Wir blickten hinüber zum fünften Grün, das von hellgrauen Möwen bevölkert war, die auf ihrem Weg zur Strandpromenade oder zum Pier eine Atempause einlegten.

«Verrat mir, warum du das tust.»

Ich wußte, was Bee wollte. Nicht die Vorgeschichte – wie es dazu gekommen war und wo und wann –, sondern wieso ich einem Leben, das ohnehin nie in geraden Bahnen verlaufen war, ein Hindernis hinzufügte, dessen Ausmaße weder sie noch ich abschätzen konnten.

«Ich kann's noch nicht so richtig erklären.» Ich saß oben auf dem Golf-Cart und sah auf meine Knie. Es gab Momente, in denen ich mich ausgefüllt und rund fühlte, selbstgefällig wie eine aufgeplusterte Henne, aber es gab auch andere Momente – und davon gab es weit mehr –, in denen mir dämmerte, wie unglaublich dumm ich manchmal sein konnte. «Das gehört zu den Dingen, die ich hier zu Hause rausfinden wollte.»

«Mich berührt das ja nur am Rande», sagte meine Schwester. «Ich werde die unverheiratete Tante abgeben, die komische Tante Bee.»

«Du wirst die einzige Tante sein. Ein Drittel der Familie.» Ich drehte mich um und betrachtete die Kiefern, die sorgfältig ein Loch vom anderen abschirmten. Als ich damals angefangen hatte zu spielen, waren sie nicht viel mehr als mickriges Gestrüpp gewesen. «Dad ist verschwunden», sagte ich. «Wahrscheinlich ist er in einen Kaninchenbau gefallen.»

«Ich habe einen Freund», sagte Bee, «einen Arbeitskollegen, dessen Frau hat ein Baby bekommen, aber nach der Geburt haben sie sich scheiden lassen. Er hat gesagt, er hätte eines Morgens in das Bettchen geschaut und gewußt, daß das nicht sein Leben war.»

Ich spürte, wie Bee mich durch ihre makellose Sonnenbrille mit Hornrand musterte. Sie war noch nicht fertig. «Deine Aussichten auf einen Job sind lausig. Du wirst schlecht bezahlt für das, was du tust. Du hast nur eine kleine Wohnung. Du hast keinen Freundeskreis, der dir helfen könnte, dafür hast du nicht lange genug in einer Stadt gelebt. Deine jetzige Wohngegend ist nicht gerade sicher. Und falls du deinen Job zurückbekämst, hättest du wahrscheinlich keinen Anspruch auf Mutterschutz.»

«Was ist aus deinem Freund geworden?» fragte ich. «Dem mit dem Baby. Sieht er es noch manchmal?»

Bee seufzte. «Er arbeitet nicht mehr bei uns. Ich hab ihn nicht gefragt.»

«Warst du in ihn verliebt?»

Sofort sah sie auf. «Was du mit Mom gemeinsam hast, ist die Unfähigkeit, irgend etwas zu Ende zu bringen. Ihr fangt alles mögliche an, und mittendrin wißt ihr nicht mehr weiter und schreit um Hilfe: ‹Jane ist beim Stehlen erwischt worden. Jane bricht die Schule ab. Jane hat einen Nervenzusammenbruch.›»

«Was hat Mom nicht zu Ende gebracht?»

«Keine Ahnung. Tausend Sachen. Der Punkt ist, Dad und ich können nicht für euch sorgen. Jedenfalls nicht lange.»

«Gott bewahre, nie im Leben würde ich euch bitten, liebgewordene Gewohnheiten zu ändern. Du und Dad, ihr habt mit eurer Schwarzmalerei doch immer dafür gesorgt, daß ich auf die Nase falle. Ich bin sicher, Mom würde die Sache anders sehen – meine Schwangerschaft, meine ich. Sie hat das selber durchgemacht, sie würde sich damit identifizieren. Vielleicht ist das mit ein Grund, warum ich mich dafür entschieden habe.»

Bee fuhr mit der Spitze ihres Turnschuhs über den Rasen. «Schieb Mom bitte nicht als Ausrede vor.»

Wir standen nur eine Armlänge voneinander entfernt, aber es fühlte sich an, als lägen Meilen zwischen uns. In gewisser Weise spürte ich, daß die Entscheidung, das Baby zu bekommen, nicht ich getroffen hatte, sondern mein Instinkt. Sie kam sozusagen aus einem Kellerraum meiner Psyche, die von dort unten ihre Befehle bellte. Ich hatte die abergläubische Vorstellung, daß alle Toten der Welt ihre Stimmzettel abgegeben und die Frage einstimmig für mich entschieden hatten. Ich kam mir nicht mehr wie eine Persönlichkeit vor, sondern eher wie eine Frucht, die prall und unwiderruflich am Ast baumelte.

«Eine Ausrede ist etwas anderes als eine Ursache, Bee. Ich meine, sieh dir doch diesen Zufall an. Sie war schwanger und unverheiratet, genau wie ich, und keiner hat mir was davon gesagt. Warum wollte uns keiner was sagen? Warum lief alles über unsere Köpfe hinweg? Du kannst dich an mehr erinnern als ich. Ich wünschte, ich hätte mehr Erinnerungen an die Zeit, als wir noch klein waren und sie immer zu Hause war.»

«Sie war nie ‹immer› zu Hause.»

«Du weißt doch, was ich meine. Dad mußte sich um uns kümmern, wenn sie krank war, aber anfangs hat sie uns morgens geweckt, uns gefüttert und mit uns gespielt. Und ich kann mich kaum noch daran erinnern. Dad hat gearbeitet, als wir klein waren, er war die meiste Zeit aus dem Haus.»

«Nein, war er nicht.» Sie sah überrascht aus. «Als du klein warst, hat er Teilzeit gearbeitet. Ich kann mich noch erinnern, wie er die Windeln gewechselt, dich auf dem Kinderstuhl gefüttert und dich gebadet hat, er hat alles für dich gemacht. Ich habe mich damals gefragt, ob er das alles auch für mich getan hat.»

«Das können aber nur ein oder zwei Monate gewesen sein», sagte ich.

Bee lächelte. «Ich sehe ihn noch vor mir, wie er dich in deinem Kinderstuhl festgeschnallt hat und deine Beine durch den Plastikgurt ziehen mußte. Du warst unglaublich pummelig. Ich mußte inzwischen die Bananen für dein Mittagessen zerdrücken.»

Ich versuchte mir die beiden vorzustellen – meinen Vater, der zwei linke Hände hatte, und meine fünf Jahre alte Schwester, mager und mürrisch, die meinem Verlangen nach Nahrung und Beschäftigung nachkommen mußte.

«Aber zu der Zeit war Mom noch nicht krank. Ich war acht, als sie die erste Untersuchung hatte, und keiner hat mir gesagt, was los war.»

Bee schaute in die Ferne.

«Das war das erste Mal, daß sie krank war. Oder, Bee?»

«Ich weiß es nicht. Ist das nicht komisch? Ich kann mich nicht erinnern.» Sie spielte mit dem Golfschläger herum. «Vielleicht war es schon früher.» Sie sah mich mit einem seltsamen Ausdruck an. «Darauf bin ich noch gar nicht gekommen.»

«Worauf?»

Sie schüttelte den Kopf. «Du mußt aufhören, Dad für Sachen verantwortlich zu machen, die Jahre her sind. Er ist vielleicht etwas exzentrisch, aber das liegt nun mal in seiner Natur. Worum du dich jetzt erst mal kümmern mußt, ist, wie es nächstes Jahr weitergehen soll. Was machst du mit deiner Wohnung? Wovon willst du leben?»

Ein Gespräch mit Bee war etwa so, als würden einem ein Dutzend Stahltüren vor der Nase zugeschlagen. Ich wollte ihr gerade erklären, daß nichts Schlimmes daran ist, sich in der Mitte seines Lebens eine Pause zu gönnen, um über ein paar Dinge nachzudenken, als ich mich plötzlich an den hölzernen Kinderstuhl erinnerte, von dem sie gesprochen hatte, an das Gefühl der rauhen Oberfläche an meinen Beinen, an den Hunger, während ich dort saß und wartete, an Bee, die mich neugierig anstarrte, wütend sogar – wütend worüber? –, an die Angst, daß keiner mir etwas zu essen bringen würde, daß ich verhungern müßte, während Bee mir etwas voraß, daß ich nie genug kriegen würde. Ich hörte die Stimme meiner Mutter: «... nie genug.»

Der Golfplatz, die Bäume, ja sogar das Wetter – die Nachmittagssonne ließ das Haar meiner Schwester an einer Stelle aufleuchten – erschienen mir jetzt reizlos, überflüssig und absurd.

«Das Exzentrische liegt also in seiner Natur», sagte ich. «Tolle Aussage. Damit kann man so ziemlich alles entschuldigen. Ich glaube nicht, daß das bei anderen Familien genauso abläuft wie bei uns. Andere Leute reden miteinander. Sie kennen sich. Keiner will mit mir über Mom reden.»

«Ich war immer die praktisch veranlagte Tochter», meinte Bee. «Wenn ich mich jetzt ändern würde, wärst du sicher enttäuscht. Und Mom hatte schließlich auch ihre Privatsphäre, du solltest dich nicht in ihre Angelegenheiten einmischen, wenn sie es nicht will.»

«Mom ist tot. Ich glaube kaum, daß sie das jetzt noch stören würde.»

Mein Vater kam vor uns den Hügel herauf, sein Gesicht von der Anstrengung schweißnaß, die Hosentaschen ausgebeult von fünfzehn bis zwanzig Golfbällen. «Ihr glaubt ja nicht, was die Leute einfach so liegenlassen. Guckt euch das an. Ein Ball mit Monogramm. Ich hab bestimmt 'n halbes Dutzend von Privatclubs gefunden.»

«Super, Dad», sagte Bee.

«Und hier, das ist einer von Maui, da ist 'ne winzige Ananas draufgedruckt. Kaum zu glauben.» Er sah auf. «Was ist denn mit euch beiden los? Ich dachte, wir wären hergekommen, um uns zu amüsieren.» Er blickte zwischen uns hin und her.

«Jane und ich haben über die Natur gesprochen.»

Mein Vater starrte uns an. Ich kletterte in den Wagen, Bee hinterher. «Komm schon, Dad. Wir wollen los.»

«Ah ja, die Natur.» Er nahm den Hut vom Kopf, drehte die Innenseite nach außen und wischte sich die Hände am Futterstoff ab. «Ich glaube, ich verstehe, was ihr meint.» Er hievte die Schläger und sich selbst auf den Rücksitz. «Der Hund muß sowieso noch raus. Der weiß, was ihr mit ‹Natur› meint. Hat selber Probleme damit.»

«Spunk braucht keinen Spaziergang, sondern einen Tierarzt», erwiderte Bee.

«Mach dir mal keine Sorgen um Spunk. Wenn der 'nen Arzt braucht, kriegt er den schon.»

Doch Spunk war tot, als wir zu Hause ankamen. Er lag in dem letzten Fleckchen Sonne auf dem Küchenfußboden, die Augen offen, Hinterbeine und Schwanz in einer Pfütze von Urin. «Arme häßliche Kreatur», sagte mein Vater. Er hockte sich neben den Hund, während Bee und ich stehenblieben, groß, aufrecht und ohne Mitleid. Am nächsten Tag bei Sonnenaufgang begruben wir Spunk im Garten, gleich außerhalb des Blickfelds der Touristen.

4. *Irrfahrt in Trenton*

Wir sind hier, im westlichen New Jersey, wegen des Begräbnisses meiner Großtante Agnes, die im Alter von einundachtzig Jahren an Herzversagen gestorben ist. Sie ist – beziehungsweise war – eine der letzten Verwandten meines Vaters, und in Anbetracht ihres Alters und der Tatsache, daß sie bis zum Schluß aktiv und bei klarem Verstand war, ist er ungewöhnlich niedergeschlagen. Tante Agnes war eine massige, grobknochige Frau, die zu jedem Kleid den passenden Hut und passende Schuhe trug. Bee und ich kannten sie nicht besonders gut, weil sie Kinder nicht mochte und dies auch jedesmal verkündete, wenn wir zu Besuch waren.

Meine Mutter hebt die Gardine des Hotelfensters hoch. Zwanzig Meter vor unserem Zimmer führt ein stark befahrener Highway vorbei, der halbleere Pool mit seinem abgestandenen Wasser ist durch einen Stacheldrahtzahn geschützt. «Wir sind wohl zu früh dran.» Sie sieht müde aus. Unten stellen zwei Polizeiwagen ihre Sirene an.

Meine Eltern haben kein Talent zum Reisen. In Restaurants bekommen sie die schlechtesten Tische, und im Hotel geben sie den verkehrten Leuten Trinkgeld. Nach endlosen Diskussionen auf der Hinfahrt über die Vor- und Nachteile von Motor-Lodges, Pensionen, normalen Gasthöfen und Motels sind wir in diesem Doppelzimmer gelandet, das neben zwei riesigen Betten mit orangener Tagesdecke, von denen eins anfängt zu vibrieren, wenn man eine Münze in das Kopfteil aus Metall einwirft, noch ein winziges Bad mit schmuddeligen Handtüchern aufweist.

Im Flur flüstert mir Beatrice zu, daß Tante Agnes nicht der wahre Grund ist, warum wir hergekommen sind.

«Was denn dann?» frage ich. Nachdem ich mir den ganzen Morgen Gedanken über das Begräbnis gemacht habe – ob wir dem Pfarrer oder gar der Leiche die Hand geben müssen, ob die Leiche liegen oder auf einem Stuhl sitzen wird –, sehe ich jetzt einen Hoffnungsschimmer am Horizont: Vielleicht müssen wir überhaupt nicht zu dem Begräbnis gehen. «Was ist denn der Grund?»

Bee antwortet nicht. Sie sieht meinen Vater an der Tür Wache stehen. Natürlich, es ist *seine* Tante, *seine* Fahrt, und ich überlege, ob er Tante Agnes' Tod wohl arrangiert hat, um uns hierher nach Trenton zu bringen – meine Schwester und mich widerstrebend, unsere Mutter geistesabwesend und mit gelben Ringen um ihre hübschen karamelbraunen Augen –, auf eine Reise nach seinem eigenen Plan.

Mein Vater hat uns gesagt, daß Bee und ich einen Teil von Tante Agnes' Schmuck bekommen werden. Sie hatte hauptsächlich überdimensionale Broschen, Pfauen mit Schwanzfedern aus Smaragd, Blumensträuße aus Topas und Granat und Pferdeköpfe mit Rubinaugen getragen. Als ich gefragt habe, wieso Tante Agnes soviel Schmuck gehabt hätte, hat mein Vater geantwortet: «Weil sie keine Kinder hat, die ihr die Haare vom Kopf fressen.»

Ich nehme eine Vierteldollarmünze aus dem Portemonnaie meiner Mutter und werfe sie in den Schlitz am Kopfteil des Bettes. Die Matratze wird zum Motorboot.

«Wir hätten erst heute nachmittag von zu Hause losfahren sollen», sagt meine Mutter. «Dann würden wir hier nicht sitzen und warten.» Meine Mutter ist auf eine provozierend zerbrechliche Weise hübsch – in letzter Zeit denke ich manchmal, sie sieht absichtlich so zart aus, und diese Art, sich als Angehörige einer aussterbenden Rasse darzustellen, nehme ich ihr persönlich übel.

«Wir brauchten ein bißchen Luft», erwidert mein Vater. «Für den Fall, daß was passiert. Kommt immer wieder vor. Wir hätten ja 'nen Platten haben können.»

Bee, die neben mir auf dem Bett liegt, schafft es irgendwie, auf ihrer Seite der Matratze alles locker zu lassen, ihre dünnen Arme und Beine schütteln nur so auf dem Gummibezug, und ihre Schmetterlingsbrille rutscht Millimeter für Millimeter die Nase herunter.

Das Vibrieren hört auf. Meine Mutter läßt die Gardine los.

Wir alle sitzen oder liegen regungslos auf Betten oder Stühlen, als hätte uns jemand aus einiger Entfernung dorthin geschleudert.

«Mein Gott», sagt mein Vater und kratzt sich an der Stirn, die sich von Jahr zu Jahr mehr lichtet. «Wie hat Agnes es bloß in dieser gräßlichen Stadt ausgehalten?»

Natürlich hätten wir erst nachmittags fahren sollen. Statt dessen sind wir bei Tagesanbruch von vier verschiedenen Weckern aus dem Schlaf gerissen worden, haben unser fertig verpacktes Frühstück im Auto gegessen und sind um neun Uhr morgens in Trenton angekommen. Das Begräbnis ist morgen. Jetzt müssen wir zwölf oder mehr Stunden totschlagen und sind meilenweit von irgendwelchen Geschäften, Kinos oder sonstigen Beschäftigungsmöglichkeiten entfernt.

«Nur die Ruhe», sagt mein Vater, obwohl wir mit leeren Händen und schweigend dasitzen und gar nichts tun. Er langweilt sich offensichtlich genauso wie wir und starrt auf seine Knie.

Bee steht auf und filzt die Schubladen. Sie findet zwei weitere Kopfkissen, ein Stück Bonbonpapier, eine Bibel und ein Kartenspiel. Verstohlen mischt sie und beginnt eine Partie Solitär. Wir anderen schauen ihr dabei zu.

«Die Neun auf die Zehn.» Mein Vater deutet mit seiner polierten Schuhspitze auf die Karten.

«Du brauchst einen Pik-König», fügt meine Mutter hinzu und sinkt zurück gegen die Stuhllehne wie eine Feder.

Bee bastelt an den Reihen herum.

«Das *kann* so nicht aufgehen.» Mein Vater langt über ihre Schulter. «Guck dir die Könige hier an. Da kannst du gleich alles wieder einsammeln und von vorne anfangen.»

«Bedeutet ‹Solitär› nicht, daß man alleine spielt?» Bee nimmt ihre Brille ab, um sie zu reinigen. Ihr weißblondes Haar sieht in der tristen Hotelbeleuchtung stumpf aus. «Ich glaube, bei diesem Satz fehlen ein paar Karten.»

«Was hast du erwartet?» Großherzig zückt mein Vater die Brieftasche. «Geh nach unten und kauf ein neues Spiel. Nimm gleich zwei. Und gib mir das Wechselgeld zurück.»

Bee faltet den Schein zusammen und macht mit dem Daumen einen Kniff. «Nimm Jane mit», sagt meine Mutter. Bei uns gibt es ein ungeschriebenes Gesetz, nach dem wir nur zu zweit reisen dürfen: Schick niemals einen Kundschafter alleine los. Wir laufen nach unten zum Souvenirladen und kaufen zwei Tüten Chips und ein Kartenspiel für vierzehn Dollar fünfzig.

«Ganz schön teuer», sagt Bee zu der gelangweilt aussehenden Frau an der Kasse.

«Ist dein Geld», erwidert die Frau.

In der Eingangshalle zählt Bee das Wechselgeld nach.

«Du wolltest mir doch sagen, warum wir wirklich hergekommen sind. Was ist denn nun der richtige Grund?»

Bee sieht mich ausdruckslos an. Wenn sie will, kann sie jede Regung von ihrem Gesicht abwaschen, als wenn sie unter einem Wasserfall herspaziert wäre. «Er wechselt ständig. Du mußt schon selbst drauf kommen.»

«Gehen wir denn zu der Beerdigung?»

«Natürlich.»

«Dann sag mir doch den anderen Grund, warum wir hier sind.»

Bee mustert mich, als suche sie nach Makeln, als könnte ich plötzlich undicht werden. «Du weißt es wahrscheinlich schon längst. Tief in dir drin spürst du es.»

Ich gehe im Geiste meine inneren Organe durch, zumindest die, die ich schon kenne, und möchte sie fragen: «Wo soll ich es spüren?» Aber Bee hat wieder ihre Du-kannst-mir-nicht-das-Wasser-reichen-Miene aufgesetzt, und ich weiß, daß sie mir sowieso nicht antworten würde. Sie rückt mein Haarband zurecht und zieht meinen Strumpf hoch. «Gehen wir.»

Mein Vater macht die Chips auf und sortiert die Karten, wobei er zwei Joker von dem neuen Spiel als Ersatz für die beiden Karten nimmt, die im alten fehlen. Durch das unterschiedliche Muster auf der Rückseite sind sie zwischen den anderen klar zu erkennen. Es sind Pik-König und Pik-As.

«Ich weiß, was wir jetzt machen», sagt er und läßt die Finger knacken. «Wir bringen euch ungebildeten Blagen Bridge bei.»

«Das soll ganz schön schwierig sein», sagt Bee mit einem bedeutungsvollen Blick in meine Richtung.

«Eben, ihr hättet schon viel eher damit anfangen sollen. Je jünger man ist, desto schneller lernt man's. Eure Mutter und ich haben oft gespielt, bevor ihr da wart.»

«Seitdem haben wir es nicht mehr versucht», sagt meine Mutter. «Wir haben uns zu oft in die Haare gekriegt.»

«Es gibt nur zwei Dinge, die man wissen muß» – er mischt gekonnt die Karten –, «um als menschliche Wesen durchzugehen, und zwar wie man hangaufwärts puttet, und wie man eine Ansage beim Bridge macht. Ohne das bleibt ihr Gorillas.»

«Neandertaler», verbessert Bee.

«Das außerdem. Besorg mir ein Blatt Papier und einen Stift.»

«Warst du gut beim Bridge, Mom?» fragt Bee.

«Es ging so», meinte mein Vater. «Ihr fehlt der Biß. Für Bridge brauchst du 'nen Killerinstinkt.»

«Haben Bee und ich den denn?» Wir sitzen um den Nachttisch herum, essen Chips und wischen uns das Salz von den verschwitzten Händen.

«Bist du eine Haus oder was?» Mein Vater teilt aus. «Mindestens die Hälfte eurer Gene sind von mir. Und ich kenne das Spiel in- und auswendig. *Caroline.*» Meine Mutter, die wieder am Fenster gestanden und zu dem brackigen Pool hinübergesehen hat, läßt die Gardine los, seufzt und nimmt ihre Karten.

Ich kann Solitär, Mau-Mau, Siebzehn-und-Vier, Ramschen und Schwarzer Peter, aber ich habe noch nie etwas von Trumpf gehört, und vom Reizen und Punktezählen habe ich auch keine Ahnung. Mein Vater wird schon bald ungeduldig. «Eine *Herz* Zehn? Du willst Herz spielen? Wenn du jetzt noch Herz hast, dann hast du vor zwei Runden falsch bedient. Du kannst die Karte gar nicht haben.»

«Ich hab sie mir aufgehoben», sage ich. Beatrice hat er jede Menge Tips und Anweisungen gegeben, aber mir nicht, weil ich nicht mit ihm zusammen spiele. Wenn ich meine Mutter fragend ansehe, gibt sie mir eine halbherzige Erklärung, winkt hilflos ab und sagt: «Du wirst schon sehen.»

«Verdammt», flucht mein Vater. «Dann geben wir eben noch mal neu.»

Normalerweise würde ich jetzt einschnappen und mich weigern, weiterzuspielen, doch die Ordnung und Systematik des Spiels haben es mir angetan, die Art, wie es dem Zufall Methode gibt, die Möglichkeit eines Erfolgs, wenn du nur in der Lage bist, Hunderte von sich ständig verändernden, nutzlosen Informationen zu speichern. Eigentlich ist es kein Spiel, sondern eine Zeremonie.

Als Bee und mein Vater drei Rubber gewonnen haben und meine Mutter und ich nicht mal ein Spiel, beschließen wir, uns ein paar Sandwiches zu besorgen. Meine Mutter will auf dem Zimmer bleiben.

«Du bleibst auch hier, Jane», sagt mein Vater.

Ich will nicht bei meiner Mutter bleiben, die nicht einmal gut genug war, um ein einziges Spiel mit mir zu gewinnen. Ich werfe meine Jacke auf den Boden.

«Mach ja keinem die Tür auf», ermahnt er mich, als ob Mörder und andere Verbrecher uns bereits ins Visier genommen hätten. Kaum daß sie außer Hörweite sind, schließe ich wieder auf und lasse die gelbe Kette herunterbaumeln.

Meine Mutter liegt bewegungslos auf dem orangenen Überwurf, Schuhe und Strümpfe hat sie ausgezogen, ein schmuddeliger Waschlappen liegt auf ihren Augen. Ich begreife, daß sie krank ist, aber ich bin es leid, immer leise und rücksichtsvoll sein zu müssen. Ich weiß, ich bin ein selbstsüchtiges, anstrengendes, gewöhnliches Kind, und deshalb nehme ich es meiner Mutter noch mehr übel. Sie hat eine neue Frisur – eine Perücke –, die ihr nicht steht: sie ist zu blond, hat nicht den pfirsichfarbene Schimmer ihrer echten Haare. Sie fummelt dauernd daran herum und zupft sie zurecht. Ihr blaues Korsagenkleid läßt sie noch schmaler erscheinen.

Eine Weile hocke ich auf einem Stuhl und betrachte eingehend einen blauen Fleck an meinem linken Knöchel. Dabei stelle ich mir vor, daß ich in Arizona auf einer Pony-Ranch lebe und meine Eltern am Lagerfeuer riesige Kessel voller Rindereintopf kochen, während die Farmhelfer sich um sie scharen. Meine Mutter lacht und trägt Sporen und flirtet mit den Männern, die sie alle verehren. Mir vertrauen sie ihre Liebesgeheimnisse an, während sie in die untergehende Sonne blinzeln. Als sie losreiten, hebt meine Mutter mich auf ihr Pferd und erklärt mir die Geheimnisse der Tier- und Pflanzenwelt. Bee ist an einer Kinderkrankheit gestorben, bevor ich auf die Welt kam.

Meine Mutter nimmt den Waschlappen vom Gesicht und setzt sich auf. Sie streicht mit den Händen über ihre Waden. «Ich muß mir den Rasierer deines Vaters ausleihen», sagt sie. «Ich denke kaum noch daran, mich zu rasieren. Erstaunlich, was man alles vergessen kann.»

Sie spricht nicht mit mir, sondern mit sich selbst.

«Guck dir erst mal die Haare an *meinen* Beinen an», entgegne ich mit einem Gefühl von Verdruß und Einsamkeit. Ich ziehe den einen Strumpf herunter. «Bei mir ist es noch viel schlimmer. Der reinste Urwald. Ich glaube, ich sollte mich auch mal rasieren.»

«Zeig her.» Sie rutscht zum Bettrand, wobei sich der Rock ihres Kleides zwischen die Schenkel schiebt. Manchmal hat sie eine gewisse Art, sich über meine Einfälle zu amüsieren, und ich hoffe, dies ist jetzt nicht so ein Moment. Ihre Haut ist dermaßen weiß, daß sie durchsichtig erscheint. Ich habe noch nie zuvor die Oberschenkel einer Frau bewundern können. «Komm her.»

Ich liebe und hasse sie für ihre klarinettengleiche Stimme, für die Macht ihrer Schönheit über mich. Ich rücke meinen Stuhl näher an sie heran und bewege mich sachte Richtung Bett, wie von etwas angezogen, das aus dem Blut meines eigenen Körpers gemacht zu sein scheint. Ich wünsche mir, daß kleine innere Implosionen mich wieder in ein Baby zurückverwandeln, damit ich mich in ihrem Arm zusammenkuscheln kann.

«Hm, deine Haare sind dunkler als meine, ich weiß nicht. Du bist jetzt –«

«Elf. Ich bin vor elf Jahren auf die Welt gekommen.»

Sie gleitet mit der Hand über mein Schienbein. «Rasiert sich deine Schwester schon?» Manchmal schaut sie mich an wie ein Arzt: augenscheinlich voller Interesse am Problem, jedoch mit den Gedanken nicht bei der Sache.

«Bee ist das wahrscheinlich egal.»

Ich würde ihr am liebsten sagen, daß ich noch zu jung bin, um mir die Beine zu rasieren, daß keine meiner Freundinnen sich rasiert und daß sie diese Entwicklungsstufen und Zeitabschnitte im Kopf haben müßte wie andere Mütter auch. Sie hätte Bücher darüber lesen sollen, wie man uns Kinder erzieht: Man verbringt nicht Stunden damit, aus dem Fenster zu sehen, man spricht nicht darüber, daß einem die Haare an den Beinen ausfallen, und man läßt es nicht zu, daß seine Kinder sich einsam fühlen, während man bei ihnen ist.

«Warte doch einfach noch ein oder zwei Jahre», schlägt sie vor, ihre warme Hand noch immer auf meiner Haut. «Wußtest du, daß ich Tante Agnes nie leiden konnte? Keine Ahnung, warum.»

«Mom?»

«Was denn?»

Mir fällt nichts ein, was ich sie fragen könnte – Spekulationen liegen mir nicht –, und so sage ich, daß ich

Kopfweh habe, und sie fährt mir ein Weilchen mit den Fingern durch die Haare.

Ich schließe die Augen und lasse die Bilder wieder aufsteigen. Ich stelle mir das Lagerfeuer vor, die Gürteltiere, die schimmernden Skorpione, die versuchen, in unsere Schlafsäcke zu kriechen. Ich sehe die Gefahren, aber auch das Gute: Meine Mutter wird mich vor der Leere beschützen, vor dem Nichts, das uns umgibt wie eine endlose Weite ausgedörrter, flacher Erde, ohne Licht und ohne Wasser.

Zum Mittagessen gibt es Weißbrot mit Huhn oder Truthahn aus einem verstaubten Essensautomaten in der Hotelhalle. Die Sandwiches sind in Dreiecke geschnitten, die Seiten mit der Rinde hinten gegen den Karton gedrückt. Sie sind pappig und riechen irgendwie nach Vaseline, und in jedem steckt nur eine dünne Scheibe Formfleisch.

«Widerlich», sagt mein Vater, ißt seins aber bereitwillig und danach noch das von meiner Mutter und die Hälfte von Bees. Ich gewöhne mich an den eigenartigen Geschmack und esse meins auf.

Nachdem wir uns einen Teil von einer Polizei-Serie im Fernsehen angesehen und eine Weile den Verkehr auf dem Highway beobachtet haben, beschließen wir, es noch mal mit Bridge zu versuchen, das, wie mein Vater erklärt, gut fürs Denken und für die Seele ist. Meine Mutter feilt sich die Nägel und sagt nur «Haha».

«Es ist zumindest eine Ablenkung», sagt Bee, um meine Eltern bei Laune zu halten. Meine Mutter gibt ihr dafür einen Kuß, während mein Vater und ich jeweils einen Satz Karten mischen.

Wir spielen stundenlang. Bee hat, wie nicht anders zu erwarten, ein Händchen für das Spiel und fängt nach einer Weile an, meinen Vater auf seine Fehler hinzuweisen. «Wenn du mit dem König geschnitten hättest, hättest du noch einen Stich mehr machen können.»

«Den habe ich gar nicht gebraucht. Wir haben den Rubber gewonnen, Fräulein Neunmalklug.»

«Trotzdem hast du anscheinend nicht mehr mitgezählt, Dad. Die Kreuz-Fünf war gut.»

«Ist doch völlig überflüssig, die Fünfen zu zählen.»

«Das gehört aber zu den Regeln.» Bee hebt den ganzen Stapel ab. Ihre Fingernägel sind bis zum Ansatz abgekaut, die Brille auf ihrer spitzen Nase halb heruntergerutscht. «Ihr müßt euch jede einzelne Karte merken, die ganze Zeit über.» So wie sie das sagt, klingt es, als ob im Gegensatz zu ihr keiner von uns dazu in der Lage wäre.

«Ich zähle die Karten überhaupt nicht», sage ich ihr.

«Solltest du aber.»

Ihr kaum verhohlenes Mitleid geht mir auf den Wecker. Wenn sie geduldig wartet, bis ich meine Karten sortiert habe (ich breite sie offen auf dem Bett aus, und alle anderen versuchen wegzusehen), wenn sie großmütig davon absieht, meine armseligen Fähigkeiten bloßzustellen, und statt dessen ihr Wissen wie einen zusätzlichen Trumpf in der Hand hält, würde ich sie am liebsten in der Luft zerreißen. Ich brauche kein Mitleid, von niemandem. Ich will bei diesem Spiel die Beste sein oder allen anderen den Spaß vermiesen.

«Ich hab aber keine Lust, es zu versuchen. Ich brauche mir nichts zu merken. Ich hab andere Sachen, über die ich nachdenken muß. Ich bin nicht wie du.»

«Worüber denkst du denn nach, Jane?» fragt meine Mutter. Sie lächelt, aber ich weiß, daß sie eine richtige Antwort haben will. In der letzten halben Stunde habe ich hauptsächlich an Tote in ihren Särgen gedacht: Ich habe mir vorgestellt, daß sie mich küssen und mir ihren Schmuck, vor allem Diademe, auf den Kopf setzen. Ich habe mir ausgemalt, wie der Mann vom Empfang unten zu uns heraufkommt und uns alle mit einer Axt umbringt und das Telefonkabel genau in dem Augenblick durchtrennt, als ich den Hörer abnehme, um zu wählen. Ich habe darüber nachgedacht, weshalb wir wohl wirklich nach Trenton gekommen sind. Ich habe an Tausendfüßler und Blutegel gedacht, die den Abfluß in der Badewanne heraufkriechen.

«Das darf ich nicht sagen», antworte ich, was ja in gewisser Weise stimmt.

«Hast du noch Lust zu spielen?»

«Ja», sage ich, und das Spiel geht weiter.

Um sechs Uhr steht es bei den Rubber - Ergebnissen dreizehn zu eins. «Das reicht jetzt», sagt meine Mutter. Die gelben Ringe um ihre Augen sind dunkler geworden. Sie steigt in das nicht vibrierende Bett und zieht die Decke bis zum Kinn herauf.

«Ruh dich ein bißchen aus. Wir warten solange mit dem Essen», sagt mein Vater.

«Nein, ich hab keinen Hunger. Ich will hierbleiben.» Jetzt ist sie wieder ganz der schmollende Filmstar.

Wir starren sie an, wie sie da im Bett liegt. Ich will nicht wieder hierbleiben, während mein Vater und Bee zum Essen gehen. Ich will nicht zusehen, wie sie im Schlaf unter ihrer Decke zuckt und mich gar nicht beachtet.

«Wenn wir 'n Stündchen warten, kriegst du vielleicht Hunger.»

«Bestimmt nicht.»

«Wer weiß.»

Sie setzt sich auf und schaut ihn an, als müßte sie ihn wie ein Puzzle zusammensetzen, um zu erkennen, was sie vor sich hat. «Raus. Raus mit euch.»

Unten angekommen schieben wir uns durch die Metalltür in die abgasgeschwängerte Luft auf dem Parkplatz und fahren wortlos zum erstbesten Restaurant am Highway, Nathans Grill.

Wir setzen uns an einen roten Vinyltisch mit Blick auf die Straße.

Jetzt, wo wir nicht mehr Karten spielen, hat mein Vater wieder schlechte Laune. «Lümmelt nicht so herum. Setzt euch gerade hin.»

Wir sitzen bereits gerade. Bee verteilt die Speisekarten, die zwölf Seiten lang sind und jede Menge Gerichte anbieten, von Cajun-Shrimps über Manicotti und Kartoffelpuffer bis hin zu Lammkeule.

«Wir hätten nicht so früh losfahren sollen», sagt Bee. «Wir könnten jetzt genausogut zu Hause essen.»

«Und dann nachts ein Hotelzimmer suchen? Tolle Idee.» Mein Vater schnaubt verächtlich.

«Ich hab so eine Ahnung, als wenn unser Zimmer dann noch frei gewesen wäre.» Bee blättert um. «Wir hätten auch ganz zu Hause bleiben können. Tante Agnes hätte es nicht gestört.»

«Das ist *eine* Art, die Dinge zu sehen.»

Die Kellnerin erscheint. Sie fragt nicht nach unseren Wünschen, sondern steht schweigend an unserem Tisch, Stift und Block schreibbereit, eher wie die Verkörperung ihrer Zunft als ein Mensch aus Fleisch und Blut.

«Wir hätten gern gewußt, ob irgendwas auf dieser Karte eßbar ist», sagt mein Vater.

«Der Hackbraten soll gut sein. Ich hab ihn aber noch nicht probiert.» Sie dreht den Stift zwischen den Fingern.

«Na großartig. Angesichts dieser überschwenglichen Empfehlung nehmen wir doch viermal den Hackbraten, dazu Kartoffelbrei und Erbsen. Eine Portion davon zum Mitnehmen. Ohne Soße. Die vierte Portion muß warm bleiben, also bringen Sie die zuletzt.»

«Nichts zu trinken?»

«Vier Gläser Milch, eins zum Mitnehmen. Stellen Sie's kalt.»

«Ich mag keine Erbsen», wende ich ein. «Und ich wollte Fisch bestellen.»

«Wir essen alle dasselbe. Deine Schwester wird begeistert sein. Das ist dann ganz wie zu Hause, wo es eine von uns offensichtlich hinzieht.»

Meine Schwester spielt mit den Salz- und Pfefferstreuern herum. Ihre Sommersprossen sind verschwunden, ihr Gesicht ist gerötet. In den vergangenen sechs Monaten scheint sie um Jahre älter geworden zu sein. «Für uns drei mag es ja okay sein», sagt sie, «aber Mom hätte lieber zu Hause bleiben sollen. Es ist einfach zuviel.»

Mein Vater klappt seine Speisekarte mit einem Knall zu. «Zuviel für wen?»

«Für uns alle. Für Mom. Du weißt, was ich meine. Ich verstehe nicht, warum sie mitkommen mußte.»

«Mußte? Du willst also sagen, daß wir sie gezwungen haben?» Er schlägt die Serviette auseinander, die zu einer unidentifizierbaren Form gefaltet war.

«So was in der Art. Wir hätten sie zu Hause lassen sollen.»

«Wir sind zu viert in dieser Familie.»

Die Kellnerin kommt mit der Milch. Bee hält ihr Glas in der Hand, trinkt aber nicht. Die Lampe über dem Tisch setzt ihrem hellblonden Haar eine Lichtkrone auf. «Drei davon liegen nicht im Sterben.»

Ich beobachte das Gesicht meines Vaters. Er sieht ruhig aus, fast heiter. Er schaut Bee direkt in die Augen.

Sie blickt unverwandt zurück. Dann beugt sie sich über den Tisch, ihr Kinn genauso spitz wie das unserer Mutter: «Es geht langsam, ich weiß. Aber hast du wirklich geglaubt, daß wir das nicht mitkriegen?»

«Ist mir scheißegal, was ihr mitkriegt oder nicht.»

Mein Vater sieht immer noch ruhig und ausgeglichen aus. Er steht auf und geht Richtung Toilette.

«Bleib hier, Jane.» Bee springt auf und rennt hinter ihm her. «Rühr dich nicht von der Stelle.»

Tue ich nicht. Ich sitze am Tisch und hoffe, es fällt niemandem auf, daß ich allein bin. Ich bete, daß das Essen nicht kommt, daß mir nie wieder Essen unter die Nase gesetzt wird. Ich lese die Speisekarte vor und zurück, bis mir das Wasser in die Augen steigt und die gedruckten Wörter verschwimmen läßt.

«Wo sind denn deine Freunde hin?» fragt die Kellnerin, die drei identische Teller mit Essen anschleppt. Der Hackbraten sieht aus wie ein Ziegelstein, und der Koch hat vergessen, die Bratensoße wegzulassen – sie ist zähflüssig, fast gummiartig und wie eine Zeltplane über die Kartoffeln gezogen. Gerade als ich mit der Kellnerin reden will, weil ich fürchte, wegen einer unbezahlten Rechnung verhaftet zu werden, tauchen mein Vater und Bee wieder auf.

Sie setzen sich hin, schweigend und gelassen.

Mein Vater zerschneidet sein Fleisch, greift dann nach dem Salz und geht damit schwungvoll fünf- oder sechsmal über seinen Teller. Der Streuer hat große Löcher, das Salz rieselt nur so auf sein Essen und türmt sich dort in kleinen, feuchten Häufchen. Er blickt kurz zu mir herüber, nimmt meine Gabel und drückt sie mir in die Hand. Er sieht mich so lange an, bis ich das Essen in den Mund schiebe. «Als ich so alt war wie Jane hier, hat mich Tante Agnes beim Fluchen erwischt. Sie hat gehört, wie ich ‹Loch› oder so was Ähnliches gesagt hab, und die Art, wie ich das gesagt habe, hat ihr gar nicht gefallen. Ich dachte, sie würde es eurem Großvater erzählen, aber statt dessen hat sie mich beiseite genommen und gesagt: ‹Gregory, sag nicht einfach «Loch» in diesem Ton, das ist kein Schimpfwort. Sag

«Arschloch».› Das hab ich gemacht, und dann hat sie mir eine gelangt.»

Er hat sein Essen nicht einmal angerührt.

«Du solltest nicht so viel Salz nehmen», sagt Bee. «Das ist nicht gut für dein Herz.»

Die beiden lächeln sich zu.

Ich verstehe kein Wort von dem, was sie sagen. Sie reden in einer fremden Sprache, die ich zum ersten Mal höre. Die Kartoffeln auf meinem Teller haben lauter Augen, scheinen mich zu belauern und sind lauwarm.

«Wisch dir die Tränen weg, Jane», sagt mein Vater. Bee reicht mir eine Serviette, und wir wenden uns wieder dem Essen zu.

Morgens weckt mich mein Vater und reicht mir meine Sachen: ein braunes Kleid, das ich noch nie leiden konnte, ein Baumwollhemd, einen Schlüpfer, Strümpfe und ein Paar neue Schnürschuhe. Er schubst mich ins Bad, knipst das Licht an und schließt die Tür. Ich bin mit Waschen und Anziehen fertig, bevor ich anfange, mich zu fragen, warum Bee bei heruntergelassenen Jalousien im Bett bleiben durfte. Ich verlasse das Bad mit seinem flimmernden Licht und steuere auf den Hügel unter der Bettdecke zu, wo meine Schwester liegt. Gelegen hat. Das Bett meiner Mutter ist ebenfalls leer.

«Sie sind frühstücken gegangen.» Mein Vater rückt seine Krawatte zurecht.

«Seit wann sind sie weg?»

Er sieht auf die Uhr. «Seit etwa einer Stunde.»

«Dann sind die ja schon längst fertig, wenn wir kommen.» Noch während ich das sage, entdecke ich den Donut und die Milchtüte auf dem kleinen Tisch bei der Tür.

«Nimm sie mit für unterwegs», sagt mein Vater.

Ich starre den Donut an. «Treffen wir sie dort?»

Er antwortet nicht, also bleibt mir nichts anderes übrig, als ihm mit dem klebrigen Donut in der Hand zu folgen, den Flur entlang, durch die Eingangshalle und im gleißenden Sonnenlicht zum Auto.

In der kleinen weißen Kapelle stehen etwa dreißig bis vierzig Personen zusammengedrängt im hinteren Teil der Kirche, weit weg von der Bahre. Mein Vater sieht steif aus und nervös und ist schlecht gekleidet – irgendwie paßt die Farbe seines Jacketts oder seiner Krawatte nicht. Ich war noch nie mit ihm in einer Kirche. Für ihn ist Religion «Hokuspokus», und Leute, die zur Kirche gehen, hält er für «Schafe». Durch ein buntes Glasfenster mit einem Bild von Jesus fällt buntes Licht auf seine Schuhe und den Boden.

Wir stehen wie Mauerblümchen abseits von allen anderen, bis es Zeit ist, in den Bänken Platz zu nehmen. Orgelmusik dröhnt über unseren Köpfen.

Ich möchte meinen Vater fragen, wo wir später meine Schwester und meine Mutter treffen werden, und warum ich, und nicht Bee, auserwählt wurde, bei dieser Begegnung mit dem Tod zugegen zu sein, doch er starrt mit versteinertem Gesicht auf das violette Gesangbuch, das vor ihm liegt. Er schlägt es auf, blättert darin herum, als wäre es eine Zeitschrift, und schließt es wieder, als ein Geistlicher in Anzug und Priesterkragen an die Bahre tritt.

«Liebe Freunde», beginnt er und läßt das Wort wie einen entflogenen Ballon in der Luft hängen. Er nickt vor sich hin, in stiller Billigung dessen, was er gleich sagen wird. «Nachbarn und Angehörige. Geliebte Mitmenschen.» Mein Vater dreht sich um und blickt zu den hinteren Bänken.

«Wir sind hier zusammengekommen, um Agnes Mary Vaughn zu gedenken. Wir sind hier zusammengekommen, um ihr Leben zu preisen, ihr gütiges Wesen, ihre Großzügigkeit und Liebenswürdigkeit gegenüber Verwandten und Freunden.»

Der Pfarrer ist jung. Er hält inne und lächelt, vermutlich ist er es gewohnt, Menschen aufzumuntern. Ich bezweifle, daß er Tante Agnes je kennengelernt hat. Nach dem, was mein Vater so erzählt, war sie nicht besonders großzügig oder liebenswürdig, er bewunderte sie mehr für ihre Ruppigkeit und ihr Aufnahmevermögen in puncto Alkohol. Mein Vater dreht sich wieder um und verrenkt sich den Hals, um nach hinten zu schauen, als warte er auf die Braut. Ein paar Leute, die mit gesenktem Kopf dasitzen, versuchen ebenfalls verstohlen, sich umzudrehen und zu gucken. Der Pfarrer spricht von Verlust und kommt dann irgendwie darauf, daß wir alle hier etwas gewonnen haben, wenn wir auch nicht wissen, was. Er sagt, der Tod sei ein Fluß. Er sagt, daß jeder für sich allein auf ihn zugehe und dann hineintauche.

Mein Vater steht auf. Im ersten Moment denke ich, er will dem Pfarrer widersprechen und ihm erzählen, daß Tante Agnes beim Kartenspielen geschummelt und immer eine Whiskyflasche in ihrer Nähe hatte. Doch er nimmt mich an der Hand und schiebt sich aus der Bank. Auf unserem Weg zum Mittelgang stolpern wir über einige Füße.

Vor der Kirche wartet der auf Hochglanz polierte Leichenwagen.

«Ich glaube nicht, daß wir jetzt schon gehen sollten», sage ich.

Mein Vater überquert die Straße, öffnet die Autotür und steigt ein. Einen Augenblick lang denke ich, daß er mich einfach hier stehenläßt und ich hinten in Tante Agnes' Leichenwagen neben dem blumengeschmückten Sarg mitfahren muß, wie in einem Krankenwagen. Schließlich macht er mir aber doch die Beifahrertür auf.

«Wo fahren wir hin, Dad?» Ich klettere hinein.

Er läßt den Motor an und fährt mit kreischenden Reifen los.

«Zum Friedhof? Weißt du, wie wir da hinkommen? Dad?»

«Nimm die Karte.»

Ich mache die von der Sonne verblichene Karte von Trenton ausfindig, die er vor zwanzig Jahren an einer mittlerweile pleite gegangenen Tankstelle gekauft hat. Ich könnte ebensogut eine Karte vom Mars nehmen.

«Wie heißt er?»

«Wer? Ach so, Roselawn.»

Zu meiner eigenen Überraschung finde ich den Friedhof im Verzeichnis auf der Rückseite, aber wir rasen bereits den Highway entlang, und ich habe keine Ahnung, ob in der richtigen oder in der falschen Richtung.

«Vielleicht könntest du mal rechts ranfahren und mir helfen rauszufinden, wo wir sind.»

«Ein guter Navigator sucht sich Osten und Westen, Jane, und orientiert sich beim Fahren.» Er sieht aus, als wäre er zu allem entschlossen, verdächtig ruhig. Ich wäre lieber in der Kirche geblieben und hätte mir Lügen über Tante Agnes angehört.

«Was machen wir hier? Was ist, wenn wir zu spät zum Friedhof kommen?»

«Zu ’nem Begräbnis kann man wohl kaum zu spät kommen», sagt er.

Wir bleiben auf dem Highway. Soweit ich das sehe, werden wir, wenn wir weiter in diese Richtung fahren, in dem großen roten Fleck landen, der Staten Island bezeichnet, und nie wieder nach Hause kommen. «Fahr mal hier ab.» Wie ein Roboter gehorcht er, wechselt die Fahrspur. Kaum daß wir die Ausfahrt hinter uns haben, merke ich, daß ich einen Fehler gemacht habe. Den Highway nach Süden haben wir verpaßt, statt dessen sind wir auf einer Fast-food-Meile mit zahllosen Autos, Bussen und Lastwagen gelandet.

«Das war wohl die falsche Abfahrt. Wir hätten woanders rauskommen müssen.» Ich warte darauf, daß mein Vater mir genervt die Karte aus der Hand reißt, doch er scheint nicht einmal zuzuhören. Er fährt gemütlich die Straße entlang und schaut sich um, als wären wir auf einem Einkaufsbummel und nicht auf dem Weg zu Tante Agnes' Grab.

Als wir an einer Ampel halten, rutscht mir die Karte auf den Boden.

«Das gibt's doch nicht», sagt mein Vater. Ein Stück vor uns, an einer staubige Seitenstraße, liegt ein zweistöckiges Drivingrange. Wir haben davon gehört, daß es so etwas gibt, aber noch nie eins zu Gesicht bekommen.

«Dad, ich glaube nicht, daß wir jetzt Zeit zum Golfspielen haben.» Ich trainiere im zweiten Jahr, und mein Vater träumt davon, uns als Vater-Tochter-Team für Turniere anzumelden.

Er hält bereits am Straßenrand.

«Hilf mir doch mal rauszufinden, wo wir sind, Dad, okay?»

Er lächelt. «Man weiß doch nie, was einem so über den Weg läuft, was, Jane? Wenn man unterwegs ist, gibt's immer wieder Überraschungen.»

Der Parkplatz steht voller alter und verrosteter Wagen. Das Range sieht seltsam aus: Die Golfspieler stehen in kleinen Käfigen, zwei Zehnerreihen davon übereinander, und in fast jedem Käfig übt jemand seinen Schwung. «Ich besorg mir 'nen kleinen Eimer mit Bällen. Wenn du willst, daß wir fahren, drück auf die Hupe.»

«Sag mir wenigstens ungefähr, wo wir sind, Dad.»

Er wirft die Autoschlüssel auf den Fahrersitz. «Ich bin bald wieder zurück.»

Ich bleibe sitzen, bis ich ihn die Treppe zur zweiten Reihe hinaufgehen sehe. Dann nehme ich die Karte und gehe in das Büro des Drivingrange, um mir den Weg erklären zu lassen. Es liegt vielleicht daran, daß ich in meinem braunen Kleid so jung und hilflos aussehe und nach dem Weg zu einem Friedhof frage, jedenfalls unterbrechen einige ältere Jungen und sogar der Besitzer das, was sie gerade tun, um sich über die Karte zu beugen. Wir sind etwa eine halbe Stunde von dem Friedhof entfernt, und jeder von ihnen beschreibt mir einen anderen Weg dorthin. Ich traue mich nicht, meine Meinung zu ändern und sie nach dem Weg zum Motel zu fragen. Schließlich einigen sie sich auf die Version des Besitzers, und einer der Jungen – der bestaussehende – schreibt mir die Angaben sorgfältig auf. Es wird eine halbe Seite.

Ich gehe zum Auto zurück, wische den Staub von meinen Schuhen und hupe. Mein Vater legt einen neuen Ball auf das Tee. Ich beobachte seinen Schwung. Er verläßt sich zu sehr auf seine Schultern und zieht den Schläger beim Durchschwingen leicht nach links. Der Ball landet bei knapp neunzig Metern. Er legt einen weiteren Ball in Position. Aus der Entfernung sehen die bunten Vierecke mit den winzigen Golfspielern wie ein Spielzeug aus. Ein Blick auf die Uhr sagt mir, daß es Viertel nach zehn ist. Bis zwölf müssen wir das Motelzimmer geräumt haben. Vor meinem inneren Auge sehe ich Bee und meine Mutter in der Eingangshalle sitzen, voller Verwunderung, wo wir bleiben. «Wir haben an unserer Entwicklung zu vollwertigen menschlichen Wesen gearbeitet», werde ich ihnen in Erinnerung an die Erläuterungen meines Vaters bezüglich der Vorzüge von Golf und Bridge erklären.

«Dad», schreie ich, den Kopf aus dem Fenster des Wagens gestreckt. Einige der Männer in ihren Käfigen drehen sich nach mir um. Nicht so mein Vater. Er holt wieder aus, und diesmal steigt der Ball und fliegt fast zweihundert Meter weit.

Das scheint ihn jedoch noch nicht zu befriedigen, denn er legt sofort einen neuen Ball auf das Tee. Er scheint ihn gar nicht anzusehen und holt viel zu schnell aus, entgegen seinem eigenen Rat: «Nimm dir Zeit für deinen Schwung.» Die anderen Spieler sehen aus, als ob sie sich wohl fühlen, als ob sie Spaß haben. Mein Vater hingegen spielt wie unter Waffengewalt, so, als wenn ein Verrückter hinter ihm aufgetaucht wäre und ihm gesagt hätte, nur auf diese Weise könne er seine Familie, seine Brieftasche und seine Seele retten.

Ich ziehe Schuhe und Strümpfe aus und gebe es auf, hinter ihm herzurufen. Irgendwann wird mein Vater schon wieder herunterkommen. Er wird mit Blasen an den Händen ans Fenster klopfen. Bei seinem Anblick hinter der Scheibe werde ich begreifen, daß nicht nur ich mich verirrt habe, sondern wir beide, und daß weder eine Karte noch die Unterstützung anderer uns helfen wird, unseren Weg zu finden.

5. *August*

Dr. Subramanian wies mich darauf hin, daß ich zu schnell zunahm. Ich hatte noch vier Monate vor mir und schon genug angesetzt, um bis Weihnachten über die Runden zu kommen. Als die Übelkeit erst einmal aufgehört hatte, entwickelte ich einen unglaublichen Appetit: Ich verdrückte Salatschüsseln voll Müsli, ganze Laibe italienisches Brot, quer in der Mitte aufgeschnitten, mit Butter und Marmelade, komplette Pizzen, Eiscreme im Familienpack und literweise Milch. Ich hatte das Gefühl, ich hätte noch nie zuvor gegessen, nie gespürt, welche Befriedigung es bringen kann. Tafelsilber schien meinen Bedürfnissen nicht angemessen. Dr. Subramanian schüttelte den Kopf. «Wenn es so heiß bleibt, werden Sie sich unwohl fühlen.» Er betastete meine Knöchel, in denen sich Wasser angesammelt hatte und die wie halb aufgeblasene Ballons aussahen.

«Diese Art Hitze hält nie lange an», erwiderte ich und verschwieg ihm, daß ich auf der Treppe zu seiner Praxis zwei Pausen hatte einlegen müssen.

Er legte den Termin der Ultraschalluntersuchung für

das Monatsende fest, maß meinen Bauchumfang und entließ mich. «Haben Sie zu Hause eine Klimaanlage?»

«Nein. Wir haben das Meer.»

«Nutzen Sie es.»

Das tat ich. Als ich zu Hause ankam, zog ich einen mit Spinnweben überzogenen Liegestuhl in die auslaufenden Wellen und ließ meine Hände, die ungefähr zur Größe von Baseballhandschuhen angeschwollen waren, ins Wasser hängen.

In dieser Haltung fand mich Ellie. Sie stand vor meinem Liegestuhl und verdeckte die Sonne. «Geh weg, Schatten», sagte ich, ohne die Augen zu öffnen. Der Schatten blieb.

«Miss Haus?» Sie stand in wildgemusterten Männershorts und einem weißen trägerlosen Top am Rand des Wassers. Das strohblonde Haar hing ihr schlaff auf die Schultern, die schmal und spitz waren und sich durch ihre sonnenverbrannte Haut zu bohren schienen.

«Ellie Lund?»

«Richtig.»

Ellie war in Philadelphia in meiner Englischklasse gewesen. Hier am Strand sah sie verlorener aus als in der Schule, wo sie eher eine gewisse Lässigkeit zur Schau getragen hatte.

«Ich dachte mir, daß Sie's sind.» Sie pellte ein Stückchen trockene Haut von ihrer Nasenspitze. «Ich bin gestern und vorgestern schon hier vorbeigekommen. Meine Eltern haben ein Haus hier, einen Block weiter. Das hellblaue mit der Wendeltreppe.»

Das Haus kannte ich gut. Mein Vater sagte, es hätte eine halbe Million gekostet.

«Was macht denn dein Vater?»

«Nicht viel», sagte Ellie. «Sind Sie schwanger, Miss Haus?»

Ich trug ein Strandkleid in Größe 44, das ich in einem

Secondhand-Laden gefunden hatte, und meine Brüste, seit neuestem üppig und schwer zu bändigen, drohten seitlich aus dem ausgeleierten Oberteil herauszurutschen. Sonnenbaden war eine neue Erfahrung für mich. «Ja, bin ich.»

Ellie nickte. «Ich hab Ihren Unterricht gemocht. Ich fand, für 'ne Lehrerin waren Sie ziemlich cool. Das Jahr davor hatte ich Mr. Kline in Englisch. Der war völlig daneben.» Ellie stand auf den Zehenspitzen und sah auf mich herunter. «Wie soll das Baby denn heißen?»

«Keine Ahnung.» Ellie gegenüber fühlte ich mich träge. In den letzten Wochen war mir aufgefallen, daß viele Leute sich in Gegenwart von Schwangeren unwohl fühlen. Sie vermeiden es, einem auf den Bauch oder in die Augen zu sehen.

«Haben Sie denn noch nicht darüber nachgedacht?» fragte sie.

«Nein, dafür ist es noch zu früh. Es gibt einiges, über das ich noch nicht nachgedacht habe.»

«Es könnte eine Frühgeburt werden.»

«Falls es morgen auf die Welt kommt, Ellie» – ich sah sie über die Sonnenbrille hinweg an –, «braucht es überhaupt keinen Namen.»

Ich sah, wie sie zusammenzuckte. «Das ist geschmacklos. Der Name ist wichtig. Stört es Sie, wenn ich rauche, Miss Haus?»

«Tu dir keinen Zwang an.» Sie war nicht mehr meine Schülerin. Ich rückte meine Füße zur Seite, und sie setzte sich auf den Rand des Liegestuhls, wobei sie zwei Zigaretten aus einem Päckchen in ihrer Hosentasche nahm. Das Top verrutschte bei jeder Bewegung, sie zupfte immer wieder daran herum und versuchte es an Ort und Stelle zu halten, indem sie die Arme an den Körper preßte.

«Miss Haus?»

Ich hatte die Augen wieder geschlossen. «Ja, Ellie?»

«Heißt das, daß Sie im Herbst keinen Unterricht mehr geben werden?»

«Ja, heißt es. Offiziell habe ich mich beurlauben lassen, aber ich habe niemandem gesagt, weshalb. Falls du also Mr. Cole oder den Rektor siehst, sag ihnen nicht, daß du mich getroffen hast.»

«Warum nicht?»

Ich setzte mich auf und war mir vage meines Aussehens bewußt: salzverklebtes, strähniges Haar und blasse, vom Wasser aufgequollene Haut. Ich machte eine große Veränderung durch, jedoch ohne jeglichen Stil oder Grazie. «Ach weißt du, es macht nun mal keinen guten Eindruck, wenn eine unverheiratete Lehrerin ein Kind bekommt. Aus mir könnte mal eine von den Frauen werden, vor denen man euch immer gewarnt hat. Irgendwann schreien sie unweigerlich ihre Kinder an und wünschten, sie hätten eine Waschmaschine und einen Trockner und ein größeres Auto. Ich gehöre wahrscheinlich zu den Leuten, mit denen du nach Ansicht deiner Mutter besser gar nicht sprechen solltest.»

«Das weibliche Vorbild, das wir uns immer gewünscht haben.» Ellie lächelte. «Meiner Mutter ist es völlig schnuppe, mit wem ich rede. Sie hängt den ganzen Tag am Telefon.»

«Und wieso?»

«Sie treibt im Auftrag von anderen Leuten Spenden auf. Die bezahlen sie dafür, weil sie gut aussieht und auch dem Hinterletzten das Geld aus der Brieftasche ziehen kann. Darin ist sie richtig gut.»

«Beeindruckend.»

«Ja, finde ich auch.» Ellie zog an ihrer Zigarette und drückte sie unter meinem Liegestuhl aus. «Meine Tante hat gerade ein Kind gekriegt. Jemand hat ihr erzählt, daß das Kind, wenn man ihm während der Schwangerschaft was vorsingt, später gut in Musik ist.»

«Und wenn man nun eine schaurige Stimme hat?»

Ellie überlegte. «Dann kann man ihm ja was vorlesen. Ich würde ihm wahrscheinlich was vorsummen, auf die Art muß man sich die Texte nicht merken.»

«Du hättest dafür sicher mehr Talent als ich. Aber warte noch ein bißchen, bis du's ausprobierst. Dieses Experiment ist nicht für zu Hause geeignet.»

«Wieso haben Sie kein Talent dazu?»

Mir fielen eine ganze Menge schlagfertige Antworten ein, die ich aber alle verwarf. «Ich glaube, es ist unmöglich, das Ergebnis und alle damit verbundenen Konsequenzen richtig einzuschätzen, deshalb habe ich es wohl vorgezogen, gar nicht erst darüber nachzudenken. Noch nicht.»

«Das klingt aber ganz schön dämlich.» Ellie kaute an ihren Nägeln, die kurz, gesplissen und pflaumenfarben lackiert waren. «Ich fänd's wirklich mies, wenn Sie nicht mehr unterrichten würden. Ich hab 'n paar Leuten gesagt, sie sollen in Ihren Kurs gehen.»

«Würde ich sie denn mögen?»

«Wahrscheinlich nicht. Ich hab das nicht von Ihrer Seite aus gesehen. Die sind wohl mehr oder weniger so wie ich.»

«Ich mochte dich, Ellie. *Mag* dich.»

«Sie finden mich erträglich.» Ellie stand auf. «Ich bin nicht so schlimm wie ein paar andere. Zumindest bin ich nicht wie Don.»

Don war ein Rambo in spe. Ich hatte den Eindruck gehabt, er wäre Ellies bester Freund. «Warum hast du das ganze Jahr neben ihm gesessen, wenn du so über ihn denkst?»

«Don und ich sind zusammen. Sind Sie morgen auch wieder hier, Miss Haus?»

«Klar. Komm ruhig vorbei.»

«Sagen Sie bitte auch keinem, daß Sie mich getroffen haben.» Ihr Schatten tänzelte hinter ihr durch den Sand.

Als Bee Ende Juli nach Atlanta zurückgekehrt war, hatte ich angenommen, daß wir sie vor Thanksgiving nicht mehr sehen würden. Bevor sie fuhr, hatte sie mir eine ganze Reihe Sachen geschenkt: zunächst ein Baby-Buch mit dem klassischen Kleinkind, lächelnd und mit ausgebreiteten Ärmchen, auf dem Umschlag, dann einen winzigkleinen weißen Strampelanzug, etwa halb so lang wie mein Arm, mit einer gelben Schleife, dazu ein noch kleineres Sweatshirt, über dessen Vorderseite eine Gänsefamilie spazierte, eine Gummiente, einen Plüsch-Eisbären mit Pullover, ein Döschen mit Windelnadeln und eine Ausgabe von Dr. Spocks *Säuglings- und Kinderpflege*.

«Eine kleine Portion Realität», hatte sie gesagt, als ich die Geschenke auspackte. Die Babysachen, die sie gekauft hatte, waren wirklich niedlich mit ihren Tierkindern und Schnörkeln und Schleifchen, aber sie machte dazu eine Miene, als gelte es, Vorräte für Hunger- und Kriegszeiten anzulegen.

Es waren nicht einmal zwei Wochen seit ihrer Abreise vergangen, da tauchte Bee schon wieder auf, stieg mit demselben eckigen braunen Koffer, mit dem sie weggefahren war, vor dem Haus aus einem Taxi. Mein Vater und ich saßen auf der vorderen Veranda in unseren Schaukelstühlen, die auf dem unebenen Holzboden polternde Geräusche machten. Wir schauten zu, wie Bee in der drückenden Hitze die Stufen erklomm und der Koffer bei jedem Schritt gegen die Holztreppe schlug.

«Na, da schau her», sagte mein Vater, als sie oben angekommen war.

Bee stellte den Koffer ab und rang nach Luft. «Was gibt's Neues?» Diese Art von Begrüßung war typisch für die Haus-Familie: stoisch, trocken, ohne überflüssige Sentimentalitäten.

«Schön, dich zu sehen, Bee», sagte ich.

«Gleichfalls. Ich muß erst mal unter die Dusche. Habt ihr noch ein sauberes Handtuch?»

«'nen ganzen Schrank voll», sagte mein Vater. «Jane wäscht die Dinger, kaum daß man sie angefaßt hat. Du brauchst sie bloß anzusehen, und schon sind sie in der Waschmaschine.»

Er und ich schaukelten weiter vor uns hin und betrachteten Bee. Sie schien fast ein bißchen nervös. Auf dem Kragen ihrer Bluse war ein kleiner blauer Fleck.

«Was ist mit meinem Zimmer? Ist es noch frei?»

«Soweit ich weiß, ja. Es sei denn, Jane hat es an irgendwelche Penner vermietet.»

«Fein.» Bee griff nach ihrem Koffer und ging zur Tür. «Ich mach uns Abendessen. Sieben Uhr.»

Als die Fliegengittertür zuschlug, nahm mein Vater die Zeitung wieder auf. «Ich frag mich, was das nun wieder zu bedeuten hat», sagte er.

Zum Abendessen gab es gegrillte Truthahnbrust ohne Haut, Backkartoffeln mit Magerquark (keine Butter), Schalotten und frischen Broccoli, nur so kurz angedünstet, daß man ihn mit einem guten Steakmesser problemlos zerkleinern konnte. Bee hatte einen kurzen Blick in den Kühlschrank und die Speisekammer geworfen und war postwendend zum Supermarkt gefahren. Um sieben zeigte das Außenthermometer achtundzwanzig Grad. Im Haus dürften es weit über dreißig gewesen sein. Beim Essen tropfte meinem Vater der Schweiß von den beiden unterschiedlich großen Ohrläppchen und der Nasenspitze auf den Teller. Meine Hände waren so angeschwollen, daß ich die Gabel wie ein Kleinkind in der Faust hielt. Bee spießte sorgfältig einen Bissen Truthahn, eine Zwiebel und ein Stück Kartoffel auf, als wollte sie ihre persönliche Kebab-Variante kreieren.

«Ist es kalt da, wo du herkommst?» Mein Vater jagte mit dem Vorlegelöffel eine Schalotte um seinen Teller herum. «Leben die in Atlanta in Iglus?»

«Nein, es ist heiß. Ich schätze, ungefähr so wie hier.» Sie sah nicht danach aus. Ihr langärmeliges Hemd war fast bis oben zugeknöpft.

«Meiner Meinung nach steht jedem, der in so einer Stadt wohnt, ein Gehaltszuschlag zu. Du solltest denen sagen, daß du eine Lohnerhöhung willst, die ist bei dir bestimmt längst fällig.»

«Was soll das heißen, ‹in so einer Stadt›? Du bist doch noch nie dagewesen. Und das letzte Mal, als ich um eine Gehaltserhöhung gebeten habe, hab ich einen Vortrag zu hören gekriegt.»

«Vergiß es.» Mein Vater wischte sich mit einem Papiertaschentuch über die Stirn, das überall weiße Flusen hinterließ. «Du brauchst es ja nicht. Wen interessiert's? Sag ihnen, sie sollen ihr blödes Geld behalten.»

Bee zerteilte ihren Truthahn mit der Präzision eines Chirurgen. «Dieses Mal hat Jerry mir übrigens sogar eine Erhöhung *angeboten*. Hab ich gar nicht mit gerechnet. Im Moment sind die Mittel ziemlich knapp.»

Jerry war Bees Chef und in ihren Augen ein Supermann, obwohl er sie fünf Jahre lang für wenig Geld hatte schuften lassen.

«Dem scheint ja endlich 'n Licht aufgegangen zu sein», sagte mein Vater. «Woher die plötzliche Einsicht?»

«Weil ich ihm gerade erklärt hab, daß er sich nicht nur sein blödes Geld an den Hut stecken kann.» Wir sahen Bee wartend an, während sie noch einen Bissen nahm, langsam kaute und nach ihrem Glas griff – lauwarmes Wasser ohne Eis. «Sondern auch seinen blöden Job.»

Mein Vater sah mich an, als erwarte er einen Schlag, wie ein Fänger beim Baseball.

«Ich hab nichts damit zu tun», verteidigte ich mich.

«Hast du ihnen gesagt, du hast 'nen besseren Job?»

«Nein.»

«Daß du dich selbständig machst?»

«Nein.»

Mein Vater nahm Bee die Gabel aus der Hand und legte sie auf den Tisch. «Was dann? Raus damit.»

Bee lächelte schief. «Ich gönn mir ein bißchen Freizeit.»

«Freizeit wofür?» Ich spürte, wie sich der Truthahn und die Zwiebeln in meinem Magen bemerkbar machten.

Bee sah meinen Vater an. «Du wolltest, daß ich herausfinde, was Jane für Pläne hat. Sie hat keine. Sie ist hier, und bis jetzt macht sie keinerlei Anstalten, wieder wegzufahren. Und ich kann ihr nicht helfen, wenn ich in Atlanta bin. Also bin ich hergekommen.» Mein Vater und ich warteten. «Ich werde wieder hier einziehen, bei euch beiden.»

Mein Vater sah aus, als hätte ihm jemand eins mit dem Holzhammer verpaßt. «Du willst hierbleiben? Hier? Und dafür hast du deinen Job hingeschmissen?»

«Du hast gesagt, mein Zimmer wäre noch frei.»

«Heiliges Kanonenrohr», sagte mein Vater.

«Jerry war auch überrascht. Er meinte, er hätte gar nicht gewußt, daß ich eine Schwester habe.» Bee schüttelte sich die Haare aus den Augen. «Ich werde anfangs noch ein paarmal hin- und herfahren müssen, um ein paar Sachen zu Ende zu bringen. Aber ich denke, ich kann einen Teil der Arbeit auch per Telefon machen.»

«Heiliges Kanonenrohr», wiederholte mein Vater.

Bee wich meinem Blick aus. Sie sah müde, aber zufrieden aus. Vermutlich hatte sie nächtelang mit Papier und Stift dagesessen, die Risiken eingeschätzt, meine Aussichten abgewogen und Gewissen gegen Eigennutz aufgerechnet. Das hier war das Ergebnis.

«Tu das bitte nicht meinetwegen», sagte ich.

«Warum nicht?»

«Weil ich nicht will, daß du für mich deinen Job aufgibst. Wenn du es für dich selber tust, soll's mir recht sein.»

«Fein. Ich hab's für mich getan. Im übrigen hast du doch auch gekündigt.»

«Das ist was anderes. Und ich bin nicht hier *eingezogen*. Ich bleibe nur vorübergehend.»

«Dito. Ich auch.»

Mein Vater stand auf. «Ich geh mal die Deckel von den Mülltonnen holen. Vielleicht veranstalte ich damit ein kleines Konzert im Garten.»

Bee ignorierte ihn und sah mich eindringlich an. «Das tut uns allen vielleicht mal gut. Nach so langer Zeit.»

Um ein bißchen aus dem Haus zu kommen und meinem Vater etwas Geld für die Miete geben zu können, hatte ich einen Teilzeitjob in Atlantic City angenommen. Zwei Abende pro Woche unterrichtete ich Englisch für Erwachsene, als Ersatz für einen Lehrer, der mitten im Semester aus Krankheitsgründen aufhören mußte. Mr. Denzer hatte von dem Job gehört und mich empfohlen. Obwohl ich bisher nur Kinder unterrichtet hatte, nahmen sie mich für die Übergangszeit, bis sie endgültig jemanden für die Stelle gefunden hatten.

Der Unterricht fand in einer heruntergekommenen katholischen Schule statt; hinter meinem Tisch hing ein Kruzifix. Das Lehrbuch bekam ich am Nachmittag vor meiner ersten Stunde, abgegriffen und mit zahlreichen Eselsohren. Es war uralt und voller merkwürdiger idiomatischer Ausdrücke:

Mit Gladys ist gewiß *nicht gut Kirschen essen*.
Du siehst müde aus, Bill. Ich wette, du hast *die Nacht zum Tage gemacht*.
Paß auf, daß Mary nichts von dem Treffen erfährt. Sie *fährt uns* sonst noch *in die Parade*.
Howard *fachsimpelt* nicht gerne. Er möchte nicht, daß *um den heißen Brei herumgeredet* wird.

Meine Schüler, ein verschlossener und humorloser Haufen, von dem viele hofften, in den Casinos einen besseren Job – oder überhaupt einen – zu finden, schwitzten mit dem Stift in der Hand über ihren Aufsätzen. Sie ließen ihre Kinder, Frauen und Eltern, ihre Schulden und den Fernseher für einen Moment hinter sich, um sich an die unbequemen, mit den Sitzbänken verbundenen Klassentische zu setzen, deren Oberfläche mit obszönen Zeichnungen und falsch geschriebenen Wörtern bekritzelt war. Das Durchschnittsalter lag bei etwa fünfunddreißig Jahren.

Mir wurde bald klar, daß der Unterricht eine größere Bedeutung hatte, als es zuerst schien. Die Teilnehmer schrieben über sich selbst, meistens über ihre Probleme zu Hause.

Guillermo aus Peru stand auf, als er drankam – alte Gewohnheiten lassen sich nicht so leicht abstellen. «Ich bin in einer glücklichen Familie geboren. Die meiste Zeit lachen wir uns einen Ast. Wir zermartern uns das Hirn, um glücklich zu bleiben. Doch ich führe ein Hundeleben. Wir sind aus blauem Himmel in dieses Land gekommen, und das ist nun der Dank.»

Ich wußte nicht recht, was ich sagen sollte. Idiome sind ansteckend. «Versuchen Sie es mal einfacher. Zerbrechen Sie sich nicht den Kopf, lassen Sie die Worte fließen.»

«Wie ein Fluß», ergänzte er und lächelte, als hätte ich

ihn gelobt. Er fuhr sich durch das kurze schwarze Haar und setzte sich wieder hin.

Nach der Sitzordnung gehend – die elf Schüler saßen mir in einem Halbkreis gegenüber –, rief ich zwei Teilnehmer auf, die etwas über gescheiterte Ehen vorlasen. Ein Mann gestand, daß er seinen Hund schlug. Mit monotoner Stimme berichtete er in allen abstoßenden Einzelheiten, wie er immer und immer wieder den Stock gehoben hatte, während der zusammengekauerte Hund mit einer kurzen Leine an einen schweren Sessel gebunden war. Ich mußte mich setzen.

«Sie sind widerlistig», bemerkte eine Frau, die in einen fließenden gelben Schal gehüllt war.

«Nein, ist schon okay», sagte ich. «Wir machen weiter.»

Die Klasse schien enttäuscht.

«Ihr voriger Lehrer, Mr. Shendorf, hat der Ihre Aufsätze eingesammelt und zu Hause korrigiert?»

Entsetzte Gesichter im gesamten Halbkreis.

«Wir diskutieren», sagte Guillermo. «Wir sprechen miteinander um was wir hören.»

«Ich glaube, ich möchte Ihre Aufsätze lieber mitnehmen und statt dessen ein bißchen Grammatik mit Ihnen machen.»

Guillermo schüttelte den Kopf. Einige Teilnehmer falteten ihre Aufsätze zusammen und steckten sie ein.

Ich stand auf und lächelte. «Jeder Lehrer hat seine eigene Methode», sagte ich kurz angebunden. Dann ließ ich sie ihre Aufsätze überarbeiten, wobei ich von Tisch zu Tisch ging und jedem half. Als die Stunde vorbei war, machte niemand Anstalten zu gehen.

«Mr. Shendorf hört unsere Klasse immer mit eine Lektion auf. Er ratschlagt uns jedesmal.»

«Sehr interessant. Sie meinen, er ‹gibt Ihnen einen Rat›.»

«Woher kommen Sie?» fragte ein Mann namens Sifor.

Ich teilte ihnen höflich mit, ich sei nicht Mr. Shendorf. «Dann bis Donnerstag», sagte ich zum Abschied. Lange Gesichter waren die Reaktion.

«Wenn Sie kommen und uns wieder kennen, Sie werden sehen, woher der Wind weht», sagte ein alter Mann.

Ich ging zur Tür hinaus.

Die Hitze ließ nicht nach. Fast den ganzen August über sank die Temperatur nicht unter achtundzwanzig Grad, nicht einmal nachts. Die Strände waren überlaufen mit stöhnenden Urlaubern, die auf der Suche nach einer frischen Brise vor der Backofenhitze in den Städten hierher geflüchtet waren. Bee pendelte während der Woche, wie sie es angekündigt hatte. Sie brachte ihren Computer und einige Unterlagen mit und machte ein Büro aus ihrem früheren Zimmer, das theoretisch ein Gästezimmer war, aber noch immer Bees Handschrift trug. Die Wände waren klösterlich hellgrau gestrichen, die Dielen weiß. Auf dem Regal über der Kommode befanden sich ein Globus, einige zusammengerollte Karten, Teile von Lexika (Religion von A bis M und die *World Book Encyclopedia* von L bis R) und Bücher über Maschinenbau, Naturwissenschaft und Philosophie. Die hatte Bee bei Haushaltsauflösungen erstanden, als sie gerade auf die High-School gekommen war. Der begehbare Schrank hatte keine Türen und war bis auf einen Staubsauger und eine Reihe von Bees ewiggleichen Button-down-Blusen leer. Neben dem Bett standen drei Paar weiße Turnschuhe.

«Irgendwie ist das schon komisch», meinte Ellie, «zwei erwachsene Schwestern, die wieder bei ihrem Dad einziehen.»

Wir waren auf dem Dachboden, wo ich durch Hunderte von Kästen, Schubladen, Schränken, Koffern, Kleiderbeuteln und Säcken ging und in den Sachen meiner Eltern und Großeltern herumwühlte. Da ich noch nicht wußte, wonach ich eigentlich suchte, hatte ich nach dem Zufallsprinzip angefangen, eine Kiste herausgezogen, sie flüchtig durchgesehen und mir dann die nächste vorgenommen, doch bald war mir klargeworden, daß ich im Gefolge dieser Aktion alles durcheinanderbrachte und die Suche lieber etwas bedächtiger angehen sollte. Ich entwickelte ein System: Ich teilte die Kisten der Größe nach in Reihen ein und arbeitete mich dann hindurch, von rechts nach links und von links nach rechts. «Wie ein Bustrophedon», war Bees Kommentar.

Ellie kam jetzt regelmäßig vorbei, warf sich auf mein Bett und döste oder träumte den ganzen Nachmittag vor sich hin.

«‹Komisch› ist der richtige Ausdruck», sagte ich.

«Ich hätte auch gerne einen Bruder oder eine Schwester.» Ellie drehte sich auf den Bauch. Die Federn krachten und quietschten, obwohl sie höchstens vierzig Kilo wog. «Als Einzelkind ist man in seiner Entwicklung gehemmt. Man wird später zum Egoisten, weil man nie gelernt hat, mit seinesgleichen zu kommunizieren.»

«Hast du damit momentan Probleme?» Ich nahm den schwarzen Filzstift aus meiner Tasche und markierte die Kisten, die ich durchgesehen hatte, mit einem kleinen Kreuz.

«Nein. Aber das könnte später durchaus auf mich zukommen.» Sie nahm ein Fläschen mit Nagellack aus der Tasche ihrer abgeschnittenen Jeans, schätzungsweise Größe 34. «Stört es Beatrice – Ihre Schwester – nicht, wenn Sie hier oben sind?»

«Warum sollte es?» Ich schob einen Stapel Klappstühle und eine Lampe zur Seite und fand einen kleinen braunen Umschlag auf dem Boden. «Na ja, wir haben uns deswegen in die Wolle gekriegt, aber eigentlich geht es sie gar nichts an. Ich sehe mich hier nur mal um.» Der Dachboden sah mittlerweile ziemlich aufgeräumt aus. Durch die ordentlichen Reihen von Kisten, die in gleichmäßigen Abständen nebeneinanderstanden, erinnerte er an einen Friedhof mit alten, unförmigen Grabsteinen, deren Inschriften mit der Zeit verschwunden waren. Ich öffnete den kleinen Umschlag und fand darin drei Paar Straßohrringe, ein Kupferarmband und eine Brosche in der Form einer Henne.

«Oh, zeigen Sie mal.» Ellie stand auf und drehte das Fläschchen mit dem dunkelroten Lack wieder zu. Ihre Zehennägel waren noch nicht trocken, deshalb humpelte sie auf den Fersen zu mir herüber, um sich den Schmuck in meiner Hand anzusehen. «Das sind ja noch nicht mal Stecker.» Sie klang enttäuscht. Sie nahm die Brosche, kniete sich neben mich und befestigte sie am Kragen meines Hemds. Sie roch nach Kaugummi, Sonnenöl und Nagellack. «Sie sind doch bestimmt froh, daß Ihre Schwester hier ist.»

«Schon, für eine Weile. Aber Bee muß zu allem ihren Kommentar abgeben. Ihrer Meinung nach mache ich alles falsch. Und ohne ihre Arbeit und eine eigene Wohnung dreht sie durch. Sie ist absolut auf ihre Unabhängigkeit bedacht.»

«Sie denn nicht?» Ellie nahm mir einen Ohrring aus der Hand. «Stillhalten.» Vorsichtig drehte sie an der winzigen Schraube und machte das Straßgehänge an meinem Ohr fest. «Wie hübsch! Habe ich Ihnen schon meinen neuen Namen für das Baby gesagt? Sherwood. Sie können ihn Woody nennen.»

«Vergiß es.» Ellie war wild entschlossen, einen Namen zu finden. Sie meinte, wenn ich erst den richtigen gefunden hätte, würde ich sofort eine Beziehung zu dem Baby entwickeln, das Stadium der Abstraktion hinter mir lassen und mir ein «richtiges kleines Gesicht» vorstellen.

«Ich bin noch nicht reif für Gesichter», sagte ich. Ich hatte es bis auf weiteres ihr überlassen, die Namenssuche zu übernehmen. «Ein Sherwood prügelt sich mit drei Jahren auf dem Spielplatz. Wie dem auch sei – ja, ich bin auch auf Unabhängigkeit bedacht, aber anders. Bee hält mich für schwachsinnig. Sie meint, ich hätte meinen Job behalten sollen.»

«Und Nummer zwei.» Ellie beugte sich zu meinem anderen Ohr hinüber. Ich fühlte mich wie hypnotisiert, niedergedrückt von dem Gewicht. Ich hörte ihren flachen Atem, spürte ihre kühlen Fingerspitzen an meinem Hals. «Glauben Sie, daß sie recht hat? Sie sind eine gute Lehrerin. Wie wär's mit Simon? Ich kannte mal einen Simon, war ein toller Typ. Bleiben Sie sitzen, ich stecke Ihnen die Haare hoch.»

Ich schloß die Augen. «Bee ist diejenige, die einen Fehler macht. Oder jedenfalls den größeren von uns beiden.»

«Sie meinen, weil sie einen besseren Job hat? Denkt Ihr Dad genauso?» Ellie bürstete mir vorsichtig durch die Haare. «Und was ist mit dem Typen von unten? Wer ist das, ein Cousin von Ihnen?»

«Wer, Mr. Denzer? Nein, das ist unser Untermieter. Aber ich kenne ihn schon seit Ewigkeiten.»

«Der hat ein Auge auf Sie geworfen», meinte Ellie. Sie feuchtete mit der Zunge ihre Finger an und steckte mir das Haar mit den Haarnadeln zu einem seltsam geformten Knoten im Nacken hoch. «Ich hab's gespürt, als er letzte Woche hier oben war. So was merke ich sofort.»

Bill hatte in Ellies Gegenwart an die Treppe zum Dachboden geklopft, weil er einen Topf Farbe zum Ausbessern seiner Wohnungstür brauchte. Sie hatte ihn mit großen Augen angesehen und ihm lang und breit erklärt, daß sie mir dabei half, die Vergangenheit meiner Mutter zu exhumieren. Sie hatte aus Versehen «evakuieren» gesagt, doch weder Bill Denzer noch ich hatten sie verbessert.

«Ich finde das total romantisch», sagte sie und reichte mir einen Taschenspiegel. «Ist doch schöner als so ein fransiger Pferdeschwanz. Sie sehen irre elegant aus. Haben Sie nicht eine schickere Bluse?»

«Bill Denzer hat kein Auge auf mich geworfen», erwiderte ich, den Spiegel in der Hand. Ellies Bemühungen betonten noch den Mangel an diesbezüglichem Elan von meiner Seite. Ich sah aus wie ein alterndes, übergewichtiges Starlet an einem schlechten Tag.

Ellie nieste. «Na ja, zumindest ist er nicht Ihr Cousin. Das würde alles viel schlimmer machen. Man nennt das wohl Inzest, oder? Haben Sie ihm von dem Baby erzählt?»

Ich spürte, wie ich rot wurde. Ich hatte nicht mit ihm darüber gesprochen, aber er wußte es. Eines Nachmittags hatte er auf dem Balkon meine beiden Hände in seine genommen und gesagt: «Glückwunsch. Ich halte zu dir. Wie fühlst du dich?»

Ellie plapperte weiter. «Penelope ist ein schöner Name für ein Mädchen. Oder wissen Sie, was Sie machen könnten? Sie könnten den Nachnamen des Vaters als Vornamen nehmen, so 'ne Art Familiennamen. Nehmen wir mal an, er heißt Walker.» Sie schlug meinen Kragen hoch. «Jim Walker. Dann können Sie das Baby Walker Haus nennen.»

Ich nahm ihr die letzte Haarnadel aus der Hand. «Klingt wie ein Motel, nicht wie ein Mensch. Außerdem heißt der Vater sowieso nicht Jim Walker.»

«Sondern?»

«Geht dich gar nichts an.»

«Nicht aufregen.» Sie ließ meinen Kragen und meine Frisur in Ruhe und versuchte, ihre eigenen Haare ein bißchen zu toupieren, damit man die Ohren nicht sah, die manchmal zu beiden Seiten durch den dünnen blonden Vorhang schauten. «Ich bin nur neugierig, sonst nichts. Ich versuche, was über das Leben zu lernen.»

«Du weißt schon jede Menge über das Leben. Bee wartet in der Stadt darauf, daß ich sie abhole. Sie ist mit dem Bus vom Flughafen gekommen.»

«Okay, schon verstanden.» Ellie rührte sich nicht. «Und wenn das Baby nun auf die Welt kommt und genauso aussieht wie sein Vater? Was machen Sie dann?» Sie schien nicht mich, sondern sich selbst zu fragen. Sie schaute in den Spiegel. «Ich meine, dann werden Sie immer an ihn denken müssen. Sah er gut aus? Richtig toll?»

«Nein. Ich weiß nicht. Ich glaube nicht.»

Ellie stand auf und ging zur Treppe, wobei sie mit dem Finger über den Staub auf der Kommode glitt. «Ihre Schwester mag mich nicht, wissen Sie.» Der Dachboden schimmerte vor Staub, weil ich die Kisten herumgeschoben hatte. Winzige Teilchen schwebten in den Lichtbalken, die durch die beiden dreieckigen Fenster und die Tür fielen. Der Staub ließ die Luft wie etwas Körperliches erscheinen, so daß mir der Dachboden wirklicher und lebendiger vorkam als die anderen Räume im Haus meines Vaters.

«Nimm's nicht so schwer», sagte ich. «So ist sie eben.» Ich reichte Ellie das Plastiketui mit ihren Zigaretten. «Ich denke auch immer, Bee könnte mich nicht leiden, aber sie tut's, glaube ich, trotzdem.»

«Nähe», sagte Ellie, «das ist was Tolles in einer Familie.» Sie verschwand mit dem Kupferarmband in der Hand.

Unterwegs hatte ich den Straßschmuck und Ellies Haarkreation ganz vergessen.

«Hübsch», sagte Bee und packte ihre saubere weiße

Reisetasche ins Auto. Ich hatte im Schatten eines knapp zwei Meter großen jungen Baumes geparkt. In meinen Kniekehlen sammelte sich der Schweiß.

«Ist das alles, was du mit hast?» Ich nahm die Ohrringe und die Brosche ab.

«Fürs erste.» Sie stieg vorne ein. «Das meiste von dem, was ich im nächsten halben Jahr brauchen werde, ist schon hier.»

Keiner von uns kommentierte das «halbe Jahr». Es stand zwischen uns wie ein einzelner Schoko-Donut im Karton.

«Und, was hast du so gemacht?» fragte Bee.

«Das Übliche. Nichts besonderes. Gegessen und geschlafen, gelesen und Unterricht gegeben. Mit Dad gesprochen.» Ich drehte den Schlüssel im Zündschloß, obwohl der Wagen schon lief; der Motor jaulte auf wie ein junger Hund.

«Links», sagte Bee. «An der Ecke da vorne mußt du links abbiegen. Verbringst du immer noch deine ganze freie Zeit oben auf dem Dachboden?»

«Ich hab allein hierhergefunden, Bee. Ich finde auch allein wieder zurück.» Hastig setzte ich den Blinker. «Dad war auch auf dem Dachboden. Ich hab gesehen, wie er mit 'ner ganzen Tüte voller Sachen runtergekommen ist.»

«Er versteckt seinen Alkohol da oben», sagte Bee. «Die Ampel ist grün.»

Ich bog in die Ellen Street ein. All die kleinen Straßen in Sea Haven waren nach Frauen benannt, die Hauptstraßen nach Männern. Als ich klein war, hatte ich mir immer vorgestellt, daß jede Kreuzung ein Ehepaar war, aber es schien mir nicht fair, daß auf rund siebzig Frauen nur fünf Männer kamen.

«Vielleicht will er die Sachen loswerden. Sie mitten in der Nacht rausschaffen, während ich schlafe. Findest du es nicht komisch, daß es fast keine Bilder von Mom gibt? Keine Kinderfotos, keine alten Schulbücher, keine Briefe? Ich frage mich, ob Onkel Harold was hat.» Onkel Harold war der einzige Bruder unserer Mutter. Er arbeitete in einem Postamt in Kalifornien, doch er schaffte es nicht, uns ab und an eine Karte zu schicken.

«Brauchst du ein Andenken an sie?» Bee machte mit ihrer Hand das Zeichen, nach rechts abzubiegen. «Mom hat nie Fotos von sich gemocht. Sie hat sie wahrscheinlich alle weggeworfen.»

«Sie hätte sie uns geben sollen. Sie hätte auch mal an uns denken können.»

Bee starrte aus dem Fenster. Jedesmal, wenn wir über unsere Mutter sprachen, wechselte sie das Thema. «Ich verstehe nicht, warum du unbedingt in diesem Staub rumwühlen mußt. Da oben ist es viel zu heiß für dich.»

«Es ist überall heiß. Wir haben einen Rekordsommer. Weißt du was? Ellie und ich haben da oben in einer Kommode ein paar BHs aus Segeltuch oder so was ähnlichem gefunden. Sieht aus, als hätten wir ein paar beachtliche Oberweiten in unserer Familie gehabt.»

Bee wischte ihre Brille an ihrem Hemd ab. «Nicht alles vererbt sich halt. Wieso hängt das Mädchen – diese Ellie – eigentlich bei dir rum?»

«Ich mag Ellie. Sie ist erfrischend.»

«Altklug ist sie. Was sie braucht, sind Freunde in ihrem Alter. Genau wie du. Freunde und Chancen. Du weißt, im Süden von New Jersey sind jede Menge Schulen, die –«

«Laß gut sein, Bee. Meine Probleme kriege ich schon alleine in den Griff.»

«Immerhin gibst du zu, daß du Probleme hast. Wir machen Fortschritte.»

Am Himmel rührte sich nichts, eine endlose Weite, heiß wie ein Backblech.

«Geht es dir immer noch gut? Was sagt der Arzt?»

«Er sagt, ich sei zu dick.» Wir fuhren an einer Reihe Eisstände vorbei, deren Geschäft am Straßenrand florierte. «Ich komme mir allmählich vor wie ein wandelndes Faß.»

«Hat er dir wenigstens ein paar nützliche Informationen geben können?» Das war eine Anspielung auf meine Weigerung, an einem Kurs zur Geburtsvorbereitung teilzunehmen. Nach Bees Ansicht sollte ich einen Abend pro Woche mit einem Kissen in der Hand zur Klinik gehen, um mit einem Haufen anderer schwangerer Frauen herumzuhecheln. Aber ich war nicht wie andere schwangere Frauen, und ich hatte keine Lust auf sentimentales Händchenhalten und Formulare, in die ich «meine Gefühle» und «meine Ängste» eintragen sollte. Ich hatte Bee erklärt, daß solche Vorbereitungskurse genauso sinnlos wären wie Kurse für Autoreparaturen, es wäre einfach besser, seiner Werkstatt zu vertrauen und anschließend die Rechnung zu bezahlen. «In diesem Fall bist du das Auto», hatte sie erwidert.

Nun sagte ich ihr, daß ich alles Notwendige wüßte. «Früher hatten die Frauen keine Ahnung, was auf sie zukam. Sie mußten sich nicht die blutrünstigen Details anhören, sie saßen einfach da, bestickten die Leintücher und vertrauten sich Gott an.»

«Ich nehme an, du hast dir noch keine Babyausstattung gekauft.» Bee kurbelte ihr Fenster hoch. Hitze machte ihr nichts aus – sie hatte anscheinend nicht bemerkt, daß sich ein Stück weiter der Asphalt in flüssigen Teer auflöste. «Es ist verdammt schwer, sich keine Sorgen um dich zu machen.»

«Nein, ist es nicht. Es gibt genug anderes, über das man sich Sorgen machen kann.» Ich fuhr an dem Haus von Ellies Eltern vorbei, an der nagelneuen Yoghurt-Bar und am Elektrizitätswerk und hielt dann vor dem Haus meines Vaters. «Zum Beispiel über die Wirtschaft. Oder über die Abholzung des Regenwalds. Oder über Mörder, die in Bussen durchs Land fahren und nach unschuldigen Leuten Ausschau halten, die sie umbringen können. Im Vergleich dazu geht's mir gut.»

«Im Vergleich zu einem Mörder und dem sterbenden Regenwald, ja», sagte Bee.

Ich stellte den Motor ab. Unter der Haut meines Bauches spürte ich eine fließende Bewegung, wie eine über den Boden gleitende Schlange. «Hoppla.» Danach kam nichts mehr.

«War das das Baby?» Beide schauten wir auf die Wölbung oberhalb meines Sicherheitsgurts. Doch in der stickigen Hitze des Autos rührte sich keine von uns, um die Hand auf meinen runden Bauch zu legen.

In meiner Englischklasse machten wir mit den Redewendungen weiter.

«An der Ecke treffen wir einige Damen der Nacht», las Geraldo vor. «Sie schlagen uns vor, daß wir Unzucht treiben und Geschlechtsverkehr machen sollen. Obweil mein Freund Hector Frauen mit diese große Brüste mag, sagt er zu diesen beiden –«

«Gerald», unterbrach ich ihn. «Geraldo. Was wollen Sie mit diesem Aufsatz erreichen?»

Geraldo war schmal und schüchtern, vielleicht achtzehn Jahre alt. Erstaunlicherweise las er sein Werk mit unbewegter Miene vor. Er meinte es ernst. «Kommunieren und überzeugen», antwortete er mit Nachdruck.

«Nun, die meisten Wörter, die Sie verwenden, fördern nicht gerade die Kommunikation. ‹Unzucht treiben› zum Beispiel. Das stammt aus dem vorigen Jahrhundert. Kein Mensch sagt das heute noch. Es wäre sicher angebrachter, wenn Sie schlicht sagen würden: ‹Wir begegneten zwei Prostituierten, die uns ein Angebot machten.›»

Einige der Teilnehmer schrieben den Satz auf. Arletta, ein fünfzehn- oder sechzehnjähriges Mädchen, zeigte ihr Heft vermutlich ihrer Mutter.

«Wer macht weiter?» fragte ich. «Ich möchte, daß noch jemand anderes seinen Aufsatz vorliest.»

Der alte Mann, Sebastian, stand auf. Mit der flachen Hand strich er sein zerknittertes Hemd glatt; von den Schultern abwärts sah er wie ein Skelett in Kleidern aus. «Das Auto», begann er. «Eines Tages sah ein Mädchen ein Auto. Sie will in ihm fahren. Ihr Vater sagt nein, das geht nicht. Das Mädchen stirbt danach. Der Vater will immer dauernd dieses Auto wegbrennen. Er fühlt sich dann schrecklich.» Er blieb neben seinem Tisch stehen.

Sifor meldete sich. «Das ist dieselbe Geschichte, die er immer vorliest. Jedesmal.»

«Danke», sagte ich. «Sie können sich setzen.»

Nach dem Unterricht fing ich Guillermo ab. «Was ist hier eigentlich los? Die Leute kommen doch nicht her, um die Sprache zu lernen. Was wollen die hier? Sifor spricht perfekt Englisch, wozu kommt er noch?»

«Vielleicht wir haben uns aneinander gewöhnt», antwortete er mit einem Schulterzucken. «Wir sind hier zusammen eine ganze Weile.»

«Wie lang ist diese Weile?»

«Ein paar von uns ein Jahr. Ein paar mehr.»

«Aber der Kurs hier dauert nur zehn Wochen.»

Guillermo lächelte. «Ich habe schon dreimal hier gewesen.»

«Bei demselben Lehrer? Und davon mal abgesehen: Was veranstaltet der hier eigentlich?»

«Ich werde schon viel besser», sagte Guillermo. «Ich bin so viel gelernt.»

In einem alten Geschirrschrank fand ich, in einen muffigen Kopfkissenbezug gewickelt, ein Babybuch, das meine Mutter für Bee angefangen hatte. Es entsprach nicht dem Geschmack meiner Mutter und war vermutlich ein Geschenk: Auf dem Umschlag waren dicke, kleine Engelchen in Windeln abgebildet, die mit pausbäckigem Lächeln aus den Wolken purzelten. Ich schlug es auf. Auch innen gab es kitschige Zeichnungen von nackten Kleinkindern mit Blumen und Teddybären in den Armen, daneben Kästchen für den ersten Zahn, das erste Wort und die ersten Gehversuche. Meine Mutter hatte die ersten Seiten sorgfältig mit nach links neigender Schrift ausgefüllt. Haarfarbe: *schwarz.* (Das mußte später ausgefallen sein.) Augenfarbe: *blau. Zweitausendachthundertdreißig* Gramm. Beatrice Elizabeth. Wesen: Dahinter hatte meine Mutter ein Fragezeichen gesetzt. Vermutlich hatte sie keine Vergleichsmöglichkeiten gehabt.

Ihre Notizen unter den Überschriften, die eine etwas ausführlichere Darstellung erforderten («Eindrücke der Mutter», «Eigenheiten des Kindes«), waren nur stichwortartig. Der Ton war eher sachlich als enthusiastisch. Sie hatte notiert, daß Bee beim Stillen die Augen weit geöffnet hielt und daß sie durch die Anstrengung des Saugens mit den Ohren wackelte. An einer anderen Stelle hatte sie geschrieben, das Baby sei *ernst.* Ich konnte mir Bee gut als Neugeborenes vorstellen, wie sie mit großen Augen und voller Inbrunst an der Brust saugte, als wollte sie sagen: «Schau mal, wie ich schufte. Schau, wie fleißig ich bin.» Doch die Notizen meiner Mutter waren ohne jeden Anflug von Humor. Die letzte Eintragung lautete *ernst, aufmerksam, jung.* Jung? Bee war damals drei Monate alt. Es gab noch eine Haarlocke in einer Plastiktüte, wie ein Ausstellungsstück in einer Museumsvitrine.

Ich nahm das Buch mit nach unten, um es Bee zu zeigen. Sie machte Großputz in der Küche, sortierte kaputte Schneebesen, rostige Kartoffelschäler und angeschlagene Kaffeebecher aus und reinigte die Schränke mit einem Schwamm und einer penetrant riechenden Flüssigkeit. Es war anstrengend, sie um sich zu haben. Sie konnte nicht stillsitzen und wollte für uns alle den Tagesablauf festlegen, wie die Leiterin eines Pflegeheims. Mein Vater und ich hatten bisher, jeder in seinem Teil des Hauses, unsere Ruhe gehabt, und nun mußten wir auf einmal unsere Mahlzeiten zu bestimmten Zeiten einnehmen, an klaren Abenden nach dem Essen zu gemeinsamen Spaziergängen erscheinen und auf einer Liste am Kühlschrank eintragen, wann wir bereit waren, einzukaufen, zu kochen, sauberzumachen, die Wäsche zu waschen oder den Rasen zu mähen.

«Ach du Scheiße», murmelte mein Vater jedesmal, wenn er den Kühlschrank aufmachte und Bio-Erdnußbutter, Vollkornbrot ohne Salz und eine Dose Alfalfa-Keimlinge vor sich hatte. «Morgen könnte die Welt untergehen, und das hier wäre dann unsere letzte Mahlzeit. Wo habt ihr die Hot-dogs versteckt?»

Ich winkte Bee von ihrem Küchentritt zu mir. «Guck mal.» Ich legte das Babybuch auf die Arbeitsfläche. Sie zog die Gummihandschuhe aus, wischte sich die Hände ab und blätterte wie ein Archivar die Seiten um, fast ohne sie zu berühren. Sie sah das Buch kurz bis zu Ende durch, die meisten Seiten waren leer. «Ja, das hab ich schon mal gesehen. Hatte ich ganz vergessen.»

«Sie hat es nie zu Ende geschrieben. Es hört nach ungefähr neun Monaten auf. Warum hat sie wohl nicht weitergemacht?»

Bee klappte das Buch nur widerstrebend zu. «Wahrscheinlich, weil sie mit den Fotoalben angefangen hat.» Auf dem obersten Regal im Büro meines Vaters standen drei völlig verstaubte dicke Alben mit Fotos von uns beiden, als wir klein waren. Aber es gab keine Notizen, keine Aufzeichnungen dazu.

«Weißt du, ob sie auch ein Babybuch für mich gehabt hat?»

«Ich hab nie eins gesehen.» Sie band einen Müllbeutel zu und stellte ihn an die Hintertür. «Das meiste kann ich dir auch so sagen. Du hast dreitausendeinhundert Gramm gewogen. Du hattest braune Haare und blaue Augen. Was in einem Babybuch steht, ändert nichts an dem, was du heute bist.»

Ich setzte mich auf den Tritt. Auf meiner linken Wade blühte ein Adergeflecht wie eine Rose. «Bee, hast du schon mal daran gedacht, als Lebensberaterin zu arbeiten? Du könntest bestimmt prima mit Menschen umgehen. Apropos, hast du eigentlich schon mal irgend jemanden kennengelernt?»

«Runter da.» Sie verscheuchte mich vom Tritt. «Es gibt jede Menge gesündere Beschäftigungen für dich, als auf dem Dachboden herumzuwühlen.»

«Schränke wischen zum Beispiel. Ich will wissen, warum sie gar nichts über mich aufgeschrieben hat.»

Bee stieg wieder auf den Tritt und zog sich mit einem schnappenden Geräusch die Handschuhe über. Sie waren quietschrosa und viel zu groß. «Du solltest das nicht persönlich nehmen. Sie hätte es bei jedem x-beliebigen Kind genauso gemacht.»

«Dieses x-beliebige Kind war ich, verdammt noch mal. Bist du schon mal auf die Idee gekommen, daß unsere Mutter keine Kinder wollte?»

«Nicht jeder mag Kinder.» Bee drückte ihren Schwamm aus. «Darauf wirst du auch noch kommen. Wie dem auch sei, wir sind hier, ob sie uns gewollt hat oder nicht. Diskutieren ändert daran nichts.»

Ich ging durch die Küche und sah durch die Verandafenster zum Strand hinüber. In letzter Zeit kam es mir vor, als ob ich watschelte, als ob erst ein Teil von mir ein Zimmer betrat, bevor der Rest nachkam. Obwohl die

Hitze weiter anhielt, war am Strand vergleichsweise wenig los. Viele Tagesgäste waren zu Hause geblieben, weil es hieß, am Pier könnten infizierte Nadeln von Heroinspritzen angeschwemmt werden. («Auf den Trick hätten wir schon vor Jahren kommen sollen», meinte mein Vater.) «Bee, weißt du, ob Mom schon krank war – ich meine, ob sie von der Krankheit gewußt hat –, bevor wir auf die Welt kamen?»

Das schrubbende Geräusch hinter mir hörte auf. «Keine Ahnung.»

Ich drehte mich zu Bee um. «Vielleicht war es nicht gut für sie, daß sie schwanger wurde. Vielleicht hat sie uns das übelgenommen. Du kratzt noch die ganze Farbe von diesen Schränken. Aber dann kannst du sie wenigstens neu streichen.»

«Könnte nicht schaden», sagte Bee.

Ich sah wieder zum Strand hinüber und beobachtete zwei Mädchen in weißen Bikinis, die auf das Rettungshäuschen mit der weithin sichtbaren Aufschrift RETTUNGSSCHWIMMER BITTE NICHT ANSPRECHEN zugingen. Manchmal, in völlig unvorhersehbaren Momenten, vermißte ich meine Mutter. Es war, wie wenn man Heißhunger auf bestimmte Nahrungsmittel hatte, die es gar nicht gab, ein ebenso glühendes wie unerfüllbares Verlangen. Die beiden Mädchen am Strand saßen jetzt malerisch auf dem Rand des Rettungsbootes. Man konnte nur hoffen, daß niemand ausgerechnet jetzt auf die Idee kam, der Strömung zum Opfer zu fallen. «Bee, eine letzte Frage noch: Wenn sie ein Buch für mich geführt hätte, was hätte sie wohl reingeschrieben?»

Bee wartete ab, bis ich mich umdrehte. «Es ist sinnlos, sich zu fragen, wie sie über dich – über uns, meine ich – gedacht hat. Mom hat ihre Gefühle immer für sich behalten.» Sie unterbrach sich, aber ich war fest entschlossen, nichts zu sagen. Ich würde hier mit diesem metallischen Geschmack im Mund sitzen bleiben, bis sie mir sagte, was ich wissen wollte. «Also gut, okay. Ich nehme an, sie hätte was Ähnliches geschrieben.» In der Küche war es still. «Nur eben über dich.» Sie tauchte ihren Schwamm in den Eimer. «Sie hätte vielleicht was darüber geschrieben, wie du aufgewacht bist. Du hast immer so ein grunzendes Geräusch gemacht, wie ein kleines Ferkel. Ich weiß noch, wie wir darüber gelacht haben.» Bee fing wieder an zu schrubben.

«Was meinst du, hat sie mich – na ja, du weißt schon – gern gehabt?»

«Eben hast du noch gesagt, es wäre deine letzte Frage. Ich war damals vier Jahre alt, Jane. Knapp fünf. Ich erinnere mich, wie ich neben dem Schaukelstuhl gestanden und gewartet habe, daß du in den Schlaf gewiegt wirst. Dad hat immer gesagt, ich bräuchte nicht eifersüchtig zu sein.»

«Dad war vermutlich selber eifersüchtig», sagte ich. «Ich glaube, er wollte mehr Aufmerksamkeit von ihr als er gekriegt hat. War er damals auch schon so seltsam? Ich frage mich seit Ewigkeiten, wann er angefangen hat zu spinnen.»

Zum ersten Mal sah Bee wütend und ungeduldig aus. Zwischen ihren Augenbrauen erschien eine zarte, formvollendete Falte. «Wieso mußt du, wenn du dich selbst analysierst, andere mit Dreck beschmeißen? Dad hat alles getan, was er konnte. Er mußte sich durchbeißen, ihm ist nichts in den Schoß gefallen.»

«Was zum Beispiel? Eine Frau, die nicht krank wird und ihm wegstirbt? Meinst du das? Es war also Moms Schuld, daß sie nicht da war?»

Bee fuhr herum. «Die meiste Zeit war sie da. Wer hat dir gesagt, daß sie weggegangen ist?»

Ich starrte meine Schwester an, und sie wurde rot.

«Was meinst du mit ‹weggegangen›? Reden wir über ein und dieselbe Sache, Bee?»

Sie wandte sich wieder den Schränken zu.

«Mom war zweimal fort», sagte ich. «Sie hatte zwei größere Operationen. Das andere waren die täglichen Bestrahlungen. Willst du etwa behaupten, daß sie außerdem noch mal weg war?»

«Ich behaupte gar nichts.»

Ich hielt sie am Bein fest. Eine Brise wehte vom Meer herüber. Es roch nach toten Meerestieren, verrottenden Muscheln und Krebsen, die in flachen Pfützen langsam von der Sonne gegart wurden. «Na los, sag schon.»

«Ja, einmal», antwortete Bee. «Ein einziges Mal. Da war ich noch ganz klein.»

«Laut Dad ist sie erst damals krank geworden, als ich acht war.»

«Das stimmt wohl auch.»

«Wo ist sie dann gewesen?»

«Das ist die Frage. Ich weiß es nicht. Ich hab Dad mal danach gefragt. Er sagte, das könnte nicht sein, ich müßte mich irren. Aber ich erinnere mich, wie wir abends am Tisch gesessen haben, nur Dad und ich, und ich hab auf das Essen gestarrt und mir gewünscht, sie würde nach Hause kommen.»

«Sie hat ihn verlassen. Wo ist sie hingegangen?»

«Keine Ahnung.»

«Wie lange war sie weg?»

«Auch das weiß ich nicht mehr. Ich weiß nur noch, daß sie verändert aussah, als sie zurückkam.»

«Ich fasse es nicht», sagte ich. «Mom ist weggegangen. Und du warst alt genug, um es mitzukriegen. Sie hatte die Nase voll von ihm.»

«Spar dir deine Schadenfreude.» Bee zog an ihrem Bein, um mich loszuwerden. «Es ist bestimmt immer noch hart für Dad.»

Und für dich, dachte ich. Der Gedanke, daß deine Mutter verschwindet und vielleicht nie wiederkommt. Das war vermutlich der Grund, warum Bee so wurde, wie sie jetzt war: distanziert und gut gepanzert, stachelig, ernst und stolz.

«Warum ist sie wohl zurückgekommen?» fragte ich, und in dem Moment, als ich die Frage stellte, wußte ich die Antwort. Bee war etwa vier Jahre alt gewesen, wenn sie sich daran erinnern konnte, und das bedeutete, daß meine Mutter mit mir schwanger gewesen sein mußte. Sie war nach Sea Haven zurückgekommen, um noch ein Kind in die Welt zu setzen, und danach war es ihr nie wieder gelungen wegzukommen. Plötzlich paßte alles zusammen: Ohne es zu wissen, durchlebte ich noch einmal einen Abschnitt aus dem Leben meiner Mutter; ich war ahnungslos in ihre Fußstapfen getreten. «Sie ist meinetwegen zurückgekommen», sagte ich. «Es war genau wie bei mir jetzt.»

Bees Gesicht war wie versteinert. Meinetwegen, wollte ich wiederholen, doch damit hätte ich ihr gleichzeitig zu verstehen gegeben: Sie hat dich zurückgelassen, du warst ihr egal. Statt dessen sagte ich: «Sorry, ich wollte damit nichts andeuten.» Aber anscheinend sah Bee mir meine Begeisterung an, denn sie weigerte sich, weiter darüber zu reden. Sie sagte nur, daß unser Vater zum Essen zu Murphy wollte und wir somit alleine zu Abend essen würden.

«Übrigens überlegt er zu verkaufen», sagte sie, um mir die gute Laune zu verderben. Es gelang ihr nicht.

«Das tut er nie im Leben. Ich helf dir mit dem Abendessen.»

«Du merkst gar nicht, was los ist. Dad sieht das alles etwas anders als du.» Als ich später zurückkam, um das Babybuch zu holen, war es nicht mehr da.

Meine Englischklasse schien Fortschritte zu machen. Ich

hielt eine kurze Rede, in der ich ihr erkärte, daß es besser sei, persönliche Probleme zu Hause zu lassen und sich statt dessen auf eine natürliche Ausdrucksweise und grammatikalisch korrekte Sätze zu konzentrieren. Ich schlug neutralere Themen vor. «Wir alle haben Schwierigkeiten zu Hause, Dinge, die uns Sorgen machen oder über die wir uns ärgern. Doch hier im Unterricht wollen wir über andere Themen sprechen und schreiben. Beschreiben Sie einen Baum.» Geraldo schrieb etwas über Zuckerrohr.

«Beschreiben Sie ein Tier.» Ulrika las ein paar Sätze über Schafe vor. Weiter hinten machte jemand «Bäh, bäh».

«Sifor, lesen Sie bitte vor, was Sie geschrieben haben.» Spannung hing in der Luft, unverhohlener Mißmut.

«Ich habe nichts geschrieben. Es ist für mich völlig uninteressant, Bäume zu beschreiben. Man verbietet mir, meine Meinung zu sagen, und das in einem freien Land.»

«Dies hier ist eine Klasse, keine Klatschspalte. Sie sind hier, um besser sprechen zu lernen.»

«Ich bin hier, um zu kommunizieren», widersprach er.

Daraufhin machte ich ein paar Übungen, bei denen ich sie Dinge nachsprechen ließ. Sifor und Sebastian unterhielten sich ungeniert und in normaler Lautstärke. Einige andere beteiligten sich an ihrem Gespräch. Arletta fragte, ob ich wüßte, wann Mr. Shendorf wiederkäme.

Draußen fiel ein leichter Regen. Ich sah aus dem Fenster zu meinem Wagen unten an der Ecke. Es ist zwecklos, dachte ich, Leute zu unterrichten, die dich nicht genug mögen oder respektieren, um etwas von dir zu lernen. «Tu was du kannst», hatte meine Mutter oft gesagt, wenn ich Probleme hatte. Aber sollte das heißen, daß ich mich auf das konzentrieren sollte, was mir leichtfiel, oder war es eine verdeckte Kritik an meinem fehlenden Talent?

Ich drehte mich wieder zur Klasse um. Vielleicht lag es an meinem Gesichtsausdruck, jedenfalls waren sie plötzlich alle aufmerksam. «Sie wollen wissen, wann Mr. Shendorf wiederkommt? Ich weiß es nicht. Ich glaube, daß Mr. Shendorf ein Scharlatan ist. Schlagen Sie das nach: S-C-H-A-R.» Ein paar Teilnehmer blätterten in ihren Wörterbüchern. Ich fuhr fort. «Ich habe ihn beim Amt für Weiterbildung angezeigt. Diese Klasse ist ein Sauhaufen. Sie glauben vielleicht, daß Ihnen hier geholfen wird, aber das ist nicht der Fall. Mr. Shendorf führt Sie hinters Licht. Ihnen wird etwas vorgegaukelt. Sie sind ihm auf den Leim gegangen. Möchte jemand etwas dazu sagen?»

Es dauerte einen Augenblick, doch dann meldeten sich einige. Ich rief sie nicht auf, sondern ließ sie einfach reden.

Ihre Grammatik war katastrophal, manchmal verstand ich nicht einmal, was sie sagen wollten. Trotzdem verbesserte ich sie nicht. Sie diskutierten miteinander, brachten ihre Gedanken zum Ausdruck und kamen endlich ins Reden. Als ich ging, hörte ich ihre Stimmen an- und abschwellen wie ein schlecht gestimmtes Orchester, das allmählich leiser wurde, als ich den Flur hinunter ging.

Am darauffolgenden Tag hatte ich meinen Termin für die Ultraschalluntersuchung. Dr. Subramanian sagte, im Krankenhaus würde mich ein anderer Arzt «behandeln»; er selbst hatte kein solches Gerät in seiner Praxis.

Ich ging allein ins Krankenhaus, da Bee keine Zeit hatte – vermutlich versuchte sie gerade meinen Vater zu überreden, Mr. Denzers Miete zu erhöhen. Seit Bee eingezogen war, kamen die Freunde meines Vaters nicht mehr zu Besuch, und Mr. Denzer, der nach Ellies Ansicht hinter mir her war, klopfte auch nicht mehr an. Nur Ellie kam noch ab und zu vorbei, meistens unangemeldet. Sie hockte dann mit dem Buch über Kindernamen auf dem Sofa, kritzelte mögliche Namen auf Papierschnipsel und steckte sie in einen kleinen Beutel.

Die anderen Frauen im Wartezimmer waren alle mit Mann oder Freundin gekommen, als wären sie im Kino, mit Popcorn und allem, was dazugehört. Ich trank, wie angeordnet, die drei riesigen Gläser Wasser, saß dann eine Dreiviertelstunde mit zusammengekniffenen Beinen da und blätterte in alten Zeitschriften mit Artikeln über Filmstars, bis ich von einer Krankenschwester in einen winzigen Raum gebracht wurde. Es verging noch eine weitere Viertelstunde, bis der Arzt hereinkam. Er tat sehr geschäftig, begrüßte mich geistesabwesend, während er in meiner Karteikarte las, und wusch sich pfeifend die Hände, um nicht reden zu müssen.

Wie das bei Untersuchungen so üblich ist, lag ich auf dem Tisch, zog mein Hemd hoch, machte die Hose auf und gestattete einem Fremden, mir eiskaltes Gel aus einer Tube auf den Bauch zu drücken und es dort zu verteilen.

«Das ist das Beste von allem», sagte er in scherzhaftem Ton, jedoch ohne zu lächeln. Er sah aus, als hätte er vergessen, wie das ging.

Mir tat der Rücken weh, und ich rutschte hin und her. Er befahl mir stillzuhalten, murmelte etwas vor sich hin und zog an irgendwelchen Kabeln. «Ihr erstes?»

«Und einziges.» Ich grinste gequält.

Sein Blick glitt über meine Hand, auf der Suche nach einem Ehering. «Das hier ist der Schallkopf. Damit gleite ich über Ihren Unterleib und schalte unseren Monitor ein –«

Der Mann war mir total unsympathisch. Ich starrte auf die Warze an seiner Stirn, um ihn zu verunsichern und nicht an die Wassermassen in meiner Blase zu denken.

«Jetzt geht's los.» Er beschrieb mit dem Schallkopf, der in Größe und Form einem Rasierapparat ähnelte, unterhalb meines Nabels einen Halbkreis. «Schauen Sie auf den Monitor.»

Ich drehte den Kopf und schaute. Ein paar flimmernde Flecken, die sich langsam bewegten, dann sah ich es. Ein blaßgrauer Kopf, nicht größer als ein Penny, mit Augen und Mund, winzige Finger, Beine, die sich ruckartig auf und ab bewegten. Ich sah, wie es den Kopf drehte und zum Bildschirm schaute, als wollte es mich ansehen, als wollte es die Gelegenheit nutzen, mir etwas zu sagen, ohne zu wissen, daß ich es nicht hören konnte. Es öffnete seinen kleinen grauen Mund und drehte sich wieder weg. Ich sah, wie es schluckte, wie sein Herz, einem winzigen Glühwürmchen gleich, zuckte. Ich sah das Fleisch und die Knochen, die Lunge, die Wirbelsäule und die Zehen.

«Warum schluckt es?» fragte ich. «Es hat doch nichts zu essen.»

«Fruchtwasser. Läßt es durchlaufen», war die Antwort. «Gibt ja sonst nicht viel zu tun. Kein Fernseher da drin.»

Er bewegte den Schallkopf an eine andere Stelle, um die beiden Gehirnhälften sehen zu können. Als er ihn wieder auf das Gesicht lenkte, hielt das winzige Wesen eine Hand hoch, als wollte es nicht, daß wir es ansahen, als würden wir es mit einem Licht blenden, und drehte sich von uns weg.

«Die mögen das wohl nicht besonders», sagte der Arzt. «Das erzeugt 'ne Menge Vibrationen und Geräusche. Ich kann Ihnen das Geschlecht nicht mit Sicherheit sagen, weil die Nabelschnur davorliegt. Aber es scheint alles in Ordnung zu sein. Wollen Sie ein Bild?»

«Ein Bild?» Ich dachte, er wollte ein Foto von mir machen, mit offener Hose.

Er hatte mich gar nicht gehört. Der Apparat klickte

zweimal. «Da, bitte schön.» Er gab mir ein Bild, auf dem das kleine Wesen die Hand erhoben hatte. Der Monitor war aus, das Bild verschwunden.

Ich hätte ihn gerne gebeten, den Apparat wieder anzumachen. Das Bild reichte mir nicht. Ich hatte das Gefühl, die Verbindung zwischen uns wäre unterbrochen worden; es hatte mir etwas sagen wollen, und nach der Geburt würde es nicht mehr sprechen können. Es würde sinnloses, sentimentales Zeug brabbeln, jahrelang. Ich würde ihm Wort für Wort beibringen müssen, wie die Dinge heißen: Das ist ein Baum, das ist ein Haus; das da nennt man Meer, Uhr, Lampe, Friedhof, Hund; ein Mensch, der verhungert; eine Zeitung voll mit Nachrichten, einige davon wahr; das ist Neid, das ist Traurigkeit, das ist Angst. Das hier ist deine Mutter, bevor du sie verlierst: jung, aufgedunsen, ohne Kind. Ich würde warten müssen, bis dieses zukünftige Kind sich wieder an all das erinnerte, was es mal gewußt hatte. Vielleicht würden wir unser Leben lang warten und uns nie daran erinnern, was dieses winzige, zarte, graue Wesen hatte mitteilen wollen.

«Sie können jetzt aufstehen», sagte der Arzt und verließ den Raum. Als die Krankenschwester mich fand, lag ich noch immer halb ausgezogen auf dem Tisch und starrte schluchzend auf den Monitor.

6. *Exkurse in die Philosophie*

«Nehmen wir einmal an, Margaret Truman sei ein Alligator», schreibt Bee. «Das menschliche Wesen ist im wesentlichen immateriell; daraus folgt, daß eine menschliche Person zu sein keine notwendige Eigenschaft einer menschlichen Person ist.»

«Komm raus da, du Feigling.» Mein Vater steht vor der Tür meines Zimmers. «Wir müssen uns unterhalten.»

«Personen können sich verändern», geht es weiter, «und doch durch mögliche Welten hindurch dieselben bleiben.» Seit einer Stunde sitze ich über Bees Referat. Es ist schwer zu lesen, wegen der vielen mathematischen Zeichen. Es sind sogar ein paar kleine Alligatoren darunter, die Bee mit der Hand zwischen die getippten Buchstaben gemalt haben muß. Unten auf der letzten Seite steht eine dekorative Eins plus. Darunter, in Bees Miniaturhandschrift: «Zeig das nicht Dad.»

Ich zwinge mich dazu, wenigstens eine Seite, einen Absatz zu verstehen. Bee ist in ihrem zweiten Semester in Berkeley und hat schon zweiundzwanzig Scheine gemacht, lauter Einsen in Physik, Differentialrechnung, Wirtschaftswissenschaften, Latein und Philosophie –

einem Hauptseminar mit dem Titel «Modernes Denken II». Als mein Vater das mit der Philosophie herausbekommen hat, ist er furchtbar wütend geworden. «Hokuspokus!» Also schreibt Bee in ihren Briefen an meine Eltern über ihre Fortschritte in den naturwissenschaftlichen Fächern und in den Briefen an mich über Ideen und Konzepte, die ich nicht begreife.

Als so ziemlich alle guten Universitäten des Landes bereit waren, sie mit offenen Armen zu empfangen, riet meine Mutter ihr dazu, nach Berkeley zu gehen, als wenn es nicht schon gereicht hätte, daß sie überhaupt von zu Hause wegging. Mein Vater und ich fanden, sie sollte lieber irgendwo an der Ostküste studieren. «Was ist mit Princeton?» fragte mein Vater. Meine Mutter meinte, das sei ein Jungenklub. «Und Harvard?» knurrte er. «Das ist wohl nur ein Football-Verein, oder was?»

Ich konnte mir nicht vorstellen, daß sie tatsächlich gehen würde. Eine Woche bevor wir sie zum Flughafen brachten, hoffte ich immer noch im stillen, daß Bee es sich angesichts unserer Situation zu Hause trotz ihrer guten Noten und der Lobeshymnen ihrer Lehrer und trotz der Briefe aus Massachusetts, Texas und Illinois, in denen ihr finanzielle Unterstützung angeboten wurde, anders überlegen und sich noch schnell am Atlantic City Technical College einschreiben würde. Statt dessen schwebte sie förmlich durch das Flughafengebäude, obwohl sie noch nie in ihrem Leben in einem Flugzeug gesessen hatte, und schrieb in ihrer zweiten Woche vom anderen Ende des Landes: «Woher wissen wir, daß dieser Brief existiert? Was wir wahrnehmen, ist eine Vorstellung von dem Brief, nicht die Sache selbst.»

«Du kannst nicht ewig da drin bleiben.» Mein Vater niest draußen im Flur. «Jetzt könntest du mal zeigen, was in dir steckt.» Ich soll in die Golf-Mannschaft einsteigen. Genaugenommen soll ich die Golf-Mannschaft *sein*, da unsere Schule bis jetzt noch keine hat. Mein Vater hat die letzten drei Tage damit verbracht, sich mit dem Rektor und der Schulpflegschaft zu kabbeln, aber ich weiß noch nicht, ob ich Lust habe, Golf in einer Mannschaft zu spielen. Keiner aus meinem Freundeskreis spielt Golf, und ich will nicht mit einem Sport in Verbindung gebracht werden, den außer Leuten im Alter meiner Eltern und mir keiner mag.

Ich nehme mir noch mal die ersten beiden Seiten von Bees Referat vor und bekomme trotzdem nicht mit, was meine Schwester weiß. Wegen dieser Ideen hat Bee sich geweigert, Weihnachten nach Hause zu kommen, und ist statt dessen in einem speziellen Wohnheim für Studenten geblieben, deren Eltern in Übersee leben. Sie hat ein Stipendium über vier Jahre bekommen, das die Studiengebühren abdeckt. Meine Eltern zahlen ihr Unterkunft und Verpflegung, um den Rest muß Bee sich selbst kümmern – Bücher, Flugtickets und was sie sonst so braucht. Diese Ausgaben umgeht Bee, indem sie sich jede Geselligkeit verkneift, zu viele Seminare belegt und nicht nach Hause kommt. Sie will in drei Jahren fertig sein.

«Warum willst du dein Licht unter den Scheffel stellen?» fragt mein Vater. «Ich garantiere dir, bis Jahresende stehst du in der Zeitung, und das nicht nur einmal.» Was er damit sagen will, ist, daß ich nie aufs College gehen werde wie meine Schwester, falls nicht jemand mitkriegt, wie gut ich einen Golfschläger schwingen kann und mich aus diesem Grund an die Universität holt. Außerdem will er damit sagen, daß ich für einen Schwachkopf ganz gut Golf spiele.

«Ich sag dir, was ich jetzt tue. Ich warte hier noch genau eine Minute. Wenn du die Tür dann immer noch nicht aufmachst, gehe ich, und dann kannst du alleine drüber nachdenken.» Den Trick kenne ich: Er stapft lautstark durch den Flur davon und schleicht auf Zehenspitzen wieder zurück. Ich sehe mir den Aufsatz noch ein letztes Mal an und werfe ihn dann, mitsamt dem Umschlag, in den Müll. Sechzig Sekunden trennen mich von einem niedrigen IQ – sobald ich durch diese Tür gehe, werde ich mir die Rolle des Dummerchens wie ein zweites Kleid überziehen.

«Wer soll uns denn trainieren?» frage ich durch die geschlossene Tür. «Du doch wohl kaum.»

«Was ist, stinke ich vielleicht? Ich werde keinen Fuß auf den dämlichen Platz setzen.»

Ich lehne den Kopf gegen die Tür. «Mit Mrs. Stegner komm ich nicht klar. Sie kann mich nicht ausstehen. Ich hatte sie letztes Jahr in Sport.»

«Was hat die Tante damit zu tun? Ich hab euch 'nen richtigen Trainer besorgt. Den Neuen, William Dancer.»

«Mr. Denzer? Der auch die Gesundheitserziehung macht?»

Mein Vater öffnet die Tür mit einer Nagelfeile. «Genau der.»

Mr. Denzer ist der neue Sportlehrer an unserer Schule. Er ist erst sechsundzwanzig und hat die Stelle von Mr. Mattison übernommen, der in Pension gegangen ist. Da Sea Haven High eine kleine Schule ist, ist er nicht nur für das Football-Training zuständig, sondern deckt auch Basketball für Mädchen und Jungen und im Frühjahr dazu noch Baseball ab. Mrs. Stegner, eine Frau mit farblosem Haar, die die größte Sammlung von Tennisröcken in Nordamerika hat, unterrichtet Volleyball und Schwimmen für Mädchen sowie Tennis für Jungen und Mädchen. Sowohl Mrs. Stegner als auch Mr. Denzer geben zusätzlich Gesundheitserziehung beziehungsweise Körper- und Gesundheitspflege, wie das früher hieß.

Ich gehöre zu den fünfzig Prozent der neunten Klasse,

die das Glück hatten, Mr. Denzer in Gesundheitserziehung zu bekommen. Es ist offensichtlich, daß ihm das Fach nicht liegt – er kämpft sich verwirrt durch das Lehrbuch, weiß nichts anzufangen mit den Bildern von verliebten Pärchen, den Abhandlungen über Akne und den Empfehlungen zur Haarwäsche. Um Halloween herum läßt er das Buch in der Versenkung verschwinden und beschließt zu improvisieren. Er hält unzusammenhängende Vorträge über unser Alter als «Phase der Verwirrung», in der «man Dinge tun möchte, für die man noch zu jung ist». Wir spüren seinen Drang, uns mehr zu erzählen. Er fragt uns häufig nach unseren Gefühlen, doch keiner traut sich, was zu sagen. Die Jungen malen Brüste und Phallussymbole in ihre Hefte, und die Mädchen träumen davon, mit Mr. D. – so nennen wir ihn – vor einem Kaminfeuer zu sitzen und die Dinge zu tun, die er andeutet, aber nie näher beschreibt.

Die Jungen behaupten, Mr. Denzer sei schwul. Sie sagen sogar noch schlimmere Sachen, machen Witze über angebliche «Arschkriecher». Bert, mein Freund, sagt, daß Mr. Denzer tatsächlich geweint hat, als Jerry Caldicott ihn – aus Versehen – mit einem Gummiball in den Bauch getroffen hat.

Die meisten Mädchen nehmen ihnen das nicht ab. Mr. Denzer hat hellbraunes Haar, das sich im Nacken kräuselt. Er trägt schlechtsitzende Kontaktlinsen, wodurch er verträumt und sentimental aussieht. Eine aus der zwölften Klasse behauptet, sie hätte gehört, wie sich Mr. Denzer nach der Schule mit Mr. Carlisle, dem Physiklehrer, unterhalten hätte. Dabei hätte er mit einem Zwinkern – vielleicht war es auch ein Blinzeln – gesagt: «Ich mag sie gern jung.» Keiner glaubt ihr die Geschichte, aber wir erzählen sie trotzdem weiter. Wir lästern über die angeblichen Versuche der jüngeren Lehrerinnen, ihn zu sich nach Hause zu locken.

Bert, der sich aus unerfindlichen Gründen für mich interessiert, sagt, er will nicht, daß ich die feuchten Frühlingsnachmittage «ganz alleine« mit Mr. Denzer verbringe. «Ich mache beim Training mit, damit ich dich im Auge behalten kann», sagt er und wirft seinen Kopf zur Seite, so daß die Haare ihm lässig über die Augen fallen. Bert geht mir manchmal auf den Wecker, aber mit ihm habe ich einen guten Fang gemacht: Er ist zwei Jahre älter als ich, macht nächstes Jahr seinen Abschluß, hat leuchtend grüne Augen und die richtigen Freunde. Ich weiß, daß ich eigentlich nicht sein Typ bin, dazu sehe ich nicht gut genug aus, und deshalb verzeihe ich ihm seine Ausrutscher.

«Du bist echt ein hoffnungsloser Fall», meint er, als wir nach der Schule bei ihm in der Einfahrt Basketball spielen. Er sagt das voller Zärtlichkeit, einen Arm um meine Taille gelegt und mit kleinen Schweißperlen an den Lippen, die süß schmecken. Er legt seine Hand so oft auf meine Hüfte, daß ich dort schon leichte Verbrennungen habe. Wir berühren uns immer irgendwo, Hand an Hand, Knie an Knie, Zeh an Zeh. Später, als die Sonne hinter seiner Garage untergeht, küssen wir uns in den Dampfschwaden der Küche, während seine Mutter am Herd steht und das Essen kocht. Ich fühle mich prickelig und habe ein schlechtes Gewissen, obwohl seine Mutter, die den ganzen Tag lang eine makellose weiße Schürze trägt, nichts dagegen zu haben scheint. Sie singt Songs von Harry Belafonte, während ich Berts warmen Atem an meinem Ohr spüre. Wenn Bert mich zu Hause besucht, was selten genug vorkommt, ziehe ich mich immer ans andere Ende des Raums zurück, als hätte ich Angst, daß er mich überfällt. In Gegenwart meiner Eltern ist der nur «der Typ aus meiner Schule».

Manchmal denke ich, Bert mag mich, weil er ein Feigling ist und ich nicht. «Du bist echt irre», sagt er jedesmal nervös, wenn ich etwas Abfälliges über die Lehrer oder den Rektor sage. Sein Erstaunen und seine Bewunderung machen mich mutig. Wenn die Lehrer mich wieder und wieder mit meiner Schwester nerven – wie es denn sei, eine Schwester zu haben, die Stipendien für die besten Schulen des Landes angeboten bekommt, und ob meine Eltern stolz darauf seien –, werde ich schnippisch, um ihn zu beeindrucken. «Fragen Sie sie doch selbst», sage ich zum Rektor, was mir eine Stunde Nachsitzen einbringt. Ich kultiviere meine spitze Zunge und trage ständig eine überhebliche Miene zur Schau.

Die Mathe-Lehrerin, Mrs. Glenn, meint, ich sei ein «harter Brocken». Der Ausdruck gefällt mir, und ich bemühe mich, ihm zu entsprechen. Mrs. Kline, die Französisch unterrichtet, sagt, ich sei *difficile*. Im Umkleideraum äffe ich sie mit meinen Freundinnen nach. Wir sind eine merkwürdige Gruppe von Außenseiterinnen, meine Freundinnen und ich – voller Wut und ständig mit unseren Haaren beschäftigt, die auf eine ganz spezielle Art schlampig aussehen müssen. Wir können die «anständigen» Mädchen, die weiße Kniestrümpfe und Haarbänder in den Farben von Sea Haven High tragen, nicht ausstehen. Wir tragen Hosen, die tief auf den Hüften hängen, Trikots und Clogs oder Schuhe mit Plateausohlen. Wir finden uns wild und zigeunerhaft.

Bert bewundert meine Freundinnen aus sicherem Abstand. «Die sind echt ausgeflippt», sagt er, während wir im Flur Händchen halten. Dafür, daß er immer wie aus dem Ei gepellt herumläuft, sieht er verdammt gut aus. Manchmal gestatte ich mir ein paar Träume: Wir sind verheiratet und leben in einem richtigen Steinhaus, weit weg vom Meer, irgendwo in Kansas oder Oklahoma, in einer grundanständigen Gegend mit Bäumen und richtiger Erde, einer Gegend, in die man zieht, ohne je wieder nach Hause zurückzukehren.

«Also, die Lage ist folgende», beginnt mein Vater und rührt in der Suppe, die er zusammengebraut hat: Thunfisch, Peperoni und diverse andere Einlagen in Hühnerbrühe. Jedesmal, wenn meine Mutter später nach Hause kommt, denkt er sich ein neues Rezept aus: Sandwiches mit Haifischfilet und Zwiebeln, gebackene Kartoffeln mit Sardinen, Spaghetti mit Oliven und Cashewnüssen. Wenn sie um Viertel nach fünf nicht zu Hause ist, wird er sauer.

«Dieser Dancer macht das Training nur dann, wenn wir zehn Schüler und das Geld für die Schläger zusammenkriegen.»

Ich schaue zur Tür hinüber, weil ich ein Geräusch gehört habe und sehen will, ob es meine Mutter ist. «Dad, die Leute in meinem Alter spielen kein Golf. Das interessiert doch keinen. Ich bin die einzige, die spielt.»

«Red keinen Quatsch. Dein Kumpel Bert hat schon gesagt, daß er mitmachen will, dann brauchen wir nur noch acht. Ich schlage vor» – er läßt zwei hartgekochte Eier in die Brühe gleiten –, «wir setzen eine Anzeige in die Schulzeitung. Die Leute müssen informiert werden. Hier, ich hab mir heute nachmittag was ausgedacht.» Er hält mir einen gelben Block hin:

> Hey Leute! Spielt Golf! Ein gemischter Sport, der so manches zum Schwingen bringt! (Frühjahrssemester!) Für unser Team brauchen wir zehn Spieler, Jungs und Mädels – egal ob Anfänger, Leute mit Vorkenntnissen oder Profis. Die beste Gelegenheit, neue Freunde zu finden. Probiert aus, was eure Eltern euch so lange vorenthalten haben. Kommt alle und macht mit!

Wenn er das an die Schulzeitung schickt, ändere ich meinen Namen.

«Ich bin wieder da.» Meine Mutter taucht auf Strümpfen hinter uns auf, ihre neuen schwarzen Wanderstiefel hat sie an der Tür ausgezogen.

Mein Vater blickt kaum hoch. Sie hat noch nicht den Preis fürs Zuspätkommen bezahlt. Im vergangenen halben Jahr hat sie zwei Jobs angenommen und wieder hingeworfen und sich eine ganze Reihe von Freizeitbeschäftigungen zugelegt: erst Yoga und Meditation, dann Modern Dance und jetzt Tageskurse in «Modellzeichnen» und «Landschaftsmalerei». Seit Bee weg ist, hat sie zahllose Hobbys angefangen und wieder aufgegeben, wobei sie sich jedesmal für kurze Zeit mit vollem Elan hineinstürzt. Auf ihrer Frisierkommode steht der Schädel eines Bären, und in den Schubladen versteckt sie ein paar Bleistift-Zeichnungen eines nackten Mannes.

Mein Vater faltet das gelbe Papier zusammen und gibt es mir, als hätten wir ein Geheimnis. «Wir wollten gerade anfangen zu essen.» Geschäftig läuft er zum Geschirrschrank, um die Teller zu holen.

«Ich dachte, wir könnten vielleicht essen gehen», sagt meine Mutter und sinkt auf einen Küchenstuhl. Sie legt ihre bestrumpften Füße auf dem Rücken des Hundes ab. «Hallo Spunk, ich bin wieder da. Sag Frauchen guten Tag.»

Mein Vater weist darauf hin, daß es Viertel nach sechs ist. «Restaurantbesuche sollten vorher abgesprochen werden.»

«Mein Gott, Gregory.» Sie schließt die Augen und läßt ihr pfirsichfarbenes Haar nach vorne fallen. Mein Vater und ich decken den Tisch, wobei wir uns um sie herumbewegen, als wäre sie Luft. Jetzt, wo Bee nicht mehr hier ist, wissen wir drei meistens nicht, worüber wir reden sollen. Bee ist früher immer mit brandheißen Themen in der Küche aufgetaucht, mit Neuigkeiten von einem Unglück in Belize oder Warnungen bezüglich der Auswirkungen von Off-Shore-Bohrungen auf die Buckelwale.

«Die Suppe ist fertig», sagt mein Vater. Er stellt drei nicht zueinander passende Schalen auf den Tisch und füllt sie mit Suppe. In der Hühnerbrühe schwimmen große Brocken Thunfisch, außerdem längs aufgeschnittene Stangensellerie, übriggebliebene Pommes frites, noch halbgefrorene Erbsen und Peperoni. Der Sellerie paßt kaum in die Schalen.

«Im Eisfach ist noch Erbsensuppe», sagt meine Mutter, ohne ihren Löffel anzurühren. «Die hättet ihr bloß aufwärmen müssen.»

«Jane und ich haben keine Schatzkarte, die uns zeigt, was wo im Eisfach versteckt ist.» Mein Vater spült seine Suppe mit einem Glas Milch herunter und balanciert dabei die Zeitung auf seinen Knien.

Ich sehe mich im Geiste ruhig aufstehen, das Fenster öffnen und meine Suppe auf den Rasen schütten. Ich muß an die Familien von anderen Leuten denken, an Berts Mutter mit ihrer Schürze, die Riesenportionen Lasagne und Erdbeertörtchen zubereitet, während sein Vater lauthals über eine Unterhaltungssendung im Fernsehen lacht.

«Jane.» Meine Mutter ist überdreht und müde, ihr schmales Gesicht leuchtet im grellen Küchenlicht. «Warum bringst du uns nicht eine Tasse Tee? Mir tun die Füße weh.»

Ich setze Wasser auf und bringe zwei Teebeutel, Erdnußbutter und ein paar Kräcker zum Tisch. Keine von uns beiden rührt die Suppe an. Mein Vater, der mal eine Wette gewonnen hat, indem er eine ganze Packung Schokoladeneis mit Ketchup verputzte, ist mit seiner Zeitung nach nebenan verschwunden.

Vorsichtig beißt meine Mutter in einen Kräcker. In letzter Zeit sehen bei ihr die normalsten Tätigkeiten ungewohnt und seltsam aus, als wäre sie gerade erst aus einem fremden Land hierher gekommen und würde sich nun geduldig mit unseren eigenartigen Gewohnheiten vertraut machen. «Ich überlege, ob ich mir nicht einen neuen Job suchen soll.»

«Was für einen Job?»

«Etwas anderes als bisher.» Sie zuckt mit den Schultern, zwei kleine runde Höcker, die sich auf und ab bewegen. Bei ihren letzten beiden Jobs hat sie Briefe getippt und Telefondienst gemacht. «Ein bißchen körperliche Arbeit würde mir guttun. Irgendwas an der frischen Luft.»

Obwohl ich erst vierzehn bin, ist mir sonnenklar, daß sie dazu weder die nötige Kraft noch die erforderlichen Kenntnisse hat. «Hm.»

Sie taucht ihren Teebeutel immer wieder ein, bis das Wasser schwarz ist. Sie hat zarte Hände, ihre Finger sind mit kleinen Farbtupfern übersät. «Hast du schon mal darüber nachgedacht, arbeiten zu gehen, Jane?»

«Nein. Im Moment spiele ich Golf. Und ich bin noch zu jung, um richtig Geld zu verdienen.» Ich würde sie gerne schocken und ihr erzählen, daß ich die Schule schmeißen und ein kriminelles Leben führen will.

«Macht dir Golf Spaß? Bedeutet es dir viel? Ach, vergiß es.» Sie hält ihre Hand in den Dampf. «Darum geht es wahrscheinlich gar nicht.» Ich frage mich, ob meine Mutter mich wohl wegschickt, wenn es soweit ist, vielleicht an eine technische Berufsschule in Alaska. Sie legt ihren Kopf schief und betrachtet mich. Sie hat die Angewohnheit, in abstrakter Form über mich nachzudenken, als wäre ich gar nicht da. «Ich könnte mir dich als Rechtsanwältin vorstellen. Du bist kreativ und gründlich.» Sie seufzt und streicht mir die Ponyfransen aus der Stirn. Ich habe versucht, sie zu bleichen, aber irgendwie sind sie dabei nur strohig, brüchig und grünlichblond geworden. («Stark», meinte Bert, als er mich damit sah, aber er wirkte leicht fassungslos.) Ich war allein zu Hause, als ich es probierte, und ich muß wohl die Anleitung falsch verstanden haben. Eine halbe Stunde lang habe ich im Bad gehockt und geheult, aber als meine Mutter nach Hause kam, habe ich so getan, als wäre alles Absicht gewesen.

«Sie haben deinen Vater im Geschäft übergangen», sagt sie laut genug, daß ich mich frage, ob er sie nebenan vielleicht gehört hat. Ihre Taktlosigkeit überrascht mich. Mein Vater raschelt mit der Zeitung. Sie nippt an ihrem Tee. «Der Laden läuft nicht besonders gut. Er glaubt, daß sie einen jüngeren Geschäftsführer suchen.»

Ich versuche mir einen anderen Mann im Büro meines Vaters vorzustellen, in diesem großen quadratischen Raum ohne Fenster, in dem lauter Kleiderständer, Bügel, Aktenschränke und in Einzelteile zerlegte Schaufensterpuppen herumstehen. «Meinst du, er wird gefeuert?» frage ich flüsternd, im Gegensatz zu ihr.

«Glaub ich nicht. Aber er nimmt immer alles sehr persönlich, das weißt du ja. So etwas geht ihm gleich zu Herzen.»

Einen Moment lang stelle ich mir das schlagende Herz meines Vaters vor: ein lautes, beharrliches und verletzliches Organ, von Venen und Arterien umschlungen und vor Empörung geballt wie eine Faust. Von da aus ist es nur ein kleiner Schritt zu der Vorstellung, wie all unsere drei Herzen über uns in der Luft schweben: seins, dann das meiner Mutter – so eins, wie es die Kinder in der Schule malen, ein rosa Papierherz ohne Kammern, das über unseren Köpfen tanzt – und schließlich meins, träge und ohne jeden Grund aus dem Rhythmus, düster, rostbraun und schlaff.

«Dabei ist es ja kein Weltuntergang, wenn er seinen Job verliert, das habe ich ihm so auch gesagt», fügt meine Mutter hinzu, und plötzlich habe ich Lust, ihr um den Hals zu fallen, doch statt dessen nehme ich den gelben Zettel aus der Tasche und hole mir einen Stift. Ich schreibe noch einen Satz unter den Text meines Vaters – «Unser Trainer wird Mr. Denzer sein.» – und setze meinen Namen darunter.

«Plantinga weist darauf hin, daß eine Aussage wie ‹Othello war ein Eskimo› falsch ist, die Aussage ‹Hamlet hatte Schuhgröße 44› jedoch weder wahr noch falsch.» Bee schickt mir eine Liste mit Buchtiteln, die ich in der neuen Bücherei in Sea Haven finde. Kants *Prolegomena zu einer jeden künftigen Metaphysik* ist der erste.

Ich verstehe noch nicht einmal, was auf dem Einband steht, und leihe mir statt dessen einen schmalen Band über die Pioniere aus.

«Bee, wenn du gar nicht existierst, warum lebst du dann in Kalifornien?» schreibe ich ihr. Ich erzähle ihr von den Zeichnungen mit den nackten Männern in der Schublade meiner Mutter. «Dad hat Schwierigkeiten bei der Arbeit. Es ist nicht genug Geld für meine Ausbildung da. Ich werde zu Hause bleiben, bis sie jemanden finden, mit dem sie mich verheiraten können.» Ich frage Bee, wie die Feten an ihrem College sind, und erwähne, daß ich nicht übel Lust hätte, sie bald mal zu besuchen. Dann erzähle ich ihr noch etwas über die Pioniere. «Pionierfrauen mußten häufig mit spärlichen Mitteln auskommen», schreibe ich aus dem Buch ab, tue aber so, als wäre es von mir. «Kleider wurden aus Futtersäcken genäht, und die Kinder sammelten getrocknete Büffelfladen als Brennstoff.»

In ihrer Antwort geht Bee nicht auf die Arbeit meines Vaters ein, schreibt mir aber, es sei noch zu früh, um sie zu besuchen. «Wieso liest du Bücher über die Pioniere? Das Stadium solltest du eigentlich hinter dir haben. Sieh dir meine Liste noch mal an. Das ist die Grundlage für wirkliches Denken, der Schlüssel zum Geist.»

«Deiner ist noch verschlossen», würde ich ihr gerne antworten. Ich backe ihr eine Blechdose voller Schokoladen-Walnuß-Kekse und schicke sie ihr, zusammen mit einem «Wonder Woman»-Comic. Kommentarlos.

Weil Mr. Denzer der Trainer ist, haben sich viele aus der Schule angemeldet. Fünf Jungen, unter ihnen Bert, die alle schon mal gespielt haben, und dreiundzwanzig Mädchen. Zu denen gehören auch ich und meine Freundin Denise, die Kette raucht und noch nie Sport getrieben hat. Ich gebe ihr fünfzehn Dollar dafür, daß sie mitkommt.

Wir treffen uns oben auf dem Übungsplatz, von wo wir am Drahtzaun entlang auf den Wasserturm hinuntersehen können, der aus den Kiefern herausragt. Mr. Denzer erklärt uns, daß dies keine Vorauswahl sein soll; er weiß noch nicht, ob wir «sieben» müssen, sondern will erst mal sehen, was wir können. Eine halbe Stunde lang üben wir unseren Schwung – ohne Ball –, wobei wir uns mit den verbogenen Schlägern abwechseln, die uns gespendet wurden. Denise und ich teilen uns ein Fünfer Eisen mit einem Cheerleader, einem Mädchen aus der elften Klasse, die sich die Haare offensichtlich jeden Tag auf Wickler dreht. «Tolle Beine», sagt Denise zu ihr, als sie das erste Mal vor uns steht, um zu schwingen. Zu mir sagt sie: «Ich kann's nicht ausstehen, wenn jemand so gut gelaunt ist. Davon kann einem ja ganz schlecht werden.»

Mr. Denzer sieht jedem einzelnen beim Schwingen zu. «Sehr gut», sagt er zu mir. Der Cheerleader glotzt. Dann darf jeder versuchen, den Ball zu treffen, während die anderen zuschauen und Kommentare ablassen. Es ist fast ein bißchen erotisch – eine Menge Leute stehen um dich herum und betrachten deinen Körper beim Schwingen, während Mr. Denzer etwas von Hüften, Handgelenken und Schultern erzählt und gelegentlich deine Haltung korrigiert. Denise läßt den Schläger fallen, als sie dran ist. Dem Cheerleader hüpft der Ball zur Seite weg. Bert und Jim Palermo schlagen ziemlich gut, so um die achtzig Meter. Ich bin als vorletzte dran. Zuerst schwinge ich einmal, um ein Gefühl dafür zu kriegen, und zwei Kids fangen an zu lachen, weil sie denken, ich hätte den Ball nicht getroffen. Ich verziehe keine Miene. Ich habe schon vor meinem Vater gespielt, mich seinen Freunden vorführen lassen und im Alter von zehn Jahren zusammen mit ein paar Trainern aus dem Club meinen Schlag geübt. Ich nehme meine Position ein und fixiere den Ball, bis ich die winzigen Kuhlen auf seiner Oberfläche sehen kann. Ich sehe seinen kleinen harten Kern und die Gummihülle, jede einzelne Schicht. Diese unbedeutende, nutzlose Sache ist das einzige, worin ich gut bin, und ich gebe mir die größte Mühe, nicht so sehr daran zu hängen.

«Donnerwetter», sagt Mr. Denzer, als der Ball locker den Zaun hinter sich läßt und nach gut hundertfünfzig Metern landet. Er schlägt einmal auf der Straße auf und verschwindet zwischen den Kiefern.

«Als Fairway ist das nicht lang genug», sage ich zu ihm. Als ich ihm den Schläger zurückgebe, lächelt er.

Denise und ich lesen mit Begeisterung *Seventeen*, um über die Klamotten und Kolumnen zu lästern, die, wie wir uns gegenseitig weismachen wollen, unter unserem Niveau sind. In den Artikeln geht es um Mädchen wie uns. Sie handeln von Hormonen und Make-up, von der Angst, zurückgewiesen zu werden, und von Regeln fürs Rendezvous. Ein ganzer Artikel widmet sich dem Thema «zu weit gehen». Anfangs lachen wir und lesen einige Abschnitte laut vor, doch bald interessiert uns der Text. Ich lese etwas über Mädchen aus zerstörten Elternhäusern, darüber, wie ihre Eltern um ihre Aufmerksamkeit werben und sich gegenseitig mit Geschenken, Lob und Gesprächen auszustechen versuchen. Denise studiert Tips zum «Mattieren« und tupft ihre Lippen mit einem Papiertaschentuch ab. «Hör dir das an: Ich bin vierzehn Jahre alt und habe ein Problem. Jedesmal, wenn ich mich mit einem Jungen unterhalte, mache ich mir Sorgen wegen meines Aussehens. Ich habe schiefe Zähne, und manchmal halte ich mir die Hand vor den Mund. Daß ich das mache, merke ich erst, wenn andere mir sagen, daß sie mich nicht verstehen können. Was soll ich tun?»

«Die Hände in den Hosentaschen festkleben», schlage ich vor. Denise schüttelt den Kopf. «Tüten drüber.» Sie gähnt, liest aber die Seite zu Ende. «Hey, hier ist ein Brief von einem Mädchen, dessen Mutter – ähm – Krebs gehabt hat.» Sie blickt auf.

«Rührend», entgegne ich und blättere weiter. Ich merke mir die Seite, damit ich den Brief lesen kann, wenn Denise weg ist.

«Sexualität», sagt Mr. Denzer, «umfaßt nicht nur sexuelle Beziehungen und Geschlechtsverkehr, sondern auch ein Gefühl für den eigenen Körper und einen entspannten Umgang mit dem anderen Geschlecht. In eurem Alter, also etwa mit vierzehn, ist es schwierig, mit sich selber richtig klarzukommen. Euer Körper verändert sich von Tag zu Tag, wird allmählich reifer.»

Ich starre auf den Tisch vor mir und spüre meinen Körper förmlich reifen, wie eine Birne. Meine Fingerspitzen beginnen zu blühen, die Kapillargefäße in meinen Ohren drohen zu platzen, in meinem Bauch schwellen Samen und verborgene Knollen an, bereit, durch meine Haut zu brechen.

Mr. Denzer sitzt auf der Tischecke und lockert seine Krawatte. «Ich bin sicher, daß ein paar von euch schon angefangen haben, ein bißchen zu experimentieren, und es gehört zu meinem Job, euch zu sagen, daß ihr nichts überstürzen sollt. Laßt euch Zeit. Wartet, bis ihr soweit seid. Ihr habt noch das ganze Leben vor euch.»

Was er sagt, verwirrt mich zuerst, weil ich denke, das Wort «experimentieren» bezieht sich irgendwie auf die Menstruation, die bei den meisten Mädchen schon eingesetzt hat. Dann piekst Denise mich mit ihrem Stift. «Na, hat Bert schon sein Chemielabor ausgepackt?» Sie gackert los.

Hat er nicht. Ich beginne mich zu fragen, ob mit uns oder mit ihm etwas nicht stimmt. Die tiefsitzenden Leidenschaften, auf die Mr. Denzer anspielt, sind Bert völlig fremd.

«‹Als *Fairway* ist das nicht *lang* genug›», äfft er mich immer wieder nach. Seitdem wir jeden Nachmittag zusammen trainieren, ist er nörgelig und abweisend. Ich versuche ihm klarzumachen, daß ich schon seit Jahren spiele und daß es nichts Schöneres gibt, als diesen kleinen Ball mit voller Kraft zu treffen.

Bert interessiert das nicht die Bohne, aber Denise ist beeindruckt. «Du mußt mir unbedingt zeigen, wie man das macht.» Nach Einbruch der Dunkelheit stellen wir bei ihr hinterm Haus Taschenlampen auf den Rasen, rauchen Marlboro Lights und üben, üben, üben.

Nach zwei Wochen haben alle Mädchen bis auf drei die Mannschaft verlassen, die nun aus acht Jungen, mir selbst, Denise und unserer Cheerleader-Freundin besteht. Die Jungen sind nett zu Denise und Rayna (so heißt der Cheerleader – wir nennen sie «Rhina»), weil wir nur elf sind und die Mannschaft bei weniger als zehn aufgelöst wird.

Jetzt, wo ich zum ersten Mal mit Leuten in meinem Alter spiele, erkenne ich erst das Ausmaß meiner Fähigkeiten. Ich bin wesentlich besser als die Jungen. Wenn Mr. Denzer wegen eines Baseball-Spiels keine Zeit hat (er trainiert, mit etwas Unterstützung, zwei Sportarten), übernehme ich das Training, und die anderen scheint das nicht zu stören. Es gibt nicht viele Mannschaften, gegen die wir antreten können, da die meisten High-Schools Golf nicht fördern, aber es reicht. Manchmal hören wir von einem Jungen aus Vernon oder Atlantic City oder Long Beach, der angeblich auf ein Zehncentstück putten kann, doch mit meinen weiten, schön geschwungenen Abschlägen machen wir sie alle fertig. Wenn wir mit dem Bus nach Hause fahren, unseren Schnellen Eddie am Steuer, schaukeln wir die Straße an der Bucht entlang und scheuchen mit unseren Siegesrufen die Möwen aus ihren Nestern im Sumpfland. Meistens gilt der Jubel mir.

Der einzige, der nicht mitjubelt, ist Bert. Er sitzt ganz vorne, ein aufgeschlagenes Schulbuch auf den Knien. «Du solltest nicht so viel lernen», sage ich zu ihm. «Du wirst noch dein Gehirn abnutzen, und irgendwann ist es nur noch so groß wie das von einem Hamster.»

«Bist du blöd.»

«Das war nicht blöd, sondern exzentrisch. Weißt du, was meine Schwester sagt?»

«Nein, weiß ich nicht.» Er hat einen Gesichtsausdruck – Mund offen, die Mundwinkel zur Seite gezogen –, den ich noch nie bei ihm gesehen habe. «Und es ist mir auch völlig egal, was deine verrückte Schwester zu sagen hat.»

«Warum bist du so sauer?» frage ich ihn.

Bert wendet sich wieder seinen Algorithmen zu und liest, bis der Bus auf den Schulparkplatz fährt, wo mein Vater ungeduldig im Auto wartet. «Und?» Er will jedes einzelne Loch analysieren, die speziellen Schwierigkeiten eines Spiels diskutieren, das zu sehen ich ihm verboten habe.

«War ganz okay.» Ich sehe, wie Bert in den pastellblauen Ford seiner Mutter steigt und die Tür zuknallt. «Wir haben gewonnen.»

«Wie hast *du* gespielt?»

«Am fünfzehnten hab ich ihn mit zwei eingelocht. Wo ist Mom?»

«Am fünfzehnten? Mein lieber Schwan!» Mein Vater läßt den Wagen an. «Ich achte schon gar nicht mehr darauf, wo sie hingeht. Wahrscheinlich durchstreift sie die Gegend auf der Suche nach leeren Dosen, die malerisch im Gras rumliegen. Sie hatte ihren Skizzenblock im Auto.»

«Sie sollte doch mitkommen», sage ich.

Wir fahren zu unserem Lieblings-Hamburger-Restaurant am Hafen.

«Mom interessiert sich nicht für Golf», stelle ich fest. Mein Vater schließt den Wagen ab, und wir betreten die grüngekachelte Welt des Restaurants, das aussieht wie ein riesiges Badezimmer mit einem Stahlgrill an der einen Seite.

«Es gibt tausend Dinge», sagt er und klatscht seine Zeitung auf einen Tisch, bevor ein älteres Paar, das nur langsam vorankommt, sich dort niederlassen kann, «für die sich deine Mutter interessiert. Setz ihr bloß nicht noch einen Floh ins Ohr.»

«Sie sollte sich für uns interessieren», sage ich und hasse mich dafür. «Wir kriegen sie ja nie zu Gesicht.»

Mein Vater schüttelt sein Jackett ab und legt sich die Serviette auf den Schoß, obwohl wir noch nicht einmal die Karte bekommen haben.

«Ich finde nicht, daß sie sich wieder Arbeit suchen sollte. Sie hat schon zwei Jobs gehabt, mit denen sie nicht klargekommen ist. Ich verstehe nicht, warum sie nicht zu Hause bleibt. Was meinst du?»

«Ich meine» – er winkt die Bedienung heran –, «bei uns ist jeder sein eigener Skipper.»

Ich erinnere ihn daran, daß wir, obwohl wir direkt am Meer leben, als Familie noch nie zusammen auf einem Schiff gewesen sind.

«Bringen Sie mir einen Schoko-Milchshake und einen Double Burger», sagt er zu der Serviererin. Und zu mir: «Keiner hindert dich daran, alleine rauszufahren.»

In einem Buch mit dem Titel *Der Weg nach Westen* lese ich etwas über Pionierfamilien, die auf Waldlichtungen leben. Die Bäume umgeben die Holzhütten wie ein lebender Zaun. Sobald du das abgeholzte Rund verläßt, fühlst du dich allein: Die Sonne dringt nicht durch das dichte Laub, da draußen ist es spürbar kälter, und die Rufe von der Hütte verklingen, sie werden vom Boden geschluckt. Den ganzen Tag helfen die älteren Kinder im Garten oder im Haus, während die jüngeren Unkraut zupfen. Das Rund droht ständig zu schrumpfen und sie einzuschließen, also müssen die Kleinen die Grenze verteidigen. Als eines der jüngsten den Kreis verläßt, um auf ein Stück Moos zu zu krabbeln, wird es von den Indianern verschleppt und nie wieder gesehen. Ich frage mich, wie wohl das zweite Leben dieses Kindes aussehen mag.

Bee scheint sich mit ähnlichen Problemen zu befassen. «Identität», schreibt sie, «ist insofern ein schwieriger Begriff, als wir die Identität von Individuen im Fortgang der Zeit betrachten müssen. Intuitiv gewinnt man den Eindruck, daß der Grad der Veränderung und des Gleichbleibens einer Person begrenzt sein muß.»

Als ich sie nachts vom Telefon in der Küche aus anrufe, sagt sie: «Jane, ich vergesse glatt zu schlafen, so spannend ist das alles.» Sie erzählt mir von ihren Professoren, die alles, was ihnen unter die Augen kommt, in Frage stellen. In Berkeley scheint sich kein Mensch auf das zu verlassen, was er sieht, hört, fühlt, riecht oder schmeckt. «Erzähl mir, was du gerade durchnimmst.»

Im Geiste gehe ich die Fächer durch, Grundkurse in Algebra und Englisch, die Bee schon vor Jahren mit Auszeichnung hinter sich gebracht hat. «Ich weiß nicht. Das Übliche. Ich spiele Golf.»

«Ich schicke dir eine neue Leseliste. Sprich doch mal lauter, ich kann dich kaum verstehen.»

In Sea Haven ist es zwei Uhr morgens, und meine Eltern liegen drei Meter weiter in ihrem Bett und schlafen.

«Was vermißt du am meisten an uns?» frage ich sie. «Glaubst du, daß wir dieselben Menschen sind, wenn du weg bist?»

«Jane? Bist du noch dran?»

Ich höre, wie sich mein Vater im Bett umdreht, und lege auf.

Eine der größten Unterrichtseinheiten von Mr. Denzers Gesundheitserziehung ist Erste Hilfe. Wir lernen, wie man eine Aderpresse, eine Schiene und einen Druckverband anlegt, um den Blutfluß zu stoppen. Wir lernen, daß man sich auf dem Boden wälzen soll, wenn die Kleider brennen, und daß man Bewußtlose warm halten und ihre Beine hochlegen muß. Ein Mitarbeiter vom Roten Kreuz zeigt uns an einer Puppe, wie man jemanden wiederbelebt, und motiviert uns, an einem Kurs teilzunehmen, «der Leben retten kann». Im Lesesaal üben wir aneinander den Heimlich-Griff. Doch der eigentliche Höhepunkt des Kurses, auf den wir alle gewartet haben, ist der Film über eine Notgeburt – ein Übergangsritus der neunten Klasse, ein Stück Schulgeschichte, das jedes Frühjahr im Speisesaal für Gesprächsstoff sorgt. Um den Film sehen zu können, müssen wir eine schriftliche Erlaubnis unserer Eltern vorweisen. «Doch nicht das schon wieder», seufzt meine Mutter, als sie den Zettel unterschreibt. «Falls du da nicht hin willst – ich hab nichts dagegen.»

Alle sind früh da. Zwei Jungen bringen Kotztüten mit und verkaufen sie für ein paar Cents an der Tür.

«So, jetzt bitte Ruhe im Saal», sagt Mr. Denzer.

Die Geburt findet aus unerfindlichen Gründen in einem Atomschutzbunker mit Regalen voller No-Name-Konserven statt. In der Mitte des Raumes steht ein Tisch, der mit Kissen, einem Duschvorhang und einem weißen Laken bedeckt ist. Die einzigen Personen in dem Bunker sind zwei Frauen, eine davon hochschwanger, in einem gestärkten weißen Nachthemd, die andere in einem Korsagenkleid. Die Schwangere sieht fügsam und brav und nicht gerade schmerzgebeutelt aus, als sie zum Tisch geführt wird und sich hinlegt. Eine Männerstimme kommentiert den Film und sagt der Zuschauerin, was sie zu tun hat, falls sie in die gleiche Notlage kommen sollte, in einem Bus oder einem Kaufhaus zum Beispiel. Die dünne Frau sieht sachlich auf ihre Uhr, um die Abstände zwischen den Wehen zu messen (die Kamera zeigt das Handgelenk des anderen Arms) und notiert die Zeit auf einem Stück Papier. Die Stimme des Erzählers ist ernst, im sentimentalen Stil der Fünfziger, doch manchmal klingt sie stolz und enthusiastisch, nahezu heiter. Ich beginne mich zu fragen, wer der Erzähler ist. Ist er verantwortlich für diesen Schlamassel? Wo ist der Ehemann dieser Frau? Ist er im Krieg verstrahlt worden? Der Erzähler sagt, es sei wichtig, die Gebärende zu beruhigen. Wir sehen ein beruhigendes Lächeln auf dem Gesicht der mageren Frau, deren Haar natürlich trotz des Bunkers frisch gewaschen und gelockt ist, dann die schweißnasse Stirn der Patientin, die ahnungslos ist wie ein Lamm, das man zur Schlachtbank führt. Hinter mir macht Harry McIntyre unanständige Zeichen mit der Hand.

Nach einer ausführlichen Darstellung der notwendigen Handtücher, Decken, Schüsseln, Antiseptika, Scheren und Messer zoomt die Kamera ohne jede Vorwarnung auf den Schoß der Frau. Alles rutscht unruhig auf den Stühlen herum. Ab diesem Moment sehen wir keine lebendige Frau mehr, sondern ein unmenschliches Schauspiel, einen abstoßenden Kraftakt, etwas, mit dem niemand von uns in seinen schwärzesten Träumen gerechnet hätte. Die schlanke Frau ist verschwunden. Alles, was wir sehen, ist eine widerlich hervorquellende Hautmasse, Blut, etwas Dunkelrotes, Haariges und Obszönes. Ich weiß nicht, wo oben und wo unten ist. Blut spritzt auf die Linse der Kamera. Ein Schüler greift nach seiner Kotztüte, ein anderer schleicht zur Tür. Die Stimme des Erzählers schweigt, als gäbe es keine angemessenen Worte für das, was wir sehen. Mr. Denzer steht vorne an der Tafel und macht seine Fingernägel sauber.

Als der Film zu Ende ist, sitzen wir wie betäubt da. Keiner hat darauf geachtet, ob das Baby ein Mädchen oder ein Junge war.

«Wir haben noch zehn Minuten», sagt Mr. Denzer. «Hat jemand eine Frage?»

Niemand rührt sich.

Er spult den Film zurück, schaltet das Licht an und rollt pfeifend das Verlängerungskabel auf. Wir bleiben regungslos auf unseren Stühlen sitzen, wie des Nachts vom Scheinwerferlicht geblendetes Wild. Genau das könnte uns auch passieren. Wenn der Film die beabsichtigte Wirkung hat, wird er uns über Jahre hinweg von den Vorzügen der Enthaltsamkeit überzeugen.

«Damit hätten wir den Erste-Hilfe-Teil abgeschlossen», sagt Mr. Denzer. «Wenn es klingelt, könnt ihr gehen.»

Bald schon nutzt Bert den Hinweg zu den Turnieren und auch die Rückfahrt zum Lernen. Hinten im Bus fragt Rayna mit ihrem perfekten, wie mit dem Laser gezogenen Seitenscheitel, was los ist.

«Nichts», antworte ich.

Sie lächelt und sieht niedlich aus. Meistens schafft sie es nicht, ihre eigenen Schläger bis zum Abschlag zu tragen.

Denise übt im Gang mit leeren Händen ihren Schwung.

Als wir für das Spiel gegen Mount Union aus dem Bus steigen, laufe ich zu Bert und halte ihn am Arm fest.

«Du willst nicht, daß ich gut spiele. Das ist es.»

Bert schüttelt sein Haar. Er hat bleistiftdünne Augenbrauen, und sein Adamsapfel ragt wie ein riesiger Dorn hervor. Ich mag Bert nicht mehr so besonders, aber darum geht es nicht. Wichtig ist, ihn bei mir zu behalten, ihn nicht gehen zu lassen. Ich bin bereit, seinetwegen zu leiden, wie die Schwangere in dem Film. «Ist mir scheißegal, wie gut du spielst.»

«Du willst nicht, daß ich besser bin als du.»

Bert bleibt neben mir im Gras stehen und betrachtet mein Gesicht. «Du mußt dich nicht mal anstrengen, um zu gewinnen. Du könntest gar nicht verlieren.»

Ich habe das Gefühl, jemand gibt mir eine Chance, mich zu beweisen, mehr zu gewinnen als nur dieses Spiel. «Das werden wir ja sehen.»

Der Geruch von Berts Kaugummi, Himbeer oder Erdbeer, vermischt sich mit dem von feuchtem Gras und Abgasen. Bert beugt sich vor und küßt mich auf den Mund. Einer der anderen Jungen pfeift. Bert nimmt das Kaugummi aus dem Mund und wirft es weg.

«Ich brauche kein Mitleid», sagt er.

Denise stupst mich mit einem Putter an. «Hat dir noch keiner gesagt, daß man vom Küssen weiche Knie kriegt?» Sie legt ihren Arm um meine Schultern, und wir gehen zum Abschlag.

Alles läuft ganz gut, bis mein Vater entgegen unserer Abmachung bei dem Spiel auftaucht. Ich entdecke ihn am Rand des Grüns beim vierten Loch, wie er sich mit Mr. Capelli, Denises Vater, unterhält. Ich drehe mich um und halte Ausschau nach Bert, doch der schwitzt gerade kopfschüttelnd über einem birnenförmigen Sandbunker. Mr. Denzer hat mich schon gefragt, ob mit mir alles in Ordnung ist: Beim ersten Loch habe ich mit dem Driver ganze dreißig Meter geschafft, und für ein kurzes Par-Vier-Loch habe ich acht Schläge gebraucht. «Mein Arm ist ein bißchen steif», habe ich geantwortet, als Bert gerade vorbeiging. Mr. Denzer hat meinen Ärmel hochgeschoben und mein Handgelenk abgetastet, aber ich habe ihm gesagt, daß alles okay ist.

Jetzt trete ich an den Abschlag und starre auf den Ball. Ich hätte Lust, ihn in die Atmosphäre zu schlagen oder bis auf einen Golfplatz in Virginia oder New York. Ich spüre den perfekten Schwung meines Arms, das Drehen meines Handgelenks. Dann versteife ich den linken Ellbogen und schlage den Ball ins Unterholz. Bert taucht plötzlich hinter mir auf. «Pech gehabt», sagt er und geht zu seinen Schlägern.

Mein Vater tobt, als ich das Grün erreiche. Er zischt mir aus dem Rough zu: «Was soll der Quatsch? Du hast schon mit Plastikschlägern besser gespielt.» Ich massiere mir eine Stelle neben dem Schulterblatt. Für das Par-Drei-Loch brauche ich drei Putts.

Am sechsten Loch krempelt Mr. Denzer mir den Ärmel hoch und knetet meinen Ellbogen. «Geschwollen ist nichts. Hast du sonst irgendein Problem?» Er blickt kurz zu meinem Vater hinüber, der jetzt bei den anderen Eltern steht und auf mich deutet. Mr. Denzer läßt meinen Arm los.

Ich versichere ihm, daß ich die Runde zu Ende spielen kann. Dann schaue ich mir den besten Spieler der Mount-Union-Mannschaft an, einen traurig aussehenden Jungen mit wachsbleicher Haut und einem feuchten, blassen Fischmund. Ich lege den Ball auf das Tee. Mein Vater hat sich durch die kleine Zuschauergruppe geschoben und steht direkt hinter mir, so dicht, wie die Regeln es zulassen. Sein Schatten berührt fast meinen rechten Schuh. Ich fixiere den Ball.

«Jetzt aber, lang und weit», faucht er in dem Moment, als ich den Driver nach unten durchziehe, und fast gegen meinen Willen tue ich, was er sagt, und der Ball fliegt über das Wasser und die unechte Holzbrücke hinweg, an einer Möwenfamilie vorbei auf das Grün.

«Wurde auch Zeit.» Ich schlage den Jungen von Mount Union um einen Punkt.

Als ich Bert bei den Umkleideräumen einhole, sind die anderen schon weg. «Warte auf mich», rufe ich. Als er sich umdreht, wünsche ich mir, ich hätte meinen Mund gehalten. «Bert, mein Vater war hier. Ich wußte nicht, daß er kommen wollte.»

«Hör zu, Jane.» Sein Gesicht ist angespannt, als würde es nur aus Muskeln bestehen, die sich unter der Haut zusammenziehen und wieder strecken, wie beim Bodybuilding. «Es ist mir egal, wie gut du spielst. Schön, du bist gut beim Golf – na und? Wenn du für 'ne vernünftige Schule spielen würdest, wärst du bloß Durchschnitt, irgendwo im Mittelfeld.» Er macht eine wegwerfende Handbewegung.

«Wenn ich nur Mittelfeld bin, was bist du dann?»

«Nicht gerade viel.» Er stopft sich das T-Shirt in die Hose. «Und deshalb hör ich auch auf. Ich hab 'nen Job.»

«Du kannst nicht aufhören.»

«Klar kann ich. Ihr seid dann immer noch zehn in der Mannschaft. Und du kannst weiterhin so viel angeben, wie du willst.»

Ich sollte ihn jetzt bitten, nicht zu gehen. Ich sollte so tun, als würde ich gleich in Ohnmacht fallen, und mich an seine Brust lehnen. Im Grunde weiß ich, was in diesem Moment von mir erwartet wird, doch ich stehe nur da und beobachte, wie Bert immer kleiner wird, als wenn wir uns voneinander entfernen würden.

«Ich bin mit Rayna zusammen. Seit 'ner Woche oder so.»

«Rayna», wiederhole ich, ein bißchen zu laut.

Bert sagt, er hofft, daß wir alle Freunde bleiben.

Ich antworte ihm, das dürfte nicht allzu schwer sein. «Sie hat wirklich tolle Beine», sage ich und gehe.

Denise zeigt Mitgefühl. «Er ist sowieso ein Vollidiot», sagt sie und beobachtet ängstlich meine Augen. Doch ich weine nicht. Ich trauere nicht im geringsten um Bert. Ich fühle mich erleichtert – nicht glücklich, aber taub und gleichgültig. Ich denke an die Pioniere. Auf ihre Art waren sie Denker. Sicher haben sie ihre Tage nicht damit verbracht, darüber nachzudenken, ob die Bäume auch wirklich Bäume sind und ob Indianer auch dann noch Indianer wären, wenn sie andere Kleidung tragen würden, aber sie mußten denken, um überleben zu können. Sie waren intelligent, ob sie nun gut in der Schule waren oder nicht. Die meisten Mädchen waren mit fünfzehn verheiratet.

Nun, da Bert sich aus dem Staub gemacht hat, flirte ich ein bißchen mit den anderen Jungen aus der Mannschaft. Im Bus lege ich meinen Arm um Jerry Caldicott. Mr. Denzer lächelt. Ich verstecke Bill Latishers Schläger. Denise feuert mich an. Hinter den Umkleidekabinen sage ich Jim Worth, einem Jungen mit Pickeln am Kinn, er soll seine Hand unter mein Hemd schieben. Ich bin überrascht – er übrigens auch –, als er es tatsächlich tut. Er ruft mich ein paar Tage später an, und ich ahne, daß er es den anderen erzählt hat. Es ist mir egal. Keiner von ihnen wird je so gut Golf spielen wie ich.

Nach dem Training steckt sich Denise hinter dem

Wasserturm eine an und sagt mir, ich würde mich komisch verhalten.

«Ich gewinne nach wie vor. Kümmer dich lieber um dein eigenes Spiel», entgegne ich. Denise macht mich fertig.

Sie zieht die Ärmel ihres Sweatshirts über ihre Hände. «Ich meinte nicht Golf. Ich hab Bert gesehen. Du weißt ja, er arbeitet bei seinem Dad.»

«Braver Junge.»

Denise zieht ein letztes Mal an ihrer Zigarette und drückt sie aus. In letzter Zeit raucht sie weniger, und ab und zu schwingt sie im Trainigsraum ihres Bruders sogar die Hanteln. «Rayna hat Angst vor dir. Sie denkt, du hast es auf sie abgesehen, wegen Bert. Sie wollte aus der Mannschaft austreten, aber Bert hat sie davon abgehalten.»

«Ach, wie reizend von ihm.»

«Ich habe ihm dabei geholfen.»

«Verstehe.» Ich nehme ihr das Päckchen Zigaretten aus der Hand. «Ein netter kleiner Dreier.»

«Er war nicht der Richtige für dich.» Denise tritt ein vom Golfschläger ausgehacktes Rasenstück fest. Seit neuestem ist ihr Haar fast glatt. «Weißt du noch, wie wir immer dagesessen sind und uns unsere Zukunft ausgemalt haben? Was für Jobs wir haben würden, und wann wir heiraten, und wie viele Kinder wir kriegen würden? Wie viele Jungen und wie viele Mädchen? Wir haben allen einen Namen gegeben.»

«Hmm.»

«Aber unsere Männer hatten keinen. Wir haben für alle Kinder einen Namen gefunden, aber nicht für unsere Männer.»

Ich sehe Denise an. Wir kennen uns seit der ersten oder zweiten Klasse.

«Manchmal habe ich Angst, daß wir all das vergessen», fährt sie fort. «Daß wir alt werden und ein ganz gewöhnliches Leben führen und einfach nur den Platz unserer Eltern einnehmen, wenn sie sterben.»

Irgendwo in mir, ganz tief unten, weiß ich genau, was sie meint, aber der Anblick dieser neuen Denise – im Schatten des Wasserturms sieht sie weniger selbstsicher aus und weicher, beinahe hübsch – reizt mich, gemein zu sein.

«Weißt du was?» Ich klopfe eine Zigarette aus ihrem Päckchen, zünde sie an und puste ihr einen wabernden Rauchring ins Haar. «Ich hab in der letzten Zeit ein paar Sachen gelesen, und dabei bin ich darauf gekommen, daß Menschen was Relatives sind.»

«Was meinst du damit?»

«Du und Bert. Und Rayna. Wenn ich beschließe, daß ihr nicht existiert, löst ihr euch in Luft auf. Ich kann dich jetzt, in diesem Moment, ansehen, und trotzdem gibt es dich nicht. Pffft – weg bist du. Ich lasse dich einfach verschwinden.»

«Was zum Teufel soll das heißen?»

«Denise?» Ich schaue im Schatten um mich, als würde ich sie suchen. «Denise?» Wie die blinde Helen Keller taste ich mit den Händen in der Luft herum. «Hm», sage ich zu mir selbst. «Die muß wohl gegangen sein.»

«Liebe Bee», schreibe ich,

> vergiß alles, was in den anderen Briefen stand. Mir geht's prima. Wir sind sehr glücklich ohne Dich. Mittwochs spielen wir zusammen Cribbage. Dad lacht oft. Ich habe Hegel voll und ganz verstanden. Bert ist weg, ich habe mich in Mr. Denzer, den Golftrainer, verliebt. Vielleicht bringe ich mich eines Tages um.
>
> Deine Schwester Jane.

«Ich bin nur gekommen», teilt mir Denise mit, «um dir was auszurichten. Danach kannst du gleich wieder deinen Zauberstab schwingen und mich verschwinden lassen.» Sie lehnt sich gegen mein Schließfach. «Mr. D. hat ein Treffen einberufen, bei dem es um Moral gehen soll.»

«Und?» Ich würde gerne Frieden schließen, weiß aber nicht wie.

«Du hast schon beim letzten Treffen gefehlt. Er möchte, daß du kommst.»

«Ich überleg's mir, wenn er mich persönlich einlädt. Er könnte mir ja einen Liebesbrief mitsamt Rose schicken.»

Denise lacht nicht. «Ich weiß nie, ob dir alles egal ist, oder ob du es zu ernst nimmst. Was von beidem ist es? Wieso kannst du einem nie sagen, was los ist?»

Ich wehre die Frage mit einer Geste ab.

«Kommst du nun oder nicht?» Sie hilft mir, meine Bücher in das Schließfach zu packen.

Ich sage, ich würde kommen.

Das Treffen schwänze ich, ebenso wie das Training am nächsten Tag und die Gesundheitserziehung. Beim Spiel gegen Millerville fehle ich. Ich hänge Denise eine Nachricht an ihr Schließfach: KEHLKOPFENTZÜNDUNG. KANN NICHT SPIELEN. Sie schreibt mir auf mein Schließfach (mit einem Filzstift, direkt auf das Metall): ZUM GOLFSPIELEN BRAUCHT MAN KEINE STIMMBÄNDER. Unsere Mannschaft gewinnt zum ersten Mal ohne mich; am Samstagmorgen steht ein Artikel darüber in der Zeitung.

«Mr. Denzer hat angerufen», sagt meine Mutter. «Er wollte dir von dem Spiel erzählen.»

«Das ist kein Spiel, sondern ein Turnier. Ich konnte nicht spielen, weil ich mich am Arm verletzt hab.»

«Nun gut, also von dem Turnier.» Sie hält einen Farbstreifen gegen die Wand ihres Schlafzimmers. Der Raum soll in einem dunklen Violett gestrichen werden. Nach und nach hat sie überall das gebrochene Weiß, das mein Vater vor zehn Jahren ausgewählt hatte, mit Aquamarinblau, Korallenrot und allen anderen Farben des Meeres übermalt. Bis jetzt hat ihr noch keiner gesagt, daß eine Frau, die seit Jahren mit einem Bein im Grab steht, ihre Zeit besser nutzen sollte, aber so allmählich denke ich, daß ich es tun werde. In mir hat sich ein ganzer Berg von Sachen angesammelt, die ich loswerden muß. «Was meinst du dazu?» fragt sie mich.

Es wird wahrscheinlich wunderschön aussehen, und ich kann es kaum erwarten, die Farbe für mein Zimmer zu sehen. «Diese bescheuerte, blöde Farbe ist mir völlig egal», erwidere ich zu ihrer und meiner eigenen Überraschung. «Ich mag die Wände so, wie sie sind.»

Langsam und sorgfältig sammelt sie die Farbmuster ein und setzt sich hin. «Du bist unglücklich», stellt sie in einem Ton fest, der vermuten läßt, daß sie mich als ihre Gefährtin im Unglück willkommen heißt. «Das habe ich nicht gewußt.»

Am liebsten würde ich ihr sagen, daß es vieles gibt, was sie nicht weiß. Tausend Dinge, auf die sie nicht einmal im Traum käme. Ich habe das Bedürfnis, dieses plötzliche Mitgefühl aus ihrem Gesicht zu wischen.

«Ich höre auf. Ich werde nicht mehr spielen. Es bedeutet mir nichts. Ich spiele nie wieder Golf.»

Meine Mutter betrachtet mich, wie sie vermutlich ein Porträtmodell anschauen würde. «Was willst du von mir hören?»

Ich durchforste mein Hirn. Das, was ich wissen will, läßt sich nicht in Worte fassen. «Bee kommt im Sommer nicht nach Hause, oder?» Ich stehe am Tisch, neben meiner Mutter, und starre sie an, bis sie den Blick senkt. «Sie bleibt wieder da. Nie kommt sie nach Hause. Sie zieht einfach weg, und wir kriegen sie nie wieder zu

Gesicht. Wir besuchen sie nicht, und sie kommt nicht mehr her.»

Meine Mutter ordnet die Farbstreifen an wie einen Fächer. Sie spricht langsam und artikuliert. «Beatrice ist erwachsen. Ich schreibe ihr nicht vor, wann sie kommen und gehen soll. Sie hat sehr viel zu tun, und es ist gut für sie, daß sie nicht zu Hause studiert. Sie fühlt sich dort wohl.»

«Und was ist mit uns?»

«Wenn du glaubst, mir würde sie nicht fehlen, Jane, dann irrst du dich.»

Ich spüre einen Kloß in meinem Hals. «Ich habe wohl immer unrecht, was?»

«Nein.» Sie schüttelt den Kopf. Die Farben in ihrer Hand leuchten stärker als zuvor, wie Edelsteine. Ich stelle mir vor, in ihnen zu leben. «Recht oder unrecht, das ist meistens nicht so wichtig. Die Frage ist, ob du Lust hast, Golf zu spielen.»

«Nein. Nicht mehr.»

«Dann hör auf damit. Raff dich auf und mach einen neuen Anfang.»

Obwohl ich Mr. Denzer nicht erwartet habe, überrascht es mich nicht, ihn in der Ecke des Schuppens zu sehen, in dem wir unsere Ausrüstung aufbewahren. Ich hänge meine Golftasche an die Wand.

«Hallo.» Er wird rot.

«Ich bringe mein Zeug zurück. Ich hatte nicht vor, es zu klauen oder so.»

«Die Saison ist noch nicht zu Ende.» Er verschränkt die Arme. «Wenn du gehst, sind wir nur noch neun. Findest du das fair?»

«Zehn war Ihre Vorgabe», erinnere ich ihn. «Das haben Sie sich ausgedacht.»

«Stimmt.» Er nickt und betrachtet seine Schuhe. Ich

bin wütend auf mich selbst, kann mich nicht ausstehen. «Du hast wirklich Talent. Du bräuchtest einen Privatlehrer, keinen Schultrainer wie mich.»

Das sagt mein Vater auch immer. Ich sehe schon den Sommer vor mir, eine endlose Reihe von öden Nachmittagen, an denen mein Vater mir und einem schlecht angezogenen, glatzköpfigen Mittvierziger in der Hitze hinterher schleicht.

Mr. Denzer hüstelt. «Die Treffen außer der Reihe hab ich einberufen, weil ich wissen wollte, ob alles okay ist. Ich wollte niemandem Vorwürfe machen. Ich weiß, daß es zu Hause nicht immer einfach ist. Manchmal gibt's Probleme, und ich dachte, wir könnten uns vielleicht zusammensetzen und drüber reden.»

Das Atmen fällt mir schwer. Ich stelle mir vor, wie Bert und Rayna heiraten. Dann Bee und Mr. Denzer – Bee trägt bei der Hochzeit einen braunen Wickelrock, eine Bluse und einen Schleier.

«Ich hätte das wohl anders angehen müssen. Ich hätte unter vier Augen mit dir reden sollen. Das heißt, falls du das überhaupt gewollt hättest», setzt er hinzu. Ich stelle mir vor, daß meine Mutter wieder krank wird und stirbt und daß mein Vater seinen Job verliert und mit dem Hut in der Hand vor dem Geschäft auf dem Gehweg sitzt. Später wird er mich verstoßen, und ich werde aus der Schule fliegen. Dann suche ich mir einen miesen Job als Kellnerin, werde mit siebzehn schwanger und gehe fort, um das Baby auf einer Farm in einem Schuppen zur Welt zu bringen.

Tränen laufen mir übers Gesicht. Mr. Denzer legt die Hände auf meine Schultern und zieht mich zu sich heran. «Ist schon gut», sagt er wieder und wieder. Ich habe noch immer sein Aftershave in der Nase, als Bert durch die Tür kommt.

Jetzt, wo ich nicht mehr Golf spiele, habe ich mehr Zeit, etwas für die Schule zu tun. Und mit meiner Mutter, die ihren Malkurs abgebrochen hat, nachmittags einkaufen zu gehen. Wenn sonst nichts ansteht, trinken wir zusammen Eistee und essen Kuchen. Anscheinend versucht sie, mich irgendwo in Zeit und Raum einzuordnen, und manches von dem, was ich tue, scheint sie zu überraschen. Ich rauche ganz offen, und sie hat nichts dagegen. Ich versuche ebenfalls, sie einzuordnen. Ich möchte sie mir für alle Ewigkeit einprägen, doch sie verändert sich, nimmt neue Gewohnheiten an, wird dicker und wieder dünner, ändert ihren Kleiderstil und ihren Schmuck, schneidet ihr Haar kurz und läßt es wieder wachsen, malt ihre Augenbrauen nach, wo sie nicht mehr nachgewachsen sind. Meine Mutter ist der personifizierte Wandel, ungreifbar wie die Luft. Sie ist wie die Theorien und Vorstellungen, die Bee beschreibt: auf den ersten Blick klar und eindeutig, doch je genauer man hinschaut, desto komplexer und abstrakter werden sie. Was sie betrifft, können wir uns nicht auf unsere fünf Sinne verlassen.

Außerdem verbringe ich mehr Zeit mit meinen Pionier-Büchern als mit der Beantwortung von Bees Briefen, die ohnehin immer seltener kommen. Ich lese von Frauen, die ihren Männern über weite Ebenen und durch die Wälder folgen und dabei eine Spur von toten Kindern, Töpfen und Pfannen hinterlassen. Sie verzichten auf die weißgekalkten Häuser an der Ostküste und auf ihre taubengrauen Seidenkleider, lassen sich scheu und ahnungslos immer tiefer in die Wälder führen und werden auf diesem Weg zu anderen Menschen. Verzweifelt und fassungslos stehen sie an der Schwelle ihres neuen Zuhauses und betasten mit ihren Fingerkuppen die Lehmhütte, das Holzhaus oder den mit Stroh ausgelegten Boden. Weiter hinten in den Büchern gehen die Männer meistens in einem Schneesturm verloren, während der Regenzeit fallen Schlangen durch das Dach, und dann stehen auch noch Wölfe oder Indianer vor der Tür. Außerdem sind die Frauen ständig schwanger oder krank und begreifen allmählich, daß ihre Kinder wild aufwachsen und nie die Kleidung und Gewohnheiten der Ostküste kennenlernen werden. Ich liebe diese Tragödien und identifiziere mich mit den Heldinnen, obwohl ich nicht weiß, welchem Land ich mich entrissen fühlen soll.

7. *September, Oktober*

Nur Mr. Denzer war zu Hause, als ich an einem Sonntagmorgen im September aufwachte und spürte, daß die Matratze voller Blut war. Mein Bauch war angespannt und hart wie ein Stein. Ich rollte mich auf die Seite, spürte Ellies Samtbeutel mit den Namensschildchen unter mir – gestern abend hatte ich ein paar der kleinen weißen Zettel hervorgezogen und mir die Namen leise vorgelesen: Gwendolyn, Willard, Matthew ... und dabei war ich wohl eingeschlafen – und preßte mir vor Schmerzen die Hand auf den Mund. Nicht nur meine Beine, auch meine Hände waren blutverschmiert, und jetzt war das Blut auch auf meinem Gesicht und in den Haaren. Die restlichen Papierschnipsel, einige kaum größer als ein Fingernagel, rutschten aus dem Beutel und klebten an mir fest: Isabella, Charles, Guinevere. Ich tastete nach dem Bettpfosten, zog mich hoch und übergab mich auf den Fußboden.

Niemand kam mir zu Hilfe. Ich spürte, wie das Blut aus mir herausfloß, wie es mit jedem Pulsschlag langsam weiter an meinen Beinen herunterlief. Ich stützte mich mit dem linken Arm auf dem Kopfkissen ab und schaukelte so lange vor und zurück, bis ich neben dem Bett stand. Ein Korkenzieher schien sich von meinem Nabel bis ins Rückgrat zu bohren. Die kleinen, blutverschmierten Papiernamen fielen nach und nach von mir ab wie Blätter von einem Baum: Daniel, Daniela, Joanna, John. Die Treppe kam nicht in Frage – ich konnte kaum meine Beine bewegen –, also schleppte ich mich zur Veranda hinüber, wobei ich mich am Bettpfosten, an den Dachbalken und den rostigen Nägeln entlang hangelte. Etwas in mir krümmte sich zusammen, ich schlotterte am ganzen Körper – es war kein Zittern, sondern es waren ruckartige Bewegungen wie bei einem Stromstoß. Ich sah, wie meine Füße über die splittrigen Holzplanken stolperten, spürte, wie meine Beine steifer und steifer wurden, und begann zu zählen: noch sieben Schritte, noch sechs. Ein Ausläufer des Blutrinnsals hatte meinen Zeh erreicht. Ich schwankte an der Kommode vorbei, meine Bürste und der Spiegel fielen zu Boden. In der Türöffnung schimmerten leuchtende Staubkörnchen, es kam mir vor wie der Durchgang zu einer anderen Welt. Ich hinterließ auf meinem Weg eine Blutspur. Die Tauben gurrten unter dem Dachvorsprung ihre Lieder, winzige Federn sanken in der feuchten Luft zu Boden. Ich hielt mich am Türrahmen fest und fragte mich, ob ich gleich wohl Dr. Subramanians bescheidene Praxis oder den Mond betreten würde.

Mr. Denzer, der gerade zu seinem morgendlichen Lauf aufbrechen wollte, blieb stehen, um seine Schuhe fester zu schnüren, und blickte nach oben, vermutlich, um das Wetter zu prüfen. Ich winkte, als er zum Haus herübersah, da ich spürte, daß ich zum Rufen zu schwach war. Er rannte los. Über den Sand und die Terrasse, die Außentreppe hoch zur Balkontür meines Vaters, durch das einzige offene Fenster, wobei er das Fliegengitter durchbrach, und die Holztreppe zum Dachboden hinauf.

Vorbei an der Kommode und dem Bett meiner Großmutter, vorbei an den überall verstreuten blutigen Namenszetteln und den Scherben des Spiegels und über die Schwelle hinaus auf die schlecht gestrichenen Planken. Er war genau in dem Moment bei mir, als ich umkippte.

Ich lag sechs Tage im Krankenhaus. Die Plazenta – eine Art schleimige Aubergine – hatte begonnen, sich von der Gebärmutterwand zu lösen. Als sie sich beruhigt zu haben schien, durfte ich nach Hause. «Ins Bett», warnte mich Dr. Subramanian. «Und liegenbleiben.»

Bee und Ellie hatten Bees Computer aus ihrem Zimmer in den Flur geräumt und ihre Kleider auf den Dachboden, wo bisher meine gewesen waren. Sie verfrachteten mich in ihr Zimmer, von wo ich die Uhren meines Vaters wie einen gleichmäßigen, fernen Donner hören konnte, und stellten ein Dutzend gelbe Rosen in einer Vase auf die alte Kieferkommode. Ich sagte ihnen, daß ich oben schlafen wollte.

«Kommt gar nicht in Frage», sagte Bee. «Die Stufen zum Dachboden sind viel zu anstrengend für dich. Ich schlafe da oben.»

«Du kannst den Dachboden nicht ausstehen.»

Ellie hatte mit verschränkten Armen neben Bee Aufstellung bezogen. Die beiden sahen aus wie Rausschmeißer in einem Nachtclub. «Hier unten sind Sie näher beim Bad. Und beim Telefon.»

Ich zog das Innenband meiner Jogginghose fest – es blieb immer weniger übrig, um eine Schleife zu binden – und legte mich hin. «Was ist mit der Schule? Willst du das ganze Halbjahr schwänzen?»

«Lehrerausflug», sagte Ellie. «Wir sind übers Wochenende hergekommen, um ein bißchen am Haus herumzubasteln.»

Ich fragte mich, ob Ellies Eltern wußten, daß sie die

meiste Zeit in unserem Haus verbrachte, zusammen mit ihrer ehemaligen Lehrerin, die schwanger und ohne feste Bindung war. Als ich Anstalten machte, mein Kissen aufzuschütteln, stürzte Ellie sofort herbei, hob meinen Kopf wie eine Kokosnuß an und schob ein zusätzliches Kissen darunter. Ich wollte nicht bemuttert werden. Ich wollte zurück auf den Dachboden und meine Ruhe haben. «Hör auf mit dem Quatsch, Ellie. Bei wem hast du jetzt Englisch?»

«Mrs. Leamy.» Sie zog eine Grimasse. Ruth Leamy war nicht gerade für Heiterkeit und Toleranz bekannt – Ellie sah bereits ziemlich gequält und weniger selbstsicher aus als einen Monat zuvor. «Als Ersatz für Sie ist ein Typ gekommen, der heißt Mr. Wozniak. Echt cool, der Mann. Meine Freundin Alison nennt ihn ‹The Woz› – Sie wissen schon, wie der von Apple.»

«Dann muß er ja ziemlich gut aussehen. Hat irgendwer nach mir gefragt?»

Ellie zuckte die Schultern. «Sie waren ja nur ein Jahr da. Es hat Sie doch kaum einer gekannt.»

«Wir lassen dich jetzt schlafen.» Bee zog Ellie am Ärmel. Tweedledee und Tweedledum. «Auf dem Nachttisch ist eine Klingel, falls du uns brauchst.»

«Wo ist Bill Denzer?» fragte ich. Er hatte mich mehrmals im Krankenhaus besucht, und im *Sea Haven Herald* hatte sogar ein Bericht über seine Rettungsaktion gestanden.

«Wer, unser großer Held? Er hat sich nirgends blicken lassen. Muß ziemlich schüchtern sein.» Ellie führte mir die Klingel vor. «Für Ihr Essen haben wir ein Tablett. Ich hab die silberne Pfeffermühle meiner Mutter von zu Hause mitgebracht.»

«Na, wenigstens hast du was gefunden, um dich nützlich zu machen.»

Sie sah auf ihre Füße.

Ich wollte ihr sagen, daß es nur ein Scherz sein sollte, doch Bee schob sie schnell zur Tür hinaus.

In der ersten Woche zu Hause stand ich nur auf, um zur Toilette oder unter die Dusche zu gehen. Ich lag bei offenem Fenster in Bees Zimmer, konnte jedoch kaum das sanfte Rauschen des Meeres hören. Oft legte ich die Hände auf meinen wachsenden Bauch, um die Wellen und seismischen Ströme in seinem Innern zu spüren. Es war ein Gefühl, als würde man mit einer gigantischen Hand über die Meeresoberfläche streichen. Manchmal verhandelte ich mit dem Unterwasserwesen, das zusammengerollt in mir lag: Bleib, und ich werde dich dafür belohnen; komm sicher ans Ufer, und du wirst es nicht bereuen. Doch schwanger zu sein war noch immer ein seltsames Gefühl. Es war verwirrend und eigenartig, als wenn ich nach und nach in einen anderen Körper schlüpfen würde – in den einer kraftlosen, ins Nichts schwebenden, aufblasbaren Person mit geschwollenen Gliedern – und diesen Körper aus sicherer Entfernung beobachtete.

Bee und mein Vater ließen mir in dem zentral gelegenen Raum meine Ruhe, solange ich nicht die Klingel betätigte, dann jedoch kam einer von beiden sofort angelaufen wie ein Butler, klopfte einmal kurz an und riß die Tür weit auf. Sie schienen meinetwegen Kriegsrat zu halten. Sie fürchteten, daß ich deprimiert sein könnte. Sie fürchteten, daß ich keine Pläne mehr hätte. Sie fürchteten, daß alle Pläne, die ich vielleicht gehabt hatte, daran scheitern würden, daß ich nicht aufstehen konnte. Sie fürchteten, daß ich mir überhaupt keine Gedanken über mich machte. Doch den ganzen Tag im Bett zu liegen war eine gewisse Erleichterung. Ich mußte keine Babysachen kaufen und nicht auf Job- und Wohnungssuche gehen. Ich konnte mich gegen Dame, Schach,

Kreuzworträtsel, Radios, Videorecorder und Puzzles entscheiden und mich statt dessen Träumereien und stundenlangem Nichtstun hingeben. Ich konnte darüber nachdenken, warum meine Mutter, schwanger und mit einem vierjährigen, schrulligen und hochbegabten Kind zu Hause, ihrer Familie davonlief und mich auf ihrer Flucht mitnahm, ohne daß ich etwas davon ahnte.

Zu Beginn der zweiten Woche erwischte mich Bee dabei, wie ich die Stufen zum Dachboden hinaufstieg. Sie war nie weit weg und stets bereit, mir zu erzählen, was für ein Glück ich doch hatte, daß sie nach Sea Haven zurückgekommen war, um auf mich aufzupassen. Ich spürte ihre kühlen dünnen Finger wie Tentakel an meinem Bein. «Wenn du etwas brauchst, hole ich es dir gern.»

«Wie nett von dir.» Ich hielt inne und fragte mich, ob sich die Mühe lohnte, mich freizukämpfen. «Das Problem ist nur, daß ich noch nicht so genau weiß, was ich brauche. Ich wollte nur mal eben raufgehen und mich ein bißchen umsehen.»

«Ich fürchte, da liegst du falsch. Du wolltest dich mit der Wolldecke auf das Sofa setzen und das Vollkornbrot probieren, das ich eben gebacken habe.»

«Ich mag kein Vollkornbrot.»

«Wieder falsch.» Bee zerrte mein rechtes Bein von der Stufe. «Das ist ein Brot speziell für Rekonvaleszentinnen. Du wirst noch darum betteln, daß ich mehr davon mache.»

Ich mußte an den Film *Was geschah wirklich mit Baby Jane?* denken. «Ich bleib nur eine Stunde oder so da oben. Ich hab ein paar Kisten offen gelassen, und es fliegt noch so einiger Kram da rum –«

«Vergiß es. Als du im Krankenhaus warst, ist Dad raufgegangen, hat alles wieder in die Kisten gepackt und sie unter die Dachschräge geschoben. Da oben ist alles wieder an seinem Platz. Ich hab gedacht, er hebt sich 'nen Bruch.»

«War er sauer, daß ich alles umgeräumt habe? Was hat er gesagt?»

«Das übliche Gebrummel. Wie immer.»

«Hast du ihm geholfen?»

«Wollte er nicht. Er hätte mir fast den Kopf abgerissen, als ich mal raufgegangen bin, um meine Hilfe anzubieten.»

Ich stieg eine Stufe hinab. «Was macht ihr beide eigentlich den ganzen Tag? Dad sitzt nicht mehr an seinen Lampen, und du scheinst deinen Computer auch nicht zu benutzen.»

«Wir kümmern uns um unsere Invalide.» Bee reichte mir ein Stück von dem Brot, das aussah wie Bimsstein. «Wir haben genug zu tun. Ich habe Dad bei seinen Finanzen geholfen. Du kannst dir nicht vorstellen, wie die Ordner aussehen – ein einziges Chaos.»

«Dad hat nicht viel Geld», sagte ich.

Bee zuckte die Schultern. «Dafür hat er Immobilienwerte.»

«Dieses Haus ist keine Immobilie. Das hier ist sein Zuhause. Und deins und meins auch, jedenfalls im Moment.»

«Eben – ‹im Moment›. Übrigens, nur zu deiner Information: Du und ich haben eine Annonce in die Zeitung gesetzt, wegen deines Wagens.»

«Was ist damit?»

«Du solltest ihn verkaufen.» Bee schob die Brille auf ihrer Nase hoch. «In dem Ding solltest du kein Baby transportieren. Du brauchst was Sichereres, was Neues.»

«Du verkaufst mein Auto?»

«Komm mal hier rüber. Wirf mal einen Blick nach draußen.» Sie führte mich ans Fenster, von wo man die vor dem Haus abgestellten Autos sehen konnte: Bill

Denzers, ein blauer Fünftürer, gründlich gewaschen und poliert, daneben der robuste, gebraucht gekaufte Oldsmobile meines Vaters mit einem Berkeley-Aufkleber auf dem Rückfenster, Bees Flitzer, der für zweihundert Stundenkilometer auf der Autobahn entworfen worden war, und schließlich mein eigener, eine ausgeblichene Rostlaube, deren Auspuffrohr dreißig Zentimeter heraus-stand. «Du wirst mir noch dankbar sein.»

Ich spürte die sanfte Berührung eines winzigen Armes oder Beines an der Innenseite meines Körpers. Das Brot fiel mir aus der Hand und zerbröselte auf dem Boden.

Bee sammelte die Krümel in einer Serviette ein. «Mach dir keine Sorgen, ich werd mich ab jetzt um alles kümmern.»

Bill Denzer besuchte mich jetzt öfter am Nachmittag. Er brachte mir Tulpen und handgeschöpftes Briefpapier mit, manchmal auch frische Goldmakrelen vom Pier. Er brachte eine dünne Kupferkette an der Deckenlampe an und führte sie an der Zimmerdecke entlang bis über mein Bett, so daß ich das Licht von dort aus bedienen konnte, und er entlieh für mich Bücher aus der Bibliothek der Sea Haven High-School, deren brüchige Plastikeinbände er mit dem Daumen glattstrich. Anfangs brachte er mir nur mit, um was ich ihn gebeten hatte: Jane Austen, George Eliot, Tolstoi, die Brontë-Schwestern und Balzac. Diese Bücher kannte und liebte ich, doch ich merkte bald, daß ich für eine zweite Lektüre nicht die nötige Konzentration aufbringen konnte. Angesichts der Geräusche von Bee und meinem Vater in der Küche und der stoßenden Bewegungen des im Fruchtwasser treibenden Fötus, der sein Zuhause erkundete, fehlte mir die Geduld für die schleppenden Dialoge, die hochgezogene Augenbraue im Salon und die unvermeidliche Röte auf den Wangen der Heldin. Bill Denzer fand die Bücher unter meinem Bett, verstaubt und ungeöffnet. Er begann mir statt dessen einige seiner Lieblingsbücher mitzubringen.

«Das Buch hier hat mir besonders gut gefallen», sagte er, als er mir die Memoiren von Carl Yastrzemski brachte. Ich las einige Kapitel und legte es weg. Er brachte mir ein Buch über Bear Bryant sowie einen Band über Square-Dance, der noch schlimmer war als alles andere, den ich aber zu Ende las. Er brachte mir eine Ausgabe von *Alive!* über das Flugzeugunglück in den Anden, bei dem einige der Überlebenden gezwungen waren, die Leichen der Mitreisenden zu essen. Ich las etwas über Holzfäller im Nordwesten, ein Buch über die Geschichte der Hauswirtschaftslehre und ein schwülstiges Porträt Mary Lincolns.

«Die Auswahl ist heute nicht so groß», sagte er jedesmal, wenn er wie ein Baumstamm im Türrahmen stand, umrahmt von den kühlen ozeangrauen Wänden. Manchmal brachte er mir aus Sentimentalität gelbes Wassereis vom Laden mit. Bevor er sich in den Korbstuhl neben meinem Bett setzte, rückte er ihn immer ein Stück weg, bis fast an die Kommode oder die Fensterbank. Er war es auch, der mir die Nachricht von meiner Englischklasse übermittelte: Sie hatte sich aufgelöst. Guillermo schrieb: «Wir haben Ihnen vieles beigebracht.» Arletta fügte hinzu: «Gute Grüße an Ihr unehrliches Kind.»

Ich würde nicht sagen, daß Bill und ich uns nahe waren, doch es hatte etwas Tröstliches, ihn um sich zu haben. Vielleicht fühlte ich mich in seiner Gegenwart sicher, weil er mich gerettet hatte. Vielleicht mochte ich ihn, weil er gut zuhören konnte. Zumindest war er kein großer Redner. Wenn er etwas sagte, dann waren es meistens abgedroschene Redewendungen, die ich erfrischend fand: «Probieren geht über Studieren» und «Eine Kette ist nur so stark wie ihr schwächstes Glied». Vielleicht wollte ich ihn auch nur in meiner Nähe haben, weil ich mir, wenn er neben dem Bett saß, wieder vorstellen konnte, wie ich als Vierzehnjährige unter dem Blick aus seinen glänzenden braunen Augen rot geworden war.

Bill war aufrichtig, was einen dazu verleitete, sich über ihn lustig zu machen. Ihm ging jeglicher Sinn für Ironie oder Zynismus ab, und er hatte die Angewohnheit, sich selbst aufmunternd zuzureden. Von seinen Schülern sprach er immer so treuherzig, daß sie ihn einerseits mögen mußten, andererseits aber auch bestimmt keine Gelegenheit ausließen, ihm Streiche zu spielen. Er wußte die Namen der Eltern und wo sie arbeiteten, er wußte, wer krank war und wer arbeitslos, und war ohne jegliches Anzeichen von Peinlichkeit oder Häme in das komplizierte Gefühlsleben der Zwölf- und Dreizehnjährigen eingeweiht, die ihn ein Jahr später verspotten würden. Er hatte grenzenloses Einfühlungsvermögen und dachte von niemandem etwas Schlechtes. Wenn die Welt mit Mr. Denzers bevölkert wäre, würde die Geschichtsschreibung keine Seite füllen.

Das war vielleicht der Grund, warum ich mich eines Tages, als wir in den Regen hinausschauten, der gegen das Haus der Benedettis nebenan prasselte, traute, ihn um einen Gefallen zu bitten.

Er sah erfreut aus. Bee und mein Vater waren beide unterwegs und hatten es ihm überlassen, den Babysitter zu spielen.

«Um was ich Sie bitten möchte, wird Ihnen nicht unbedingt angenehm sein. Es geht um den Dachboden. Ich darf ja keine Treppen steigen.»

«Nein, natürlich nicht.»

Ich zögerte. «Ich weiß, daß ich Ihnen vertrauen kann, aber ich weiß nicht, ob es nur darum geht.»

Er wartete. Wie eine Sphinx.

Ich beschloß, nicht länger um den heißen Brei herumzureden. Ich hatte dort oben nach etwas gesucht. Allmählich dämmerte mir, daß ich nach Hause zurückgekommen war, um es zu finden, und obwohl ich nicht wußte, was es war, mußte ich jede Kiste, jede Ecke und jeden Winkel durchforsten, bis ich es in Händen hielt. «Das hört sich wahrscheinlich ziemlich verrückt an, oder?»

«Das wird sich ja zeigen.» Er zögerte. «Will deine Schwester dir nicht helfen?» Er wollte wissen, ob Bee es guthieß, ob sie überhaupt davon wußte. Der Dachboden war jetzt ihr Schlafzimmer.

«Sie wäre sicher nicht besonders gründlich.» Ich ließ seinen Blick nicht los: *Tu es für mich.* «Sie würde wohl für mich entscheiden, was ich zu sehen kriege und was nicht.»

«Und du möchtest, daß *ich* diese Entscheidung treffe?» Er stand auf, kurz davor abzulehnen, wie ich dachte. Er hatte zuviel Selbstachtung, um in anderer Leute Sachen herumzuwühlen.

«Ich möchte, daß Sie mir helfen, das zu finden, was ich suche.»

Er lächelte. «Was, wenn du etwas findest, worauf du nicht gefaßt bist?» Trotz seiner leicht untersetzten Figur und dem sich lichtenden Haar besaß Bill Denzer noch immer einen gewissen Charme.

«Das ist dann nicht Ihr Problem. Ich bitte Sie im Prinzip nur, mir ein paar Sachen zu bringen, an die ich nicht selbst drankomme.»

«Und keinem was davon zu erzählen.»

Ich setzte mich auf. «Sie können es jedem erzählen, nur nicht Bee und meinem Vater. Nachmittags sind sie meistens unterwegs.»

«Das hab ich bemerkt.» Es war still im Haus. Bill neigte den Kopf, als lausche er, ob sich ein Schlüssel im Schloß drehte oder eine Autotür zugeschlagen wurde.

«Ich denke, wenn dein Vater oder deine Mutter etwas vor dir verbergen wollten, hätten sie es vernichtet.»

«Woher wollen Sie wissen, was meine Eltern tun würden?»

«Reine Vermutung. Ich hab 'ne ganze Menge Krimis gelesen. Aber deine Mutter hab ich natürlich nie kennengelernt. Also, was soll ich dir denn jetzt von da oben holen?»

Sehr bald entwickelten wir ein System: Bill kam nach seiner letzten Unterrichtsstunde um Viertel nach eins herauf – mit seiner Rettungsaktion hatte er sich einen Schlüssel zu unserer Wohnung verdient –, und wenn die Luft rein war, ging er auf den Dachboden, wo ich seine Schritte durch die knarrenden Dielen verfolgen konnte. Ich hatte ihm sogar einen Lageplan gezeichnet, doch anscheinend hatte mein Vater alles völlig umgeräumt. Manchmal hörte ich Bill an der Fensterseite, dann wieder in der Ecke, wo Bees Bett jetzt stand, schwere Gegenstände über den Boden schieben. Bald schon wollte er keine Hilfe und Vorschläge mehr von mir, sondern entwickelte seine eigene Strategie. Meistens brachte er jeweils nur eine Kiste mit nach unten und öffnete sie: Taschenbücher, Steuerunterlagen aus den Vierzigern, Bees Aufsätze aus der High-School, Fotos. Dann sagte ich ihm, was er dalassen und was er wieder mitnehmen sollte. Oft wartete er neben meinem Bett, während ich den Inhalt einer Kiste durchsah – ich kam mir vor wie in einem Schuhgeschäft, in dem der Verkäufer immer wieder hinter dem Vorhang verschwand, um ein neues Paar hervorzuholen.

Wir sprachen nie über das, was wir da taten, und schon gar nicht über meinen «Kollaps» und die Tatsache, daß ich da oben auf der Veranda wohl verblutet wäre, wenn er mich nicht gesehen hätte. Sobald ich davon anfing, rückte er geistesabwesend die Bürsten auf meiner Kommode zurecht oder zog die vergilbten Sonnenrollos gerade.

«Warum sind Sie nicht mit mir ins Krankenhaus gefahren?» fragte ich ihn einmal, als er mir einen muffigen Pappkarton mit der Aufschrift VERSCHIEDENES brachte. Ich konnte mich kaum an die Fahrt im Krankenwagen erinnern, aber ich sah Bill noch deutlich vor mir, wie er auf dem Gehweg gestanden hatte, als die Sanitäter meine Trage in den Wagen schoben. «Kommt der mit?» hatte einer von ihnen gefragt. Mit ihren sonnengebleichten Augenbrauen und langen Mähnen hatten die Sanitäter ausgesehen wie Surfer außer Dienst.

«Ich mußte deinem Vater und Bee Bescheid sagen.» Bill sah staubig und verschwitzt aus. Er hatte eine halbe Stunde auf dem Dachboden zugebracht und war dann lediglich mit einem Schuhkarton voller unbeschriebener Postkarten und zerbrochener Stifte heruntergekommen. Aber ich wollte mich nicht beschweren.

«Sie hätten sie vom Krankenhaus aus anrufen können.» Ich schlug ein Jahrbuch meines Vaters auf, das Bill bei einem früheren Erkundungsgang gefunden hatte. Auf der Innenseite des Einbandes war keine Unterschrift, und auf dem Foto sah mein Vater einsam, mager, störrisch und unglücklich aus. «Was für ein ernster Kerl» stand unter dem Bild. Ich klappte das Buch zu.

«Wohl nicht ganz das, was du wolltest», sagte Bill, als wäre es seine Schuld, daß er mir nicht das undefinierbare Etwas gebracht hatte, wonach ich suchte.

Ich schüttelte mir die Bettdecke von den Füßen. Mein Bauch war rund wie ein Basketball. «Ich weiß nicht mal, warum ich das tue. Ich denke die ganze Zeit über Dinge nach, die jetzt eigentlich nicht mehr wichtig sein sollten.»

Mr. Denzer trat auf das Bett zu.

«Nein, ist schon gut. Ich sollte Sie nicht bitten, die

ganze schmutzige Arbeit für mich zu machen.» Ich blätterte ein bißchen in den Postkarten herum und legte den Deckel auf den Karton zurück. «Beim nächsten Mal kommen Sie einfach so vorbei, wenn Sie mögen, und wir unterhalten uns. Keine Familiengeschichte mehr. Ich werde mich wie eine vorbildliche Schwangere benehmen und Kräutertee trinken.»

Er griff in seine Hemdtasche und reichte mir fünf ausgeblichene kleine Umschläge, alle adressiert an Miss Caroline Biddle und mit Poststempel von 1942. Ich hatte keine Ahnung, wo er die gefunden hatte, und es war mir auch egal.

«Danke», sagte ich. «Vielen Dank.»

Er beugte sich über das Bett, strich die Decke glatt und wandte sich zur Tür.

«Bill?» Normalerweise nannte ich ihn nicht Bill. Ich versuchte, ihn möglichst gar nicht direkt anzusprechen. Er drehte sich um. «Sie sind viel zu gut, um hier in Sea Haven zu versauern. Werden Sie es denn nie leid zu unterrichten? Jedes Jahr das gleiche zu machen?»

«Nein.» Er steckte die Hände in die Taschen und wiegte sich auf seinen Absätzen. «Es ist nicht das gleiche. Die Schüler sind immer wieder anders.»

«Sind sie anders als ich damals?» fragte ich lachend.

Bill schaltete das Licht an. Es war fünf Uhr, und das Tageslicht wurde immer schwächer. «Niemand war je so wie du. Auch damals nicht.»

Liebe Caroline,

auch ohne daß ich es sage, weißt Du, daß ich Dich vermisse. Hier am Stützpunkt ist man nie alleine, also sind immer eine Menge Leute um mich, wenn ich an Dich denke. Trägst Du immer noch Dein gelbes Kleid? Ich weiß, es wäre zuviel verlangt, Dich zu bitten, es nicht mehr anzuziehen. Mit den Schuhen ist es was anderes.

Liebe Caroline,
die Sonne ist heute um 6.21 Uhr aufgegangen. Ich war schon auf und habe überlegt, was Du wohl gerade machst. Schlafen, nehme ich an. Jeder, der soviel schläft wie Du, muß ein glücklicher Mensch sein. Wieso magst Du Joan Crawford nicht? Sie ist das Beste, was ich je gesehen habe, außer Dir natürlich.

Liebe Caroline,
Du bist entsetzlich schreibfaul. Sogar mein Bruder schreibt längere Briefe. Ich will Dich heiraten und ein Aquarium kaufen. Ein Aquarium und einen Hund. Ein Hund würde Dir guttun. Über solche Sachen denke ich nach, anstatt zu lernen. Warum schreibst Du mir nicht? Ich male mir aus, wie ich neben Dir sitze und den Fischen beim Schwimmen zusehe. Ist das verrückt? Ich weiß es nicht.

«Was soll das heißen, du liest seine Briefe?»

Bee fuhr mich zu meinem Termin bei Dr. Subramanian. Einmal pro Woche durfte ich mit Hilfe meiner Schwester vorsichtig die Treppe hinabkriechen, auf den Beifahrersitz mit abgesenkter Rückenlehne klettern und mich zur Arztpraxis fahren lassen. Auf diese Ausflüge freute ich mich, als wären es Reisen in entfernte Länder der Erde. Da ich selbst nicht fahren durfte, gestattete ich Bee, meinen Wagen zu verkaufen. Außerdem gestattete ich ihr, mir eine Summe auszuhändigen, von der wir beide wußten, daß kein vernünftiger Mensch sie je dafür bezahlt haben konnte. Bee behauptete, sie hätte vorher noch dies und das repariert. «Briefe sind Privatsache. Woher hast du sie überhaupt?» Sie griff an die Seite meines Sitzes, um den Sicherheitsgurt zu überprüfen. Ich gab ihr einen Klaps auf die Hand.

«Ich hab sie halt gefunden. Hinten in einem Schrank –

ist doch auch egal, wo. Wer immer sie da hingetan hat, denkt inzwischen bestimmt nicht mehr dran.»
Bee schaltete den Blinker ein. Sie wirkte zerstreut. «Wieso fragst du diesen Jemand nicht, ob er damit einverstanden ist, daß du sie liest?»

Liebe Caroline,
Hier ist ein Rätsel: Was hat zwei Augen, eine Nase, einen Mund, zwei Ohren, eine Brust, zwei Arme, eine Taille, Hüften, einen Satz Weichteile, zwei Beine und Fußpilz? Bitte um Antwort. Richtige Einsendungen gewinnen einen Preis.

«Ich lese nicht alle», sagte ich. «Nur ein paar. Sie sind nicht datiert, deshalb ist es schwer zu sagen, wo und wann sie geschrieben worden sind. Ich lege sie wieder zurück, sobald ich fertig bin.»

«Fertig womit?»

Wir fuhren an der Strandpromenade und an Linders vorbei – das inzwischen, wie riesige rote Lettern verkündeten, in «Stedman's» umbenannt worden, aber noch immer dasselbe Geschäft war – und bogen links zu Dr. Subramanians kleiner Praxis ab. Wir waren mindestens eine Viertelstunde zu früh dran, weil Bee stets Panik davor hatte, unpünktlich zu sein. Was uns allerdings auf dem Weg zu der nur dreiundzwanzig Blocks entfernten Praxis passieren sollte, war mir schleierhaft.

«Gib ruhig zu, daß du neugierig bist», sagte ich. Wieder und wieder hatte ich mir die Briefe angesehen. Ich hatte Schwierigkeiten, mir meine Eltern so demonstrativ, so spielerisch verliebt vorzustellen. Waren sie in den Jahren vor dem Tod meiner Mutter noch genauso verliebt gewesen?

Bee zog den Aschenbecher heraus und suchte nach

Münzen für die Parkuhr. «Nicht neugierig, nur interessiert.» Sie sah zu allem entschlossen aus, als hätten wir beide den Tod vor Augen. Bee hatte Arztbesuche schon immer gehaßt, auch bevor unsere Mutter starb. Als wir noch klein waren, wurde sie im Wartezimmer stets so nervös, daß ihr Puls raste und ihr Gesicht so erbleichte, daß der alte Dr. Crown mit einem Blick auf die friedliche, wohlgenährte Schwester neben ihr sofort eine Blutprobe anordnete, um sie auf Anämie zu testen.

«Ich frage mich, ob sie es wohl bereut haben, daß sie uns gegenüber so wenig Gefühle gezeigt haben», sagte ich.

«Und ich frage mich, ob du wohl je lernen wirst, nicht jedem Impuls nachzugeben.»

Wir gingen an dem großen Schild mit der Aufschrift DR. RAJIV SUBRAMANIAN, GYNÄKOLOGE vorbei ins Haus und fuhren mit dem klapprigen, muffigen Lastenaufzug nach oben. Eine Weile saßen wir auf den klebrigen roten Vinylsitzen, wobei Bee im *Reader's Digest* blätterte, bis uns die Arzthelferin wieder in das Behandlungszimmer führte, wo Dr. Subramanian sich bereits meine Karte vorgenommen hatte. Von den Ärzten, die ich kannte, war er der einzige, der seine Patientinnen schon im Behandlungszimmer erwartete, was wohl einer der Gründe war, warum ich ihn mochte. Jedesmal fragte ich mich, ob ich vorm Hineingehen anklopfen sollte.

«Darf ich vorstellen? Meine Schwester Beatrice.» Er erhob sich.

Sie nahm seine Hand, sagte jedoch nichts.

Dr. Subramanian nahm meinen Blutdruck, tastete meine Hand- und Fußgelenke ab, stellte mir ein paar einfache Fragen, maß meinen Bauchumfang und drückte kurz sein Stethoskop auf meinen Nabel. Die Ergebnisse notierte er auf der Karte.

«Das ist alles?» flüsterte Bee.

«Was hast du denn erwartet? Daß er die Messer wetzt?»

Dr. Subramanian tat, als hätte er nichts gehört.

«Sag ihm, daß du schlecht schläfst.»

Ich tippte Dr. Subramanian auf die Schulter. «Meine Schwester meint, ich würde schlecht schlafen.»

«Wie schläft *sie* denn?» fragte er. Wir beide grinsten.

Bee kam näher und stellte sich zwischen mich – ich war gerade dabei, mich von der Behandlungsliege aufzurappeln – und Dr. Subramanian, der an seinem Schreibtisch saß. «Ich habe etwas zu sagen», kündigte sie an. Ich drehte meine Augen zur Decke, um Dr. Subramanian zu zeigen, daß ich mich bereits im voraus von allem distanzierte, was meine Schwester von sich zu geben gedachte.

«Janes Mutter, ich meine, unsere Mutter, Janes und meine, hatte ein Baby, das gestorben ist.»

Dr. Subramanian sah zu mir herüber.

«Ich hab's gerade erst erfahren. Es war keine Frühgeburt. Ich dachte, es wäre vielleicht wichtig, wegen der Blutung.» Sie wandte sich zu mir, mit ausdruckslosem Gesicht, die Arme wie in Abwehr vor der Brust verschränkt. «Ich hab Dad so lange bearbeitet, bis er es mir erzählt hat. Als du im Krankenhaus lagst, war er so nervös, daß er nicht schlafen konnte.»

«Eine Totgeburt?» fragte ich.

Bee nickte. «Zwischen uns beiden. Fünfzehn Monate nachdem ich auf die Welt gekommen war. Drei Jahre vor dir.»

Dr. Subramanian erklärte sofort, daß eine Totgeburt mütterlicherseits für mich kein erhöhtes Risiko bedeutete, daß eine Totgeburt ein Zufall wäre, der noch immer falsch interpretiert würde, und daß es überhaupt keinen Grund gäbe, mir deswegen Sorgen zu machen. Die ganze Zeit über kritzelte er etwas auf meine Karte.

«Das Kind soll angeblich völlig normal ausgesehen haben. Keiner wußte, was passiert war», sagte Bee. «Und dann ist da noch etwas.»

Dr. Subramanian und ich sahen beide hoch. Bee hatte ohnehin eine blasse Gesichtsfarbe, doch jetzt war sie kalkweiß, ein Eindruck, der noch dadurch gesteigert wurde, daß ihre Augen durch die Brille riesengroß aussahen. «Ich wüßte gerne, ob meine Schwester einen Coach braucht, jemanden, der ihr zur Seite steht.»

Dr. Subramanian lächelte breit. «Eine werdende Mutter kann jede zusätzliche Unterstützung gebrauchen. Während der Geburt, vorher und auch danach.»

Ich schüttelte den Kopf, versuchte, Bees Neuigkeit zu verarbeiten. Ein Kind zwischen uns. Ein fehlendes Glied. «Diese Frau – meine Schwester – fällt leicht in Ohnmacht», erklärte ich Dr. Subramanian. «Als ich zehn war, habe ich mir Löcher in die Ohren machen lassen, und dabei ist sie umgekippt, als hätte sie jemand k.o. geschlagen.»

«Glücklicherweise», meinte Dr. Subramanian, «sind Ohrlochstechen und eine Geburt durchaus nicht dasselbe.»

Bee half mir von der Behandlungsliege. «Ein Coach für Jane wäre also eine gute Idee.»

«Selbstverständlich. Aber eine Geburt ist nicht schmerzlos, ob mit oder ohne.»

«Dann mach ich's», sagte Bee, ohne abzuwarten, ob ich einverstanden war oder ihr sagen würde, sie sollte ihren Tatendrang an jemand anderem auslassen. Wenn ich an die Geburt dachte, stellte ich mir eine großzügige Dosis Betäubungsmittel in einem netten Hotel vor, Dr. Subramanian mit einer Spritze in der Hand und eine Schwester mit einem Stapel warmer Handtücher.

Bee hielt mir beim Hinausgehen die Tür auf. Sie war zufrieden und gesprächig, Dr. Subramanian war ihr nun doch ganz sympathisch. «Ich weiß, du denkst jetzt, sie hätten uns das sagen müssen. Aber was hätte das gebracht? Ich war noch zu klein, um zu merken, daß Mom schwanger war – ich war erst ein Jahr alt. Und später wollten sie uns das sicher ersparen. Du weißt schon, von wegen der Alpträume und Ängste und so.»

Bee hatte nie Alpträume gehabt, ich andauernd.

«Und später haben sie's wohl vergessen.»

Vergessen? Ein totes Baby? Ich blickte Bee an und erwartete, ein Ungeheuer mit riesigen Fühlern, gelben Augen und Reptilienhaut vor mir zu sehen. Doch sie lachte schon wieder über etwas anderes. «Ich weiß noch, wie ich bei Mrs. Stiles bleiben mußte, als du auf die Welt gekommen bist – ich hatte das Gefühl, es würde eine halbe Ewigkeit dauern. Als Dad dann endlich kam, um mich abzuholen, hab ich ihn gefragt, wie du aus Moms Bauch gekommen bist.» Bee lächelte. «Er hat gesagt, durch ihre Nase. Ich hab damals geglaubt, daß sie durch das Riechen an einer Blume schwanger geworden ist.»

«Er hat gesagt, ich sei durch ihre Nase auf die Welt gekommen?»

Bee zog einen schweren Schlüsselring aus ihrer Hosentasche und öffnete mir die Beifahrertür. «Mom und Dad haben für uns getan, was sie konnten. Wir sollten die beiden jetzt in Ruhe lassen.»

«Liebe Mommy, lieber Daddy.»

Bill hatte den Brief in einem weiteren kleinen Pappkarton gefunden, zusammen mit ein paar Golfpokalen, die ich im letzten Schuljahr gewonnen hatte. Ich hatte ihn gebeten, vorsichtig zu sein. Mein Vater sollte nicht merken, daß da oben schon wieder jemand in den Sachen wühlte, und ich wollte nicht, daß Bee Fußspuren im Staub entdeckte. «Keine Sorge.» Er tat meine Bedenken mit einer Handbewegung ab. «Ich mache die Kartons von unten auf. Ich drehe sie um, ziehe die Heftklammern raus und mache sie hinterher mit Klebeband wieder zu. Ich weiß genau, wo ich was finde.» Tatsächlich fand er oft genau das, was ich wollte. Anscheinend machte ihm die Suche ebensoviel Spaß wie mir, er vertiefte sich in meine Familiengeschichte, als wäre es seine eigene. Dieser neue Brief war mit Bleistift auf kariertem Papier geschrieben, und da, wo Punkte sein sollten, waren Löcher.

> Wie geht es euch? Wir sind heute geritten. Ich mag das Pferd mit den gelben Zähnen nicht. Meine Freundin Yolanda kommt aus Pensilvanya! Jetzt ist Mittagsruhe, wo wir Briefe schreiben. Ich glaube, die Läute hier mögen mich nicht. Ich mag sie auch nicht.
>
> Von Jane

Ich zeigte Bee die Briefe nicht, weil ich nicht wollte, daß sie mich löcherte, woher ich sie hatte. Allerdings hätte ich für *ihren* Brief aus dem Ferienlager, der lang und fehlerlos und voller Beschreibungen von Büschen, Wurzeln und Bäumen war, gerne eine Ausnahme gemacht. Am Schluß stand: «Jane ist hier nicht sehr glücklich. Sie scheint mir nicht besonders kooperativ. Dennoch werdet ihr sicher die drolligen bunten Topflappen zu schätzen wissen, die sie angefertigt hat.»

Ich las den Brief Bill vor, der nicht verstand, was ich daran so komisch fand. Schließlich lachte er dennoch, aus Höflichkeit. «Das hier sind echte Dokumente», meinte er. «Deine Schwester scheint für ihr Alter sehr reif gewesen zu sein.»

«Zu reif. Sie benimmt sich immer noch, als wenn sie Jahrzehnte älter wäre, als sie wirklich ist. Weißt du, daß sie mein Auto verkauft hat? Ich werde mein Baby im Bus herumschleppen müssen, wenn ich mal in Sea Haven Besorgungen machen will.»

«Du planst also hierzubleiben?» Bill sah mich an.

«‹Planen› ist wohl das falsche Wort. Aber ich fühle mich wohl hier. Ich bin gern im Haus, auch wenn ich nichts zu tun habe.»

«Das Haus-Haus. Paßt zu dir.»

«Danke. Waren in dem Karton noch irgendwelche anderen Briefe? Willst du nicht mal das Ganze runterbringen?»

«Nein. Der Rest war nicht so interessant. Das hier war schon das Beste daraus.»

Ich war mir nicht so sicher, ob ich wollte, daß Bill für mich entschied, was interessant war und was nicht, aber ich hatte wohl keine andere Wahl. Er war in dieser Angelegenheit überhaupt sehr gutwillig. Er spürte ständig neue Briefe für mich auf, obwohl ich mir ziemlich sicher war, daß er normalerweise anderer Leute Post nicht einmal lesen würde, wenn man sie ihm offen unter die Nase hielte.

Eine Weile saßen wir schweigend da und lauschten dem Gurren der graublauen Tauben unterm Dach. Diesmal hatte er seinen Stuhl nicht vom Bett weggeschoben, und er hatte mir ein Buch mit Liebessonetten des Dichters Walter Lowenfels an seine Frau mitgebracht. Ich nahm den Band, überflog den Klappentext und betrachtete Bill Denzer dann lange und eingehend.

«Du solltest mehr trinken», sagte er und stand auf. «Zwei Drittel der Amerikaner nehmen zu wenig Flüssigkeit zu sich.» Er nahm den Krug von der Kommode und goß mir ein Glas Wasser ein.

Ich bemerkte ein Muttermal auf seinem Daumen, betrachtete seine sauberen, kräftigen Finger, sah das weiche braune Haar, das auf seinem Handrücken begann und in seinem Ärmel verschwand. «Woher hast du denn das?» Ich bat ihn, mir ein Paar Socken aus der linken oberen Schublade zu geben.

«Ich lese Zeitung.» Er lächelte. «Ich komme herum.»

Das Holz scharrte leise, als die Schublade aufgezogen wurde. «Bill.»

«Da sind sie.» Er hielt eine weiße Baumwollsocke hoch. «Es wäre einfacher, wenn du sie paarweise aufrollen würdest.»

Ich betrachtete seine breite Stirn, seine hellen, braunen Augen. «Du hast deine Eltern noch nie erwähnt. Leben sie noch?»

«Ich bin adoptiert worden.» Er steckte beide Daumen in eine Socke, zog sie auseinander und deutete auf meinen Fuß. «Mein Adoptivvater lebt in einem Pflegeheim.»

«Adoptiert?» Ich streckte meine Zehen und stellte mir Bill als Baby vor, wie er mit winziger Baseballmütze und Handschuh in seinem Körbchen von einer gesichtslosen Mutter an ein älteres, wohlmeinendes Ehepaar in einem soliden Landhaus weitergereicht wurde. «Vielleicht war deine Mutter in der gleichen Situation wie ich. Damals war das viel schwieriger als heute. Aber es hätte auch ich sein können.»

«Du behältst dein Kind.» Er hielt einen Moment inne, dann zog er die eine Socke über meinen Knöchel und nahm meinen anderen Fuß. Ich lehnte mich gegen die Kissen und ließ ihn die saubere weiße Baumwolle über meinen Ballen, den Spann und die Ferse streifen. «Du gibst deins nicht weg.»

«Ich gebe es nicht auf. So sagt man wohl. Hast du nie versucht, sie zu finden? Deine leibliche Mutter, meine ich?»

«Nein, warum sollte ich?» Er ließ das Bündchen der Socke gegen meinen Knöchel schnappen. «Ich habe ihr nichts zu sagen.»

«Vielleicht lebt sie noch. Vielleicht ist sie hier irgendwo in der Nähe.»

«Ich bin ihr nicht böse.» Er legte meinen Fuß zurück und kniff mir leicht in den Zeh. «Aber ich finde, es sollte ihr leid tun.»

«Was?»

Er sah überrascht aus. «Daß sie nicht das getan hat, was du jetzt tust. Daß sie nicht so stark war wie meine Freundin hier. So stark wie Jane Haus.»

Ellie schickte ständig Post. Zuerst lauter bunte, lustige Postkarten mit Smileys drauf, dann eine ganze Reihe von Geschenken: gestickte Babyschuhe und fluoreszierende Schnuller, und eines Tages eine Tasse und einen Löffel aus Silber. «Ich wette, die hat sie stibitzt», sagte ich zu Bee, die die Tasse bewunderte.

Bee wies mich darauf hin, daß Ellie aus einer wohlhabenden Familie kam. «Ihr monatliches Taschengeld entspricht vermutlich in etwa dem, was du an der Schule verdient hast.»

Ich schrieb nicht oft zurück, doch ein paarmal bat ich sie, keine Geschenke mehr zu kaufen. «Geh statt dessen ins Kino», schrieb ich. «Gib Dein Geld lieber für Dich selbst aus.» Als Antwort schickte sie mir eine Holzrassel und schrieb, daß sie die achte Klasse haßte. «Die Kids sind dieses Jahr alle übergeschnappt.» Sie wollte nach Sea Haven zurückkommen.

Was sie eines Tages überraschenderweise auch tat. Sie rief von der Bushaltestelle aus an, um uns mitzuteilen, daß sie angekommen sei. Es war mitten in der Woche, ein Dienstag. Bee fuhr hin, um sie abzuholen, und brachte ihre kleine rote Tasche mit den Utensilien für die Nacht nach oben. Ellie lehnte sich über das Bett, um mich zu umarmen, als hätte ich gerade ein Schiffsunglück überlebt. «Mensch, tut das gut, hier zu sein.» Sie trug orangenen Lippenstift, und aus ihrem dünnen Haarknoten waren ein paar strohblonde Strähnen herausgerutscht.

Ich bombardierte sie nicht gleich mit Fragen – Bee hatte mir warnende Blicke zugeworfen. Statt dessen hörte ich mir ihr hektisches Gerede an. Sie ließ sich in den Korbstuhl fallen, schlug die Beine übereinander und blickte wohlwollend umher, als wäre Bees vier mal vier Meter großes Zimmer ein geräumiges Boudoir. «Sie haben hier ja wahre Wunder bewirkt», sagte sie und holte ihre Zigaretten und ein Feuerzeug hervor. «Und Sie selbst sehen auch nicht schlecht aus, Miss Haus. Ich meine, Sie sehen wirklich prima aus.» Sie rauchte, wippte mit ihrem Fuß und zog die Schubladen meiner Kommode auf. Sie konnte nicht stillsitzen. «Wissen Sie, Sie und Ihre Schwester haben's echt gut. Sie haben die Schule hinter sich, Sie können sich 'ne Pause gönnen. Sie könnten morgen früh nach Frankreich fliegen. Frankreich! Ich war mal da, aber ich erinnere mich nicht mehr daran. Die Leute sind doch bescheuert. Wußten Sie, daß die meisten Leute nicht mehr als zwei Wochen Urlaub im Jahr haben?» Wußte ich. «Zwei Wochen!» Ellie drückte ihre Zigarette in der Wasserrinne des Fensters aus. «Die eine Woche mieten sie sich wahrscheinlich ein heruntergekommenes kleines Haus hier irgendwo in der Nähe, und die andere Woche nehmen sie Weihnachten. Mein Gott, wie gräßlich! Weihnachten natürlich nur, wenn sie Christen sind. Sind Sie das, Miss Haus?»

«Aus Gewohnheit. Mehr nicht.»

«Ich glaub an Gott», fuhr Ellie fort. «Aber ich finde, er kümmert sich viel zu wenig um alles. Wie geht's Ihrem Baby? Ich weiß, Sie haben ihm noch keinen Namen gegeben. Ihre Schwester hat's mir gesagt.» Sie nahm mein Schmuckkästchen von der Kommode, schüttete seinen Inhalt in ihren Schoß und fingerte daran herum.

«Ich glaub, heutzutage sind die Leute nicht besonders tugendhaft. Ich mein, die meisten meiner Freundinnen haben's schon gemacht.»

«Was haben sie ‹gemacht›?»

Ellie legte sich eine Halskette um, die meiner Großtante Agnes gehört hatte. «Sie halten mich wohl für total naiv, was?»

«Bee und ich?»

Sie nickte. «Miss Haus, glauben Sie, daß der Typ, der Ihnen das Baby angedreht hat, irgendwann zurückkommt?»

«Keine Ahnung. Er hat mich nicht verlassen – ich bin gegangen.»

«Genau das begreif ich nicht», sagte sie. «Ich versteh nicht, warum Sie das getan haben. Ich denke oft über Ihre – na ja, Ihre Situation – nach. Sie sind da ein ganz schönes Risiko eingegangen. Den ganzen Sommer über hatte ich Lust, Ihnen eine Klingel ans Ohr zu halten, damit Sie endlich aufwachen. Jedes Kind verdient Mutter *und* Vater. Jedes Kind sollte sein Leben mit beiden Eltern beginnen.»

«Darauf bin ich auch schon gekommen», sagte ich.

Ellie setzte sich ans Fußende der Matratze. «Ich glaub, es ist Zeit, sich ein paar mehr Gedanken zu machen. Es wäre vielleicht keine schlechte Idee, wenn Sie von hier wegziehen würden, sobald das Baby da ist. Sie könnten bei mir in der Nähe wohnen. Meine Eltern haben Geld. Das wäre sicher besser, als hier herumzuhängen und den Postboten zu heiraten.» Sie lachte, sah aber verwirrt aus.

«Das klingt nicht besonders sinnvoll.»

Ellie schob sich ein paar lose Haarsträhnen hinter die Ohren. «Wenn ich älter bin, werde ich wohl ein paarmal heiraten und mich wieder scheiden lassen. So bin ich nun mal. Aber heiraten will ich in Weiß. Die Klamotten, in denen die Leute heutzutage heiraten –

schrecklich. Oft sieht's richtig nuttig aus. Keiner gibt sich mehr Mühe.»

«Wovon redest du, Ellie?»

Plötzlich streckte sie sich neben mir auf dem Bett aus, das Gesicht in die Decke gedrückt.

«Eigentlich solltest du gar nicht hier sein», sagte ich.

Ellie sah hoch. «Sie auch nicht.»

Zum Abendessen dämpfte Bee Muscheln, und Ellie nahm eine Tüte Pommes frites aus dem Eisfach. Mein Vater machte einen gemischten Salat – soll heißen, er zerlegte einen ungewaschenen Kopf Eisbergsalat mit einem Fleischermesser. Ellie hatte fast den ganzen Nachmittag mit Bee verbracht, da ich ein Nickerchen gemacht hatte. Die beiden schienen sich ganz gut zu verstehen. Bee erzählte mir später, sie wären gemeinsam spazieren gewesen und dabei am Haus von Ellies Eltern vorbeigekommen, doch Ellie hätte bewußt weggeschaut und ihre Eltern kein einziges Mal erwähnt.

Die Muscheln waren zäh wie Gummi und lauwarm, die Pommes frites hart. Bee warf den größten Teil ihres Essens in den Müll. Während Bee und Ellie die Küche aufräumten, lag ich auf dem hinteren Balkon auf dem Sofa und hörte zu, wie Ellie weiter vor sich hin plapperte. Sie listete Bee all die Dinge auf, die wir für das Baby kaufen sollten: Am Babysitz fürs Auto und am Kinderwagen dürften wir nicht sparen, und wir sollten uns die Mühe machen, Kleidung aus feuerhemmender reiner Baumwolle zu suchen, die nicht kratzt. Sie ließ sich über den Nutzen von Schnullern und Laufstühlen aus und erläuterte die Vor- und Nachteile der Beschneidung. Aus medizinischer Sicht, sagte sie und stellte die abgetrockneten Töpfe falsch in den Schrank, wäre die Beschneidung nicht notwendig, doch manche Leute fänden das Ergebnis «wesentlich dekorativer». Bee könnte ja am darauffolgenden Nachmittag mit ihr zum Krankenhaus gehen und sich die Station für die Frühchen ansehen.

«Ellie.» Von meinem Platz auf dem Sofa nebenan machte ich ihr Zeichen, bis sie grinsend im Türrahmen erschien, die Teekanne in der Hand. «Sie können auch mitkommen. Wir besorgen Ihnen einen Rollstuhl. Dann können wir mal gucken, wie andere Leute ihre Kinder nennen.»

«Will ich gar nicht wissen.»

Ellie verdrehte die Augen in Bees Richtung, die an der Spüle vor sich hin lachte. «Hab ich's Ihnen nicht gesagt?» fragte Ellie. «Störrisch wie ein Esel. Sie hätten sie mal in der Schule erleben müssen. Wir haben sie ‹Backstein-Haus› genannt.»

«Ellie, ich hab deine Eltern angerufen», sagte ich.

Sie stand völlig regungslos da. Ich sah, wie all die Energie, Aufregung und Begeisterung aus ihrem Gesicht verschwanden. Sie wurde wieder zu der Dreizehnjährigen, die sich in Gegenwart von Erwachsenen unsicher und überflüssig fühlte. Als ich ihre Mutter nach zahllosen Telefonaten mit nahezu sämtlichen Lunds in Philadelphia endlich erreicht hatte, hatte Deborah Lund einen anmutigen, femininen Seufzer von sich gegeben. «Ich weiß wirklich nicht, woher diese Anwandlungen kommen. Ständig treibt sie sich in der Gegend herum.» Ich meinte förmlich zu sehen, wie sie während des Gesprächs ihr Haar einsprühte.

«Sie haben sich Sorgen gemacht», sagte ich, war mir dessen aber keineswegs sicher. Bee konzentrierte sich weiter auf den Abwasch. Feigling, dachte ich. «Deine Mutter hat gesagt, deine Eltern würden im Lauf des Abends vorbeikommen, um dich abzuholen.»

Ellie warf das nasse Geschirrtuch nach mir.

«Ich weiß, wie schwierig es für dich ist, mich hier zu

besuchen.» Im Liegen kam ich mir widerlich und verräterisch vor. Ich setzte mich auf. «Ich freue mich, daß du gekommen bist.»

«Sie hätten mich vorher fragen können.»

Ich schwang meine Füße auf den Boden und sagte, es täte mir leid, daß ich sie nicht gefragt hatte. «Aber du kannst ihnen nicht zumuten, daß sie sich den ganzen Tag Sorgen machen, wo du steckst.» Wenn sie überhaupt dazu in der Lage sind, fügte ich im stillen hinzu. Nach dem Gespräch mit Deborah Lund hatte ich mich gefragt, ob Eltern zu sein ein Prozeß war, der mit einer schlagartig einsetzenden Bindung begann, einem Erlebnis, auf das lange Jahre folgten, in denen die Eltern immer lustloser wurden, bis sie es schließlich um den siebzehnten Geburtstag ihrer Kinder herum kaum noch erwarten konnten, sie loszuwerden.

«Was, wenn sie mich schlagen und so, und Sie liefern mich ihnen wieder aus?» Ellie stemmte die Hände in die Hüften. Eigentlich waren es noch keine Hüften, bloß zwei kleine, fast unsichtbare Wölbungen ein paar Zentimeter über ihren Oberschenkeln.

«Tun sie das denn?»

«Nein.» Sie ging ins Bad und schloß die Tür.

Bee zog den Stöpsel aus der Spüle. «Ich finde auch, du hättest sie fragen sollen.»

Der restliche Abend zog sich in die Länge, um es harmlos auszudrücken. Mein Vater fand einen alten Spielfilm im Fernsehen und drehte die Lautstärke auf. Bee, Ellie und ich saßen auf dem Sofa, die Füße auf dem Beistelltisch, Ellies Tasche daneben.

«Wir haben heute einen netten Spaziergang gemacht», sagte Ellie plötzlich mitten im Film. Seit einer ganzen Weile hatte niemand ein Wort gesagt. «Ihre Schwester und ich haben Ihren ehemaligen Lehrer getroffen.»

«Du meinst Bill? Den von unten?»

Ellie starrte auf den Fernseher. «Klar. Ich meine den Typen, der immer noch hinter Ihnen her ist.»

Mein Vater stellte den Apparat per Fernbedienung noch lauter.

«Er zieht sich die Hosen viel zu weit über die Hüften. Aber solche Kleinigkeiten können Sie ihm bestimmt abgewöhnen. Da gibt es ein paar wichtigere Dinge, über die ich mir Sorgen machen würde. Der Typ ist ganz schön durchtrieben. Von wegen stille Wasser und so.»

«Du meinst, Mr. Denzer ist in Jane verliebt?» fragte Bee.

«Hör auf damit», sagte ich. «Sei nicht albern.»

Mein Vater stellte den Fernseher lauter.

«Na klar ist er verliebt in sie. Sie müßten ihn mal sehen, wie er sie anguckt, wenn er meint, daß es keiner mitkriegt.» Die Lautstärke war jetzt ohrenbetäubend, wir mußten schreien, um uns zu verständigen. «Glupschauge. Grinsgesicht. Der fällt doch glatt in Ohnmacht, wenn er sie sieht.» Mein Vater starrte stur auf die Mattscheibe. Das Haar der Schauspielerin schimmerte grünlichblond.

«Er ist nicht in mich verliebt.»

«Ist er wohl.»

«Wir sind Freunde, Ellie, mehr nicht.»

«Klar, wie Salz und Pfeffer. Wie Helium und Ballons. Mich würde er nervös machen.»

Mein Vater stand auf, die Fernbedienung in der Hand, und ging zum Telefon. Er begann zu wählen.

Bee machte den Fernseher leiser. «Du glaubst allen Ernstes, er ist in Jane verliebt?»

«Hallo, Bill?» Bei meinem Vater wußte man nie, ob er nur so tat, als ob – sogar seine alltägliche Mimik schien er auf einer drittklassigen Schauspielschule gelernt zu haben. Ellie, Bee und ich beobachteten ihn von unserem Sofa aus. «Wir haben hier oben ein Problem. Wir hätten gern gewußt, ob du in Jane verliebt bist.» Alles wartete. «Die streiten sich nämlich darum. Und ich will in Ruhe den verdammten Film zu Ende sehen.» Mein Vater lauschte. Das Zuhören wirkte ziemlich echt. «Alles klar, danke. Das war's schon.» Er legte den Hörer auf und machte den Fernseher wieder lauter. Eine Viertelstunde später war der Film vorbei, der Nachspann lief über den Bildschirm.

«Was hat er gesagt?» fragte Bee.

«Wer?» Mein Vater gähnte.

«Mr. Denzer – vorausgesetzt, er hat überhaupt auf deine Frage geantwortet.»

«Er hat gesagt ‹wahrscheinlich›. Ich geh jetzt ins Bett.»

Als es ein paar Minuten später draußen hupte, stand Ellie wortlos auf. Ohne sich zu verabschieden, nahm sie den Samtbeutel mit den Namenszetteln – ich hatte ihn auf den Tisch neben der Tür gelegt – und schob ein kleines Stück Papier hinein. Als sie weg war, nahm ich es heraus. Es war ihr eigener Name, Eleanor.

Liebe Caroline,
am Amazonas gibt es einen Vogel, der keine Füße hat. Er lebt nur einen Sommer und versucht, niemals die Erde zu berühre, weil er fürchtet, sich zu verletzen oder nicht wieder wegfliegen zu können. Dieser Vogel hat sein ganzes Leben lang Angst davor, ein Nest zu bauen, und gleichzeitig Angst, keines zu bauen. Den Namen des Vogels kenne ich nicht, oder ich habe ihn vergessen.

Wenn ich nachts zu lange in einer Position lag oder las, schliefen mir die Hände ein – ein Prickeln in den Fingerspitzen, das allmählich die Arme hinaufwanderte wie eine betäubende Kletterpflanze. Ich mußte mich aufsetzen, manchmal sogar aufstehen, um mich zu strecken, die

Arme auszuschütteln und das Blut zurück in meine Adern zu treiben. Eines Nachts, als ich nicht schlafen konnte, hörte ich, wie die Tür des Kühlschranks in der Küche zufiel.

«Bee?»

Eiswürfel klickten in einem Glas.

Leise öffnete ich die Tür und ging hinaus. Das einzige Licht kam von der Nachtbeleuchtung im Bad, ein Sternenmuster in der Dunkelheit. Ein stämmiger Schatten saß auf dem Schaukelstuhl.

«Dad?»

Er schien sich umzudrehen und mich zu sich zu winken. Der Himmel war schwarz, mondlos. Ich stellte mich hinter ihn, so nah, daß wir uns gegenseitig atmen hörten. Mein Bauch berührte fast seine Stuhllehne. Seit unserem letzten Gespräch war mehr als eine Woche vergangen, und ich fragte mich, ob er wohl jede Nacht hier gesessen und gewartet hatte, in der vagen Hoffnung, ich würde kommen.

«Ganz schön wolkig heute nacht.»

Er rührte sich nicht.

«Mir geht's wieder besser. Ich muß nachts manchmal zur Toilette, aber ich glaube, das ist ziemlich normal. Obwohl ich eigentlich gar nicht weiß, was normal ist. Keine Ahnung.»

Er nippte an seinem Glas. Scotch, nahm ich an.

«Man könnte meinen, als Schwangere hätte man rund um die Uhr Gesellschaft», sagte ich. «Aber meistens fühlt man sich ganz schön einsam.»

Er stellte sein Glas zurück auf die Stuhllehne. «Das hat deine Mutter auch immer gesagt.»

Ich setzte mich. Sein Profil nahm neben mir in der Dunkelheit Gestalt an. «Bee hat gesagt, du hättest es ihr nicht erzählt. War das Baby – das, das gleich nach der Geburt gestorben ist – ein Junge oder ein Mädchen?»

Wieder blieb er eine Weile stumm. Es war, als würde er in einem Fotoalbum Jahr für Jahr zurückblättern, bis zu dem einen Bild, das ein totes Kind in einer Decke zeigte, der Kopf noch glänzend vom Aufenthalt in der Gebärmutter. «Ein Mädchen», sagte er. «Es hat einmal die Augen geöffnet. Das war alles.»

«Habt ihr ihr einen Namen gegeben?»

«Nein. Ein paar Leute meinten, wir hätten es tun sollen.»

Er mußte sich Mühe geben, dachte ich, beide mußten sich wirklich Mühe gegeben haben, diesen einen Moment im Gedächtnis zu behalten, in dem die winzigen Lider geöffnet waren und sie die beiden über sich gesehen hatte. Sie nahm die kindliche Erinnerung an die Gesichter ihrer Eltern mit ins Grab und überließ die beiden dem jahrzehntelangen Versuch, ihr eigenes zu vergessen. Ich war beinahe eifersüchtig. Für sie hatten meine Eltern eine vollkommene, verborgene und lange Liebe gehegt. Sie hatte in einem einzigen Augenblick mehr Einfluß auf meine Mutter gehabt als ich in achtzehn Jahren.

Ich legte die Hände auf meinen Bauch. Das Kind schien Schluckauf zu haben, alle paar Sekunden bebte es, als hätte es Angst oder als sei ihm kalt. «Warum habt ihr uns nichts davon gesagt?»

Er nahm einen Schluck aus seinem Glas, stand auf und ging vorsichtig, vielleicht ein wenig betrunken, zur Balkontür. «Eure Mutter wollte nicht darüber reden. Um keinen Preis.» Auf der Suche nach dem Lichtschalter glitt er mit seiner Hand über die Wand. «Nicht einmal mit mir. Das war etwas, woran sie nie wieder denken wollte.» Damit war alles gesagt. Genau wie meine Mutter gab er zu verstehen, daß das Thema für ihn erledigt war. Ich meinte zu spüren, wie die Stelle in unserer Unterhaltung, an der das Kind gewesen war, sich mit

Wasser füllte. Er tastete jetzt drängender nach dem Lichtschalter, und in der Sekunde, bevor es passierte, erinnerte ich mich wieder, was er vorhatte. Er fand den Schalter, und es klickte: Zwei Flutlichter, die an der Rückseite des Hauses, direkt unter der Veranda des Dachbodens, angebracht waren, tauchten den Sand in grelles Licht. Als ich noch zur High-School gegangen war, hatte er sich mit diesem fiesen Trick einen zweifelhaften Ruf erworben. In Sea Haven war es nicht erlaubt, sich nach zehn Uhr abends am Strand oder in den Dünen aufzuhalten, und mein Vater hatte zu viele Überbleibsel von Verhütungsmitteln im Sand gefunden. Wenn er seine Opfer beleuchtete, wanden sie sich, blinzelten ins Licht, die Hände vor den Augen, und versuchten, ihre verrutschte und zerknautschte Kleidung in Ordnung zu bringen. Sie sahen aus wie Insekten, die Angst hatten, zertreten zu werden. Sehr bald hatte es sich herumgesprochen, daß man bei seinen Schäferstündchen besser einen großen Bogen um das Haus meines Vaters machte; die Jugendlichen tranken und feierten am Pier.

In dieser Nacht war der Strand leer, geradezu gespenstisch. Vielleicht war der Sand feucht. Vielleicht fanden sich die Jugendlichen in Sea Haven gegenseitig nicht mehr attraktiv.

Er schaltete das Licht wieder aus. Und erst als er mit seinem Drink hinausging, wobei das Eis wieder leise gegen das Glas klirrte, ging mir auf, was er gesagt hatte: Sie wollte nie wieder davon hören. Nein, das waren nicht seine Worte gewesen. Er hatte gesagt: «Das war etwas, woran sie nie wieder denken wollte.» Als gäbe es noch anderes, was ich nicht wußte, andere Geschichten, über die er oder meine Mutter nicht sprechen wollten.

An Halloween stand ich morgens früh auf, fand Bee in der Küche, wo sie ein Diagramm auf kariertes Recyclingpapier zeichnete, und erklärte ihr, wir bräuchten ein Dutzend witzige Masken, drei Beutel mit Süßigkeiten und jede Menge gelbe und orangene Luftschlangen, die wir an die Kinder verschenken könnten, wenn sie an der Tür ihre Halloween-Sprüche aufsagten. Und Kürbisse natürlich.

Bee sah auf. Neben ihr auf dem Tisch stand ein leerer Kaffeebecher, und sie hatte das zerzauste Aussehen eines Menschen, der noch keine Zeit gehabt hatte, sich zu kämmen oder die Zähne zu putzen. Sie hatte noch ihren Schlafanzug an, einen zu großen Herrenpyjama aus kariertem Flanell mit einer Hose zum Zubinden.

«Wenn du damit fertig bist», fügte ich hinzu, «was machst du dann?»

«Stell keine Fragen, wenn dich die Antwort sowieso nicht interessiert.»

«Okay, schon gut.» Ich schwieg, während ein Fuß oder ein Ellbogen gemächlich einen anmutigen Bogen von irgendwo hinter meinem Nabel bis zu den Lungen zog. Dort verharrte er einen Moment, vollkommen still, um sich dann zurückzuziehen. Nächstes Halloween könnte ich es als Kaninchen oder Hund verkleiden, und mein Vater, Bee und ich würden es mit püriertem Gemüse und Stückchen von Schokoladenriegeln füttern. «Ich will heute mal meinen Spaß haben. Irgendwas Verrücktes machen, bei dem ich hier im Haus bleiben kann. Ich fühl mich wie eingesperrt.»

Bee nahm ein Lineal, um einige Punkte auf ihrer Zeichnung miteinander zu verbinden. Ich bemühte mich, bei dem, was sie tat, nicht an Punkt-zu-Punkt-Malen zu denken. «In unserer Nachbarschaft gibt's keine Kinder mehr. Oder jedenfalls nicht genug, als daß es sich lohnen würde», sagte Bee, ohne aufzusehen.

«Bloß weil es jetzt weniger sind, willst du ihnen den Spaß verderben? Was kann denn schon passieren? Schlimmstenfalls essen wir die Süßigkeiten eben selber auf.» Versehentlich stieß ich gegen den Tisch.

Die Linie, die Bee gerade zog, verrutschte. «Gestern», sagte sie, ohne ihren gespitzten Bleistift vom Papier zu nehmen, «haben sie Dads Versicherungsbeiträge für das Haus fast verdoppelt. Ich nehme nicht an, daß du den Artikel in der Zeitung gelesen hast.»

«Ich hab ihn gesehen.» Wir wußten beide, daß ich log.

«Gut. Dann wirst du sicher verstehen, warum Dad und ich den Tag nicht damit zubringen werden, Luftschlangen und lustige Hüte zu kaufen.» Bee war immer öfter schlecht gelaunt, fand ich. Seitdem sie beschlossen hatte, bei der Geburt dabei zu sein, benahm sie sich wie ein spießiger Ehemann. Das tat uns beiden nicht sonderlich gut.

«Was soll ich deiner Meinung nach denn tun? Wenn Dad will, daß ich mir Sorgen mache, gerne. Alles, was ich im Moment will, ist ein bißchen Hilfe, Bee.»

Sie legte Bleistift und Radiergummi hin. «Ich helfe doch schon, wo ich kann. Willst du wissen, wie? Erstens, ich wohne hier. Ich hab drüben in Atlanta meinen Job und sogar Freunde im Stich gelassen, ob du's glaubst oder nicht. Du sagst, du brauchst Hilfe.» Sie rückte ihre Brille zurecht. «Das sehe ich nicht so. Ich finde, deine Freundin Ellie hat mehr Verstand als du. Sie hat gesagt, du sollst deinen Hintern vom Dachboden bewegen, und du hast sie weggeschickt. Und mit wem verbringst du deine Zeit? Mit einem alternden Basketballtrainer, der wie ein Dieb durchs Haus schleicht. Was würdest du machen, wenn du Dad nicht hättest? Wo willst du leben, falls er das Haus verkauft?»

«Dad verkauft das Haus nicht. Er denkt nicht immer nur ans Geld.»

«Er braucht das Geld vielleicht auch gar nicht. Aber du.»

Ich sah meine Schwester an, sie war kalt wie eine Hundeschnauze. «So dringend nun auch wieder nicht.»

Bee sammelte ihre Zettel ein. «Die Preise werden fallen. Der Immobilienmarkt hat seine Glanzzeiten hinter sich.»

«Er verkauft nicht.»

«Wenn er doch verkauft, gäb's natürlich noch die Möglichkeit, daß wir beide zusammenziehen. Du kannst nicht ewig von der Untermiete leben. Ich seh mich gerade nach einer Wohnung um.» Sie wischte mit ihrer Hand den Tisch ab. «Ich hab Dad versprochen, daß ich dich nicht aufrege. Tut mir leid, wenn ich laut geworden bin.»

«Oh, ich versteh schon, das ist eben deine Art von Hilfe. Soviel Großzügigkeit kann einen ganz schön biestig machen.»

Bee verschränkte die Arme. In dem ausgebeulten roten Pyjama und mit ihrem jungenhaften Haar sah sie aus wie eine Stoffpuppe. «Ich glaube, du verstehst nicht, was ich dir da anbiete.»

«Ich glaube, *du* verstehst nicht, was du mir da anbietest. Ich brauche keinen Moralapostel und keinen selbsternannten Tugendwächter. Und ich brauche auch keinen ‹Coach›. Alles, was ich will, ist ein gottverdammter Kürbis, und daß du deine Nase in deine eigenen Angelegenheiten steckst.»

«Jane», sagte sie langsam und deutlich, als müßte ich jedes Wort von ihren Lippen ablesen, «du bist verrückt.»

«Kann schon sein.»

«Du enttäuschst mich.» Wir saßen uns am Tisch gegenüber und starrten uns an. Überall auf dem gemaserten Holz lagen kleine Fetzen vom Radiergummi.

«Ich hätte dir schon eher sagen sollen, daß ich keine Unterstützung dieser Art will. Ich hätte mich klarer ausdrücken sollen. Ich glaube, ich muß da alleine durch. Du weißt nicht, was das für ein Gefühl ist.»

«Nein», sagte sie. «Weiß ich wirklich nicht.»

«Tut mir leid, Bee.»

«Schon okay.» Sie stopfte ihre Unterlagen in einen Umschlag. «Ich geh wohl manchmal zu weit.»

«Trotzdem vielen Dank. Happy Halloween.»

Zehn Minuten später hörte ich, wie sie ihren Wagen anließ und davonfuhr.

Mein Vater tauchte im Laufe des Nachmittags nicht auf, Bee ebensowenig. Anstatt die Schränke auf der Suche nach Brezeln oder Rosinen zu durchsuchen, die ich verschenken könnte, legte ich mich auf das Sofa im Wohnzimmer und schlief. Ich konnte mein Zimmer nicht mehr sehen, hatte keine Lust mehr zum Lesen und war gänzlich uninteressiert an dem halben Dutzend Kinder, die vielleicht in der Hoffnung auf ein paar Süßigkeiten hier auftauchen würden. Ich würde einfach das Licht ausmachen und sie das Haus auseinandernehmen lassen.

Als ich aufwachte, stand Bill Denzer neben mir. Mit seinem Schlüssel fühlte er sich hier wie zu Hause und klopfte gar nicht mehr an. «Ich bin unten mitten in den Vorbereitungen.» Er schüttelte eine Tüte mit Schokoriegeln. «Ich helf dir auf, dann kannst du mit runterkommen und gucken.»

«Hier gibt's kaum noch Kinder», erwiderte ich und ignorierte seinen ausgestreckten Arm. Ich fragte mich, wie lange er wohl schon dagestanden hatte. «Wir verschwenden nur unsere Zeit.»

Bill schaute in die Tüte und kramte in den Süßigkeiten. Er trug einen gelben Jogginganzug, von dem ich hoffte, daß er Teil seiner Verkleidung war. «Ich habe von allem etwas gekauft, aber nur gut Verpacktes. Nicht daß die Eltern denken, da könnte Gift drin sein.» Er versuchte, mich aufzuheitern. Seltsam oder nicht, er war zur Zeit der beste Freund, den ich vorweisen konnte.

«Also gut.» Ich hatte ihn seit der berühmten Frage meines Vaters am Telefon nicht mehr gesehen. Ich wusch mir das Gesicht, während er zwei Zentimeter vor der Badezimmertür wartete, und ließ mich von ihm zum vorderen Balkon führen. Der Garten war übersät mit Plastikkürbissen, wie sie die Kinder zum Sammeln der Süßigkeiten benutzten. «Was soll das werden?»

Bill gab mir eine Maske. Sie hatte gelbe Wollfäden anstelle von Haaren, eine klobige Nase und einen Backenbart. Sie roch wie eine alte Suppendose von innen.

«Auf die Art kannst du die Bonbons verschenken, ohne daß die Kinder raufkommen müssen.»

Er führte mich zu einem der beiden Liegestühle auf dem Balkon, an deren Fußende jeweils eine Wolldecke lag. Ein Kindereimer hing an einer Schnur vom Geländer herab, wie ein Eimer an einem Wunschbrunnen. Die Tüte mit den Süßigkeiten lag neben mir.

«Was hast du mit den ganzen Kürbissen vor?»

«Abwarten.» Er lief wie ein gelber Wirbelwind die Außentreppe hinunter und tauchte unten auf dem Rasen mit einem Haufen kleiner Kartons wieder auf.

«Bill», rief ich über das Geländer. «Ich hatte heute 'nen wirklich beschissenen Tag.»

Er kniete auf dem Rasen und packte irgendwelche Sachen aus. Sein gelbes Oberteil rutschte ihm am Rücken hoch. (Ellie hatte recht: Er zog seine Hosen zu weit rauf.) «Das sind eigentlich Lichterketten für den Weihnachtsbaum», rief er und sah zu mir hoch, wobei er ellenlange Kabel aus einer Tasche zog. «Aber die tun's bestimmt auch.»

«Bee und ich haben uns gestritten.» Ich war mir nicht sicher, ob ich laut genug sprach, damit er mich hören konnte. Ich beugte mich vor, lehnte den Kopf gegen eine

Strebe des Geländers und sah nach unten. «Wir können irgendwie nicht miteinander reden. Wir quälen uns gegenseitig, aus lauter Gewohnheit. Sie hält mich für verrückt. Womit sie recht hat.»

Bill begann, die Kürbisse im Abstand von etwa dreißig Zentimetern um den Rasen herum zu verteilen. «In jeden lege ich eine Birne. Ich habe ein Loch in den Boden gemacht, siehst du?» Er hielt einen hohlen Kürbis hoch, an dessen Griff noch das Preisschild hing.

Ich verkroch mich unter der Decke. «Ich brauche keine Briefe mehr vom Dachboden», sagte ich eher zu mir selbst als zu Bill. Die Dämmerung hatte eingesetzt. «Mein Vater liebt das Haus. Er muß einfach hierbleiben.»

Bill steckte ein Verlängerungskabel an die Lichterkette und legte die letzten Kürbisse auf den Rasen – zwei große lagen rechts und links neben dem Eingang, ungefähr da, wo der Eimer landen sollte, und weitere zwanzig bis dreißig rund um das Grundstück. Er machte sie an. Die Kürbisse sahen seltsam aus, leuchtend und hohl, alle mit dem gleichen dummen Grinsen. Bill stand dazwischen und strahlte mich an. Ich hatte das Gefühl, ich müßte ein paar Dinge klären.

So idiotisch das auch war, ich legte die Hände um meinen Mund, um wenigstens eine gewisse Vertraulichkeit zu schaffen. «Bill. Glaub mir, ich hab meinen Vater bestimmt nicht darum gebeten, dir diese Frage zu stellen. Ich will nicht, daß du einen falschen Eindruck bekommst.» Der Kürbis lächelte.

Bill stützte die Hände in die Hüften. «Gefällt's dir?» Man konnte unseren Garten bestimmt schon vom Pier aus sehen.

«Ich finde es wunderschön. Wirklich. Ich wollte nur sichergehen, daß du es weißt. Die Frage am Telefon kam von meinem Vater. Nicht von mir.»

Bill entdeckte ein paar Kinder am anderen Ende der

Straße. Mit einem Schalter in seiner Hand knipste er die Kürbisse an und aus, so daß sie blinkten, und die Kinder begannen, in unsere Richtung zu zeigen und andere zu sich zu rufen. «Ist schon in Ordnung.» Bill setzte seine Maske auf und machte mir ein Zeichen, das gleiche zu tun. «Die Antwort, die ich deinem Vater gegeben habe –« Er wickelte einen Schokoriegel aus dem Papier, legte ihn in den Eimer und zog an der Schnur, um mir, ohne daß ich darum gebeten hatte, etwas zum Verwöhnen heraufzuschicken. «– war nämlich auch nicht von mir. Da kommen sie.»

8. *Todeskunst*

In dem Traum, den ich am häufigsten habe, etwa zwei- oder dreimal pro Woche, muß ich mich einer Operation unterziehen. Beide Arme werden mir abgenommen, und sie schneiden mir die Zunge heraus. Das ist traurig und bedauerlich, überrascht mich aber nicht weiter. Nur daß ich jetzt so hilflos bin, ist mir unangenehm.

Ich trage meiner Zimmergenossin Gloria auf, meine Familie vorzuwarnen, da sie noch nichts von meinem Zustand weiß. Es ist offensichtlich, daß ich weder den Telefonhörer halten noch eine Nummer wählen kann, und auch das Sprechen ist mir unmöglich. Geschäftsmäßig und doch mitfühlend sucht Gloria die Nummer heraus, ruft an und erklärt sachlich, was passiert ist. Sie nickt und sagt ihnen, daß die Wunden verheilt sind, daß ich aber nicht in der Lage sei, darüber zu sprechen, wenn sie kämen, um mich abzuholen. Wie ein großer Mehlsack werde ich schweigend hinten im Auto sitzen. Das Gespräch wird bestimmt bald verstummen, und das Schlimmste wird sein, daß ich noch meine Augen habe, mit denen ich die Bestürzung meiner Eltern wahrnehmen werde und die, mangels anderer Möglichkeiten, tausend Dinge vermitteln sollen. Ich werde mich schämen. Ich werde das Gefühl haben, daß ich mir das selbst angetan oder zumindest zugelassen habe, daß andere es taten, und wir nun alle mit meinem Fehler leben müssen.

Dann verändert sich der Traum. Ich bin wieder im Krankenhaus, und diesmal ist mein Vater operiert worden. Er sitzt auf einem Stuhl an der Wand. Sie haben ihm die Arme abgenommen und die Zunge herausgeschnitten. Er rollt seinen Kopf vor und zurück, gegen das Bambus-Motiv auf der Tapete, und ist unglücklich, ohne es zu verstehen. Sie haben meinem Vater die Zunge herausgeschnitten, und ich muß zusehen, wie er seinen Kopf so gegen die Tapete rollt, vor und zurück, sprachlos. Ich bin genauso hilflos wie in der ersten Variante des Traums, und genauso still. Ich frage mich, ob das eine Art Strafe ist, die uns jemand auferlegt hat. Doch das ergäbe keinen Sinn. Daß es uns so schlecht geht, muß unsere eigene Schuld sein. Wir haben uns diese Schwierigkeiten selbst zuzuschreiben, und unser Leiden wird immer sinnlos und unergründlich sein.

Beim Mittagessen im Speisesaal entdecke ich Gloria an einem Tisch mit ihren Freundinnen. Ich weiß, sie sind nicht gerade begeistert, mich zu sehen, aber Gloria ist meine Verbündete, mein Sprachrohr, meine beste Freundin. Sie lädt mich ein, mich zu ihnen zu setzen. «Was hat dein Seelenklempner gesagt?» fragt sie ohne Umschweife. Ihre Freundin Angelique, die rechts neben mir sitzt, schüttelt den Kopf. Die meisten von Glorias Freundinnen, die schwarz sind (wie Gloria selbst auch), halten Therapie für einen überflüssigen Luxus der Weißen, für ein Zeichen ihres schlechten Gewissens und weichlichen Charakters.

«Wir haben ein bißchen geredet», antworte ich und schütte Ketchup auf einen aschgrauen Hamburger. «Sie hat gemeint, viele Leute hätten anfangs seltsame Träume, wenn sie in eine neue Umgebung kämen.»

«Solche Träume wie du?» Gloria hat für mich den Termin mit Mrs. Randall, der psychologischen Beraterin, gemacht, nachdem sie mich eines Morgens in unserem Zimmer wach im Bett sitzend vorgefunden hatte, überdreht, stocksteif und mit einer halbleeren Dose Schlaftabletten in der Hand.

Ich zucke die Schultern.

Gloria wischt sich den Mund mit der Serviette ab – sie ernährt sich gesund, mit Salaten, trockenem Brot und rohem Gemüse – und erzählt Angelique, daß ich ein paarmal die Woche nachts aus dem immer gleichen Traum hochschrecke, der so seltsam und gruselig ist, daß sie ihn nicht hier beim Essen wiedergeben will.

«Es ist nicht immer der gleiche Traum», sage ich. «Ich hab auch andere, aber die eben nicht so oft.»

«Das ist eine Krankheit», meint Angelique. «Deine Gedanken machen sich selbständig. Ohne daß du was dafür kannst. Ein- oder zweimal im Jahr erinnere ich mich auch an meine Träume, aber da geht's nie um Mord, Vergewaltigung oder Verstümmelung.» Sie nickt einer Frau zu, die ihr gegenüber sitzt und *101 französische Verben* liest.

Ich versuche ihr zu erklären, daß die Träume nicht wegen des Inhalts so schrecklich sind. Du kannst aus einem grellbunten Traum aufwachen, in dem du jemand die Kehle durchgeschnitten und ihm beim Sterben zugesehen hast, und alles, was du empfindest, ist Erstaunen und Verwirrung. Schlimmer ist es, wenn du von reifen Äpfeln träumst, von einem Spaziergang im Park und süßen roten Äpfeln, die vom Baum fallen, und du wachst schreiend auf, und das Herz schlägt dir bis zum Hals.

«Arme Jane», sagt Gloria und drückt etwas Zitrone in ihren Tee. «Schlaf sollte Erholung sein, kein Horrortrip.»

Angelique sieht angewidert aus. Sie schuftet hart für ihren Vorbereitungskurs auf das Medizinstudium und verbringt jeden Tag endlose Stunden in der Bibliothek. Im nächsten Jahr wird sie wohl mit Gloria zusammenziehen, und ich muß mir dann eine andere Mitbewohnerin suchen. «Jemand zahlt gutes Geld dafür, daß du hier sein kannst», sagt Angelique. «Wenn du es nicht schaffst, dich auf deine Bücher zu konzentrieren, vergeudest du hier nur deine Zeit.»

Ich beiße in den Hamburger, der voller weißer Pappstückchen oder Knorpelreste ist. «Ich lerne hier eine ganze Menge», erwidere ich. «Nicht jeder muß oder will soviel lernen wie du.»

«Du brauchst deinen Schlaf», sagt Gloria. «Sonst wirst du bald überhaupt nichts mehr lernen.»

«Ich komm schon damit klar», erkläre ich ihr, und Gloria lächelt. Sie greift über den Tisch, nimmt meine Hand und hält sie einen Moment fest, als wollte sie ihre Energie auf mich übertragen. Ich frage mich, wie das Leben am College wohl ohne Gloria wäre, wenn ich beispielsweise mit einem blassen, lustlosen Vorstadtmädchen zusammen wohnen müßte.

«Schöne Scheiße», meint Angelique.

Es würde mir hier nicht halb so gut gefallen.

Noch ein Traum, aber weniger schlimm. Jedes Mitglied meiner Familie lebt im Stamm eines anderen Baums – ein hohler Baumstamm für jeden von uns: Ahorn, Walnuß, Birke und Kiefer. In jedem Stamm ist ein kleines Loch, ein winziger Einlaß. Wir können mit einem Auge hinaussehen, uns etwas zurufen oder ein Ohr an die Öffnung legen, aber nur wenn wir hochhüpfen oder uns auf die Zehenspitzen stellen. Wir sind nahezu unsichtbar füreinander, doch jeder von uns spürt die Nähe der anderen. Wir kauern uns in den hohlen Stämmen zusammen, nagen an bitteren Stückchen von der Rinde und warten darauf, daß etwas geschieht. Was das sein soll, wissen wir nicht.

Der hier ist schlimmer: Meine Großtante Frieda, die schon seit langem tot ist, taucht plötzlich wieder auf. Sie trägt immer noch ihre Kleider aus den Vierzigern, lange Faltenröcke und derbe Schuhe. Ich gehe nach Hause, um meinen Eltern das Problem zu schildern, und als meine Mutter mir die Tür öffnet, ist sie plötzlich so alt wie ich, mit dichtem, glänzendem Haar, rotem Lippenstift und einem Teint, den ich bei ihr nie für möglich gehalten hätte. Sie mustert mich, ohne zu wissen, wer ich bin. Bald ist klar, daß meine einundfünfzigjährige Mutter von dieser jüngeren Ausgabe ihrer selbst überwältigt worden ist. Noch klarer ist, daß die Jugendversionen meiner Eltern getötet werden müssen. Wir müssen sie in der Badewanne ertränken. Meine Aufgabe ist es, ihnen die Hände im Rücken zu fesseln, ihr Flehen um Gnade zu ignorieren und ihre Köpfe ins Wasser zu drücken, während sie immer heftiger zappeln, um an die Oberfläche kommen und nach Luft schnappen zu können.

In gewisser Weise hat Angelique natürlich recht. Meine Eltern haben einen Kredit aufgenommen, damit ich hier sein, müßig aus dem Fenster starren, Spanisch, amerikanische Geschichte, viktorianische Lyrik und Bowling studieren und an den Wochenenden in einer der umliegenden Bars ein Bier trinken kann. An den Tagen, an denen ich schlecht geschlafen habe – und die werden immer zahlreicher –, beschleicht mich öfter der Verdacht, daß ich anderer Leute Zeit vergeude. Zum Beispiel der Nachmittag, an dem ich im Englischkurs beim Vortragen von «My Last Duchess» vom Klang meiner eigenen Stimme so müde werde, daß ich einschlafe. Oder der Morgen, an dem unser Trainer mich beim Bowling darauf hinweist, daß ich nur noch zwei Kugeln in die Rinne setzen müsse, um das beste Ergebnis des Semesters zu erzielen. Da wir hier auf dem College sind, rufen meine Unaufmerksamkeiten keine Disziplinarmaßnahmen, sondern lediglich Besorgnis hervor. Das allein ist schon Grund genug zu bleiben, und in den Momenten, in denen das nicht reicht, brauche ich mir bloß die Alternativen vorzustellen: Ich könnte in einem Kleinstadtimbiß körbeweise bleiche Donuts in die Friteuse kippen und allein in einer Pension wohnen, oder ich könnte wieder bei meinen Eltern leben, mit meinem Vater bei Linders arbeiten und mit den jüngeren Verkäufern anbandeln. Hier auf dem College bin ich wesentlich besser aufgehoben.

Als ich mich bewarb, hat niemand damit gerechnet, daß ich angenommen würde. Ich schloß mich mit einem halben Dutzend Bewerbungsunterlagen in meinem Zimmer ein, fünf davon von Schulen, die mich laut Aussage des Studienberaters möglicherweise annehmen würden. Ich warf die fünf in den Müll und nahm mir die der einzigen Schule vor, die als «anspruchsvoll» galt. In dem Abschnitt, der für besondere Fähigkeiten, Preise und Auszeichnungen vorgesehen war, trug ich die Preise ein, die ich beim Golf gewonnen hatte. Ebenso in dem acht Zentimeter breiten weißen Kasten für «weitere Ehrungen». Dann konzentrierte ich mich auf den Aufsatz. Es ging um alles oder nichts – eine erfundene Mitgliedschaft im Kirchenchor würde mich nicht weiterbringen. «Warum meinen Sie, daß Sie von einem Collegeabschluß profitieren werden?» lautete die Frage auf dem Formular. Schnell ging ich im Geist die naheliegenden Antworten durch: 1. eine Collegeausbildung ist ein unschätzbarer Vorteil sowohl in intellektueller als auch in wirtschaftlicher Hinsicht; 2. eine Collegeausbildung ermöglicht es der Studentin, ihre Stärken zu entdecken und ihr menschliches Potential voll auszuschöpfen; und 3. – das ehrenvollste Argument – der Abschluß bietet nicht nur persönliche Vorteile, sondern gestattet es dem Abgänger, eine Stütze der Gesellschaft zu werden, bla bla bla. Ich verwarf alle drei Möglichkeiten, ignorierte die Fragestellung und schrieb einen kurzen Aufsatz über einen Wurf junge Kaninchen, den ich eines Aprilmorgens entdeckt hatte, als der Rasenmäher ihr Zuhause in der Wiese freilegte. Ich hatte an dem Tag ziemlich miese Laune, weil ich den Rasen mähen mußte, anstatt mit einer Freundin ins Kino zu gehen. Als die Klingen sich klappernd über dem Bau drehten, sprang die Kaninchenmutter aus dem Eingang und flitzte davon. In Sea Haven bekamen wir nur selten Kaninchen zu sehen; die hier mußten Nachkommen von einem entflohenen Haustier sein. Sofort fiel mir wieder die Regel mit den Rotkehlchen ein: Wenn du das Nest berührst, kommt die Mutter nicht zurück. Aber da hockten sie, es waren fünf, fast nackt, die Augen noch geschlossen, eng aneinandergekuschelt in ihrem grünen Bau. Ich griff hinein, wobei ich mich im stillen bei Gott entschuldigte. Zwei der Jungen öffneten ihre winzigen Mäulchen.

Geduldig wartete ich bis zum Abend und gab der Mutter so eine faire Chance, ihr Zuhause wieder in Besitz zu nehmen, doch sie kam nicht zurück. Die Kaninchen gehörten mir. Ich setzte sie in einen mit Gras gefüllten Schuhkarton, gab ihnen Salatblätter zu fressen und flößte ihnen mit einer Pipette zimmerwarme, verdünnte Milch ein. Eines von ihnen überlebte eine Woche. Die anderen wurden sehr bald steif und starben. Ich begrub sie in den Kartons von Müsli-Probierpackungen, jedes einzelne bedeckt mit einer Decke aus Wattebäuschen.

Ich baute in meinen Aufsatz keine moralische Schlußfolgerung ein und schrieb auch nicht, daß ich irgend etwas daraus gelernt hätte. Die Kaninchen starben, ich begrub sie, und damit hatte es sich. Im März bekam ich einen Anruf von der Vorsitzenden des Zulassungsausschusses. Sie wollte mehr über meinen Kaninchen-Aufsatz wissen. Ob ich beabsichtigt hätte, ihn in den Abschnitt über prägende Erlebnisse zu setzen? (Dort hatte ich das Geräusch des Meeres beschrieben.) Nein, hätte ich nicht. Nun ja, sie hätte auch nur mal fragen wollen. Es sei nur ungewöhnlich, weiter nichts. Ich sagte ihr, ich sei halt ein ungewöhnliches Mädchen. Als sie mich über die Warteliste annahmen, trug ich den Brief wie eine Zugfahrkarte mit mir herum. Bee, die inzwischen an einer Universität in Chicago Mathematik studierte, rief an, um mir zu gratulieren. Meine Eltern versuchten, sich ihre Verblüffung nicht anmerken zu lassen. Aber als wir meine Kleider, den großen Koffer und das Fahrrad ins Auto gestopft und nach dreieinhalb Stunden Fahrt an der Schule wieder ausgeladen hatten, sah man ihnen den Schock immer noch an. Sie lernten Gloria kennen, besichtigten den Buchladen, aßen im Speisesaal zu Mittag und verabschiedeten sich dann, wobei sie mir auf dem Parkplatz noch eine Dose Vanillewaffeln in die Hand drückten. «Es ist ein komisches Gefühl», hatte Bee gesagt, «wenn sie wegfahren.» War es tatsächlich. Sie öffneten die Wagentüren, winkten und stiegen ein. Angesichts der anderen Studenten, die Stereoanlagen und Kisten voller Bücher auf Skateboards hinter sich herzogen, dachte ich, was für ein Glück, daß in unserer Familie Gefühle nie offen gezeigt werden. Sie fuhren auf die Ausfahrt des Parkplatzes zu, mußten dort aber noch einen Moment warten, da sich die Wagen stauten. Ich stand neben dem Auto auf dem Gehweg, und wir lächelten uns an. «Das wär's dann wohl», sagte meine Mutter. Als Antwort schüttelte ich aus irgendeinem Grund die Keksdose auf und ab. «Schreib uns mal», sagte sie, als sie schließlich losfuhren. Ich dachte, ich hätte aufgehört, die Kekse zu schütteln, doch hin und wieder hörte ich sie in ihrer

Dose klappern, als wollten sie mich beruhigen, mir versichern, daß ich schon immer davon geträumt hätte, von zu Hause wegzukommen.

In der ersten Woche am College fühlte ich mich glücklich und frei. Gloria und ich hockten bis spätabends in unserem Zimmer und quatschten: Wir beide *wollten* eine ganze Menge – wir wußten, wir waren an einem Wendepunkt angekommen; dieser Lebensabschnitt würde darüber entscheiden, in welche Richtung wir gehen würden. Sie sagte etwas von Wirtschaftswissenschaften und New York. Ich sprach von Reisen. Beide erwähnten wir die Liebe, aber nur kurz und nebenbei: Aus *uns* würden wir etwas machen. Während wir uns unterhielten, räumte Gloria unser Zimmer um, einen quadratischen Raum aus Hohlblocksteinen. Da die Kommoden neben den Kleiderschränken direkt in die Wand eingebaut waren, blieben zum Umräumen nur zwei Betten und zwei Tische übrig. Gloria probierte jede nur mögliche Anordnung aus und entschloß sich schließlich, unsere Tische nebeneinander zu stellen (unter die eingebauten Regale), mein Bett ans Fenster zu schieben und ihres neben die Tür. Fast alle anderen auf dem Flur haben es genauso gemacht.

Der Flur ist Mikrokosmos und Zufluchtsort zugleich. Dadurch, daß wir so zusammengewürfelt worden sind, tritt jeder mit enormer Kraft in das Leben der anderen ein. Plötzlich als Erwachsene wahrgenommen, die sich nicht länger als «Mädchen» sondern als «Frauen» bezeichnen, stürzen wir uns in ebenso offene wie schmerzliche Gespräche, erklären uns den anderen und versuchen, ganze Lebensgeschichten in einem Tag zu erzählen. «Das sind die Dinge, die ihr über mich wissen müßt», scheinen wir zu sagen. «Das ist die Welt, in der ich mich bewegt habe. Hier ist eine Liste mit den Leuten, die mir wichtig sind. Und hier sind die, die gemein zu mir waren. Dies sind die Gründe, warum ich meinen Bruder hasse/meine Schwester beneide/nie wieder mit meinem Vater reden werde.» Wir alle sind und suchen Ersatzfiguren, wir schütten diese Kurzfassung unserer Gefühlsgeschichte aus, telegrafieren HIER BIN ICH, KOMM NÄHER und gehen die Gesichter der Zuhörer durch, auf der Suche nach möglichen Vertrauten und Freunden.

Auf unserem Flur haben wir von allem etwas: ein musikalisches Naturtalent, ein Genie, ein Muttertier, ein Baby, eine Dorfidiotin, eine Nutte, eine Säuferin und ein paar leicht Verrückte. Psychologisch gesehen bilden wir eine eigene kleine Welt, mit Armen und Reichen, Ehrgeizigen und Faulen, mit Bäckerin, Sekretärin, Professorin, Anwältin und Priesterin. Nähe verführt zu Offenheit, und Offenheit führt zu Intimität. Hier sind meine Träume ganz nützlich. Sie machen mich interessant und ungewöhnlich, ich zaubere sie in Gesprächen hervor wie das berühmte Kaninchen aus dem Hut. «Ah, ich hab's, das hat was mit Kastration zu tun», meint Vivian, als ich ihr von meinem «Operations»-Traum erzähle. (Sie tut so, als wäre sie es gewohnt, Wörter wie «Kastration» laut auszusprechen.) «Nein», widerspricht Lynne. «Das Schwert ist mächtiger als die Zunge.»

Zunächst lasse ich mir nicht anmerken, daß der Traum nicht nur schick ist, sondern mir wirklich angst macht. Aber so nach und nach kriegen die anderen es mit, wenn ich im Schlaf laut schreie und nachts im Flur herumwandele. Sobald ich in Hörweite bin, sprechen sie weniger über Träume. Mehr als alles andere fürchte ich mich vor den Metamorphosen des Traums. Schon die winzigsten Veränderungen sind Horror für mich: ein Stuhl, der woanders steht, das unerwartete Auftauchen eines anderen Patienten oder ein blutgetränktes Tuch in der Hand meines Vaters. Damit ich den Traum verkraften kann, muß er gleichbleiben. Eines Morgens, als ich gegen fünf zitternd und tränenüberströmt aus diesem anderen Land zurückkehre, beschließe ich, den Tag zu beginnen. Ich ziehe meinen Bademantel an und gehe zum Waschraum, erfreut zu hören, daß er schon benutzt wird, wenn auch von einer Frau namens Marjorie, die ich nicht besonders gut kenne. Sie beugt sich in einem gelbgestreiften Morgenmantel über das Waschbecken und spritzt sich Wasser ins Gesicht. Auf der Ablage steht ein kleiner, wohlsortierter Blechbehälter mit Shampoo, Seife, Zahnbürste, Fön, Kamm und Bürste. Während sie sich die Zähne putzt, erzähle ich ihr die neueste Version meines Traums. Ich lasse nichts aus, nicht einmal die scheußlichsten Einzelheiten. «Das Schlimmste daran ist», erkläre ich ihr, während sie sich, die Nase an den Spiegel gedrückt, die Zähne mit Zahnseide reinigt, «daß ich am Anfang weiß, daß ich träume, aber trotzdem nicht aufhören kann. Es ist, als wenn du einen Horrorfilm guckst und nicht wegsehen kannst.» Ich bin stolz auf mich, fühle mich erwachsen, durch die Beichte gereinigt, nachdenklich und aufrichtig. Bestimmt wird Marjorie nun über meinen Bericht staunen, mir ihre Verwunderung und ihr Mitgefühl ausdrücken und mir ihrerseits etwas über sich erzählen.

Marjorie reinigt sich die Ohren mit einem Q-Tip. Nicht eine einzige Öffnung ist ihrem Reinigungsdrang entgangen. «Du hast sie ja nicht alle», sagt sie. Später kriege ich mit, daß sie schon im vierten Semester ist. Gloria sagt, sie hätte einen Wasserkopf.

Die für uns zuständige Psychologin, Mrs. Randall, ist in den Fünfzigern, trägt ihr graues Haar wie einen Helm und hat eine übergroße Nase. Sie lächelt beruhigend und wischt eingebildete Staubkörnchen von ihrem glänzenden Schreibtisch. «Wissen Sie, das College bietet Seminare an, um seinen Studenten zu helfen, sich an das Leben fern von Zuhause zu gewöhnen.»

Ich weiß, welche Seminare sie meint – wöchentliche Sitzungen unter dem Motto «Wie füge ich mich in eine Gruppe ein» oder «Wie finde ich Freunde». Die Teilnehmer leihen sich gegenseitig ihre Taschentücher und reden über Akne und Abstinenz. «Mir gefällt das Leben fern von zu Hause sehr gut», entgegne ich wahrheitsgemäß.

Schweigen. Vermutlich wartet Mrs. Randall auf ein Stichwort. «Ich meine, hier zu leben ist prima. Es sind nur die Träume.»

Mrs. Randall lehnt sich in ihrem Stuhl zurück. Sie sagt – wie schon letzte Woche –, daß Träume dazu dienen, Gefühle, Wahrnehmungen und Erfahrungen zu verarbeiten. «Wir träumen häufiger, wenn wir jung sind oder unter Druck stehen, oder wenn wir etwas Ungewohntes durchmachen.» Ich habe eine Woche gebraucht, um zu begreifen, daß ich Mrs. Randalls Lieblingsfall bin: Die meisten ihrer Patienten haben Heimweh, sind unglücklich verliebt oder entdecken zum ersten Mal ihre sexuellen Neigungen. Ich habe so eine Ahnung, daß sie in unseren Sitzungen gerne weiter gehen würde, als es ihr Diplom in Sozialarbeit zuläßt – ich sehe sie förmlich vor mir, wie sie ein Pendel an einer Kette schwingt, das Licht dämpft und in ihrem Ledersessel ein Mantra summt. Sie fragt mich, ob meine Eltern von den Träumen und unseren Sitzungen wissen.

«Um Gottes willen, nein.» In einem Brief an Bee hatte ich erwähnt, ich hätte dauernd Alpträume und daher einen Termin ausgemacht, um «mit jemandem zu reden», mehr nicht. Bee schrieb zurück – auf einem Blatt Papier, das mit Zahlen und Zeichen vollgekritzelt war –, daß Träume etwas sehr Gutes seien. Sie klang in letzter Zeit weniger selbstsicher, eher niedergedrückt. «Wir hatten keine glückliche Kindheit», schrieb sie. «Wir hätten uns gegenseitig helfen können, aber wir wußten nicht wie.» Ihre Briefe hatten den früheren Glanz verloren.

«Wie oft hatten Sie in der vergangenen Woche Alpträume?»

Ich rutsche auf meinem Stuhl herum. Mit seinen Usambaraveilchen und Sesseln und Zeitschriften soll Mrs. Randalls Büro wie ein Wohnzimmer aussehen, aber ich ertappe mich immer wieder dabei, wie ich nach dem Spionspiegel suche, dem Beobachtungsfenster, hinter dem in einem Nebenraum ein Team von eifrigen Wissenschaftlern sitzt und mitschreibt. «Vielleicht dreimal.»

«Haben Sie sie aufgeschrieben?» Mrs. Randall vertritt die Ansicht, daß ein Tagebuch bereits die halbe Medizin für alles ist. Aber ich brauche meine Träume nicht schwarz auf weiß zu notieren, sie sind bereits gedruckt – ein Buch der Alpträume folgt mir, wo immer ich hingehe. Ich schüttele den Kopf.

«Ich denke, das könnte nicht schaden», sagt sie, kurz angebunden. «Können Sie mir sagen, ob sie ebenso, äh, beunruhigend oder schlimm waren wie die letzten?»

«Sie lassen sich nicht so einfach einstufen. Von allen werde ich wach. Träumen Sie nie?»

Mrs. Randall lächelt, dann wird sie schroff. «Was muß Ihrer Meinung nach passieren, damit diese Träume Ihnen nichts mehr ausmachen? Damit sie Ihnen nicht länger den Schlaf rauben?»

Bei solchen Fragen versuche ich mir nicht wie in einer Quizsendung vorzukommen, bei der es um die Lösung von Rätseln und Wissensaufgaben geht: «Wenn zwei Gänse alle vier Tage sieben Pfund goldene Eier legen, wie viele Barren müssen sie dann pro Jahr zu sich nehmen?» Es gibt einen Trick, um die richtige Antwort zu finden, ich weiß nur nicht, wie der geht.

«Es ist eine schwierige Frage», sagt Mrs. Randall mit ernstem Gesicht.

«Ich hätte wohl in eine andere Familie geboren werden müssen. Meinen Sie so was in der Art?»

Mrs. Randall sagt mir beim Hinausgehen, ich solle einen neuen Termin ausmachen.

Die meisten Leute auf dem Campus, denen es schwerfällt, «sich einzugewöhnen», wie das so schön heißt, suchen Trost und Unterstützung in ihrem früheren Leben und verbringen ganze Nachmittage in der Poststelle. Wenn sie ihre Postfächer aufmachen, kann man an ihren Gesichtern ablesen, ob sie Neuigkeiten von zu Hause bekommen haben. Sie zerren die bunten Zettel mit Einladungen zu Vorträgen, Gottesdiensten, Tanzabenden, Versammlungen und Clubs heraus und greifen dann noch mal hinein, in der Hoffnung, doch noch den schlichten weißen Umschlag mit Briefmarke zu finden. Wenn sie nach hastigem Umhertasten fündig werden, schlurfen sie in eine ruhige Ecke, wobei sie auf dem Weg dorthin ständig in andere hineinlaufen.

Lieber Kim. Mein lieber Sohn. Meine liebe Enkelin. Hier hast Du ein Bild, einen Scheck, eine Dose mit Haferkeksen, ein paar Neuigkeiten von zu Hause.

Tante Carol ist gestorben. Die Wilsons sind umgezogen. Jimmy wohnt jetzt in Deinem Zimmer. Nancy Napperstick hat geheiratet. Die Dachrinnen am Haus sind voller Löcher. Zum Abendessen gab es Hackbraten, er war angebrannt. Die Rosen zurückgeschnitten. Das Meerschweinchen begraben. Es hat geschneit, ungefähr einen Zentimeter pro Stunde ...

Zweimal am Tag durchquere ich den Postraum, einmal um Viertel nach zehn, auf dem Weg zum Bowling, und dann nach dem Englisch- beziehungsweise Spanischunterricht um fünf nach drei. Ich bekomme nicht viele persönliche Briefe. Bee schreibt ein- bis zweimal pro Monat. Meine Mutter schickt mir sporadisch Zeitungsausschnitte und sonstige Nachrichten, von Kurzinfos über die Strandpromenade bis zu langatmigen Artikeln über den Bau eines Museums in East Orange – eklektische Aufzeichnungen, über die ich mich beschwere, mich aber dennoch freue. Sie berichtet, daß ihr die Arbeit – wieder ein Bürojob, der so gut wie keine Anforderungen an die Intelligenz stellt – Spaß macht, und sie schließt jeden Brief mit der Feststellung, daß man auf sehr unterschiedliche Weise lernen kann. Seltsamerweise ist ausgerechnet mein Vater mein wirklicher Briefpartner. Er schreibt mir zweimal pro Woche auf dem Geschäftspapier von Linders. Manchmal tippt er die Briefe selbst – das sehe ich an den Fehlern – in seiner Mittagspause auf einer alten Schreibmaschine. Meistens jedoch tippt die Sekretärin, Carol Massey, sie vom Diktiergerät ab, dann steht ein *clr* ganz unten auf der Seite.

«Ziemlich ungewöhnlich», sagt Gloria, höflich wie sie ist, als ich ihr Carols Zeichen zeige. Gloria und ich lesen uns unsere Briefe manchmal gegenseitig vor, sie bekommt allerdings wesentlich mehr als ich. Sie hat ihre Eltern, eine Großmutter, die sie abgöttisch liebt, zwei Brieffreundinnen und drei jüngere Brüder, die ihr jede Woche liebevolle Briefe schicken. Die Zeichnungen des jüngsten Bruders hängen an ihrer Schranktür.

«Kann schon sein.»

«Ich meine, daß heißt, daß sie jemand schon vor dir gelesen hat», betont Gloria.

Ich schaue auf die Briefe, die sie aufgefächert wie Spielkarten in der Hand hält. «Früher hat er seine eigene Sekretärin gehabt. Aber jetzt muß er sich eine mit jemandem teilen. Wenn er so etwas öfter macht, kriegt er Schwierigkeiten. Du hast nicht zufällig ein Päckchen bekommen?» Glorias Mutter hat eine Bäckerei.

«Freitag vielleicht. Was schreibt dein Vater?»

«Keine Ahnung.» Seit einer halben Stunde halte ich

den geöffneten Brief in meiner Hand, aber ich habe keine Lust, ihn zu lesen. Seinen letzten Brief hat er mit Neuigkeiten von Linders, mit Verkaufszahlen, Gehältern und ähnlichem Zeug begonnen, um dann die Geschichte von seinem Onkel Karl zu erzählen, der mit siebzehn aus Deutschland eingewandert war, in Secausus ein Schuhgeschäft eröffnet, schließlich beim Börsenkrach alles verloren und sich umgebracht hatte. Das sollte wohl eine Lektion sein, aber die Moral von der Geschichte war mir entgangen. Jetzt starre ich meistens nervös auf seine Briefe, anstatt sie zu lesen. Manchmal trage ich sie mit mir herum und werfe sie dann ungelesen weg. Und manchmal lege ich sie auf meinen Tisch und bitte Gloria, sie für mich zu lesen.

«Der hier ist wirklich schön», sagt sie dann jedesmal. «Komm schon, lies ihn. Er ist ziemlich ausgefallen, aber nett.»

«Mir wär's lieber, wenn du mir in Kurzform erzählen würdest, was drinsteht.» Ich beobachte die Frisbees, die wie winzige bunte Raumschiffe über das Rasenstück segeln.

Gloria seufzt. «Ja klar, und demnächst antworte ich dann auch noch für dich.»

Gloria ist die beste Freundin, die ich je hatte.

Hier ist eine weitere Variante des Traums. Meine Mutter stolpert einen lichtdurchfluteten Krankenhausflur entlang, die Sonne kommt von hinten, so daß ihr Gesicht im Dunkeln liegt. In langsamen, ungeschickten Bewegungen läuft sie auf den Stuhl zu, in dem mein Vater sitzt. In dem Moment, in dem sie bei ihm ankommt, merke ich, daß ich neben ihm stehe und ein meterlanges Stück Papier in der Hand halte. Während ich es ansehe, wird es immer länger, es wickelt sich unaufhaltsam ab, wie eine durchgedrehte automatische Schriftrolle.

Ohne zu lesen, wissen wir alle, was es ist: die Zustimmung zu der Operation, mit meiner Unterschrift in tausend verschiedenen Schriften und Größen, mal in mehrere Zentimeter großen Blockbuchstaben, mal klein und zierlich in Schönschrift. Meine Mutter weigert sich, mich zu berühren. Ich versuche ihr zu erklären, daß ich mich nicht daran erinnern kann, unterschrieben zu haben. Ich kann es einfach nicht gewesen sein! Wie hätte ich meinen Namen in so vielen unterschiedlichen Schriften schreiben sollen? Während ich rede, verheddern sich meine Hände immer mehr in dem Papier, das ohrenbetäubend raschelt und meine Erklärungen und flehentlichen Bitten übertönt. Meine Mutter zieht meinen Vater an sich, und sein Kopf fällt traurig gegen ihre Brust, während das Papier um mich herum ansteigt und mich allmählich unter sich begräbt. Ich verliere sie aus dem Blick, als sie sich langsam den Flur hinunter bewegen.

Schwer atmend knipse ich das Licht an. Gloria ist nicht da, sie verbringt ein paar Stunden oder auch die ganze Nacht bei ihrem neuen Freund, einem Trompeter namens George, der im ersten Studienjahr ist. Die nächsten vier Stunden sitze ich bei angeschaltetem Licht aufrecht im Bett, trinke Kaffee und schlinge tütenweise Karamelbonbons in mich hinein.

Als Gloria schläfrig und mit gelockerten Gliedern zurückkommt, hat mein Blutzuckerspiegel ein Rekordniveau erreicht. Das Bett quillt über vor Bonbonpapier, und meine Zähne sirren fast von der Zuckerattacke.

«Das geht so nicht weiter», sagt sie und steigt ins Bett.

Ich erwidere, daß es mir gutgeht. Ich bin froh, daß sie da ist.

«Vergiß die Spanischklausur nicht», sagt sie noch und schläft fast augenblicklich ein, gleitet dankbar und vertrauensvoll in ihre Träume hinüber.

Mit dieser Ermahnung hat sie mir einen echten Gefallen getan: Bis zum Frühstück um acht bin ich beschäftigt.

Die Klausur läuft nicht besonders gut. Schon bevor unser Dozent, Dr. Boom, die drei Aufgaben an die Tafel geschrieben hat, schlafe ich ein. Die Ringe unter meinen Augen sind dunkel wie die Zeichnung eines Waschbären. Dr. Boom (eigentlich heißt er Professor Montoya, aber alle nennen ihn Dr. Boom, weil sein Spezialgebiet der «Boom» lateinamerikanischer Literatur in den sechziger Jahren ist) ist ein untersetzter Argentinier mit engen schwarzen Jeans, Lederschlips und Tweedjackett. Seine Seminare, wie dieses mit dem Titel «Varianten der Realität», sind immer gut besucht. Er stupst mich, durchaus nicht unfreundlich, am Arm und zeigt zur Tafel. Die erste Aufgabe lautet: «Erläutern Sie das Identitäts-Konzept und die Verwendung von Masken im Werk von Octavio Paz und stellen Sie einen Bezug zu den Erzählungen von Carlos Fuentes her.»

Obwohl ich ihm selbst gesagt habe, daß ich nur etwa die Hälfte der von ihm angegebenen Titel lese und meine Referate in einer Stunde runterschreibe, habe ich bei Dr. Boom einen Stein im Brett. Während die anderen sich bei den Diskussionen im Unterricht am Kopf kratzen und versuchen, sich darüber klarzuwerden, ob die Figuren im Roman tot oder lebendig sind und ob sie überhaupt je existiert haben, konzentrieren Dr. Boom und ich uns auf die Details. Er geht im Raum auf und ab, fährt sich mit den Fingern über den Bart und sagt *«curioso»*, wenn etwas sein Interesse weckt. Jetzt deutet er auf die obere rechte Ecke meiner unbeschriebenen Seite. «Ihr Name. Hierhin.» Ich schreibe ihn hin. «Gut. *Buenísimo.*» Er lächelt.

Als er mich zum zweiten Mal weckt, sehe ich, daß ich eine halbe Seite geschrieben habe, allerdings ist nicht klar, zu welcher Aufgabe. Als er mich das dritte und letzte Mal weckt, bin ich kurz davor, wieder in den Alptraum einzutauchen, und fühle mich, als würde ich gegen meinen Willen eine schwere Tür aufdrücken. Ich habe Angst und bin dankbar für den Stupser am Hinterkopf. Wie ich sehe, haben die anderen Studenten den Raum bereits verlassen.

«Sind Sie krank?» fragt er mit einem Blick auf die Seite vor mir.

«Müde.»

Er überlegt einen Moment. «Noch eine Chance, nächste Woche.» Er nimmt mein Blatt und zerreißt es. «Andere Aufgaben. Ist das fair?»

«Gracias», sage ich.

Einmal kommt der Traum tagsüber, als ich das Gefühl habe, wach zu sein. Von da an bin ich auf der Hut – wenn ich schlafe, lasse ich das Radio neben meinem Bett leise laufen, und nach zehn lese ich nur noch eintönige, harmlose Sachen. Dennoch spüre ich eines Nachts, wie ich falle, in den Traum hineingleite wie in einen Handschuh. Ich lande auf dem Flur des Krankenhauses, aber dort ist niemand. Ich schaue in jedes Zimmer und in die Eingangshalle (mittlerweile kenne ich mich in den Räumlichkeiten des Traums aus, ich bewege mich in ihm wie auf einer leeren Bühne), mein Herz schlägt mir in angstvoller Erwartung bis zum Hals, doch mein Vater scheint entlassen worden zu sein. Ich gehe in einen Waschraum auf dem Flur und vergrabe mein Gesicht müde und erschöpft in den Handtüchern. Ich werfe mir einen Kittel über, bevor ich hinausgehe, und auf dem Flur stehen einige Ärzte. Wir unterhalten uns eine Weile. Dann gehen wir durch eine Reihe von Schwingtüren, ziehen uns Handschuhe über, bedecken die Haare mit einem grünen Haarnetz und unsere Münder mit Masken, und kurz darauf stehen wir an dem Tisch, auf dem mein Vater rücklings liegt, voller Entsetzen den Kopf schüttelt und das Messer in meiner Hand genau in dem Augenblick wahrnimmt, als die Narkose zu wirken beginnt. Das ist der einzige Traum, aus dem ich aufwache, bevor er zu Ende ist.

Gloria meint, ich bräuchte einen besseren Psychiater. Angelique meint, ich bräuchte eine Behandlung mit Elektroschock. Mrs. Randall meint, immer wiederkehrende Angstträume seien ein Zeichen für seelische Probleme, die dringend gelöst werden müßten. «Wie viele Stunden haben Sie letzte Nacht geschlafen?» Sie sieht mich streng an.

«Letzte Nacht? Da habe ich meine Lektüre nachgeholt.» Ich achte darauf, mich nicht mit dem Rücken am Stuhl anzulehnen. Schlaf droht mich zu überschwemmen wie eine Flut, bei der ich verzweifelt das Gesicht über Wasser zu halten versuche.

«Haben Sie in der Nacht davor geschlafen? Jane, Sie sehen furchtbar aus. Sie sind nicht glücklich.» Sie spricht gerne Sachen aus, von denen sie meint, ich sei noch nicht selbst drauf gekommen.

Ich sage ihr, daß ich nicht die Absicht habe, von einem Felsen zu springen. «Abgesehen von dem Schlafmangel geht's mir gut. Wenn meine Zimmergenossin da ist, kann ich mich besser entspannen.»

«Ihre Zimmergenossin habe ich kennengelernt.» Mrs. Randall seufzt. «Sie ist hergekommen, um mir zu sagen, daß sie sich Sorgen macht. Sie sagte, Sie wären im Englischunterricht schon wieder eingeschlafen.»

«Ach das.» Ich werde mit Gloria reden müssen, von wegen Tratscherei.

«Wenn es Ihnen nicht bald wesentlich bessergeht, würde ich Ihnen empfehlen, nach Hause zurückzukehren. Vielleicht wollen Ihnen diese Träume sagen, daß Sie sich unsicher, ja sogar schuldig fühlen, weil Sie hier sind.

Sie haben die Familienbande durchtrennt.» Diese Interpretation serviert sie mir, als wäre es etwas völlig Neues.

«Ich gehe nicht nach Hause zurück. Das letzte, was ich jetzt brauche, ist mehr Freizeit.»

«Sie sehen erschöpft aus, Jane.» Offensichtlich fragt sie sich, ob ich noch ihrer Zuständigkeit unterliege.

Ich sage ihr, daß ich zeitig gehen muß, weil ich eine Klausur über spanische Literatur nachschreibe.

«In Ihrem Zustand können Sie doch keine Klausur schreiben.»

«Doch, kann ich.»

Aber diesmal irre ich mich.

«Zuviel zu tun?» Dr. Boom teilt seinen Bart mit dem Finger. Wir sitzen uns in seinem Büro im Erdgeschoß an einem metallenen Schreibtisch gegenüber. An der Wand hängt ein gerahmtes Bild von einer Frau und zwei kleinen Kindern.

«Ich schlafe momentan ziemlich schlecht.»

Er meint, ich sollte vielleicht mal mit einem Psychologen reden.

«Gute Idee. Hab ich schon gemacht.»

Wir sitzen schweigend da. Dann fange ich zu unserer beider Überraschung an zu weinen. Anfangs bin ich mir gar nicht so sicher, daß ich weine, obwohl mir Tränen aus den Augen laufen, weil es so unerwartet kommt. Ich bin nicht darauf vorbereitet und weiß nicht, wann ich wieder aufhören werde. Ich sehe Dr. Boom in grenzenloser Verwirrung an, was er als grenzenlose Verzweiflung interpretiert. *«Dios, Dios, Dios, Dios, Dios»*, murmelt er und sucht in den Schubladen nach einem Taschentuch. Da er keines findet, läuft er zur Tür hinaus und den Flur hinunter und kommt mit einem Päckchen Papiertaschentücher zurück, das ihm irgend jemand gegeben hat. Ich putze mir die Nase.

Während ich mich ausheule, gibt er vor, etwas in seinen Unterlagen zu suchen. Er schiebt mir einen Prospekt in die Hand: «In Mexiko studieren.» «Eigentlich ist die Bewerbungsfrist gestern abgelaufen. Und eigentlich würde ich Sie lieber nach Buenos Aires schicken. Aber vielleicht ist das hier besser als gar nichts?»

Ich stelle mir eine offene wüstenähnliche Landschaft vor, weit weg vom Meer.

«Die anderen Studenten werden Sie nicht kennen. Die meisten kommen von der Universität. Meinen Sie, Sie hätten Lust dazu?»

Zwei weitere Sitzungen mit Mrs. Randall reichen, damit sie ihre Zustimmung gibt.

Meine Eltern unterrichte ich auf einer kurzen, aber optimistischen Karte von meinen Plänen, wobei ich die Kostenfrage hervorhebe (billiger als ein normales College-Semester, und ich nehme den Bus, um die Reisekosten so niedrig wie möglich zu halten) und auf die vielen Studienvorteile sowie den Erfahrungsgewinn hinweise. (Ich weiß, daß meine Mutter vor allem auf letzteres großen Wert legt.) Auf meinem Weg zum Bowling werfe ich sie gelassen in den Briefkasten.

Noch in derselben Woche schickt mir meine Mutter einen Artikel aus der *Los Angeles Times* (weiß der Himmel, wo sie die her hat) über Architektinnen – ich habe keine Ahnung, was sie mir damit sagen will. Unten auf der Seite steht in ihrer krakeligen Schrift «Glückwunsch!» Von meinem Vater höre ich erst mal nichts. Dann kommt es. Ich bin leichtsinnig geworden, weil ich mich daran gewöhnt habe, daß Gloria meine Post vorher durchsieht. Ich reiße eine Telefonrechnung auf, überfliege die Einladung zu einer Kundgebung zugunsten der Entflechtung von industriellen und universitäten Interessen und halte plötzlich einen Brief in der Hand.

Liebe Jane,
habe ich Dir mal von meinem Vetter Ben erzählt? Er war schon tot, als Du geboren wurdest. Ihr habt euch nie kennengelernt. Einmal hat Ben einen Backstein aus einem Fenster im ersten Stock geworfen und mich damit am Kopf getroffen. Ich war acht Jahre alt. Daher kommt die Narbe an meiner linken Schläfe, nach der Du mich nie gefragt hast. Ich erinnere mich an die Geschichte, weil mir die Haare ausgehen und man die Narbe jetzt mehr sieht. Vielleicht wußtest Du nicht, daß ich sie habe.

Dann folgen die Verkaufszahlen von Linders aus den Monaten September und Oktober. Wir haben den dritten Dezember.

Nun gehst Du also nach Mexiko. Ich hatte nicht damit gerechnet, daß Du Deine Zeit auf dem College auf diese Art nutzen würdest, aber schließlich ist es Deine Zeit, und Du wirst schon wissen, was Du tust. Wir beide sind zu alt dazu. Was Deine Mutter angeht, so würde sie ihre Kinder selbst noch dazu ermuntern, sich in einem aufblasbaren Gummiring den Nil hinunter treiben zu lassen, einfach weil sie selbst keine Gelegenheit dazu hatte. Wie Du weißt, ist sie eine merkwürdige Frau. Ich bin mir nicht sicher, was uns beiden noch bleibt. Obwohl ich sie immer geliebt habe, hat sie mich nie verstanden und auch nicht, daß manche Erfahrungen es nicht wert sind, gemacht zu werden. Genieß die Zeit so gut wie möglich, wenn es das ist, was Du von mir hören willst. Ich nehme an, sie werden Dir das Golftraining des ganzen ersten Jahres nicht anrechnen.

Ich lasse meinen Rucksack auf dem Boden stehen und gehe wie ein Roboter zu unserem Wohntrakt, schließe ohne anzuklopfen und trotz des gelben Zettels, unseres Codes, die Tür auf, und finde Gloria mit George im Bett vor. Sie schlafen, George mit dem Gesicht zur Wand. Sie sehen ruhig und friedlich aus. Gloria öffnet langsam ein Auge und sieht mich mit einem weißen Papier und einem zerrissenen Umschlag in der Hand dastehen. Sie zieht ihre Decke bis zum Hals. «Was sie sagen, ist jetzt nicht mehr wichtig.» George gibt eine Art Schnarchton von sich. Als sie meinen verstörten Gesichtsausdruck sieht, zieht sie schläfrig den einen Arm unter der Decke hervor und nimmt meine Hand. «Geh. *Adios*. Du bist schon längst weg.»

Über Weihnachten verbringe ich ein paar Tage in Sea Haven, wo meine Mutter mich wegen einer Erkältung auf Abstand hält. Niesend und Zitronenbonbons lutschend bringt sie mich nach Atlantic City zum Bus, wo sie mir zwei Sandwiches mit Geflügelsalat und ein Bündel Zehn-Dollar-Scheine gibt. «Sieh dir alles genau an», sagt sie und nimmt meine Hand, als wolle sie sie schütteln. «Schreib, wenn du dazu kommst.»

Überraschend sage ich zu ihr: «Paß auf Dad auf.»

Sie grinst und drückt ihr Gesicht an meins. Ich bin kräftiger als sie und seit neuestem auch größer, so daß ich sie schließlich auf die Schläfe küsse. Sie duftet wunderbar, zart und exotisch wie eine Gewürznelke. Eigentlich will ich sie noch fragen, ob sie mich vermissen wird, doch der Busfahrer ruft, und sie fängt an zu husten, also lasse ich es sein. Als der Bus losfährt, sehe ich ihr Gesicht in Einzelteilen: erst ihren großen Mund mit den schmalen Lippen, als nächstes die runden karamelbraunen Augen, die den Leuten immer auffallen, dann ihre hübschen hervorstehenden Wangenknochen und schließlich die zierliche Nase. Es ist ein kompliziertes Gesicht, eines, das man nur schwer zusammensetzen kann. Sie winkt mit ihrer schlanken Hand, ihren schmalen Fingern, bis ich sie nicht mehr sehen kann. Trotz ihrer Erkältung habe ich ihr nicht gesagt, daß sie auf sich selbst aufpassen soll.

Zweieinhalb Tage verbringe ich auf dem grünen Kunststoffsitz, wasche mich an Busbahnhöfen über rostigen Waschbecken, esse Äpfel mit Druckstellen, abgepackte Kuchen und Kartoffelchips und schaue mir die vorbeiziehende Landschaft an. Wundersamerweise schlafe ich den ganzen Weg bis Mexiko ausgezeichnet, obwohl die übrigen Reisenden erschöpft und angeschlagen aussehen. Nur einmal träume ich. In dem Traum steht das Ende der Welt bevor. Die Städte sind überflutet, das einzige, auf dem man noch stehen kann, ist ein vergammelter Holzsteg, und wir rechnen jeden Moment mit einer Flutwelle. Sie wird uns überrollen, und das war's dann. Ganze Familien stehen auf dem Holzsteg, einige mit Ferngläsern, andere schirmen ihre Augen mit der Hand gegen die Sonne ab. Mein Vater läuft auf und ab, eher neugierig und erwartungsvoll als alarmiert, er ist beinahe glücklich, kann das große Ereignis kaum erwarten. Im Wasser, das das Ende des Holzstegs zu unseren Füßen umspült, paddelt ein Tiefseetaucher in der typischen Ausrüstung der Jahrhundertwende, komplett bis hin zu einem Metallhelm mit einer kleinen Gittertür. In seiner behandschuhten Hand hält er eine Liste mit den Namen derjenigen, die überleben werden. Ich dränge meinen Vater, mit ihm zu sprechen und uns zu retten. «Bring ihn dazu, uns auf die Liste zu setzen», flüstere ich ihm mit zusammengebissenen Zähnen zu. Doch meinen Vater interessiert unsere Rettung nicht besonders. Gemütlich schlendert er zu dem Taucher und fragt ihn in einem Ton, in dem man um Ketchup für seinen Hamburger bitten würde: «Hätten Sie wohl noch Platz auf Ihrer Liste für einen alten Kerl und sein Kind?» Der Taucher überfliegt seine Liste einmal und wendet sich dann ab.

Als ich aufwache, fühle ich mich traurig, aber gestärkt, und schlafe wieder ein.

Bei Sonnenaufgang erreichen wir Monterrey, und nach einer weiteren halben Stunde sind wir in Saltillo, einem Ort mit ein- und zweistöckigen weißen Häusern und einem kleinen Platz in der Mitte, der von üppigen Palmen gesäumt ist. Das Treffen mit meiner mexikanischen Familie ist locker und unkompliziert – Mutter und Vater, die nicht wesentlich älter aussehen als ich, und drei kleine Kinder, zwei davon mit winzigen Goldringen im Ohr.

In den darauffolgenden Wochen lerne ich vom Dienstmädchen, wie man Tortillas macht. Ab und zu passe ich auf die Kleinen auf – Arturo, Dorotea und Claribel –, die über meinen Akzent und meine Wanderschuhe lachen. Ich laufe schamlos mit bloßen Armen draußen in der Sonne herum. Alle sagen mir, mein Spanisch sei besser geworden. Ich schreibe Postkarten an Gloria, wünsche ihr darin viel Glück mit Angelique und erzähle ihr Geschichten über Cortez und Tenochtitlán. Ich beschreibe ihr die Gewalt, die noch schlagenden Herzen, die oben auf der Spitze der Pyramiden herausgerissen wurden, die bärtigen Götter, die in der Gestalt von Spaniern erschienen, und die Betrügereien der goldgierigen Dolmetscher. Ich berichte ihr von dem Mann neben der Schnellstraße bei Linares, der ein echtes Holzkreuz auf den Schultern herumschleppt und Levis und eine Dornenkrone trägt. Ich beschreibe ihr die Frau, die ihre Blusen in einem öffentlichen Brunnen im Park wäscht, und den Aussätzigen, der mit einer alten Cola-Dose betteln geht. Ich gehe den anderen amerikanischen Studenten aus dem Weg und unternehme an den Wochenenden Ausflüge auf eigene Faust, sehe mir Hahnenkämpfe an, Bars und einmal sogar, per Zufall, ein Begräbnis in einer kleinen, verlassenen Stadt.

Ich verliebe mich regelrecht in die mexikanischen Kirchen, ihre Kühle, die kalkweißen Wände, ihre farbenfrohen Heiligen, die wie stumme Puppen dastehen. In jeder Stadt, die ich besichtige, entdecke ich in den Kirchen etwas Neues: eine Reihe von Frauenzöpfen, die mit weißen Bändern zusammengebunden und als Opfergabe an den Wänden aufgehängt sind, einen aus Gemüse gebastelten Christus, der allmählich vergammelt, und einen Wunschbrunnen aus Pappmaché, der mit orthopädischen Kinderschuhen gefüllt ist. Die Allgegenwart des Glaubens ist überwältigend. Ich schwelge darin und staune über solch ungebrochene Einigkeit in bezug auf Höheres.

Bei einem dieser Wochenendtrips wache ich in einem Billig-Hotel auf, wo ich meine Tür verbarrikadiert und in einem Laken geschlafen habe, das ich stets im Rucksack mit mir herumtrage. Ich ziehe meinen großen, neutralen Overall und die Wanderschuhe an, stecke mein Geld unter das Hemd und gehe nach unten, zu meinem Frühstück aus Spiegeleiern, Schokoladencreme und Brot. Obwohl ich merke, daß ich auffalle, fühle ich mich stark und unverwundbar. Ich zahle siebzig Cent für das Essen und frage den Jungen an der Kasse, wie ich zu der touristischen Hauptattraktion der Gegend komme, einer alten Kapelle. *«Capilla de Huesos»* – ich muß es zweimal sagen. Der Junge zeigt mir den Weg, und sämtliche Besucher des Restaurants starren mir nach, als ich mich aufmache.

Ich überquere eine unbefestigte Straße und biege links ab, vorbei an ein paar Männern, die Hufeisen werfen, und einem Mädchen in Grün, das einen Hahn durch den Staub jagt. Nach ein paar weiteren Abbiegungen, immer an einer niedrigen Lehmwand entlang, habe ich das Gefühl, daß ich mich verlaufen habe, doch plötzlich stehe ich vor der Tür der Kapelle. Der Reiseführer hatte auf «die ungewöhnliche Verwendung von menschlichen Skeletten in diesem nur schlecht erhaltenen Bauwerk» hingewiesen – deshalb stand sie auf meiner Liste mit Dingen, die ich sehen wollte, ganz obenan. Ich gehe hinein. Ein paar Reihen schmaler Holzbänke, ein Altar mit einem Kreuz und jede Menge Kerzen, das ist alles.

Erst als ich in der Mitte des Raumes stehe und sich meine Augen an das Dämmerlicht gewöhnt haben, erkenne ich die Knochen. Die vier quadratischen Wände und die gewölbte Decke der Kapelle sind porös, ungleichmäßig, aus einem merkwürdigen Material, voller Risse und überraschender Aushöhlungen, Rundungen und Vorsprünge. Die Andachtskerzen im hinteren Teil des Raumes beleuchten die schlicht gestaltete Nahtstelle zwischen zwei Wänden. Der Winkel, in dem sie zueinander stehen, wird durch eine horizontale Reihe von Schienbeinen oder vielleicht auch Oberschenkelknochen bestimmt, die sich nach beiden Seiten hin erstreckt. Dort, wo sie aneinanderstoßen, ist vom Boden bis zur Decke ein Streifen aus Kniescheiben ins Mauerwerk eingelassen wie eine Perlenschnur. Es sieht graziös aus, wenn auch etwas absonderlich. Die Wand zu meiner Linken, direkt hinter den Bänken, ist mit kleineren Knochen geschmückt, die kreisförmig aufgefächert sind, wie eine kindliche Zeichnung der Sonne: Elle und Speiche, Mittelhandknochen – die Namen aus dem Biologieunterricht fallen mir wieder ein wie ein Gedicht. Ich warte darauf, daß mich Abscheu ergreift, doch so bezaubernd, behutsam und durchdacht, wie die Knochen angeordnet sind, besteht kein Anlaß zur Empfindlichkeit. In Anmut und Form scheint das Ensemble der Knochen den menschlichen Körper nachzuahmen: die einzelnen Knochen, die sich nur beinahe berühren, die Schönheit, die sich erst auf den zweiten Blick erschließt, das Nebeneinander von Zerbrechlichkeit und Stärke. In die Wand vor dem Altar ist ein Kreuz aus Tausenden von winzigen Finger- und Zehenknochen sowie Hand- und Fußwurzelknochen eingelegt, lauter ungleichmäßig abgerundete Kieselsteine. Und über mir in der ausgehöhlten Decke finden sich die Schädel in der Form von ovalen Rundungen, die sich dem Betrachter entgegenwölben wie der Kopf eines Kindes im Moment der Geburt – die leeren Augenhöhlen müssen wohl durch den Mörtel hindurch zum Himmel blicken. Die Knochen haben die Farbe der Wände angenommen, alles ist erdfarben und still. Die Spender – oder waren es Opfer? der Reiseführer äußert sich dazu nicht – sind buchstäblich Teil dessen geworden, was sie liebten.

Ich schreibe niemandem etwas von der Kapelle und wie lange ich dort gestanden und über das Leben der zahllosen Körper um mich herum nachgedacht habe, über ihre Angst vor dem Tod und ihre Liebe zueinander, darüber, wie sie einst gingen, aßen und sangen, ihre Hunde riefen, die Zukunft voraussagten und sich auf dem Fußboden ihrer Schlafzimmer der Leidenschaft hingaben.

Danach verliere ich das Interesse an der Besichtigung von Kirchen, verbringe das darauffolgende Wochenende mit meiner mexikanischen Familie und leiste Marta, dem Dienstmädchen, Gesellschaft, als sie die Kleider der Familie auf einem Stein am Wasser wäscht.

Hier, unter dem wolkenlosen blauen Himmel, wo ich meinen Zukunftsträumen nachhänge, stöbert mich der Leiter des Austauschprogramms auf. Aus irgendeinem Grund redet er, wiewohl gebrochen, englisch mit mir, vielleicht, damit Marta ihn nicht versteht. «Mein Mitleid», sagt er und zeigt mir das Telegramm, das mich nach Hause ruft.

9. November

«Dad», sagte ich eines Nachmittags, als wir auf dem hinteren Balkon in unseren Schaukelstühlen saßen. «Bald ist dein Geburtstag. Was hältst du davon, wenn wir eine Party geben oder sonstwas unternehmen?»

«Überflüssig», meinte er, ohne von seiner Zeitung aufzublicken.

«Und was wünschst du dir?»

«Was ich mir wünsche?» Er gähnte. «Ich brauch 'n Dutzend Rollen Klopapier, ein Glas Senf und 'nen neuen Briefkasten. Alles andere würde nur im Weg rumstehn.»

«Schon notiert. Wozu brauchst du einen neuen Briefkasten?»

«Wahrscheinlich, weil ich ihn mir auf den Kopf schnallen und damit in der Gegend herumtanzen will.» In letzter Zeit hatte ich meinen Vater kaum zu Gesicht bekommen, er verbrachte viel Zeit bei Murphy, kam fast nur noch zum Schlafen und Zeitunglesen nach Hause und verteilte dann jedesmal überall Zettel im Haus, auf denen stand, wo ich ihn «im Notfall» erreichen könnte. Er hatte die Nummern der Polizei, der Feuerwehr, der

Notfallzentrale für Vergiftungen und der Wettervorhersage ans Telefon geklebt.

«Bee hat mir gesagt, daß deine Versicherung teurer geworden ist.»

Mein Vater war in die Zeitung vertieft und las gerade einen Bericht über einen Wirbelsturm vor der Küste von South Carolina.

«Weißt du, du könntest dir ziemlich leicht was dazuverdienen. Du könntest das Dachgeschoß ausbauen. Alles was du dazu brauchst, sind ein paar Gaubenfenster, Rigips und Farbe. Mit einer eigenen Treppe wäre es eine separate Wohnung.»

«Das fehlt mir gerade noch – einer, der über mir staubsaugt, und einer unter mir.»

«Das dürfte wohl davon abhängen, an wen du vermietest.»

Er sah von seiner Zeitung auf. «Die Versicherung wäre unbezahlbar.»

«Aber die Hypothek ist doch abbezahlt.»

«Was verstehst du denn schon davon?» Er raschelte mit dem Papier. «Gute Mieter sind schwer zu finden. Und die haben mit Sicherheit keine Lust, sich mit so 'nem Spinner wie mir abzugeben.»

«Das würden sie vielleicht in Kauf nehmen. Hinge von der Situation ab, in der sie sich befinden. Vielleicht sind sie nur allzugern bereit, sich darauf einzulassen. Du könntest dir jemanden suchen, der dieses Plätzchen zu schätzen weiß.»

Er sah mich über den Rand seiner Lesebrille hinweg an. «Nur ein Vollidiot wäre bereit, auf Dauer im Dachboden eines alten Mannes zu wohnen. Und auf so jemanden könnte ich mich ja wohl kaum einlassen, oder?»

Ich rutschte auf dem Stuhlkissen herum. Inzwischen mußte ich nicht mehr den ganzen Tag im Bett liegen. Kein Treppensteigen, außer wenn ich zum Arzt mußte, kein Autofahren und keine Gymnastik, aber ich konnte mehrere Stunden am Stück sitzen.

«Dad, hast du je daran gedacht, wieder zu heiraten?»

Er sah aufs Meer hinaus, das grau und unruhig keine hundert Meter entfernt vor uns lag. «Wer würde mich denn schon nehmen? Hast du vielleicht eine arme, bucklige Freundin, die Gesellschaft braucht?»

«Ich meine es ernst. Als sie starb, warst du Mitte Fünfzig. Du warst noch jung.»

«*Du* warst jung», sagte er. «Ich nicht.»

«Hast du danach noch mal jemand kennengelernt?»

«Wen sollte ich wohl kennenlernen? Bloß weil deine Mutter mich geheiratet hat, heißt das noch lange nicht, daß jemand anders den gleichen Fehler machen würde. Als wir miteinander ausgegangen sind, haben die meisten von ihren Freunden gedacht, sie wäre übergeschnappt. Im großen und ganzen hab ich dasselbe gedacht.» Er schubste meine Füße vom Beistelltisch. «Der hat deiner Großmutter gehört. Geh sorgfältig damit um, dann kriegst du ihn vielleicht, wenn ich sterbe.»

«Ich will den Tisch nicht. Er ist häßlich.»

«Das mag ich so an dir: sentimental bis in die Knochen. Die Bibel hatte recht: ‹ein Kind, das du erzogen...›»

«Ich weiß, ‹ist zur Schlange worden›. Läßt du dir meine Idee mit dem Dachgeschoß wenigstens mal durch den Kopf gehen?»

«Das ist keine Idee, sondern eine Katastrophe.»

«Dad, hör mal –»

«Was machst du eigentlich den ganzen Tag?» fragte er. «Dir Sachen ausdenken, mit denen du die Alten unter die Erde kriegst? Sag mir eins: Wieso grast deine Schwester wie eine Verrückte die ganze Welt nach einer Wohnung ab? Ich dachte, sie wollte sich ausruhen und sich um dich kümmern.»

«Vielleicht langweilt sie sich.»

«Beatrice langweilt sich nie. Der würden sogar zwei Papiertüten und 'n Hühnerknochen reichen.»

«Nun, dann fühlt sie sich vielleicht nicht besonders.»

Mein Vater machte ein erwartungsvolles Gesicht – hochgezogene Augenbrauen und schief gespitzte Lippen.

«Okay, wir kommen nicht so gut miteinander klar. Und es hat sich herausgestellt, daß wir ziemlich unterschiedliche Meinungen zu gewissen Dingen haben, bei denen keine von uns je die Absicht hatte, sie überhaupt in Erfahrung zu bringen.»

«Schieß los – ich kann's kaum erwarten.»

Ich schwieg. Seine Neugier schien sich in Grenzen zu halten. «Wir wissen, daß Mom weg gewesen ist. Und zwar noch bevor sie das erste Mal krank war. Du brauchst mir nicht zu sagen, was los war, ich rede einfach weiter, und wenn ich fertig bin, kannst du mir sagen, ob ich richtig liege. Ich nehme an, ihr beide hattet irgendwelche Probleme, und ich will nicht wissen, worum es ging, jedenfalls packte sie ihre Sachen und ging. Vielleicht hat sie die Totgeburt nicht verkraftet, oder es kamen mehrere Sachen zusammen. Bee muß ungefähr vier gewesen sein, weil sie sich noch daran erinnern kann. Sie erinnert sich an mehr als du denkst.» Ich fühlte mich erschöpft und empfand ein ungewohntes Mitgefühl für meinem Vater, der immer noch die Frau in Schutz nahm, die ihn verlassen hatte, zunächst nur vorübergehend, dann für immer.

Er rührte sich nicht, also fuhr ich fort. «Wenn Bee damals vier war, muß Mom wieder schwanger gewesen sein – mit mir. Vielleicht wußte sie es noch nicht, als sie ging. Vielleicht fühlte sie sich genauso bindungslos wie ich, und vielleicht war es das, was sie mit ‹nie genug› meinte. Aber irgendwann kam sie zurück, so wie ich, schwanger und ratlos, wie es weitergehen sollte. Sie kam zurück, um ihr Baby am Meer zu bekommen.»

Mein Vater pulte den Dreck unter seinem Daumennagel hervor. «Hochinteressant. Sehr dramatisch. Eins plus für die Interpretation.»

«Ist es so gewesen?»

«Kommt drauf an, mit wem du redest.»

«Nein, tut es nicht. Keiner in dieser Familie redet wirklich.»

«Deiner Meinung nach sollten wir also zu körperlicher Gewalt übergehen?»

«Kann schon sein.» Ich zog meinen Stuhl neben seinen. «Bee will sich nicht mal an Sachen aus unserer Kindheit erinnern. Das einzige, wofür sie sich interessiert, sind Zinsen und was dieses Haus an einem bestimmten Tag wert ist.»

Er inspizierte weiter seine breiten, flachen Nägel wie ein Kosmetiker. «Dieses Haus ist seit einem Jahr auf dem Markt.»

«Aber nicht ernsthaft. Nicht mit der Absicht zu verkaufen.» Mir fiel auf, daß ich viel zu laut sprach.

«Janey, hör mir zu.» Er beugte sich zu mir, es schien mir, als wären unsere Gesichter näher beieinander als je zuvor. Ich sah jedes Barthaar, jede Falte. «Ich bin jetzt fast neunundsechzig. Wenn du mal in mein Alter kommst, wird es einiges, geben, über das du nicht mehr nachdenken willst. Du schiebst es zur Seite und betrachtest es als erledigt. Du konzentrierst dich auf die praktischen Dinge des Lebens. Du gehst auf Nummer Sicher und siehst zu, daß du alles auf die Reihe kriegst.»

«Du warst immer praktisch veranlagt.»

«Jetzt bin ich alt und runzlig und praktisch wie eine Tüte Luft. In ein paar Jahren bin ich unter der Erde.»

«Und wenn ich dann noch nicht bereit bin, dich zu begraben?» Ich wollte einen Scherz machen, um die Spannung im Raum ein wenig aufzulockern.

«Dann», antwortete mein Vater und schlug mir mit

dem *Sea Haven Herald* aufs Knie, «wirst du dich in dieser schäbigen Welt allein durchbeißen müssen.»

Ich sagte mir, daß ich nicht mehr so sehr auf Bee angewiesen war, und das stimmte auch. Ich war beweglicher, unabhängiger. Ich konnte kochen und Wäsche waschen und aufstehen, um an die Tür zu gehen. Bee ging einkaufen, und mein Vater putzte, aber sie mußten nicht mehr ständig für mich auf dem Sprung sein. Eine meiner frühesten Erinnerungen ist, daß ich mit Bee im Badezimmer stand – sie war acht, ich vier Jahre alt – und sie mir Zahnbürste und Zahnpasta gab und meine Hände sanft mit einem warmen Waschlappen abwusch, während unsere Mutter nebenan in Büchern blätterte, die sie nie zu Ende lesen würde. Bee war immer für mich verantwortlich gewesen, und ich wollte nicht, daß das so weiterging.

Tatsächlich machte Bee ihrem Namen alle Ehre. Sie nahm freie Beraterafträge an, kümmerte sich ständig um weitere Jobs, suchte eine Wohnung und hatte außerdem mit Ellies Mutter, Deborah Lund, Bekanntschaft geschlossen. Sie trafen sich zum Essen und unterhielten sich über eine Freizeitbeschäftigung für Ellie – und vermutlich (Bee erwähnte nichts davon, aber ich war mir sicher) über eine Beschäftigung oder eine Stelle als Lehrerin für mich. Wir redeten nicht wirklich miteinander. Bee war beflissen, höflich und distanziert, was den Abstand zwischen uns unüberbrückbar erscheinen ließ. Ich wußte, es paßte ihr nicht, daß ich immer mehr Zeit mit Bill verbrachte, aber keine von uns beiden schnitt dieses Thema an.

Eines Nachmittags, als alle weg waren, rief ich meinen Untermieter in Philadelphia an und bat ihn, mir meine Wintersachen zu schicken. Als Dankeschön für seine Mühe bot ich ihm einen Monat Mieterlaß an, und postwendend bekam ich ein Paket. Ich hatte um eine Auswahl an weiten Sachen – alles andere würde ich von Januar bis März ohnehin nicht tragen können –, ein paar Bücher und den Inhalt meiner drei Nachttischschubladen gebeten. Als ich das Klebeband des Pakets aufschnitt, rechnete ich mit einer Flut von Erinnerungen an mein Lehrerdasein, meine Wohnung und das normale, genügsame Leben, das ich zuvor geführt hatte. Ich dachte, ich würde voller Nostalgie an die Zeit zurückdenken, als ich noch nicht schwanger gewesen war und unterrichtet hatte, als ich noch nicht die ebenso wundervollen wie unheimlichen Bewegungen eines werdenden Menschen gespürt hatte. Ich holte tief Luft, setzte das Messer an und öffnete den Karton: ein Sammelsurium von abgewetzten Kordhosen und Pullovern, einige eselsohrige Taschenbücher und Plastiktüten voller Kartenspiele, Tipp-Ex, Handcreme, Kalender und Zettel mit inzwischen unwichtigen Notizen. Überflüssiger Krempel. Ich hatte immer geglaubt, daß Besitztümer im Lauf der Zeit ein gewisses Gewicht erlangten, doch meine Habseligkeiten wirkten unpersönlich, nichtssagend, zusammengewürfelt, wie Gegenstände, die irgendwo auf der Welt in heruntergekommenen Fabriken von unterbezahltem Personal hergestellt worden waren. Zusammengenommen hatten sie etwas Verlorenes, Wehmütiges – nicht gerade ansprechend. Halbherzig sah ich die Sachen durch und schob sie mit einem Zollstock auf dem Boden umher.

Es war Viertel nach drei. Bee war vermutlich gerade auf Wohnungssuche, besichtigte eine heruntergekommene Zwei-Zimmer-Wohnung mit kitschigen Ölgemälden (Segelschiffe und Katzenbabys) an den Wänden und, wenn sie Glück hatte, zwei von den Muschellampen meines Vaters. Sobald sie eingezogen war, würde sie der Wohnung jedoch, im Gegensatz zu ihrer Schwester, ihre persönliche Note geben. Sie würde das Bild von uns beiden am Pier aufhängen, auf dem sie eine Flunder hochhält, so lang wie ihr Arm, während ich auf meine Schuhspitzen starre. Sie würde die astronomischen Karten mitnehmen, die sie stets über ihrem Bett aufhängte, und den Briefbeschwerer, den sie aus reflektierenden Murmeln und Modellkleber gebastelt hatte. Sie würde ihre «Periodensystem-Tischdecke» auf den Küchentisch legen und die Wände mit ihrer Kollektion von Schrauben und Muttern überziehen. Im Flur würde sie Drachen, Seile und Fäustlinge aufhängen, sowie ihre zehn Meter lange, mit Gummi umhüllte Kette. Bee zerbrach sich genausowenig wie mein Vater den Kopf darüber, wo sie hingehörte. Sie wühlte nicht in anderer Leute Sachen, um sich ein bißchen zu Hause zu fühlen.

Ich machte mir eine Kanne Mandeltee und öffnete das Küchenfenster, um die kalte, salzige Luft hereinzulassen. Ich behielt meinen Wintermantel, zwei Hosen und meine Wanderschuhe sowie den Karton mit Büchern. Den Rest tat ich in eine Plastiktüte. Ich knotete sie oben zu, warf sie aus dem Fenster und sah zu, wie sie mit einem wohltuenden Plumps auf dem gefrorenen Rasen landete, wo Bill Denzer sie mit Sicherheit finden und ordentlich in die Mülltonne packen würde.

Ich bestand auf der Geburtstagsparty für meinen Vater. Bill ging mir zur Hand. Er besorgte Hüte, Tröten und Luftschlangen und backte einen Kuchen, den er am Morgen vor der Feier in einem Karton versteckt nach oben brachte, damit wir ihn glasieren konnten. Er schien geradezu übertrieben glücklich, und mir fiel wieder ein, daß das einzige weitere Mitglied seiner Familie vermutlich apathisch in einem Pflegeheim lag. Er brachte den Kuchen und die Schüssel mit der Glasur in mein Zimmer, schloß die Tür und reichte mir Messer, Spatel und

Löffel. Wir hörten, wie Bee und mein Vater sich in der Küche stritten: Er wollte den Tisch mit Wegwerfgeschirr decken und den Mülleimer daneben stellen. Der schwere Metalleimer wurde hin und her gezerrt.

«Dein Vater ist bestimmt sehr glücklich, daß er zu seinem Geburtstag die ganze Familie um sich hat», meinte Bill. Er füllte etwas Blaues, Klebriges in eine Spritztüte.

«Zumindest körperlich.» Ich versuchte, den Zuckerguß mit dem Spatel zu verteilen. Die Oberfläche des Kuchens löste sich auf und fing an zu krümeln. «Bill, glaubst du, daß Bee mich haßt?»

«Warum sollte sie dich hassen?»

«So etwas läßt sich rational nicht erklären. Ich hab sie nur daran erinnert, wie abscheulich sie sein kann. Und von meinen Ideen für das Dachgeschoß will sie nichts wissen.»

«Deine Schwester ist der logische Typ. Vielleicht ist das mit dem Dachgeschoß wirklich nicht die beste Idee. Vielleicht bietet sich eines Tages eine bessere Lösung.»

«Abwarten. Ich verschandele hier deinen ganzen Kuchen, komm mal her und sieh dir das an.»

Bill nahm mir den Spatel aus der Hand und glasierte mit schnellen Bewegungen die Oberseite und den Rand. «Immer kreisförmig auftragen, dann bröselt der Kuchen nicht.» Mit einer Papierserviette wischte er einige Tropfen Zuckerguß von der Platte. «Ich würde dir ja anbieten, mit ihr zu reden, aber ich habe das Gefühl, sie geht mir aus dem Weg.»

«Das bildest du dir nur ein», log ich und fragte mich, wen von den beiden ich eigentlich verteidigen wollte.

Bill schlang sich die Spritztüte, die aussah wie ein Euter, um das Handgelenk. «Mir ist es wichtig, daß deine Familie mich mag.»

«Jeder mag dich.» Ich kratzte mich am Bauch, es schien nicht genug Haut da zu sein. Der Fötus trat und schlug da drinnen um sich, als wollte er mir seine Meinung sagen, seinen Teil zur Unterhaltung beisteuern.

«Nun gut, sagen wir, ich möchte nicht, daß ein falscher Eindruck entsteht.»

Das Schlagen und Treten stoppte. «Aufgepaßt», schien es zu sagen. Ich betrachtete Bills Rücken, farblos, nichtssagend und ausdruckslos wie ein geschlossenes Auge. Er hielt die Spritztüte fachmännisch in der Hand und malte ein grinsendes Gesicht mit groben Zügen, buschigen Brauen und einem Hut mit einer wunderkerzenähnlichen Quaste dran auf die Glasur. Der Kuchen paßte nicht gerade zu einem alten Mann, aber er sah wirklich toll aus.

«Ich wußte nicht, daß du malen kannst», sagte ich.

Er drückte einen kleinen Klecks Zuckerguß auf seinen Daumen und hielt ihn an meine Lippen. Ich zögerte. Es schmeckte süß. Nebenan tickten die Uhren friedlich vor sich hin. «Dann wird's aber Zeit», meinte Bill und wischte mir ganz sanft den Mund mit der Serviette ab, «daß du mitkriegst, was ich alles kann.»

Es gab Schinken und Reis, Apfelmus und Erbsen. Wir diskutierten über die Zukunft des hiesigen Golfplatzes und die Skandale aus der Lokalpresse. Murphy, der die ganze Mahlzeit über einen Donald-Duck-Hut aufhatte, erzählte von seinem letzten Enkelkind, einem Wunderknaben von elf Monaten, der so schwer war wie ein Fünfjähriger. «Du wirst auch bald alle Hände voll zu tun haben, ich sag's dir.» Murphy zwinkerte mir zu. Er zwinkerte aus Gewohnheit, als flirte er mit der Luft. «Meine Jüngste, Karen, könnte dir 'n Lied davon singen. Kinder großziehen ist kein Zuckerschlecken.»

Karen, die Schlange, hatte Murphys Haus hinter seinem Rücken verkauft. «Siehst du Karen zu Weihnachten?» Die Antwort darauf kannte ich schon.

«Ach nein, sie fährt zu ihren Schwiegereltern. Ich mach vielleicht 'nen kleinen Ausflug mit dem Wohnwagen und besuche meine Schwester in Wisconsin.» Murphy lachte. Er bestrich ein Brötchen mit Butter. Seine Hand war so breit wie ein Baseballhandschuh.

Jeder wußte, daß Murphy seinen Wohnwagen seit dem Kauf noch nie von der Stelle bewegt hatte und daß er Weihnachten normalerweise mit meinem Vater verbrachte, bei einer Flasche Scotch und den Wiederholungen von religiös angehauchten Filmen im Fernsehen.

«Du kannst gerne zum Essen kommen», sagte ich. «Es gibt Truthahn. Nicht wahr, Bill? Bee?»

Bee stocherte in ihrem Essen herum und schob einzelne Reiskörner mit den Zinken der Gabel um ihren Teller. Es hätte mich nicht überrascht, wenn sie eine winzige Hütte gebaut hätte, immer ein Reiskorn über das andere.

«Na klar», sagte Bill.

Murphy fischte mit dem Soßenlöffel nach den Erbsen. «Wißt ihr, so 'n Wohnwagen ist schon 'ne feine Sache. Erstens ist er schön klein. Und auf dem Stellplatz hast du die nötigen Anschlüsse und alles, was du sonst so brauchst. Das ganze Jahr über hast du Leute um dich rum.»

«Wer möchte noch Schinken?» fragte mein Vater.

«Da wo ich wohne», fuhr Murphy fort, «gibt's natürlich ältere Leute, aber auch junge Paare. Und kleine Kinder. Von allem etwas.»

Wir aßen den Rest Schinken auf. Wir verteilten den Reis. Wir kratzten die letzte Erbse aus der Schüssel und vertilgten sogar das Stück Butter. Dann zündeten wir die Kerzen an, sangen Geburtstagslieder und aßen den Kuchen. Niemand schien sich zu amüsieren.

Nachdem sie meinem Vater einen Satz Cocktailquirle in der Form von Golfschlägern überreicht hatte, erklärte Bee, sie müßte jetzt gehen, weil sie am nächsten Morgen ein Vorstellungsgespräch in Philadelphia hätte. Ich malte mir aus, wie sie in einem Schlafsack auf dem Boden von Ellies Zimmer lag. Bill sah auf seine Uhr, er mußte noch den Rest einer Schulpflegschaftssitzung mitkriegen.

«Ich muß nirgends hin», erklärte Murphy. «Ich bleib noch hier. Ich mach den Abwasch, mit Jane zusammen.»

Er blieb tatsächlich. Er wusch die Teller ab, trocknete sie und setzte sich mit einem Bier auf das alte blaue Sofa. Er blieb sogar da, als mein Vater zur Caleb Street fuhr, um Milch zu holen.

«Das Leben ist schon 'ne komische Sache.» Er blickte mich von der Seite an und schüttelte seinen länglichen Pferdekopf. Sein braungraues Haar war wie das eines Schuljungen geschnitten, mit Ponyfransen. Er schnitt es sich selbst einmal im Monat mit der Küchenschere.

«Ich glaub, ich geh jetzt ins Bett, Murphy. Aber laß dich nicht stören, bleib ruhig noch ein bißchen hier sitzen.» Ich stand auf.

«Es passieren die merkwürdigsten Sachen.» Er zwinkerte mich betrübt an. «Wer hätte wohl gedacht, daß ich hier auf dem Sofa deines Dads sitzen und dich vom Schlafen abhalten würde? Keine Ahnung. Ich jedenfalls nicht. Wär ich nie drauf gekommen.»

«Wieso willst du mich vom Schlafen abhalten?»

«Es sind gute Neuigkeiten.» Murphy rutschte auf die Kante des Sofas. «So seh ich das jedenfalls. Ziemlich gute sogar. Ich hab ihm schon gratuliert.» Er nickte. «Als erster.»

«Wem gratuliert?» Das Wesen in mir kippte vornüber wie eine sich brechende Welle.

Murphy stürzte den Rest seines Bieres mit einem Schluck hinunter. «Hey, es ist 'ne tolle Sache. Meinen

Wohnwagen hast du, glaub ich, noch gar nicht gesehen, aber seiner ist noch viel besser. Himmelblau. Ich kannte die Lady, die gestorben ist und ihn verkauft hat. Na ja, eigentlich hat nicht sie ihn verkauft, sie war ja schon tot. Es war ihr Neffe. Die Lady ist gestorben, als sie die Küche geputzt hat – so was Sauberes hast du noch nicht gesehen.»

«Wovon redest du überhaupt?» Ich setzte mich wieder hin.

«Er steht genau neben meinem», sagte Murphy in einem entschuldigenden Ton. «Er bleibt also in der Nähe.»

«Mein Vater hat sich einen Wohnwagen gekauft? Ist es das, was du mir beibringen willst?» Ich wischte mir die Hände an meinem Sweatshirt ab. «Also, sollte er vorhaben, mir das Haus zu vermachen – ich will es nicht. Ich will, daß er genau da bleibt, wo er ist. Ich hab schon mit ihm darüber geredet. Wir könnten den Dachboden ausbauen, und ich ziehe oben ein. Das hier ist sein Haus, er könnte nirgendwo anders leben.»

Murphy rührte sich nicht. Sogar das Zwinkern hatte aufgehört.

«Gehört es ihm noch?»

Murphy kannte mich seit meiner Geburt. Er hatte mich aufgefangen, als ich mit zwei Jahren fast die Hintertreppe heruntergefallen wäre, er hatte mir das Schwimmen beigebracht und aufgepaßt, daß ich mit meinem aufblasbaren Ring nicht abgetrieben wurde. Er hatte mir zu meinem zwölften Geburtstag Blumen mitgebracht und mich meinen Eltern gegenüber gedeckt, als ich eine Beule ins Auto gefahren hatte. Murphy war der Retter in der Not. Er war das Boot der Küstenwache, das das untergehende Schiff ans sichere Ufer führte.

«Heute morgen war es noch seins. Jetzt nicht mehr.»

Bee war weg, sie wußte Bescheid. Und mein Vater fuhr vermutlich hundert Kilometer für einen Liter Milch.

«Das macht alles viel einfacher. Die Sache ist erledigt, und es gibt keinen Streit. Alles ist geregelt, ohne langes Hin und Her. Es gibt nichts mehr dran zu rütteln.»

Ich fragte mich im stillen: Wäre es denn so schlimm, wenn wir uns streiten würden? War das nicht der normale Weg?

«Warte erst mal ab, bis du ihn gesehen hast. Komm vorbei und schau ihn dir an. Himmelblau. Ich sag dir, er hat den schönsten von allen.»

«Ich komme bestimmt nicht vorbei, darauf kannst du wetten.» Ich spürte bereits, wie meine Mutter und mein Vater und alle meine Vorfahren sich in Staub auflösten, wie das Meer sich in einer niemals endenden Ebbe zurückzog.

«Nein, natürlich nicht sofort. Du hast zuviel zu tun. Hey, schließlich steht dir einiges bevor.» Murphy sah erleichtert aus. «Die Sache ist doch die: Dein Dad ist ganz verrückt nach dir und deiner Schwester. Und sie hatte recht, er mußte verkaufen. Es gibt nichts, was er nicht tun würde. Er hat 'nen guten Preis gekriegt.»

Ich sah Murphy an, der vor sich hin nickte. Mir fiel auf, daß Menschen in ihren Instinkten wie fehlgeleitete Tiere waren. Als ich Murphy so mechanisch mit dem Kopf nicken und wackeln sah, mußte ich an die Vögel in *Leary's Bird Book* denken, das meine Mutter immer auf der Fensterbank stehen gehabt hatte. Darin hatte ich mal gelesen, daß gewisse Vogelarten Regungen wie Zärtlichkeit, Interesse und Liebe mit den begrenzten Mitteln zum Ausdruck brachten, die ihnen gegeben waren: gegen Baumstämme picken, mit den Krallen im Staub kratzen, sich gegenseitig die Köpfe im See untertauchen. All diese hochstilisierten Rituale waren nur dazu da, um Liebe auszudrücken. Wir waren schlimmer dran als die Hühner und Tauben – wir hatten zwar die erforderlichen Mittel und Gaben, nutzten sie aber nicht.

«Sag ihm, er soll sich hier nicht mehr blicken lassen, wenn er das Haus nicht mehr will», sagte ich zu Murphy. «Falls er eine Nachricht hinterlassen möchte, kann er sie zusammen mit seinem Schlüssel an die Eingangstür kleben.»

Innerhalb von vierundzwanzig Stunden steckte ein Schild mit der Aufschrift ZU VERKAUFEN vorne im Rasen. Mehrere Makler kamen mit Prospekten vorbei, Bauunternehmer und Architekten tauchten auf. Frühmorgens fand ich Fußspuren auf dem mit Rauhreif bedeckten Rasen. Bill, der durch nichts aus der Ruhe zu bringen war, begann sich auf eine Eigentumswohnung in der Stadt zu freuen. Als unser Nachbar, Mr. Benedetti, an einem Wochenende aus New York herüberkam und das Schild sah, klingelte er bei uns. Er hatte gehört, daß das Haus von einem Millionär aus Dover als Kapitalanlage gekauft worden war. Er hätte zweihundertachtzigtausend Dollar bezahlt, zum größten Teil in bar, und würde das Haus abreißen wollen, sobald der Papierkram erledigt war.

«Ein verdammt guter Preis angesichts der gegenwärtigen Situation auf dem Immobilienmarkt.» Mr. Benedetti kratzte sich am Kopf. «Ihr Vater hat im besten Moment verkauft. Der Kerl kriegt sein Geld nie wieder raus, selbst wenn er den Tadsch Mahal hier hinsetzt.»

«Bis zum Frühjahr kann ich hierbleiben», sagte ich. «Das hat Murphy zumindest gesagt. Er meinte, der neue Besitzer würde mir das Haus bis Anfang März vermieten.»

«Ja, weil die Bauunternehmer erst im Frühjahr loslegen.» Mr. Benedetti blickte auf meinen riesigen Bauch. «An dem Tag, wo die Sie hier rauskriegen, ist Feierabend.»

Mein Vater lud mich in den Wohnwagen ein, der, wie ich immer wieder zu hören bekam, nicht nur himmelblau, sondern auch in einem Topzustand war, dank der Frau, die in seiner Küche auf den Knien kriechend gestorben war, als sie den winzigen Vinylboden polierte. Bee hatte ihn schon gesehen und war sogar über Nacht dort geblieben. Ich sah sie förmlich vor mir, auf einer neunzig Zentimeter breiten Isomatte zusammengerollt, eine Militärdecke als Kopfkissen und die Haare von den Scheinwerfern der vorbeifahrenden Motorräder beleuchtet. Sie war von Philadelphia nach Atlanta geflogen, um ihre geschäftlichen Angelegenheiten abzuschließen, und danach vorübergehend in ein Apartment in Kerry Beach gezogen. Wir hatten uns nicht gesehen. Da ich nur noch wenige Schwangerschaftswochen vor mir hatte, erlaubte mir Dr. Subramanian, kurze Spaziergänge zu machen und mit aller Vorsicht Treppen zu steigen. Jetzt, wo ich nicht bleiben durfte, konnte ich wieder aus dem Haus gehen.

Die meiste Zeit verbrachte ich mit Dösen und Lesen. Bill kochte häufig für mich und machte sauber. Zwischen vier und fünf kam er oft nach oben und erzählte irgendwelche Märchen darüber, daß er zu viel Fleisch gekauft hätte, lockte mich auf diese Weise in seine Küche und setzte mich mit einem Schäler und ein paar neuen Kartoffeln in eine Ecke.

«Du mußt dir eine Wohnung suchen», sagte er. «Später hast du keine Zeit mehr dazu.»

Es war mir egal. Ich hegte und pflegte eine Vision meiner selbst, wonach ich mit einem in eine Lumpendecke gewickelten Baby im Arm unter einer Brücke enden würde. Mein Vater würde mich dort finden wie das Mädchen mit den Streichhölzern, im Schnee zusammengerollt und erfroren.

«Wenn ich nicht schwanger geworden wäre, hätte er es nicht verkauft.»

Bill antwortete nicht. Ich bemerkte, daß weniger Dosen auf seinen Regalen standen. Er trennte sich von Überflüssigem, reduzierte seinen Besitz.

«Wenn er verrückt wäre, könnte ich ihn entmündigen und den Vertrag für ungültig erklären lassen.»

«Ich glaube nicht, daß deine Schwester da mitmachen würde.»

Ich erwiderte «Welche Schwester?» und mußte den Schäler absetzen. Bill tat, als sähe er nicht, wie ich meine zitternden Hände betrachtete, er summte einen Song von Frank Sinatra in seinen Eintopf.

Ich erinnerte mich, wie Bee, als ich noch klein war und ein Spielzeug kaputtgegangen war, mir mal gesagt hatte, ich sollte nicht traurig sein über die Vergänglichkeit – genau das Wort hatte sie gebraucht. «Nichts Materielles besteht ewig.» Aber in einigen Jahren würde ich mit meinem Kind an diesen Ort zurückkehren, zu den sommerblonden Mietern mit ihren Martinis auf dem holzverkleideten Balkon hinaufsehen und sagen: «Das hier hätte weiterbestehen sollen. Hier hättest du aufwachsen sollen.»

Ich nahm den Schäler wieder in die Hand und beschrieb Bill, was ich mit dem Haus gemacht hätte, wenn es meins gewesen wäre. Ich hätte die Veranden renovieren lassen, an der Südseite des Dachgeschosses Oberlichter und eine neue Außentreppe anbringen lassen, aus dem Dachboden selbst den alten Krempel rausgeschmissen und drei Räume daraus gemacht.

«Du hättest die Versicherung nicht bezahlen können. Das ist einer der Gründe, warum dein Vater verkauft hat.»

«Er hat verkauft, damit er unglücklich sein kann. Damit er mit Bee im Wohnwagen um den kleinen Ofen herumsitzen und darüber jammern kann, wie ich sie zum Verkauf des Hauses gezwungen habe, weil ich kein Geld hatte.»

«Vielleicht kommen dir ja noch ein paar andere Ideen», meinte Bill.

«O ja, Selbstmord zum Beispiel. Er hat übrigens gestern Nacht vor der Tür gestanden, aber ich hab ihn nicht reingelassen.»

«Ich weiß. Er ist bei mir gewesen.»

«Was hat er gesagt?»

«Er hat gesagt, seine eigene Tochter hätte ihn ausgesperrt. Er wollte seinen roten Bademantel und ein paar Töpfe holen.»

«Sag ihm, ich hätte den Bademantel in Stücke geschnitten und verbrannt.»

«Zu spät. Ich hab mich heute morgen reingeschlichen, als du noch geschlafen hast, und ihm die Sachen gebracht. Sein Wohnwagen ist gar nicht so schlecht, er hat was.»

«Vinyl hat gar nichts, Bill. Ich dachte, du wärst auf meiner Seite. Noch einen Monat, und dann dreht er durch in seinem Schuhkarton.»

Bill öffnete ein Paket Tiefkühl-Erbsen. «Ich *bin* auf deiner Seite. Mehr als du denkst.»

Ich schmollte über den Kartoffeln vor mich hin. Sie waren schlecht geschält, überall waren noch Reste der Schale zu sehen.

«Ich muß dir was zeigen. Eigentlich sollte es eine Überraschung sein, aber sieh es dir ruhig schon mal an. Du kannst mir sagen, wie du es haben willst.» Er führte mich aus der Küche und durch den Flur zu seinem Gästezimmer, dem Raum, wo meine Mutter immer gemalt hatte. «Was sagst du dazu?» In der Mitte des Raums, ordentlich auf eine Unterlage aus Zeitungspapier gestellt, stand eine Wiege. Die ganze Farbe war entfernt worden, der Geruch nach Verdünnung hing noch in der Luft.

«Eigentlich hätte ich ja lieber eine alte gewollt, mit ein bißchen Stil, aber ich hab drauf geachtet, daß sie tipptopp ist. Ich kann sie so lassen oder beizen. Ich glaube, es ist Eiche.»

«Sie ist wunderschön.»

«Ich hab Bee gesagt, sie soll keine mehr kaufen, als ich die gefunden hatte. Und das hier hab ich auch gekauft.» Er faltete einen länglichen Quilt auseinander, der mit kleinen bunten Fischen bestickt war. «Er ist waschbar. Du brauchst noch ein Kissen, damit sich das Baby nicht den Kopf an den Seiten stößt.» Bill pochte leicht mit der Faust gegen das Holz, wie um es zu testen.

«Ich schätze, wenn es an mir gewesen wäre, würde das Baby die nächsten fünfzehn Jahre in einer Schublade schlafen.» Ich strich mit den Fingern über das geschnitzte Kopfteil. «Vielen Dank. Du bist verrückt, Bill.»

«Nein, bin ich nicht. Ich hab das Gefühl, dieses Baby schon zu kennen. Und ich möchte sie noch besser kennenlernen, wenn sie geboren ist.»

«Sie?» Ich ging um die Wiege herum und bewunderte das Holz.

«Oder ihn. Ich stell mir nur vor, daß es dir sehr ähnelt.»

«Es könnte genausogut jemand anders ähnlich sehen.»

«Nein. Kann es nicht.»

Bill stand mir gegenüber auf der anderen Seite der Wiege und hatte die Hände auf den Rahmen gelegt. Ich sah, wie seine Knöchel weiß wurden. «Ich habe mit Clara Nestor gesprochen, der Rektorin. Sie kann nächstes Jahr vielleicht ein paar zusätzliche Lehrkräfte brauchen. Du könntest auf Teilzeitbasis arbeiten, wenn du willst.»

«Darüber habe ich noch nicht richtig nachgedacht, Bill. Ich glaube nicht, daß ich es mir leisten kann, Teilzeit zu arbeiten.»

«Doch, das kannst du, wenn ich dir helfe.»

Ich sah Bill an und wußte, er fühlte bereits das sechs Pfund schwere Baby auf seinem Arm. Im Geiste hielt er schon den süßen kleinen Kopf in seiner Armbeuge und streichelte mit seiner freien Hand die runden Zehen. Ich wußte, er war mir voraus. Wenn ich an das Baby dachte, sah ich immer noch ein kleines Seepferd vor mir, gesichtslos, einen winzigen Wasserbüffel. Ich fragte ihn, wo er die Wiege gekauft hatte.

«Benina hat mir den Tip gegeben, wo ich eine finden könnte. Sie hat sich für mich umgesehen.»

Benina war eine ehemalige Schülerin, eine der beiden, die Kinder bekommen hatten, als sie noch auf der High-School waren. Bill hatte sich um sie gekümmert, hatte ihre Eltern aufgesucht und dabei geholfen, ihnen die Neuigkeit beizubringen. Er hatte Ärzte angerufen, Babysitter gespielt und war im Fall des zweiten Mädchens zur Hochzeit gegangen, als das Baby drei Monate alt war.

«Von einem mißratenen Mädchen zum andern. Sag ihr vielen Dank. Du hattest sie damals doch um einen Vortrag in deiner Klasse gebeten. Hat sie ihn je gehalten?»

«Nein, sie hatte Angst.» Bill nahm meine Hand und führte mich zurück zur Küche. «Ich hatte ihr gesagt, sie sollte das nur machen, wenn sie es wollte. Sie hat sich dagegen entschieden.»

Ich entzog ihm meine Hand, tat so, als müßte ich mich kratzen. «Meinst du nicht, die Schulpflegschaft hätte dir auf die Zehen getreten? Eine sechzehnjährige, unverheiratete Mutter als Gastdozentin im Gesundheitserziehungs-Unterricht ihrer eigenen Schule?»

«Nein, wieso? Hältst du das für eine schlechte Idee?»

«Nein. Durchaus nicht.»

Er hob den Deckel vom Topf, und der Geruch nach Fleisch zog wie in einer Spirale zur Lampe hinauf. «Dann komm doch vorbei und halt selbst einen Vortrag.»

Ich überlegte. Ich schuldete Bill eine ganze Menge. «Du willst mich nur zurück in einen Klassenraum kriegen.»

«Das auch.»

«Und was noch? Was soll ich denn sagen? Soll ich ihnen vielleicht erzählen, wie sie ihr Leben zu führen haben, damit sie nicht so enden wie ich?» Ich rieb mir einen schmerzenden Punkt am Steißbein.

Bill legte den Deckel zurück, nahm meine Hand weg und massierte den schmerzenden Punkt selbst. Es tat gut. «Du hast gerade selbst noch gesagt, es wäre keine schlechte Idee. Du kannst ihnen erzählen, was du willst. Ich werde dich ihnen als ehemalige Schülerin vorstellen. Ihr sitzt einfach da und unterhaltet euch. Wie lange, das bleibt ganz dir überlassen.»

«Was soll das für einen Zweck haben? *Ehemalige Schülerin bumst rum und verliert ihren Job?*»

«So sehe ich das nicht.»

Ich stand auf und streckte mich. «So sehen mich aber die meisten. Und heutzutage ist Gesundheitserziehung vor allem dazu da, moralische Werte zu vermitteln und zwischen falsch und richtig zu unterscheiden. Da willst du mich doch nicht etwa als Vorbild präsentieren.»

«Ich kann dich als Beispiel dafür nehmen, daß im Leben nun mal gewisse Dinge passieren, ob gut oder schlecht, und die Schüler damit zum Nachdenken bringen.»

Ich sagte ihm, ich würde es mir überlegen. Er brachte zwei Gläser Milch zum Tisch, und wir setzten uns. «Nur noch vier Wochen», sagte er und sah auf meinen Bauch.

«Mach ruhig.» Ich nickte, und er legte seine Hand auf meine Hüfte und ließ sie bis zum Nabel gleiten, der jetzt hervorstand wie ein Auswuchs an Frankensteins Kopf. Nichts rührte sich. Ich piekste auf der einen Seite in meinen Bauch. «Vielleicht hat er das Haus ja verkauft, weil er keine alleinstehende Mutter auf dem Grundstück haben wollte.»

«Schhh.»

«Und meine Schwester hat ihm das eingeredet. Sie ist übergeschnappt.»

Bill legte auch die andere Hand auf meinen Bauch und drückte sein Ohr gegen meinen Körper. Er schloß die Augen. Eine Weile lag er ganz still da, als wäre er eingeschlafen, und ich fuhr ihm mit den Händen durchs Haar, bis der Eintopf fertig war.

Am darauffolgenden Mittwoch traf ich mich um Viertel nach zehn mit Bill in der Schule. Der Anstrich an den Wänden war schmuddeliger als früher, die Böden hatten neue, in einem typischen Verwaltungsblau gehaltene Fliesen, und die Vitrine mit den Trophäen bei den Umkleideräumen war inzwischen voll – auf vier von den älteren, kleineren stand mein Name. Es war das gleiche Gefühl wie früher, wenn ich nach den Sommerferien zurückkam. Die Kinder waren anders angezogen – besser, fand ich –, die Mädchen trugen kein Pastell mehr. Ein Schüler, der aussah, als wäre er betrunken, stieß mit mir zusammen. «Hervorragend», sagte er taumelnd. Als die Tür zu Bills Klassenraum aufging, wußte ich, daß dieser Ort und dieser Moment auf mich gewartet hatten; ein Raum und ein Augenblick hatten sich bewahrt, so daß ich fast fünfzehn Jahre später wieder in sie eintreten konnte wie in einen Traum. Die Tafel schien zu seufzen, als ich hineinging.

Durch die Fenster an der Rückseite – die fest im Boden verankerten Tische waren nach vorne gerichtet – hatten wir oft die Sportklassen beim Softball oder Football beobachtet: Die Mädchen trugen kurze Shorts und hatten Gänsehaut an den Beinen, die Jungen hüpften in T-Shirts mit abgeschnittenen Ärmeln herum und bewegten die Arme wie Boxer, aus Nervosität, weil sie sich abreagieren mußten oder wegen der Kälte. Da wir ihnen nicht zuschauen konnten, ohne uns auf den festgeschraubten Stühlen um hundertachtzig Grad zu drehen, hatten wir ständig das Gefühl, daß sich hinter unserem Rücken eine enorme körperliche Erregung Luft machte, während wir unsere Augen auf einen Overheadprojektor richteten, auf dem gezeigt wurde, wie ein schwänzelndes Spermium vorsichtig die Hülle eines Eis durchstieß. Wir saßen eingezwängt zwischen den technischen Einzelheiten sexueller Erregung und ihrer Erlösung. Immer noch hingen Poster an der Wand, die vor Drogen, Alkohol und anderen Übeln der heutigen Zeit warnten. «Komm rein», sagte Bill. Ich hatte zuletzt in diesem Raum gesessen, als er noch mein Lehrer gewesen war; ich war damals vierzehn, er sechsundzwanzig.

«Diese Tische konnte ich noch nie ausstehen. Sie sind viel zu eng für die Kinder. Setz dich auf meinen Stuhl. Ich stelle dich vor, und dann gehe ich. Auf die Art fühlst du dich nicht beobachtet.»

«Nicht beobachtet?»

Ich entdeckte den Platz, an dem ich immer gesessen hatte, auf der rechten Seite, ungefähr in der Mitte. Mir fiel ein, wie Denise, die durch ihren zweiten Mann inzwischen drei Stiefkinder hatte, mir Kommentare über Mr. Denzers Kleidung und seine Frisur zugeflüstert hatte. «Kamelaugen», hatte sie gesagt. Und das traf immer noch zu: Seine Augen waren groß, klar und dunkelbraun, mit langen, dichten, femininen Wimpern. Bill verschwand, um mir ein Glas Wasser zu holen, während einige Schüler hereinschlurften. Sie sahen mich belustigt an, wie Denise und ich es auch getan hätten. Ein Junge knallte seine Tasche auf den Tisch und sagte laut von hinten: «Sieh an, 'ne Neue.» Als ich mich umdrehte, tat er so, als würde er sich mit einem Freund unterhalten.

Es klingelte. Bill kam mit dem Wasser zurück, machte ein paar einleitende Bemerkungen und sagte dann schlicht: «Unser Gast heute ist Jane Haus.» Er flüsterte einer müde aussehenden Schülerin in der ersten Reihe etwas zu und ging zur Tür hinaus.

Jedesmal, wenn ich zu Beginn des Schuljahres einer neuen Klasse gegenübersaß, fiel mein Selbstbewußtsein in sich zusammen. Was zum Teufel sollte ich diesen Kindern beibringen? Ich wußte doch selbst nichts Brauchbares. Sie mußten lernen, in der Welt zurechtzukommen, einen Job zu finden, ihr Auto zu reparieren, Geld zu verdienen und es, entsprechend ihrer finanziellen Situation, vernünftig auszugeben, anderen gegenüber großzügig zu sein, ohne sich selbst aufzugeben, zu kochen, zu tippen und sich erfolgreich zu verlieben, um nach hiesigen Normen fürs Leben bereit zu sein. Was hatten die Zeichensetzungsregeln damit zu tun? Jedes Jahr war ich verzweifelter als das Jahr davor.

Obwohl ich nicht wußte, was ich sagen sollte, fing ich an zu reden. Ich sagte ihnen, ich wüßte, daß sie Vorträge langweilig fänden, aber Mr. Denzer hätte mich gebeten zu kommen. Ich erklärte ihnen, daß ich früher seine Schülerin und er mein Trainer gewesen war, als die Sea Haven High noch das Golfspiel gefördert hatte. Jemand stellte eine Frage zu dem Team, und wir sprachen eine Weile darüber. Sie waren enttäuscht, daß ich aufgehört hatte zu spielen. «Ich hab zu lange geglaubt, es wär das einzige, was ich je beherrschen würde.» Ich hatte das Gefühl, in dieser Aussage könnte eine nützliche Lektion stecken, wußte aber nicht, wie ich sie hervorholen, herausquetschen sollte. «Der Grund, warum ich hier bin, ist der, daß es bei der Gesundheitserziehung auch um Sex geht. An meinem Ringfinger» – ich hielt ihn hoch – «könnt ihr sehen, daß ich nicht verheiratet bin. Und an meinem Bauch, daß ich Sex gehabt habe.» Jemand lachte. «Ich bin achtundzwanzig. Vielleicht mache ich einen Fehler. Ich hab meinen Job aufgegeben. Ich lebe bei meinem Vater. Fremden wie euch tue ich wahrscheinlich leid. Gibt's bis dahin irgendwelche Fragen?» Niemand meldete sich. «Ich könnte euch vielleicht erzählen, wie es ist, schwanger zu sein.»

«Wie ist das denn?» fragte jemand.

Es war Zeit für eine vertrauliche Mitteilung. «Es gelingt mir einfach nicht, es zu genießen. Es ist ein komisches Gefühl. Als wenn ich da drin einen Außerirdischen versteckt hielte.»

Ab da lief es besser. Informationen wurden ausgetauscht – die Fragen waren direkt. Einige waren intelligent, andere schwachsinnig. Ein paar Leute lernten vermutlich ein paar Dinge. Der Rest war wach. So ist Schule eben.

Bill nahm mich mit zum Essen. Wir schoben unsere Plastiktabletts über den Metalltresen. Vor uns stand die übliche Kost bereit: grüne Bohnen in einer undefinierbaren Flüssigkeit, Kartoffelpüree (kein -brei) und Formfleisch von einem anderen Planeten. Frauen mit Brandblasen überall auf den Armen, Duschhauben auf dem Kopf und durchsichtigen Plastikhandschuhen standen gleichgültig hinter den Tellern, während die Schüler Mars, Snickers, Käsegebäck, Chips, Hot-dogs, Eis und Milch kauften. Die Lehrer nahmen natürlich das «Tagesmenü», obwohl wir es lustlos auf unserem Tablett herumschoben und einen großen Teil davon wegwarfen. Über ein Stück Schokoladenkuchen hinweg sagte Bill, ich sähe wunderbar aus. «Ich wußte, daß du da reinpaßt», flüsterte er. Ich fragte ihn, ob er seinen Schülern immer noch den Film über die Geburt zeigte.

Er sah verwirrt aus.

«Du weißt schon, den, der in diesem komischen Bunker spielt. Ein sehr anschaulicher Streifen.»

«Ich kann mich kaum daran erinnern. Hab ich den gezeigt, als du hier warst?» Er kaufte noch einen Viertelliter Milch und steckte ihn in meine Handtasche.

Das zweite Mal war einfacher. Ich quatschte drauflos, daß ich arbeitslos und schwanger wäre und mich unsicher fühlte. Manchmal funktioniert das: Zeig deine Schwächen und reiß damit die Barriere zwischen Schülern und Lehrer ein. Der Schuß kann natürlich auch nach hinten losgehen, wenn nämlich die Schüler die Rolle des Lehrers übernehmen und dir Ratschläge erteilen. Ein Schüler fragte mich, ob ich mich für das, was ich getan hatte, hassen würde. Ein anderer, ob ich «beim ersten Mal» schwanger geworden wäre. Ich wußte nicht, was ich antworten sollte. Dachte er, ich wäre bis Ende zwanzig Jungfrau geblieben? Ich sagte, ich hätte nicht «aufgepaßt». Ein Gemurmel hob an und erstarb sofort wieder.

Schließlich fragte ein blondes, blasses Mädchen aus einer der hinteren Reihen, das die ganze Zeit über aus dem Fenster gestarrt hatte, ohne die Hand zu heben: «Sehen Sie das Gesicht Ihres Babys? Ich meine, glauben Sie, Sie kennen es jetzt schon so gut, wie Sie es je kennen werden?» Einige Schüler verdrehten die Augen. Das Mädchen galt offensichtlich als Schwachkopf.

«Kannst du das bitte wiederholen? Wie heißt du?» Sie starrte bereits wieder aus dem Fenster. Jemand von vorne fuhr mit einer dummen, anzüglichen Frage dazwischen. Es klingelte. Ich fragte Bill nach dem Mädchen. «Ach, Michelle. Eine verlorene Seele.» Wir sahen, wie sie auf dem Weg zu einem anderen Raum mit ihren korallenroten Fingernägeln gegen die Schranktüren klickte.

Die dritte und letzte Klasse, meinte Bill, wäre die beste. Die Kinder wären aufgeweckt und wüßten sich auszudrücken, sie wären neugierig und intelligent. Aus irgendeinem Grund erzählte Bill ihnen, bevor er ging, daß er im Haus meines Vaters wohnte. Die Fragen prasselten auf mich nieder. Ob Mr. Denzer sich um meinen invaliden Vater kümmerte. Ob sie zusammen aßen. Wo meine Mutter wäre. Ob Mr. Denzer der Vater meines Kindes wäre. Ich brachte sie zurück auf das Thema Schwangerschaft und Geburt. Sie erzählten eine Horrorgeschichte nach der anderen. Bei der Kusine einer Schülerin war der Bauch aufgrund einer Blinddarmnarbe aufgerissen. Die Mutter eines anderen Mädchens hatte auf einem harten Fliesenboden Zwillinge zur Welt gebracht. Ein Junge kannte eine Frau, die mit einem Kind schwanger gewesen war, das statt der Hände Flossen gehabt hatte. «So ähnlich wie Flügel», sagte er, hielt sich die Hände an die Schultern und wedelte mit den Fingern. «Aber fliegen konnte er nicht.» Sie wollten wissen, wieviel ich aß. Wieviel ich wog. Ob meine Haare dünner geworden oder ausgefallen wären. Was mir wohl bei der Geburt durch den Kopf gehen würde.

«Ich weiß nicht», sagte ich auf die letzte Frage. «Wahrscheinlich werde ich bloß beten, daß es so schnell wie möglich vorbei ist.»

«Sie werden sicher an Ihre Mutter denken», meinte jemand. «Weil sie das gleiche durchgemacht hat wie Sie. Schade, daß Sie sie nicht mehr danach fragen können.»

«Was für Fragen würde ich ihr sonst denn wohl stellen?» Das war natürlich auch wieder eine Taktik: Gib die Frage an die Klasse zurück und versuch, dir was einfallen zu lassen, während sie darüber brüten.

In der Klasse war es still. Keiner schien sich so recht zu trauen. «Sie könnten sie fragen, ob sie Sie von Anfang an geliebt, oder ob es eine Weile gedauert hat», schlug jemand vor. Ich gratulierte Bill zu seinen aufgeweckten Schülern und fuhr nach Hause.

Stück für Stück holte mein Vater heimlich die Sachen aus dem Haus. Zuerst nahm er nur sehr wenig mit, seine Kleider, einen Schaukelstuhl, die Badezimmermatte, ein paar Bücher. Dann verschwand der Beistelltisch, ebenso wie der Küchentisch und die Stühle. Dort, wo die

Möbel gestanden hatten, waren Abdrücke auf dem Teppich und helle Flecken an der Wand.

Anfangs ließ ich ihn nicht ins Haus, wenn ich da war, so daß er seine Sachen holen mußte, wenn ich zum Einkaufen war oder am Strand spazierenging. Doch bald wurde es mir unmöglich, ihn abzuweisen. Manchmal tauchte er mit einem einsamen und verlorenen Gesichtsausdruck an der alten Sturmtür auf, wie ein reisender Vertreter, den es zufällig nach Sea Haven verschlagen hatte. Oder er kam mit einer Rasierklinge und Dichtungsmasse an, um die Wanne abzudichten, als ob es irgendeinen Sinn hätte, ein Haus zu reparieren, das abgerissen werden sollte. Jeder machte sich Sorgen um den anderen. Wie unter Zwang sah er den Kühlschrank nach verdorbenen Sachen durch. Er probierte, ob das Telefon funktionierte. Seine Nummer hatte er mir so oft aufgeschrieben, daß ich ständig einen von seinen kleinen Zetteln fand – in Schubladen und Schränken, an die Wand geheftet oder so an den Hörer geklebt, daß er jedesmal umklappte oder herunterfiel, wenn ich abhob. Er rief beim Wetterdienst an und teilte mir die aktuelle Vorhersage mit. Beim ersten Anzeichen eines Sturms sollte ich ins Auto steigen und zur Giles Street Bridge fahren. «Die ganzen anderen Idioten fahren garantiert nach Norden. So bist du schneller.»

«Vielleicht bleibe ich auch einfach hier, warte auf die Flutwelle und nenne das Baby Noah.» Er lachte nicht. Einmal nannte er mich versehentlich Caroline. Ich hatte den Verdacht, daß er seinen Wohnwagen haßte, es aber nicht zugeben wollte. Mein eigener Vater, der direkt am Wasser aufgewachsen war und die Stürme von '46 und '69 miterlebt hatte, wollte die letzten Jahre seines Lebens in einem himmelblauen Schuhkarton aus Metall verbringen. In seiner Gegenwart fiel es mir schwer, keine feindseligen Bemerkungen über Bee loszulassen. Ich wies ihn darauf hin, daß sie eine Egoistin mit einem Herz aus Stein sei, und daß ihr Vorstellungsvermögen in keinem Verhältnis zu der Häufigkeit stünde, mit der sie einem ihre Ideen aufzwang. Mein Vater meinte, wenn ich sie bräuchte, wäre sie trotzdem für mich da.

«Wenn ich tot bin», sagte er oft, «ist deine Schwester immer noch da. Sie ist alles, was du an Familie hast.»

«Nicht mehr lange.»

«Kinder zählen nicht.» Wir saßen wie immer auf den beiden Schaukelstühlen auf dem Balkon. «Jedenfalls nicht für mindestens zehn, zwölf Jahre. So lange brauchen die nämlich, um Menschen zu werden, wenn nicht länger.»

«Und dann fallen sie einem in den Rücken, nicht wahr, Dad?»

«Nicht immer. Nicht jeden Tag.»

«Bee hätte dich nicht soweit kriegen dürfen, daß du verkaufst.»

«Sie hat mich nicht ‹soweit gekriegt›», widersprach er ungeduldig. «Bist du taub oder was? Meinst du, ich hab keine eigene Meinung?»

«Du hast dich überreden lassen. So was kommt vor. Ich wette, sogar Mom hat das ab und zu geschafft. Ich wette, sie hat dich dazu überredet, mit ihr ins Bett zu gehen, bevor ihr verheiratet wart.»

Überraschenderweise lachte er schallend.

Beeindruckt von meiner eigenen Offenheit, war ich nicht bereit, es dabei bewenden zu lassen. «Noch was, von dem mir keiner was erzählt hat: Sie war schwanger, bevor ihr geheiratet habt. Waren ihre Eltern sauer? Was haben sie gesagt, als sie es ihnen erzählt hat?»

Mein Vater schaukelte eine Weile schweigend vor sich hin. «Sie haben ihr die Haustür vor der Nase zugeschlagen, um deine hübsche kleine Frage nach der Vorgeschichte zu beantworten. Kaum daß wir verheiratet waren, hat sie alles verbrannt, was sie finden konnte. Bilder, Möbel, Bücher. Sogar etwas Geld. Alles, was ihnen gehört hatte. Sie hat alles hinten im Hof verbrannt.»

«Sie war es also, die all die Andenken an ihre Familie hat verschwinden lassen. Ich hab immer gedacht, du wärst das gewesen.»

Mein Vater starrte mich an. «Warum zum Teufel hätte ich das tun sollen?»

«Ich weiß nicht. Tut mir leid.»

Ein Junge – der Enkel der Benedettis – warf den Möwen Brotkrumen zu, bis jemand ihn von der Tür aus hereinrief. «Ihr seid also weggelaufen, nicht wahr, Dad?»

Er zuckte die Schultern. «Ich dachte, ich müßte sie dazu überreden. Das überrascht mich heute noch. Sie war damals sofort einverstanden.»

«Sie hat dich wahrscheinlich geliebt.»

«Scheint so.» Einen Block weiter gingen die Lichter an.

Ich hatte das Gefühl, wir steuerten auf etwas zu, kamen langsam zum Kern der Sache.

«So'n Heiratsantrag ist keine einfache Angelegenheit, wenn du's noch nie gemacht hast.»

«Hab ich nicht.» Ich sah hinunter auf den Teppich, auf Spunks Lieblingsplatz, neben dem Stuhl meines Vaters. «Aber Bill. Er hat mir angeboten, mich zu heiraten.»

Mein Vater blickte auf, sichtlich geschockt. «Angeboten? Was soll das heißen, er hat's dir angeboten?»

«Er hat mir einen Heiratsantrag gemacht. Was soll es sonst heißen?»

«Er hat sich hingekniet und eine Frau, die im neunten Monat schwanger ist, und das mit dem Kind eines anderen, gebeten, seine Frau zu werden?»

«So könnte man's ausdrücken.»

«Er muß noch blöder sein, als er aussieht.»

«Danke. Ich hab weder ja noch nein gesagt. Er hat wohl gedacht, ich würde die Gelegenheit beim Schopf packen. Ich glaube, er ist wütend, auf seine stille Art.»

Mein Vater sah zu den Wolken hinauf, die sich viele Meilen über uns wie Toffee in die Länge zogen und auseinanderrissen. «Du zierst dich also?»

«Nein. Bill Denzer ist nett zu mir gewesen. Mehr als das. Er ist eine echte Hilfe. Es klingt albern, wenn ich das sage, weil ich nicht glaube, daß ich ihn liebe, aber er bietet mir eine Zukunft an, eine Alternative. Es ist ein gutes Gefühl, wenn du die Wahl hast zwischen diesem Leben und einem anderen.»

«Tolle Auswahl, die du da hast.» Mein Vater schaukelte in seinem Stuhl. Sein Gesicht schien in sich zusammengefallen zu sein, seine Augenbrauen sahen aus, als bräuchten sie eine Stütze. «Der Mann mietet jahrelang eine Etage in meinem Haus. Er stellt mir monatlich einen Scheck aus. Jetzt will er meine Tochter heiraten. Bill Denzer ist doch mindestens fünfzig.»

«Vierzig.»

«Er war dein Lehrer. Lief da nicht damals was zwischen euch?»

«Dad!»

Mein Vater stellte die Füße auf den Boden. Hatte er die Hausschuhe im Schrank versteckt oder war er damit hierhergefahren? «Was ist mit dem armseligen Bastard, der dir das Kind angedreht hat? Warum heiratest du den nicht?»

Er wußte, daß ich darauf nicht antworten würde. Ich erinnerte mich an die Zeit, als das Haar meines Vaters anfing, grau zu werden, und sich die ersten silbrigen Strähnen zeigten, starr und dick wie Draht. Bee und ich hatten sie ihm immer wieder ausgezogen. «Konnten Moms Eltern dich nicht leiden? Oder haben sie sich nur dafür geschämt, daß sie ein Kind kriegte? Sie hat mir nie etwas über sie erzählt. Und kennengelernt habe ich sie ja auch nicht.»

Er wischte sich mit der Manschette seines Hemds über das Gesicht. «Es gab viele Gründe, weswegen sie mich nicht mochten, aber die meisten davon waren dumm. Sie waren katholisch, sie hatten Geld. Eigentlich hätte deine Mutter nicht mal mit mir ausgehen dürfen.»

«Und nachdem ihr geheiratet hattet, ist sie nie wieder bei ihnen gewesen?»

«Einmal. Ein einziges Mal, danach war Schluß.»

Der Kühlschrank hinter uns sprang an und begann zu summen. «Du hättest das Haus nicht verkaufen sollen, Dad. Du bist in einem von diesen Zimmern auf die Welt gekommen.»

«Schnee von gestern.» Er winkte ab. «Vergiß es.»

«Das ist die größte Fehlentscheidung, die du je getroffen hast. Und darüber hinaus ist sie unwiderruflich.»

Mein Vater lächelte. «Unwiderruflich. Da muß ich doch gleich an was anderes denken. Könnte es wohl sein, daß dieses Wort auch auf deinen Zustand zutrifft?»

«Das ist was anderes. Was ich gemacht habe, tut niemandem weh.»

Er lehnte sich in seinem Stuhl nach vorne. «Und wann hast du das letzte Mal mit deiner Schwester geredet? Was hat sie ganz allein in dieser heruntergekommenen Zwei-Zimmer-Wohnung verloren?»

«Ich hab sie da nicht hingeschickt –«

«Und ein Kind ohne Vater auf die Welt zu bringen? Das tut niemandem weh?»

«Dir tut es nicht weh.»

Er holte langsam Luft, als wolle ihn jemand mit dem Stethoskop abhorchen. «Ich hab geholfen, zwei Kinder großzuziehen. Ich hab meine Frau begraben. Ich hab dir den Sabber vom Kinn gewischt. Und wo wir grad dabei sind: Deine Schwester hat auch geholfen, dich großzuziehen. Du warst eine Nervensäge – alle Kinder sind das, sie saugen dich innerhalb von ein paar Jahren aus bis auf die Knochen. Und manchmal hab ich's eben versaut. Na und? Gibt's denn gar nichts, was du mir über den Vater meines Enkelkinds sagen könntest?»

«Du kommst vom Thema ab.»

«Nein, das war von Anfang an das Thema. Jeden Tag. Antworte oder laß es bleiben: Wer war dieser Kerl?»

«Das ist unwichtig.»

«Komm schon, tu wenigstens so, als ob. Tu so, als wenn genau hier an dieser Stelle ein zehnjähriges Kind stehen würde, das dir bis an die Schulter reicht, und wissen wollte, wo sein Vater ist.»

«Es wird nicht hier stehen, weil es dieses Hier dann nicht mehr gibt –»

«Tu so, als wenn ich noch da wäre, wenn es dich fragt. Was wirst du ihm sagen?»

Es wurde dunkel. Ein Fischerboot schaukelte fünf Meilen vom Ufer entfernt auf dem Wasser, wie ein früh aufgegangener Stern.

«Es war nur für eine Nacht. Für zwei, um genau zu sein. Danach hab ich ihn nie wiedergesehen.»

«Zwei Nächte.» Mein Vater atmete aus. «Für zwei Nächte bringst du ein Kind auf die Welt?»

«Andere haben's schon für weniger getan.»

Er nickte. «Das ist immerhin ein Anfang. Erzähl mir mehr. Sag mir seinen Namen.»

«Der ist unwichtig.»

«War er groß?»

«Dad, ich glaube nicht, daß es was bringt, wenn wir so weitermachen.»

«Es ist mir scheißegal, was du glaubst oder nicht.»

Wir schaukelten. Die Sonne ging unter. «Er hat dich nicht gezwungen», sagte mein Vater, als wiederholte er eine Tatsache, um sie besser verstehen zu können.

«Nein.»

«Wenn es nur die beiden Male waren, bist du sicher, daß es von ihm ist?»

Ich nickte. Die meiste Zeit meines Lebens war ich vernünftig gewesen, die Ausfälle konnte ich ziemlich gut überblicken.

«Adam», begann er. «Brian, Carl, Dan. Sagst du's mir, wenn ich den richtigen treffe?»

«Nein.»

«Ich kann's dir sowieso am Gesicht ablesen. Wo hast du ihn kennengelernt?»

«In einer Bar.»

«Nicht besonders klug.»

Ich gab ihm recht. Es war im März passiert. Im März war meine Mutter gestorben. In dem Monat machte ich immer Dummheiten.

«Edward. Frank. Du warst einsam.»

Wieder stimmte ich zu, nickte, weil mir meine Stimme irgendwo in der Kehle steckenblieb. Ich versuchte mir den genauen Moment in Erinnerung zu rufen, als ich mich hatte gehenlassen, wohl wissend, daß ich etwas Verrücktes tat, und mich nicht darum scherte. Ich hatte diesen Augenblick kommen sehen und war bewußt darauf zugegangen, ich hatte mich versenken und etwas Neues beginnen wollen.

«Ich nehme an, er war verheiratet», sagte mein Vater. «Deshalb hast du ihm nichts gesagt. Du warst unglücklich.»

Ich sah mich, wie ich abends um elf aus der Bar in Chinatown, Philadelphia, kam und versuchte, mich in den Straßen zurechtzufinden. Egal wo ich lebte, ich kannte mich nie aus. Da war kein Meer, kein rauschender Herzschlag von Osten. Ich erinnerte mich, wie ich in seinen Wagen stieg, um mich nach Hause bringen zu lassen, ich erinnerte mich an die braunen Handschuhe auf der Ablage, die nicht zusammenpaßten, an das einzelne Kaugummi auf dem Boden neben der Gangschaltung. Ich erinnerte mich, daß er schwarze Haare hatte und daß ich mir, als er nach dem zweiten Mal ging, gesagt hatte: Merk dir sein Gesicht. Ich versuchte eine Weile, es mir ins Gedächtnis zu rufen, und gab dann auf. Er war nicht mehr wichtig. Er würde eine Tochter oder einen Sohn haben.

«Wie hieß er?» fragte mein Vater.

Plötzlich begriff ich, was mein Vater wollte: nicht die Fakten – daß seine Tochter mit irgendwem herumgemacht hatte, daß sie nachlässig und treulos war, sogar im Bett –, sondern eine Art Wahrheit, die das, was ich getan hatte, nachvollziehbar machte. Vor meinem inneren Auge sah ich noch einmal den Moment, als ich mit dem Vater meines Kindes geschlafen hatte. Ich ließ das Banale beiseite und erzählte meinem Vater eine Geschichte wie all die, die er selbst mir vor langer Zeit erzählte hatte.

«Sein Name ist Zebulon. Er ist über zwei Meter groß und Millionär.»

Ich sah meinen Vater lächeln. Wir saßen im Dunkeln auf dem alten Holzbalkon eines Hauses, das bald nicht mehr existieren würde, doch wir hätten ebensogut in einem Kanu aufs Meer hinaustreiben können. Abgesehen von der weißen Linie des auflaufenden Wassers waren wir allein. Wir hätten auch in meinem früheren Zimmer sitzen können, während meine Mutter nebenan ihre langsame, holprige Reise in den Tod begann. Bee hatte recht: Mein Vater hatte wohl sein möglichstes getan. Er hatte mich mit den Mitteln geliebt, die ihm zur Verfügung standen.

«Eines Tages, wenn wir am wenigsten damit rechnen, wird Zebulon vielleicht in einer großen Limousine hier vorfahren und uns alle zum Essen ins Captain's Wharf ausführen.» Die Augen meines Vaters waren geschlossen. Er sah nicht, wie der Himmel von Dunkelblau zu Schwarz wechselte, er sah nicht die Stelle weit hinten am Horizont, wo die Sterne am Wasser des Ozeans zu nippen schienen. Mit dem Verkauf des Bodens unter unseren Füßen hatte er seine Augen vor Sea Haven verschlossen. Ohne ihn würde es ein öder und uninteressanter Ort sein – ein Sandhügel, bis jetzt noch vom Wasser verschont, mit zerbrechlichen Holzgebilden befestigt und hauptsächlich von Vögeln bewohnt, die jederzeit umsiedeln konnten, sowie von einer Handvoll Leute, die nicht die nötige Weitsicht hatten, es ihnen gleichzutun.

Mein Vater gähnte und streckte sich. Er rieb sich die Augen und legte die Füße auf das Fensterbrett. «Du kriegst hunderttausend Dollar, wenn ich sterbe. Versuch es vernünftig auszugeben.»

«Du siehst aus, als wenn dir kalt wäre, Dad.»

«Klar ist mir kalt. Ich bin neunundsechzig Jahre alt. Wir haben bald Dezember.»

Ich holte eine Decke vom Sofa, und er ließ es zu, daß ich sie über ihn legte. «Das ist 'ne Menge Geld. Ich wünschte nur, du hättest noch das Haus.»

Mein Vater zog die Decke bis ans Kinn. «Das ist nun mal der Lauf der Dinge. Diese Welt ist nicht vollkommen, genaugenommen ist sie ein einziges Chaos. Du solltest dir besser eine andere suchen.»

«Ich schau mich um.» Ich zog meine Füße auf den Sitz des Schaukelstuhls. «Moms Eltern müssen ganz schön stur gewesen sein. Ich wette, sie haben es bis an ihr Lebensende bedauert.»

«Wer sagt denn, daß sie tot sind?»

Ich rief Murphy an, um ihm zu sagen, daß er den Wohnwagen meines Vaters abschließen sollte. Er würde die Nacht zu Hause bleiben.

10. *Etymologie*

Durch das Busfenster sieht er aus wie der Vater von jemand anders, eckig, höflich und exzentrisch, ein Mann mit Sinn für Humor. Er steht da, die Hände in die Hüften gestemmt, und wechselt vom einen Bein auf das andere; Hemd und Krawatte passen nicht zusammen, wahrscheinlich hat er sie auf dem Dachboden gefunden. Die Haut an seinem Nacken ist faltig, sein Kragen sitzt wie immer schief. Unerbittlich wird er älter, altert sogar, während ich mich im Bus nach vorne schiebe. Kurz bevor ich die Tür erreiche, kommt mir der Gedanke, daß ich mich einfach wieder hinsetzen, das Gesicht vom Fenster wegdrehen und nach New York zurückfahren könnte, um erneut das Flugzeug nach Mexiko zu nehmen, so daß er in alle Ewigkeit nach seiner Tochter suchen würde. Dann sieht er, wie ich aussteige. Obwohl meine Mutter mich hergebracht hat, wird er mich nach Hause fahren. Er ist gekommen, um mich abzuholen, so wie er mich mein ganzes Leben lang von Bushaltestellen, Klassenräumen, Ferienlagern und Spielplätzen abgeholt hat.

«Lange Reise», sagt er mit müdem Gesicht.

Wir holen mein Gepäck – zwei große Koffer voller

Sommerkleider, unbenutzter Filme und ungelesener Bücher.

«Ich hab an der Daniel Street geparkt.» Mein Vater blickt hinunter auf das Gepäck. Die Daniel Street ist fast einen halben Kilometer entfernt. «Wir müssen wohl so zum Auto gehen und die Sachen auf dem Rückweg einpacken.»

Die meisten gebührenpflichtigen Parkplätze an der Straße sind frei. Mein Vater weigert sich, sie zu benutzen, weil die Parkuhren neu sind und eine halbe Stunde fünfundzwanzig Cent kostet. Seiner Meinung nach sollten die Leute, die das ganze Jahr über in Sea Haven leben, umsonst in der Stadt parken dürfen.

Wir geben mein Gepäck zur Aufbewahrung und marschieren los. Seltsamerweise geht mein Vater Richtung Strandpromenade, was einen Umweg von ein paar Blocks bedeutet. Normalerweise meidet er sie, vor allem im Sommer, wegen der vielen Leute. Er haßt das Schwirren und Klappern der Strandspiele, die sonnenverbrannten, übergewichtigen Badenden, die übergeschnappten Radfahrer und Musiker und die Ansammlung von Weltuntergangs-Verkündern, die Darstellungen der Apokalypse über ihren Köpfen hochhalten. «Da sind wir ja wieder», sagt mein Vater jedesmal, wenn er sie sieht. «Und diesmal sogar schön braun.»

Sogar um diese Jahreszeit – wir haben Februar – riecht die Strandpromenade nach heruntergefallenen Süßigkeiten, toten Krebsen und Holzschutzmittel. Ein paar größere Geschäfte sind geöffnet, ein Stück vor uns lehnt ein als Erdnuß verkleideter Mann an der Wand und hält ein Tablett mit Schokoriegeln in den Händen. Ein paar Handwerker bauen das Gruselkabinett auseinander und werfen eine abscheuliche Gummikreatur in den Müll. Eine Handvoll Mädchen in Baseballjacken mit Make-up, das aussieht, als hätten sie es sich mit Holzspateln aufs Gesicht geklatscht, rauchen und untersuchen gegenseitig die splissigen Haare.

«Ich hätte jetzt nichts gegen einen Corn-dog», sagt mein Vater. «Was meinst du?»

Ich schaue ihn an. Seine Augen sind von der Kälte gerötet, das Kinn ist leicht schief, seit es vor vierzig Jahren mal gebrochen und falsch zusammengesetzt worden ist. «Dad, ich finde, ihr hättet mir eher Bescheid sagen sollen.»

Er biegt nach rechts ab, zu einem Hot-dog-Stand. Ich betrachte ihn: kahle Stelle am Hinterkopf, O-Beine, Klamotten aus den Dreißigern. Er hat mit ihrem Tod gerechnet, seit ich klein war, und so wird er nun aussehen, wenn sie tot ist: verwirrt, feindselig und unvorbereitet, sogar in seiner Trauer noch ein wenig grotesk. Wir werden weder über ihren Tod noch über seinen Zustand reden. Für den Rest unseres Lebens werden wir in Andeutungen kommunizieren, anstatt in ganzen Sätzen.

Ich folge ihm zu dem Stand und bestelle einen Corndog und eine Cola.

«Wie war Mexiko?» fragt er und starrt geradeaus. Das Meer hinter uns ist kalt und grau, der Strand mit Algen und zerbrochenen Muscheln übersät.

«Warm. Sonnig.»

Die Corn-dogs in ihren Pappschalen sind fertig. «Aber ich wäre gar nicht erst gefahren. Ich wäre zu Hause geblieben. Du hättest mir sofort telegrafieren müssen. Das war idiotisch. Du hast überhaupt nicht an mich gedacht.»

Mein Vater beißt in seinen Corn-dog. «Als ich klein war», sagt er kauend, «ging man am Sonntagnachmittag mit der Familie zur Strandpromenade. Die Leute haben sich extra feingemacht, um hier spazierenzugehen. Meine Mutter hat sogar Handschuhe getragen.»

Zu meinen Füßen schüttelt eine Möwe in der Hoffnung auf ein paar Brotkrümel ihr Gefieder. «Laß uns gehen. Ich will Mom sehen. Meine Sachen hole ich später.»

Er ignoriert mich und ruft nach dem Jungen hinter dem Tresen, in dem ich den jüngeren Bruder eines ehemaligen Klassenkameraden erkenne.

«Sir?» Der Junge zieht den Kopf ein und schaut unter der Preistafel hervor, die an ihrer Kette wie die Klinge einer Guillotine über seinem Hals hängt.

«Dieser Corn-dog schmeckt wie Pferdemist.»

«Oh?» Der Junge schaut von meinem Vater zu mir.

«Komm schon, Dad, Bee wartet.»

Mein Vater schiebt meine Hand von seinem Jackett; ich habe versucht, ihn zum Auto zu ziehen. Er sieht mich und den Jungen an, als heckten wir gemeinsam etwas gegen ihn aus. «Glaub bloß nicht, du könntest mir sagen, was ich zu tun habe. Da mußt du früher aufstehen», sagt er und geht weg.

Ich schließe die Augen und denke an Mexiko, an die weißgekalkten Innenhöfe und die endlose Sonne. Ich versuche, es vor meinem inneren Auge heraufzubeschwören, es wie eine Lampe in meiner Vorstellung anzuknipsen. Ich habe nicht geschlafen. Statt der Sonne sehe ich den Flughafen und den Bus, rieche das Haaröl des Mannes, der so getan hat, als ob er schliefe und seinen Kopf auf meine Schulter gelegt hat. Das Licht – Sonne und Schatten – ist erloschen.

Das hier sind die Dinge, die in meiner Abwesenheit geschehen sind und die auch jeden weiteren Tag meines Lebens geschehen werden, in ständiger, unabänderlicher Wiederholung: Noch immer erkältet, wacht meine Mutter eines Nachts mit leichtem Fieber auf, das bald wieder verschwindet. Ein paar Tage später wacht sie völlig durchgeschwitzt auf und hat Schwierigkeiten beim Atmen. Sie und mein Vater haben beide die Grippe gehabt, so daß sie sich wegen ihres Zustands keine Sorgen machen. Sie beginnt sich tagsüber müde zu fühlen, hat Gliederschmerzen. Während meiner dritten Woche in Mexiko bekommt sie höheres Fieber und geht sicherheitshalber zum Arzt. Am Tag darauf beginnen sie mit der Chemotherapie. Keiner sagt mir Bescheid, weil ein oder zwei Wochen alles ganz gut aussieht. Dann nehmen ihre weißen Blutkörperchen dramatisch ab. Sie beginnt zu zittern. Mit klappernden Zähnen und Händen, die auf der Decke einen Tanz vollführen, sagt sie zu meinem Vater, sie lerne die Tarantella. Bee fliegt von Chicago herüber. Zu der Zeit gebe ich vermutlich gerade dem Vater meiner mexikanischen Familie Nachhilfe in Englisch: «Können Sie werfen und fangen? Spielen Sie gerne Fútbol?» Der Blutdruck meiner Mutter sackt immer mehr ab. «Warum ist hier soviel Sand?» fragt sie. Ich bin immer noch nicht da. Bee versucht, mich bei den Riveras anzurufen, aber sie kommt nicht durch. Für eine kurze Zeit ist meine Mutter bewußtlos, kommt aber wieder zu sich. Bee schickt ein Telegramm an den Leiter der Schule. Sie ist sich nicht sicher, ob sie schreiben soll LIEGT IM STERBEN, und außerdem soll die Nachricht nicht zu teuer werden, also überlegt sie einen Moment am Telegrammschalter und klickt mit dem Stift gegen ihre Zähne. Dann wagt sie den entscheidenden Schritt. LYMPHOM-REZIDIV. MOM LIEGT IM STERBEN. KOMM SOFORT. Sie schickt mir per Telegrammüberweisung fünfhundert Dollar und fährt zum Krankenhaus zurück, wo meine Mutter inzwischen auf der Intensivstation liegt.

In der Quantenmechanik besagt die Unschärferelation, daß die Beobachtung eines Experiments sein Ergebnis beeinflußt. Die Gegenwart des Wissenschaftlers, der das Experiment verfolgt, ist ein Faktor für sich. Er kann sich selbst nicht ausklammern und daher nicht objektiv messen, was er sieht. Irgendwann beginnt das Wissen um diese Ungenauigkeit an den Nerven des Wissenschaftlers zu zerren. Vielleicht war das der Grund, weshalb Bee erst Philosophie und dann auch Physik drangegeben und sich auf die sichereren Beweise der Mathematik verlegt hat – Gewißheiten, so deprimierend sie auch sein mögen, sind letztendlich brauchbarer und beruhigender als stete Relativierungen. Um sich abzulenken, entwickelt Bee auf ihrem Schreibblock nagelneue Theoreme und versucht verzweifelt, die eine Lösung zu finden, die weder Mehrdeutigkeit noch Hoffnung zuläßt. Mein Vater hat den Verdacht, daß sie ins Schwimmen gekommen ist, und ist enttäuscht, daß sie ihren Doktor in Philosophie nicht zu Ende gemacht hat. Sie hat ihr eines Bein eng um das andere geschlungen; man bräuchte ein Mikroskop, um ihre Handschrift zu entziffern.

Unsere Mutter ist nicht mehr bei Bewußtsein. An Schläuche und Drähte gehängt wie eine zur Seite gelegte Marionette, scheint sie leicht genug, um schweben zu können. Urin läuft durch einen Katheter, der an der Innenseite ihres Beins festgeklebt ist. Flüssigkeiten werden ihr durch die Nase zugeführt. Ihre Handgelenke, sagt Bee, waren vorher an den seitlichen Metalleisten des Bettes festgebunden, damit sie die Schläuche mit den selbständig rein- und rauslaufenden Flüssigkeiten nicht abreißen konnte. Jetzt liegen ihre Hände mit der Handfläche nach oben auf dem Laken, vielleicht weil sie sich durch das Festbinden daran gewöhnt haben, und die blassen Innenseiten ihrer Arme tragen eine Inschrift aus Blutergüssen. Was mich am meisten verstört, sind die ausgetrockneten Mundwinkel – sogar in ihrem Schlaf stiehlt sich ihre Zunge hervor, um die wunden, aufgeplatzten Stellen zu berühren. Ich würde gerne fragen, ob sie uns eine Tube Lippenbalsam geben können, doch es scheint unangebracht, an so etwas Banales zu denken.

Nach Bees Angaben hat meine Mutter an dem Morgen, bevor ich eingetroffen bin, etwas gesagt. Bee war alleine bei ihr und kann sich nicht genau an ihre Worte erinnern. «Ich glaube, es hatte was mit Trauben zu tun. Sie hat so was gesagt wie ‹Frag ihn nach den Trauben› oder ‹Sag ihm, da sind Trauben›. Jedenfalls habe ich nicht kapiert, was sie sagen wollte.» Jetzt, wo ich hier sitze und warte, erwähnt meine Mutter weder Trauben noch sonst irgendwas, obwohl ich mehrmals am Tag mein Ohr an ihre Lippen lege, für den Fall, daß sie mir etwas mitteilen möchte. Es kommt mir vor, als wäre meine Mutter ein heiliges Gewölbe und ich würde auf das Kennwort warten, das mir den Zugang zu ihrem Geheimnis ermöglicht. Die Risse in ihren Mundwinkeln sehen aus, als hätte jemand in Papier geschnitten: Ich habe Angst, daß die muschelrosa Schleimhaut aus dem Inneren ihres Mundes herausquellen und sich über das ganze Gesicht verteilen könnte, bevor sie stirbt.

«Dad will sie nach Hause holen.» Bee und ich sitzen neben dem Bett meiner Mutter. Ich bin seit elf Tagen hier im Krankenhaus. «Sie weigern sich, die Entlassungspapiere auszustellen.»

«Sie würde ohnehin nichts sehen», flüstere ich, wie wir es uns in letzter Zeit angewöhnt haben. «Sie würde es gar nicht mitkriegen.»

Bee blickt auf ihren Schoß. Ihre Nagelhaut ist eingerissen. Sie kaut daran herum, wenn sie nervös ist, wie früher als Kind. «Aber Dad würde sich besser fühlen. Selbst wenn es nur für ein paar Tage wäre.»

Bee und ich wissen, daß es wichtig ist, über diese Dinge zu reden. Immer wieder beteuern wir uns gegenseitig die Offenheit unserer Kommunikation. Allerdings sage ich ihr nicht, wie erleichtert ich bin, daß wir meine Mutter nicht mit nach Hause nehmen können. Ich will nicht, daß sie nach Luft ringt, während ich mein Müsli esse; ich will nicht so tun, als sei die Unterwasser-Blässe ihrer Haut nichts Ungewöhnliches. Bee läßt sich weiter über die Vorzüge der häuslichen Pflege aus. Die nach oben gedrehte Handfläche meiner Mutter liegt nur ein paar Zentimeter von mir entfernt auf dem Bett. Ich nicke, um Bee zu zeigen, daß ich ihr zuhöre, aber es fällt mir schwer, weil ich jedes einzelne Wort wie ein unabhängiges Wesen aus ihrem Mund herauskommen sehe: Die Wörter tauchen an der Öffnung ihres Mundes auf, als wollten sie ihn wie durch eine Tür verlassen. «Du hast nicht genug geschlafen», sagt Bee.

«Du auch nicht.»

Sie berührt die Adern am Handgelenk meiner Mutter, vermutlich um ihren Puls zu messen. «Ich glaube, wenn ich mich später an das hier erinnere», sagt Bee, «dann werde ich vor allem daran denken, wieviel Zeit wir zusammen verbracht haben. Du, Dad und ich.»

Bee tröstet sich mit edelmütigen Gedanken. Die besitzergreifende Art, mit der sie das Handgelenk meiner Mutter anfaßt, macht mich rasend.

«Noch sind wir zu viert», bemerke ich. «Es ist noch ein bißchen früh für Nostalgie.»

Bee wird tatsächlich rot, eine fleckige Röte überzieht schlagartig ihre Wangen. Gezielte Grausamkeiten bringen sie noch immer aus der Fassung, für die unabsichtlichen hat sie Verständnis.

«Mom wußte, daß du unterwegs bist. Wir haben es ihr gesagt.»

Das ungewaschene Haar meiner Schwester sieht strohig aus, und ihre sonst so klaren grünen Augen sind trübe. Seit ein paar Tagen hat sie nicht mehr geschlafen, sondern statt dessen im Vorraum mit einer Taschenlampe gelesen, sobald das Licht heruntergedreht war. Ich habe das Gefühl, ich sehe sie deutlicher als je zuvor: Die

Schutzschicht aus Selbstsicherheit, ihre Schroffheit und das absichtliche Hervorkehren ihrer Intelligenz stehen wie eine Wand zwischen uns.

«Der Gedanke muß Balsam auf deiner Seele sein», sage ich.

Bee läßt das Handgelenk meiner Mutter los. «Mir hat auch keiner Bescheid gesagt, Jane. Ich hab angerufen und gehört, daß sie krank ist. Sonst wär ich nicht so früh hier gewesen. Du kannst also von deinem hohen Roß runterkommen.»

Meine Mutter atmet rasselnd. All die zusätzlichen Jahre, die ihr gewährt wurden, all diese Jahre, auf die wir keinen Anspruch hatten, und wir haben sie so wenig genutzt. Leise sage ich zu Bee, es sei ein gutes Gefühl zu wissen, daß ich auch nach dem Tod meiner Mutter zwei Eltern haben würde, die mir sagen, was ich zu tun habe. Sie nimmt ihre Sachen und geht aus dem Zimmer.

Ich beuge mich über das Bett und streiche meiner Mutter die Haare aus dem Gesicht. Ihre Haut sieht aus wie Reispapier, unglaublich dünn und zerbrechlich. Ihr ganzes Leben lang hat sie geblufft, immer damit gedroht zu sterben. Für den Bruchteil einer Sekunde verspüre ich einen überwältigenden Drang, das Kissen zu nehmen und es fest auf ihr Gesicht zu drücken, dann ist der Moment auch schon vorbei. Ich würde mich am liebsten an nichts erinnern. Ich würde diese Tage und Nächte am liebsten ausradieren, sobald sie vorbei sind, sie Stunde für Stunde aus meinem Gedächtnis verbannen. Doch als ich das schlafende Gesicht meiner Mutter ansehe, weiß ich, daß es sich weigern wird zu verschwinden, es wird in mir anschwellen wie ein Bluterguß, den ich wie unter Zwang immer wieder berühren muß.

Das Wort *Lymphe* – «eine gelbliche, gerinnende Flüssigkeit, enthält weiße Blutkörperchen in einer plasmaähnlichen Flüssigkeit» – wurde früher auch für den Pflanzensaft gebraucht. Vielleicht noch davor bezeichnete es reines Fluß- oder Quellwasser. Man denke an *Tümpel*. Man denke an *Nymphe*. Das Wort ist trüber, dicker, undurchsichtiger geworden. Als das Wissen größer wurde, haben Ärzte und Pathologen möglicherweise auf pastorale, romantische Wörter zurückgegriffen, um dem, was beim Laien Übelkeit hervorrief, einen Hauch Romantik zu verleihen. Nymphen wiederum sind geile Mädchen. Siehe auch *Dryade*, *Hamadryade*, *Sylphe*.

Der Onkologe, Dr. Strike, ist verständnisvoll. Er läßt im Zimmer meiner Mutter ein weiteres Bett aufstellen und gestattet uns, die Nacht dort zu verbringen, sooft wir wollen. Er steht jederzeit für Fragen zur Verfügung, aber wir haben jetzt kaum noch welche. Wir stellen ihm einige Freunde meiner Mutter vor. Am Ende der vierten Woche unterschreiben wir unter seinen Augen ein Papier, das besagt, daß im Falle eines Herzstillstandes keine Wiederbelebungsversuche gemacht werden sollen. Danach sehen wir ihn seltener, vermutlich weil seine Arbeit getan ist.

Bevor sie das letzte Mal bewußtlos wurde, hat meine Mutter wohl an mich gedacht. Obwohl ich nicht da war, hat sie vielleicht an meine Geburt zurückgedacht, an meine Zeit als Baby, an die ärgerlichen Dinge, die ich getan oder gesagt habe. Wenn sie meine Schwester und mich verglichen hätte – was sie natürlich niemals getan hätte, aber nehmen wir es einfach mal an –, hätte sie Bee bestimmt nicht besser gefunden. Sie würde denken, daß wir verschieden sind, jede auf ihre Art einmalig. Und selbst wenn sie sich während der letzten Tage, an denen sie noch bei Bewußtsein war, gefragt hat, wo ich war – ich hatte mich die meiste Zeit meines Lebens gefragt, wo *sie* war.

Für jemand, der stirbt, sieht sie gar nicht so schlecht

aus. Ich hatte es mir schlimmer vorgestellt. Die wunden Stellen am Mund sind besser geworden, ich berühre sie mit meinem Finger, wenn niemand in der Nähe ist.

Wörter sind hinterhältig. In dem weiß-gelben Warteraum, in dem Bee und ich soviel Zeit verbringen, schlage ich ein paar Sachen in einem Wörterbuch nach, das jemand auf der Krankenstation vergessen hat. Obwohl es mittlerweile wohl als Eigentum des Krankenhauses angesehen wird, trage ich es ständig mit mir herum. In ihm stoße ich auf Dinge, mit denen ich nicht gerechnet habe. Zum Beispiel *poltroon* – «Feigling». Man könnte meinen, das Wort hätte etwas mit *poultry* zu tun, also «Geflügel». Doch es kommt aus dem Französischen und Italienischen, vom Verb *poltrire*, was soviel heißt wie «faul im Bett liegen», sich also nicht den Dingen stellen, vor denen man sich fürchtet.

Recreant wiederum, ein Synonym für *poltroon*, scheint von *recreation*, «Erholung», zu kommen, doch weit gefehlt. Es kommt aus dem Altfranzösischen, von *recreire*, «im Kampf aufgeben», und enthält damit das Element des Verrats. *Pusillanimity*, «Verzagtheit», ist das einzige Wort, das sich seiner Herkunft nach auf das Wesen des Ausgesagten bezieht. Das lateinische *Suffix animus* bedeutet Seele. *Eine kleine Seele haben.*

Die Mexikaner hingegen haben nicht nur das Wort *cobardía* für Feigheit, sondern außerdem noch ein entsprechendes Verb, *rajar*, dessen wörtliche Bedeutung «zerspalten, zerteilen» ist. Doch es bedeutet auch sich klein machen, Angst zeigen, Verletzlichkeit offenbaren, einen Mangel an Stärke zugeben. Sich zu öffnen, sein Herz auszuschütten oder sich jemandem anzuvertrauen bedeutet eine Art Verrat – der Gipfel der Feigheit. Soviel habe ich während meiner kurzen Zeit in Mexiko gelernt.

Mein Vater trägt das Ganze mit ziemlicher Fassung, darin sind Bee und ich uns einig. Er scheint ein Vorbild sein zu wollen, geht jeden Tag nach Hause, duscht, füttert den Hund und kommt angetan mit einem frischen Hemd, manchmal sogar mit einer Krawatte zurück. Jeden Tag bringt er meiner Mutter etwas aus dem Haus mit, vielleicht, um ihr in Erinnerung zu rufen, wer sie ist. Er bringt ihre Handtasche. Ihren silbernen Spiegel. Er läßt die Sachen über ihre Handfläche gleiten, legt ihre schlaffen, fast durchsichtigen Finger darum: Nicht loslassen. Ich sehe, wie überzeugt er von dem ist, was er tut, wenn er die Gegenstände aus den Plastiktüten zieht.

Angesichts solcher Rituale sehe ich die Mitglieder unserer Familie manchmal nicht als menschliche Wesen, sondern wie Insekten, zum Beispiel wie Ameisen in einer winzigen Kolonie. Die Ameisenkönigin liegt im Sterben, und der Rest der Kolonie rennt durch die Korridore und räumt kleine Erdklümpchen von hier nach da, in dem sinnlosen Versuch, das Unausweichliche hinauszuschieben. Von oben betrachtet, sehen ihre Bemühungen seltsam und irgendwie niedlich aus. Die Ameisen haben ausgeklügelte Pläne für das, was mit ihrem Körper passieren soll, wenn sie sterben. Der Ameisenvater wird seinen Körper der Wissenschaft zur Verfügung stellen. Ameisenstudenten aus einer anderen Kolonie werden ihn in dem komischen Bemühen auseinanderschneiden, etwas über die Funktion der Organe zu lernen. «Die Konservendose», so nennt er seinen Körper. Sein Skelett soll glänzen. Die Ameisenschwester will im Meer beigesetzt werden, weil das weniger schädlich für die Umwelt ist. Die Fische werden an ihren Beinchen saugen. Die Ameisenmutter, die Königin, will verbrannt werden, die anderen Ameisen werden ihre Asche in den Wind streuen, wahrscheinlich bei Sonnenuntergang von einer Brücke – die Ameisen lieben die Schönheit und sind, wer hätte es gedacht, zu anmutigen Dingen fähig. Die letzte Ameise will in der Erde vergraben werden, in einer speziellen Kiste. Seltsamerweise werden die vier Ameisen sich im Tod nicht wieder begegnen.

«Sie haben Gewitter angesagt.» Es ist das dritte oder vierte Mal, daß mein Vater das feststellt, er wird vergeßlich. Der Himmel ist wolkenlos, das Meer – zumindest der Ausschnitt, den wir durch das Krankenhausfenster sehen können – ruhig und grau. Alle drei schauen wir flüchtig zu meiner Mutter hinüber, die reglos unter der Decke liegt, ihr zaghaftes Atmen ist seltener geworden.

«Ich frage mich, ob sie träumt», sagt Bee. Auch das ist schon gesagt worden. Wir wiederholen uns, benutzen immer wieder dieselben Worte, ohne daß es zu irgend etwas führen würde. Die Bedeutung der Worte scheint sich zu verflüchtigen. Hier zu sitzen und zu reden gibt uns das Gefühl, daß wir verschiedene Dinge um uns versammeln oder daß sich die Dinge in uns sammeln. Etwas baut sich auf, nimmt Formen an. Wir spüren, wie es wächst, und denken: Ja, das ist es, jetzt verstehe ich, diesmal habe ich begriffen. Doch wenn wir den Mund öffnen, um diese überraschenden Wahrheiten weiterzugeben, haben wir nichts zu sagen.

Irgendwann kehrt Bee zu ihren Problemen zurück, und mein Vater läuft den Flur auf und ab. Ich greife wieder zu dem Wörterbuch. Es ist ein schwerer Band, kein Taschenbuch, und trotzdem bin ich überrascht von der bescheidenen Auswahl. Die Wörter sind einfallslos und scheinen nur dazu geeignet, Prosaisches auszudrücken. Wenn ich das, was ich sehe, benennen könnte, würde ich mich besser fühlen. Ich blättere vor und zurück, gehe die Wörter durch, doch sie sind unzulänglich: Das, was ich suche, gibt es nicht, oder es steht nicht hier drin.

Zum Abendessen, als die Flüssigkeiten durch einen der vielen Schläuche meiner Mutter laufen, sitzen wir drei auf unbequemen Stühlen um sie herum und essen Pizza. Wir kauen auf der Kruste herum, zermalmen sie mit den Zähnen. Das Geräusch des Kauens ist obszön. Wir sehen fern, auf minimaler Lautstärke. Gegen acht fängt es an zu regnen. In den Nachrichten sagen sie etwas von Sturmwarnung und Gewitter und raten den kleineren Booten, das Ufer anzusteuern. Gegen elf jedoch hört der Regen auf. Die Augen meiner Mutter sind geschlossen. Ich streiche mit meinem Gesicht über ihre nach oben gedrehten Fingerkuppen, dann gehen Bee und ich in den Vorraum, um zu schlafen.

Ich beobachte, wie die Zeiger der Uhr weiterwandern. Wenn mein Vater mit meiner Mutter allein ist, redet er ununterbrochen. Er gibt ihr eine Zusammenfassung der Nachrichten, inklusive Hausbränden, Raubüberfällen und Zugentgleisungen in fernen Ländern. Reglos, leise und ungewohnt ernst sitzt er neben ihr, blickt immerzu in ihr Gesicht und versucht mit allen Mitteln, sie in dieser Welt zu halten.

Ohne es zu merken, bin ich eingeschlafen, und jetzt weckt mich das Krachen des Donners; das Gewitter ist da.

Bee ist schon auf. Es ist Viertel nach fünf. «Hör dir das an», sagt sie. Sogar durch die geschlossenen Fenster ist der Donner laut und gewaltig, er erfüllt den ganzen Raum.

Mein Vater sitzt bei meiner Mutter. Mit dem Daumen hebt er ihr Augenlid an. «Caroline, sieh nur – es blitzt.»

Als wir noch klein waren, hat meine Mutter Gewitter geliebt. Sie stand immer draußen auf der Terrasse, bis der Regen kam, dann ging sie zum Dachboden hinauf und schaute im Schutz des Vordaches nach draußen. Das waren die seltenen Momente, in denen ihr das Leben am

Meer zu gefallen schien: Sie stand da, der nasse Stoff ihres Kleides um die Beine geschlungen, das Gesicht verschlossen, von uns weggedreht. Wenn Bee und ich uns bemerkbar machen wollten, mußten wir sie an der Hand zupfen. Nach und nach wich dann der entrückte Ausdruck von ihrem Gesicht, und sie kam zurück in die Wirklichkeit, was in uns die Frage weckte, wo sie wohl war, wenn wir nicht da waren. Der Donner machte mich immer nervös, und sie nahm mich dann in die Arme. «Sieh nur, wie schön», sagte sie und sah zu, wie das Meer den Strand hinaufbrandete.

«Von hier aus kann sie nichts sehen», sagt mein Vater. Zum ersten Mal, seitdem ich hier bin, scheint ihn seine Hilflosigkeit zu verstören. Noch einmal hebt er ihr Lid an, und ganz langsam schließt es sich wieder.

«Wir könnten sie umdrehen», schlage ich vor.

Mein Vater löst die Bremsen an den Rädern des Bettes, Bee nimmt das Gewirr von Infusionsschläuchen in die Hand, und ich lege den Kopf meiner Mutter gegen meine Schulter, stütze sie ab. Ihr Haar ist durcheinander und riecht nach Algen oder Schweiß.

«Mhh», stöhnt sie. Vielleicht ist es auch Bee.

«Sie hat ‹Meer› gesagt», meint mein Vater.

Bee geht zum Fenster und drückt es auf. Eigentlich müßte die Sonne aufgehen, aber der Himmel ist dunkel. Wenn man zwischen zwei Betongebäuden hindurchblickt, kann man einen schmalen Ausschnitt des Meeres sehen. Zu Hause hat das Wasser wohl schon die Uferbefestigung erreicht. Das hier ist nicht dasselbe wie bei uns auf der Terrasse – wir können die Brandung nicht hören –, aber wir wollen alle, daß meine Mutter es sieht. Ich mache ein Geräusch in meiner Kehle, um ihr das Gefühl zu vermitteln, sie würde das Meer hören. Ein paar Regentropfen verirren sich durch das Fenster zu uns.

«Kann sie was sehen?» fragt mein Vater.

Ich drehe ihren Kopf ein wenig nach links. Sie ist so dünn und leicht, sie kommt mir vor wie ausgedörrt. «Siehst du es, Mom?» Ich könnte sie mit Kissen abstützen, aber das will ich nicht.

Bee zieht das Laken hoch, das sich wie ein Segel hebt und wölbt.

Es regnet stärker herein. Der Sturm geht gerade erst los – dunkle Wolken sinken herab und legen sich wie ein Deckel über uns, der Geruch nach Salz und Meer durchdringt den Raum. Der Donner dröhnt wie ein Herz, wie eine schäbige Trommel. «Siehst du es?» frage ich erneut. Direkt am Ohr meiner Mutter mache ich das Geräusch der Wellen. Wir schwanken leicht, wie ein Boot. Jetzt endlich sind wir beide allein, wie zum Trost von der salzigen Luft umhüllt.

Der nächste Donnerschlag. «O Gott», sagt Bee. «Leg sie wieder hin.» Ich weigere mich. Bee läßt sich wie ein Sack auf das Bett fallen und legt ihren Kopf auf die Schulter meiner Mutter. Es ist verdammt schwer, sie beide zu halten, aber ich schaffe es.

«Dad.» Bee weint jetzt. Sie hält die Hand meiner Mutter, streichelt ihren Hals.

Mein Vater kommt auf mich zu und ruft meinen Namen, doch ich tue so, als könnte ich ihn nicht hören, wegen der Brandung.

11. *Dezember*

Ich lag auf Dr. Subramanians Behandlungsliege und schaute auf ein Poster über Verhütungsmethoden an der Decke. Ein junges Paar – sie natürlich mit blond gelocktem Haar, er brünett – sahen sich fragend an, als ob sie überlegten, wer wohl für die Fortpflanzung zuständig sei. Ich hatte das Poster schon oft studiert.

«Zwei Zentimeter», sagte Dr. Subramanian. «Das erklärt Ihre Rückenschmerzen. Die Wehen haben noch nicht eingesetzt, aber das wird wohl nicht mehr lange dauern. Ist jemand hier, der Sie nach Hause fahren kann?»

«Ich bin allein gekommen.»

Dr. Subramanian schüttelte den Kopf. «Sie stecken mal wieder den Kopf in den Sand. Wie geht es Ihrer Schwester?»

«Ich hab sie ’ne ganze Weile nicht gesehen.» Genaugenommen hatte ich in letzter Zeit kaum jemand zu Gesicht bekommen. Bill war damit beschäftigt, seine neue Eigentumswohnung neben dem kirchlichen Altersheim einzurichten, und mein Vater half Murphy dabei, seinen Wohnwagen auf Vordermann zu bringen.

Dr. Subramanian notierte die üblichen Dinge in meinen Unterlagen. Ich versuchte erfolglos, mich aufzusetzen, und er reichte mir seine schmale Hand. «Beatrice. So heißt sie doch, oder? Sie schien sehr daran interessiert, Ihnen zu helfen.»

Ich griff mit beiden Händen nach seinem Handgelenk. «Ihre Liege ist schmaler geworden.»

Er ließ sich nicht vom Thema abbringen. «Ihr Baby kann sehr bald kommen, in ein, zwei Tagen. Es kann aber auch Wochen dauern. Das läßt sich nicht so genau sagen. Sie sollten Ihrer Familie Bescheid geben. Sie sollen Sie verwöhnen, Sie im Sessel sitzen lassen, die Füße hochgelegt.»

«Zu Hause ist nicht mehr viel übrig, auf das man sich setzen könnte», sagte ich. «Mein Vater hat das Haus verkauft.»

«Nicht dumm, zum jetzigen Zeitpunkt zu verkaufen. Wie geht es Ihrem Bein?»

Mittlerweile war mir Dr. Subramanian richtig ans Herz gewachsen. Bald würde ich ihn nicht mehr sehen. Ich wußte nicht, ob ich schon bereit war, ihn gehen zu lassen. «Mit meinem Bein ist alles in Ordnung. Aber mein Bauch ist so komisch angeschwollen ...»

Er seufzte und legte seine Hand auf meine Wade. Die Adern dort traten jetzt in einem violetten Knoten hervor, und mein Bein fühlte sich ständig heiß an. «Stützstrümpfe», sagt er. «Nicht die bis zum Knie, die schnüren alles ab. Und nicht die Beine übereinanderschlagen. Haben Sie jemand, der Sie zum Krankenhaus fährt, wenn es soweit ist?»

«Natürlich», antwortete ich. Doch ich nannte keine Namen.

Alle meinten, die Eltern meiner Mutter wären gestorben. Mein Onkel Harold, das einzige weitere Kind, hatte vor vier Jahren noch gelebt, war inzwischen aber auch tot. «Fehlerhafte Gene», meinte Bee. «Die Leute aus ihrer Familie werden nicht alt.»

«Du machst einem ja Mut. Wir gehören auch zu ihrer Familie, falls dir das entgangen sein sollte.» Ich hatte Bee angerufen, um ihr mitzuteilen, was unser Vater über unsere Großeltern gesagt hatte. «Wir könnten einen Privatdetektiv anheuern, um sie zu finden», schlug ich vor.

Die Antwort war typisch Bee. «Sie sind nicht mal zum Begräbnis ihrer eigenen Tochter erschienen. Was sollte es uns da bringen, sie zu finden?»

Den Rest des Monats verbrachte ich mit Weihnachtsvorbereitungen. Einen Großteil der Einkäufe erledigte ich bei Stedman's, wo ich ein paar Verkäufer und Kunden wiedererkannte, was umgekehrt nicht der Fall war. Wegen der Kälte trug ich ein riesiges Sweatshirt und die blaue Windjacke meines Vaters, den Reißverschluß offen. Ich war plump, breit und unbeholfen – ganz und gar nicht wie die strahlenden Schwangeren, die ich manchmal in Zeitschriften und im Fernsehen sah. Abgesehen von dem dicken Bauch waren sie immer noch relativ schlank. Ich war teigig, meine Knochen schienen sich weit hinter meine Hautoberfläche zurückgezogen zu haben.

Ich kaufte einen Schal und einen Hocker für meinen Vater, einen Pullover für Bill, einen riesigen Bierkrug für Murphy und für Bee ein Paar Ohrringe und einen Kalender. Besonders geschickt gewählt waren diese Geschenke nicht: Bee trug grundsätzlich keinen Schmuck – ihre Armbanduhr machte sie am Gürtelsteg ihrer Hose fest – und schrieb sich ihre Termine nie auf, weil sie sich einfach merken konnte, wann sie wo sein sollte. Lang und bernsteinfarben, sahen die Ohrringe aus wie Siruptropfen. Im Geschäft hatte ich sie prüfend gegen das Licht gehalten, um zu sehen, ob die Farbe zum Haar meiner Schwester paßte. Mein Vater wollte, daß wir alle zum Weihnachtsessen in seinen Wohnwagen kamen. Ich konnte mir schon jetzt den fünfzig Zentimeter großen Plastikbaum mit fünf Kugeln dran, den Truthahn aus dem Minigrill und das Dröhnen der riesigen Trucks vorstellen, die auf dem Weg nach Atlantic City an uns vorbeiziehen würden.

In den vergangenen sechs Monaten hatte ich knapp fünfzig Pfund zugelegt. Wenn ich wie ein Cowboy die Straße oder den Strand entlangschaukelte, überraschte mich manchmal ein plötzlicher, stechender Schmerz in Hüfte und Oberschenkeln, und ich mußte mich an parkenden Autos, am Geländer oder an öffentlichen Mülleimern festhalten, um nicht hinzufallen. Obwohl die neue extragroße Matratze meines Vaters frei war, schlief ich nach wie vor im zugigen Gästezimmer; die Kissen, mit denen ich meine Arme und Beine in eine erträgliche Position brachte, fielen oft von dem schmalen Bett, so daß ich über sie stolperte, wenn ich aufstand, um ins Bad zu gehen. Der Fötus schien den gesamten zur Verfügung stehenden Raum auszufüllen, er rührte sich kaum noch, außer um ab und zu ein verkrampftes Bein umzulagern.

In Sea Haven war es kalt und sehr ruhig. Manchmal saß ich auf der hinteren Veranda und sah den Schneeflocken zu, die wie im Traum mit dem Meer verschmolzen. Nachts wachte ich häufig auf und hörte das Ticken der Uhren nebenan. Ohne meinen Vater kam es mir lauter und verlorener vor – er hatte nichts davon gesagt, daß er die Uhren in den Wohnwagen mitnehmen wollte. Manchmal öffnete ich im Dunkeln die Tür zu seinem Arbeitszimmer und blieb im Flur stehen, um zuzuhören, wie sie die Minuten zählten, die uns noch blieben: die Zeitspanne, bis das Baby auf die Welt kam, bis das Haus abgerissen wurde, bis mein Vater und Bee und ich ein paar der Dinge vergessen konnten, die wir gesagt und getan hatten. Wie meine Mutter war ich zögernd und verträumt nach Sea Haven zurückgekommen, auf der Suche nach etwas Ungreifbarem. Dabei hatte ich es vor allem geschafft, meine Schwester zu vertreiben, meinen Vater dazu zu bringen, das Haus zu verkaufen, und Bill sein Zuhause wegzunehmen.

Bill war höflich und verständnisvoll, wenn wir uns sahen, was nicht oft der Fall war; er meinte, es sei besser, wenn wir uns eine Weile nicht sehen würden, während ich «über meine Entscheidung nachdachte».

«Ich glaube nicht, daß ich eine so grundlegende Entscheidung treffen kann, bevor das Baby da ist», sagte ich. «Das wäre nicht fair. Ich weiß nicht, wie ich mich dann fühlen werde.»

«Müde wirst du dich fühlen.» Er klang entschlossen und selbstsicher, als wäre er bereit, über meine momentane Kurzsichtigkeit hinwegzusehen, wenn wir erst einmal verheiratet wären.

«Wir wissen doch beide, daß du mich nicht heiraten würdest, wenn ich nicht schwanger wäre», sagte ich. «Die meisten Leute würde das eher abschrecken, aber du hast schon immer Kinder gewollt. Und da tauche plötzlich ich auf, mit einem fast fertigen Baby.»

Bill atmete geräuschvoll durch die Nase aus. Seine Wohnung war ohne weiteres groß genug für drei. «Ich hab aber keine anderen schwangeren Frauen gefragt, ob sie mich heiraten wollen.»

Ich versuchte mir vorzustellen, mit Bill zu schlafen. Es würde vermutlich ein anstrengendes Unterfangen, voller Ernst und Dankbarkeit und gutem Willen. Andererseits wußte ich, daß er ein guter Vater sein würde, aufgeschlossen und verständnisvoll. Er würde nichts übelnehmen, und seine Kinder wären sonnengebräunt, gesund und zufrieden, während seine Frau kleine Anzüge für die Kinder nähen würde.

«Kommst du heute abend zum Essen vorbei?» fragte ich.

«Nein.»

«Ich werde zu einer Entscheidung kommen, Bill, versprochen.»

Bill hatte mir gesagt, daß er mich liebte, mich aber nur ein einziges Mal fragt, ob ich ihn lieben würde. Als die Antwort nicht schnell genug kam, hatte er gesagt: «Schon gut, Jane. Wir können uns auf andere Weise arrangieren.»

«Oh. Sicher», hatte ich gesagt, und wir hatten uns geküßt.

Mein Vater hatte uns belauscht. «‹Auf andere Weise› ist die Untertreibung des Jahres», hatte er gemeint und die Augen zur Decke gedreht, als Bill weg war.

Die ersten Schmerzen kamen in der Nacht. Sie waren schwach und kamen vom Rücken, wie ein vorübergehender Krampf. Ich schaltete das Heizkissen ein, und als ich morgens aufstand, hatten sie aufgehört.

Mein Vater rief an. Er warnte mich, nicht zu weit zu gehen, falls ich einen Spaziergang machen wollte – Stürme kämen zu dieser Jahreszeit wesentlich schneller angerollt, als schwangere Leute laufen könnten, und er hätte keine Lust, noch einmal einen Artikel über mich in der Zeitung zu lesen.

«Dad, es ist vollkommen klares Wetter. Ich kann bis nach Atlantic City sehen.»

«Das ist ein Trugbild.» Er klang gut gelaunt. «Liegt wohl an deinem Zustand.»

Ich fragte ihn, ob er zum Abendessen kommen wollte.

«Heute nicht. Ich geh zum Bowling, stell dir vor. Hier gibt's 'n paar scharfe Witwen, die haben ein Auge auf mich geworfen. Wie wär's mit morgen? Du kommst rüber, und ich besorg uns 'n Steak – schwangere Ladies brauchen viel Eisen.»

«Okay.» Ich massierte mir den Rücken. «Vielleicht heiratest du ja noch vor mir.»

Er lachte. «Zieh dir morgen was Schickes an. Ich stell dir 'n paar von meinen Kumpels vor. Ich steck 'ne Fahne aufs Dach, damit du mich findest.»

Ich aß ein Schälchen Reisflocken und erbrach es fast augenblicklich wieder in die Spüle. Ich putzte mir die Zähne und lutschte ein paar winzige Löffel Schoko-Walnuß-Eis direkt aus der Packung, dann überkam mich das schlechte Gewissen, und ich schnippelte mir ein Stück Sellerie und Karotten klein. Die Schmerzen im Rücken gingen wieder los. Ich ließ mich nicht verrückt machen. Ich kannte die Geschichten von Frauen, die zu früh zum Krankenhaus fuhren und dann wie Dummerchen zurück nach Hause geschickt wurden, um abzuwarten. Ich würde erst dann fahren, wenn es soweit war.

Mir fiel ein, daß ich irgendwo eine Liste gesehen hatte, auf der stand, welche Sachen eine werdende Mutter ins Krankenhaus mitnehmen sollte. Ein Nudelholz sollte angeblich die Rückenschmerzen lindern. Außerdem bräuchte ich Sachen zum Wechseln, Unterwäsche, einen Bademantel, Make-up und Spiegel (alle, die solche Listen schrieben, schienen davon überzeugt, daß Frauen unbedingt Make-up brauchten), einen Glücksbringer, einen Fotoapparat, ein paar Lieblingssüßigkeiten, etwas Bargeld, Babykleider, Ausweispapiere (für den Fall, daß man im Leichenhaus landete?) sowie die Telefonnummern von den Leuten, die benachrichtigt werden sollten.

Einen Teil der Babysachen hatte ich auf dem Dachboden gelassen. Als ich die erste Holzstufe erklomm, hatte ich plötzlich das Gefühl, als würde jemand eine riesige Faust samt behaartem Arm durch Lunge, Magen und Nieren stoßen und als würden die enormen Knöchel an meinem Rückgrat entlangschrappen. Ich hielt den Atem an. Als der Schmerz nachließ, ging ich weiter und klammerte mich dabei mit beiden Händen ans Geländer. Es war einige Monate her, seit ich das letzte Mal oben gewesen war. Alles stand ordentlich an seinem Platz. Am Fußende des Bettes, in dem Bee geschlafen hatte, fand ich einen kleinen Segeltuchkoffer und, an der Seite festgeklebt, meine Liste, wie eine Schatzkarte von geweihten Dingen. Im Koffer lagen bereits Unterwäsche und Pyjama, ein Buch über die russische Steppe, ein Pullover, ein Hemd und ein neues, noch verpacktes Heizkissen. Bee. Ich ging die Treppe hinunter, auf der Suche nach einem Nudelholz, dann wieder hinauf, und ich hatte den Absatz noch nicht ganz hinter mir, als der Schmerz wiederkam – diesmal schien er an meinen Hüftknochen hoch und um meinen Magen herum nach vorn zu wandern.

Die Babysachen lagen ordentlich zusammengefaltet in einer Papiertüte neben dem Koffer. Bee hatte jede Menge Sachen gekauft, die ich noch gar nicht gesehen hatte: weiße T-Shirts, so groß wie meine gestreckte Hand, winzige Söckchen, eine gelbe Kappe mit dem Schriftzug BABY, einen Strampler mit einem aufgestickten Bären quer über der Brust, einen Satz Windeln, Schnuller und ein paar weiche Decken in neutralen Farben. Ich wäre nie darauf gekommen, daß es ihr Spaß machen könnte, Babysachen zu kaufen. Es gab sogar einen silbernen Bilderrahmen und ein Buch mit leeren Seiten, auf dessen Vorderseite man ein Babyfoto kleben konnte.

Der Liste zufolge fehlten mir noch der Glücksbringer, der Fotoapparat, etwas Make-up und was zum Naschen. Einen Fotoapparat besaß ich nicht, aber ich mußte den schwarz auf weiß notierten Anforderungen unbedingt nachkommen. Wenn auf der Liste gestanden hätte, ich bräuchte ein Stück blaue Kreide, ein Froschauge und ein Dutzend Borsten von einem Besen, hätte ich die auch eingepackt. In einer Obstkiste fand ich Bees alte Brownie-Kamera, die sie vor zwanzig Jahren auseinandergenommen und wieder zusammengesetzt hatte. Es war mir egal, ob sie funktionierte. Ich steckte einen alten Lippenstift ein, den ich halb eingetrocknet auf einer Kommode gefunden hatte, ein silbernes Päckchen mit Erdnüssen aus dem Flugzeug und ein paar Kaugummis. Auf der Suche nach dem Glücksbringer durchwühlte ich Bees Schubladen, die voller Krimskrams waren, den sie noch nicht in ihre neue Wohnung mitgenommen hatte. Unter einem Stapel Immobilienpapiere und Stofftaschentücher (Bee hielt nichts von Papiertaschentüchern) fand ich drei vergilbte Bögen Karopapier, zusammengefaltet und abgewetzt.

Der Schmerz in meinem Bauch erreichte seinen Höhepunkt und ließ wieder nach, während ich die Briefe langsam gegen das Licht hielt. Eigentlich hatte ich aufgehört, in anderer Leute Post herumzuschnüffeln, doch durch die erste dünne Seite konnte ich eine Kinderschrift erkennen. Vielleicht war es meine eigene. Ich zögerte einen Moment, dann faltete ich den Brief auseinander.

Liebe Mommy,
komm zurück. Du fehlst mir. Wir sind traurig. Komm nach Hause.

Alles Liebe, Bee.

Die Buchstaben waren rundlich, und an den meisten Stellen sah es so aus, als hätte ein Erwachsener ihre Hand geführt. Mein Vater? Murphy? Bee konnte erst vier gewesen sein. Ich öffnete den zweiten Brief.

Liebe Mommy,
bitte komm jetzt nach Hause. Du fehlst mir. Nächste Woche ist mein Geburtstag. Ich wünsche mir eine Schildkröte und einen Füller. Bleistifte mag ich nicht.

Alles Liebe, Bee.

Die Briefe hatten kein Datum, aber Bee hatte im Juli Geburtstag. In welchem Jahr waren sie geschrieben worden?

> Liebe Mommy,
> bitte komm nach Hause. Du fehlst uns. Ich mag nicht, wenn das Baby schreit. Daddy hat gesagt, ich darf ihr einen Namen geben. Ich nenne sie Jane.

An Bees Geburtstag im Juli war ich vier Wochen alt gewesen. Wie lange, hatte Bee gesagt, war unsere Mutter weggewesen? «Lang genug, um verändert auszusehen, als sie zurückkam.»

Die riesigen Knöchel schrappten wieder an meinem Rückgrat entlang.

Ich versuchte mich zu erinnern, was Bee darüber gesagt hatte, wie mein Vater mich gefüttert, mir die Windeln gewechselt und mir verrückte Lieder vorgesungen hatte. Ich versuchte, mir sein glattes Gesicht vorzustellen, das ernst auf mich heruntersah, seine eckigen Hände, die meine Kleider zuknöpften. Im Auto hatte er immer Kinderreime aufgesagt. Ich erinnerte mich, daß meine Mutter, wenn ich sie nach etwas fragte, das in meiner frühesten Kindheit passiert war, immer gesagt hatte: «Frag Beatrice. Sie hat ein besseres Gedächtnis als ich.»

Ich klappte neben der Kommode zusammen, ein Schwert schien meinen Bauch zu durchstoßen, und ein schmales, durchsichtiges Rinnsal lief an meinem Bein herunter in meinen Schuh.

Ich rief Bee an. Meine Mutter hatte mich verlassen. Sie war nicht nach Sea Haven zurückgekommen, um mich zur Welt zur bringen – sie war nach meiner Geburt von mir weggelaufen und hatte Beatrice, meinen Vater und mich allein gelassen.

Keiner nahm ab. Bee war nicht da.

Mein Rücken verkrampfte sich wieder. Ich rief meinen Vater an – keiner zu Hause. Ich wählte wieder und wieder Bees Nummer und dachte dabei, was für ein Vermächtnis, was für ein Durcheinander, was für eine Distanz wir zwischen uns aufgebaut hatten. Ich rief Dr. Subramanian an.

«Wie häufig sind die Wehen?» Er klang müde.

Für mich waren es keine Wehen, ich spürte es hauptsächlich im Rücken. «Ich hab nicht auf die Uhr gesehen», antwortete ich, obwohl ich eine Uhr in der Hand hielt. Ich mußte sie wohl im Arbeitszimmer meines Vaters gefunden haben, konnte mich jedoch nicht erinnern, es betreten zu haben.

Dr. Subramanian hustete. «Zwanzig Minuten? Zehn? Oder eher fünf?»

«Manchmal fünf. Manchmal sind sie auch schwächer.» Während ich das sagte, spürte ich, wie sich die Muskeln in meinem Rücken zusammenzogen, als wenn jemand an allen gleichzeitig gezerrt hätte, von der Hüfte hoch bis zur Schulter. Ich krümmte mich zusammen und atmete ein.

«Haben Sie jetzt gerade eine?» fragte er.

Ich versuchte zu verneinen.

«Ich warte.» Was er auch tat.

«Mir geht's gut», versicherte ich ihm. Ich dachte an meine Mutter, die es schließlich doch noch zum Meer zurückgezogen hatte, genau wie mich, an die 5025 Amanda Street. Aber wann? Sie hatte ihr ganzes Leben in einer abwartenden Haltung verbracht, den Kopf leicht zur Seite geneigt, als horche sie, den Mund halb geöffnet, als wollte sie etwas sagen.

«Natürlich geht's Ihnen gut. So, nun sehen Sie auf die Uhr.» Seine Geduld machte mir angst. Sein Tonfall bedeutete, daß er mit einem verzweifelten Menschen sprach, wie mit einem Verbrecher, den er dazu überreden wollte, seine Waffe niederzulegen, die Geiseln freizulassen und aus dem Gebäude zu treten, um sich mit erhobenen Händen von der Polizei erschießen zu lassen.

Ich sah auf die Uhr meines Vaters: 11.15 Uhr, 21. Dezember. Wann war sie zurückgekommen? Wie lange war sie fortgewesen? Ich weigerte mich, dieses Baby in die Welt zu setzen, solange ich das nicht wußte.

Dr. Subramanian redete ununterbrochen. Der Kälteeinbruch war doch höchst ungewöhnlich, nicht wahr? Ob ich mich im Krankenhaus angemeldet hatte? Im Hintergrund hörte ich eine Frau und ein paar Kinder. Wir sprachen über die Entfernung zum Krankenhaus. Mein Rücken begann sich wieder zu verkrampfen.

«Jetzt», sagte ich.

«Hm, das scheint kürzer als fünf Minuten zu sein. Aber Sie sagten, die Schmerzen sind unterschiedlich und nicht sehr stark?»

Ich sank auf die Knie.

«Lassen Sie sich Zeit.»

Ich klammerte mich an den Hörer wie an eine Rettungsleine zu einer Welt über mir, starrte auf das Linoleum mit seinen kleinen Spalten und Rissen, in die ich fallen würde, wenn ich losließe. «Ich muß meine Schwester anrufen.»

«Natürlich. Das sollten Sie tun. In der Zwischenzeit gibt es zwei Möglichkeiten. Entweder Sie gehen jetzt direkt ins Krankenhaus und lassen sich von einer Krankenschwester untersuchen, oder Sie warten noch eine Weile, um zu sehen, ob die Wehen regelmäßig kommen.»

«Ich bin noch nicht soweit.»

«Das ist völlig normal. Ich glaube, viele Frauen empfinden so in Ihrer Situation. Ich möchte, daß Sie sich ausruhen, aber legen Sie sich nicht hin. Laufen Sie herum, wenn Sie mögen, tun Sie, wonach Ihnen der Sinn steht. Halten Sie Ihre Tasche bereit und holen Sie jemand zu sich, der bei Ihnen bleibt. Rufen Sie mich wieder an, wenn die Wehen gleichmäßig sind, im Abstand von vier Minuten oder weniger. Oder rufen Sie an, wenn die Schmerzen deutlich schlimmer werden. Himmel, rufen Sie an, wann immer Sie wollen. Ich bin zu Hause.»

Ich rief meinen Vater an und ließ es fünfundzwanzigmal klingeln, dann versuchte ich es noch mal bei Bee. Niemand da. Bill wollte ich nicht anrufen. Ich zog das Telefon zu mir herunter auf den Teppich und rief Murphy an. Als er abnahm, japste ich nach Luft, atmete den Staub ein.

«Hey, wie geht's meiner Lieblings-Schwangeren?» fragte er genau in dem Moment, als die Faust sich überraschend drehte und heftiger als zuvor nach unten stieß. Als ich seinen Namen stöhnte, sagte er: «Bin schon unterwegs» und legte auf.

Murphy fand mich im Badezimmer, auf allen vieren hielt ich mich an der Klobrille fest, ein Bein meiner dunkelblauen Jogginghose war durchnäßt, und auf dem Boden breitete sich eine Pfütze aus klarer Flüssigkeit aus. «Jesus, Maria und Josef», sagte er, warf Handtücher um mich herum auf den Boden und versuchte dann, mich mit einem Griff unter die Arme aufzurichten. Als er mich berührte, fing ich an zu schreien. «Okay», sagte er, stand wieder auf, verschwand um die Ecke und griff sich das Telefon. Ich hörte ihn fluchen. «Okay», sagte er wieder und wischte sich mit dem Handrücken über den Mund. «Es kommt doch nicht jetzt gleich, oder?» Er stand im Türrahmen und sah auf mich herunter; ich war bis zu seinen Füßen gekrochen. «Krankenhaus», sagte ich. Murphy sah grünlich aus. Ich war irgendein außerirdisches Wesen, das ihm bis an die Knie reichte – es fehlten nur noch der Körper einer Spinne und der Kopf eines Widders. Ich wischte mir die Haare aus dem Gesicht und versuchte aufzustehen.

«Warte», sagte er, «ich laß erst den Wagen an.» Er verschwand mit meinem Koffer, und als er zurückkam, hatte ich mich am Türrahmen hochgezogen. «Braves Mädchen.» Seine großen Hände patschten in die Luft. Mit aufgerissenen Augen und pausenlos nickend ging er rückwärts vor mir die Treppe hinunter.

«Murphy.» Ich blieb stehen, die Hand auf dem eiskalten Briefkasten am Fuß der Treppe. «Meine Mutter ist direkt nach meiner Geburt weggegangen.»

«Was?» Er ging rückwärts weiter, als wäre mein Körper eine Bombe mit Zeitzünder.

«Wohin ist sie gegangen? Zurück zu ihren Eltern?»

Murphy hatte alle vier Autotüren aufgerissen, doch er spürte, daß ich mich nicht von der Stelle rühren würde, solange er nichts sagte. «So, komm her. Viel weiß ich nicht. Schön da rein.» Er hielt meine Hand. «So kurz vor 'ner Geburt bin ich noch nie dabeigewesen. Sarah ist immer zu ihrer Mutter gefahren, wenn's soweit war.»

«Wo ist *meine* Mutter hingefahren?» Ich drückte mich gegen die offene Tür und weigerte mich einzusteigen.

Murphy seufzte. «Keine Ahnung. Wahrscheinlich zu ihren Leuten. Dein Dad hat sich nicht getraut, ihr hinterherzufahren.»

Ich kroch auf den Beifahrersitz, und Murphy rannte zur anderen Seite, nachdem er meine Tür zugeschlagen hatte. Er legte den Gang ein und fuhr mit quietschenden Reifen los. Die Straße war fast leer.

«Ich war erst ein paar Wochen alt. Wer hat sich um mich und Bee gekümmert?»

Er antwortete nicht.

«Wer?» Ich krümmte mich zusammen, die Stirn gegen das Handschuhfach gedrückt.

«Das war das Schwerste für deinen Dad», sagte Murphy. «Zwei kleine Mädchen.»

«Er war ganz auf sich gestellt?»

Murphy schien auf dem Weg jedes Schlagloch mitzunehmen. Er fuhr hundert, wo nur fünfzig erlaubt waren. «Sarah und ich haben geholfen. Manchmal haben wir dich nachmittags rübergeholt. Dein Dad wollte nicht, daß du das je erfährst.»

Wir bogen zweimal ab, dann tauchte der Säulengang des Krankenhauses wie die Zufahrt zu einem Fast-food-Tempel vor uns auf.

«Wie lange war sie fort?»

Murphy zwinkerte. «Ich glaub, sie ist irgendwann im Herbst zurückgekommen. Zu Weihnachten war sie auf jeden Fall wieder da.»

Mein ganzes Leben lang war sie weit weg gewesen.

«Soll ich Bill Denzer anrufen? Heutzutage sieht man es ja offenbar gern, wenn die Väter dabei sind.»

«Er ist nicht der Vater», sagte ich. Ich stellte mir meinen eigenen Vater vor, wie er Fläschchen abkochte, Windeln wusch und mich im Schaukelstuhl in den Schlaf sang. Er hatte sein eigenes Haus verkauft, um mir Geld zu beschaffen.

«Nein, technisch gesehen wohl nicht. Aber er ist ganz aus dem Häuschen.»

Ich wußte, Bill würde ein guter Vater sein, er wäre großzügig, liebevoll und sehr fair. Ich packte Murphy an der Schulter. «Hör zu. Bill hat mir das Leben gerettet. Aber er ist in keiner Weise der Vater. Kannst du dir bitte merken, daß ich das gesagt habe? Im Moment werde ich überhaupt niemanden heiraten.»

«Klar.» Murphy parkte, riß die Tür auf und pfiff einen Krankenpfleger mit einem Rollstuhl herbei.

Ich hielt mich an Murphys Arm fest und zog mich an ihm hoch. «Mein Vater hat mich oft angelogen. Er hat mir vieles verschwiegen.»

«Das war nicht alles, was er getan hat», sagte Murphy. «Er hat noch 'ne ganze Menge mehr getan.»

Einst hatt' ich einen Nußbaum, der gar nichts tragen wollt'
Als eine Nuß aus Silber und eine Birn' aus Gold.
Die Königstochter Spaniens, zu mir nach Haus sie kam
Zu sehen meinen Nußbaum – ist das nicht wundersam?
Ich hüpfte übers Wasser, ich tanzte übers Meer,
Und all die kleinen Vögel, die fanden mich nicht mehr.

Ich sagte im stillen Kinderreime vor mich hin, um den Schmerz zu lindern. Sie tauchten wieder in meiner Erinnerung auf wie Glücksbringer, wie einst verlorene Geschenke.

«Dr. Subramanian ist unterwegs», sagte die Krankenschwester. «Wir haben ihn vor einer halben Stunde angerufen.»

Vor einer halben Stunde hatte diese Krankenschwester – M. HANRICKSON stand auf dem Schild an ihrer Brust – sich einen Gummihandschuh übergezogen und mir die qualvollste Untersuchung angedeihen lassen, die ich mir vorstellen konnte. «Ganz ruhig», hatte sie gesagt, als wäre ich ein Pferd. «Das muß weh tun. Acht Zentimeter. Das Baby dürfte bald hier sein.»

Würde ich im Mittelalter leben, hätte ich angenommen, man wollte mich bestrafen. Eigentlich glaubte ich das auch so. «Wie bald ist bald?» fragte ich, als Schwester Hanrickson mit einem bedrohlichen Apparat im Gefolge wieder auftauchte. «Babys kommen nach ihrem eigenen Zeitplan», sagte sie und legte mir einen Gürtel um den Bauch, der in die Haut zwickte. Sie war jung, jünger als ich, vermutlich kinderlos, mit einer Wolke von blondem Haar um ihren Kopf. Ich stellte mir vor, daß sie mich aus irgendeinem finsteren psychopathischen Grund haßte. Lächelnd drückte sie eine Reihe Knöpfe an einem Apparat mit Lochstreifen.

Sie begann leise zu summen und hantierte im Raum herum, als wäre ich gar nicht da. Ich sagte ihr, ich wollte unbedingt eine Morphiumspritze haben. Dr. Subramanian hatte von einem Zwei-Minuten-Intervall zwischen Injektion und Betäubung gesprochen, bei dem es mir vorkommen würde, als hörte ich meine eigenen Schreie von unter Wasser. «Das tut höllisch weh», hatte meine Mutter einmal nach einer Operation gesagt. Aber da hatte sie unter Schmerzmitteln gestanden, war schläfrig und benommen gewesen.

Unter großer Anstrengung kletterte ich aus dem Bett, machte den Gürtel ab und übergab mich auf den Nachttisch.

«Gut, laufen Sie ein bißchen herum», sagte eine Lernschwester und drückte auf einen Knopf an der Wand. Sie nahm an, ich wäre aufgestanden, um den Prozeß zu beschleunigen: Ein Verhalten wie aus dem Bilderbuch, kooperativ und ganz auf dem neuesten Stand. Tatsächlich jedoch versuchte ich zu fliehen, wobei ich meine Jogginghose am großen Zeh hinter mir her zog. Ich war am Waschbecken vorbei und näherte mich gerade dem abgedeckten Tablett mit den Instrumenten aus Metall, als es mich wieder erwischte. Der Schmerz hatte nicht das geringste mit Freude, harter Arbeit, Unwohlsein, Erwartung und all den anderen beschönigenden Ausdrücken zu tun, mit denen dieser Moment im Leben einer Frau immer beschrieben wurde.

Schwester Hanrickson öffnete die Tür und griff nach meinem Arm – ich stand Auge in Auge meinem Folterknecht gegenüber.

Ich erinnerte mich, daß meine Mutter gesagt hatte, bei Bees Geburt wäre sie «weggetreten». War sie bei mir wach geblieben, hatte sie stundenlang nach Äther und Chloroform geschrien?

Ich mußte mich wieder übergeben. Es war ein angenehmes Gefühl – es lenkte für einen Moment von den Schmerzen ab.

Dr. Subramanian kam lächelnd herein, anscheinend frisch vom Friseur, und versicherte mir, alles wäre in bester Ordnung. Er wird mich retten, dachte ich und fragte ihn höflich nach der Betäubung, als er mich zu dem Bett mit dem Metallgitter an der Seite zurückführte.

«Bei acht bis neun Zentimetern ist das nicht angebracht.» Er zog einen grünen Krankenhauskittel über, der dem, den ich trug, nicht unähnlich war. «Zu diesem Zeitpunkt würden wir in erster Linie das Baby betäuben.»

«Welches Baby?» wollte ich rufen. «Wen interessiert das schon?» Doch da brach der Schmerz wieder über mich herein. Er schob sich heran wie ein Berg, schien sich durch die engsten Öffnungen zu drängen und dabei Teile von mir mit sich fortzureißen, und ich schrie bereits, bevor das Schlimmste begonnen hatte.

Der Monitor neben mir zeichnete den Herzschlag des Babys auf und zeigte anhand von grün fluoreszierenden Gipfeln und Tälern die «Effizienz» (O-Ton Hanrickson) meiner Wehen. Den Bildschirm anzusehen war, als wäre ich auf einer Folterbank festgeschnallt und könnte verfolgen, wie die hölzernen Schrauben angezogen wurden. Ich konnte nicht wegsehen.

Ich teilte Dr. Subramanian mit, daß ich dafür plädieren würde, nunmehr einen Kaiserschnitt einzuleiten.

Er lächelte geistesabwesend und schaute auf den kleinen elektronischen Bildschirm.

«Leck mich», sagte ich, damit er mich ansah. Was er auch prompt tat.

«Alles läuft wunderbar. Es gibt keinen Grund für einen Kaiserschnitt.» Er brachte mir einen kalten Waschlappen für meine Stirn und streichelte mein Bein. «Versuchen Sie sich zu entspannen. Das macht es leichter und beschleunigt das Ganze.»

«Eine Rückenmarksspritze», bettelte ich.

Die dünne grüne Linie begann anzusteigen. Ich schluchzte, fassungslos darüber, wie jemand mich so leiden lassen konnte. Nebenan hörte ich eine Frau gedämpft und zurückhaltend stöhnen. Dr. Subramanian unterhielt sich mit der Krankenschwester, doch plötzlich setzte mein Gehör aus. Ich sah nur noch die grünen elektronischen Gipfelpunkte am Monitor, Vorboten und Spiegel meines Leidens. Einige davon sahen aus wie das spitze, schiefe Dach vom Haus meines Vaters.

Schwester Hanrickson stülpte mir eine Sauerstoffmaske über Nase und Mund. Ich stellte mir meinen Vater auf meiner Beerdigung vor, ein Kind im Arm, das ich nie sehen würde.

«Ich will ein Schmerzmittel.» Meine Stimme war nur ein blechernes Echo hinter der Maske. Ich gab mir Mühe, vernünftig zu klingen und nicht zu wimmern, doch als ich mich im Raum umsah, war ich allein.

Der Berg näherte sich wieder mit einem Grollen. Bevor ich noch Luft holen konnte, hatte er mich bereits erreicht, und in einem verzweifelten Versuch, ihm zu entkommen, riß ich den Vorhang um mein Bett herunter. Die Lernschwester spähte herein und kam kurz darauf mit einem finster dreinschauenden Dr. Subramanian im Gefolge zurück. Ich hielt den Saum des kaputten Vorhangs in meinen Fäusten. «Sie bringen mich um», sagte ich.

«Seien Sie nicht albern.» Er zog sich einen Gummihandschuh über.

«Rühren Sie mich nicht an», warnte ich ihn. Ich versuchte, ihn wegzutreten, und er versuchte, nicht die Geduld zu verlieren. Ein paar Minuten später, nachdem er ein eiskaltes Stethoskop an meinen Bauch gedrückt hatte, verschwand er. Eine oder zwei Stunden vergingen auf diese Weise, und ich begann zu verstehen, daß Schmerz keine Zeit kennt und nichts mit Erfahrung zu tun hat. Es ist ein Ort, zu dem man reist, wie in sein eigenes häßliches, kleines Land.

Ein wenig später, im Verlauf dessen, was ich sonst als Spätnachmittag bezeichnet hätte, holte Dr. Subramanian eine Spritze, ein Messer und eine Schere hervor, zerschnitt die Haut in meinem Schritt und sagte mir, ich solle pressen.

Ich weigerte mich.

Er sah hoch, zwei dunkle Augen über einer Maske. «So fest Sie können», sagte er, «jetzt.»

Mein Mund war voller Eisstückchen, die mir die Schwester gebracht hatte. Ich sammelte sie auf meiner Zunge und sah weg.

«Sie können es nicht verhindern», sagte er. «Dieses Kind muß auf die Welt kommen. Und jetzt pressen.»

Ich dachte an meine Mutter, die in einem anderen Zimmer dieses Krankenhauses, ein Stockwerk höher und dann den Flur hinunter, gestorben war. Ich hatte ihre letzten Worte nicht gehört – Bee hatte sie gehört und vergessen oder wollte sie uns nicht sagen. Ich stellte mir vor, daß meine Mutter an meinem Bett saß, müde und zerknittert, die knochigen Hände im Schoß gefaltet. «Worauf wartest du?» fragt sie. Sie trägt das hellgrüne Kleid, das wir für ihre Einäscherung zum Bestattungsinstitut gebracht haben.

«Ich hab auf dich gewartet.»

«Was zum Teufel ist los mit Ihnen?» Dr. Subramanians Gesicht tauchte, leicht verschwitzt und drohend, in meinem Blickfeld auf.

Ich konnte nicht antworten, weil ich den Sauerstoff einsog. Ich schloß die Augen und verdrängte sein Gesicht. Wenn das grüne Liniengebirge wiederkäme, würde ich es zerschmettern. Ich würde einen vernichtenden Ball durch das Dach vom Haus meines Vaters schlagen.

Meine Mutter verschwindet, erscheint dann wieder. «Ich bin noch rechtzeitig gekommen», sagt sie. «Ich hätte dir ohnehin nicht helfen können.»

«Hättest du wohl. Du hast es nur nie versucht.»

«Sie müssen sich mehr Mühe geben.» Dr. Subramanian zog die Sauerstoffmaske weg, und ich machte mich bereit, ihm einen Schlag zu versetzen.

«Du hast fast nichts gewogen», sagt meine Mutter. «Du warst so klein. Als ich weggegangen bin, wußte ich, daß dein Vater dir alle Liebe zukommen lassen würde, deren er fähig war.»

«Nicht weggehen», sage ich, und Dr. Subramanian sieht mich überrascht an. Ich greife wieder nach dem Sauerstoff. Wir sind zu weit vom Wasser entfernt, ich könnte in diesem trockenen Raum ertrinken.

«Jane?» Die Stimme meiner Mutter hat sich verändert, sie ist tiefer, weicher, mitfühlender. Ich spüre sie auf mich zukommen wie eine Flut, eine rettende Woge. Als ich die Augen öffne, um ihr zu verzeihen, fällt mein Blick auf Bee. Ich warte die drei langen Sekunden, die meine Schwester braucht, um an mein Bett zu kommen, dann bäume ich mich auf und gebe den entsetzlichsten Schrei von mir, den ich je gehört habe.

«Pressen», sagt Schwester Hanrickson.

Bee sieht mir ins Gesicht und scheint sich das Bild einzuprägen. Die Rückseite meiner Beine und die weißen Laken sind blutgetränkt. «Sieh nicht hin», flüstere ich heiser, voller Angst, Bee könnte umkippen und aus dem Raum getragen werden. Sie ist auch so schon blaß genug. Sie entdeckt die Sauerstoffmaske, setzt sie sich selbst auf und holt tief Luft. Dann dreht sie den Monitor weg und stellt eine prall gefüllte Papiertüte auf den Metalltisch neben dem Bett. Sie holt einen roten Wecker daraus hervor, danach ein Nachtlicht, das sie in die Steckdose steckt. Ich spüre, wie das Dach einstürzt, wie die Spitze des Berges auf mich herabstößt. Sie zieht ein Gummikrokodil heraus, eine Hasenpfote, eine Holztafel mit unseren ersten Zähnen – ich halte mich an ihren Handgelenken fest, als der Gipfel durch mich hindurchschießt, und ziehe sie ganz nah zu mir heran –, dann stellt sie eine Ballerina, eine Tüte mit Murmeln und einen Satz Bauklötze auf und klebt über meinem Kopf eine Sternenkarte an die Wand. Sie hat unser Zimmer nachgebildet, das, was wir zusammen hatten, bevor unsere Mutter krank wurde und wegging. Damals hatte Bee versucht, mich zu beschützen, so gut sie konnte.

Um mich herum bricht alles zusammen, der Berg stürzt in einzelnen Felsbrocken auf mich nieder, das Dach reißt sich los und kracht zu Boden.

«Pressen», sagt Schwester Hanrickson wieder.

Bee hält meine Hand und sieht aus dem Fenster. «Es ist dunkel, und die Sterne sind aufgegangen.»

«Bee, ich weiß, daß Mom dich nicht verlassen hat.»

«Schhh», sagt sie. «Ich kann Kassiopeia sehen. Und den Nordstern.»

«Ich hab mich geirrt. Mich hat sie verlassen.» Ich will Bee alles sagen, so wie früher meiner Mutter.

Doch sie läßt mich nicht weiterreden. «Das ist jetzt nicht wichtig», sagt sie und berührt mein Haar.

Das hier ist alles, was von uns übrig ist, denke ich.

«Gut», sagt Dr. Subramanian.

Ich beginne zu weinen, als ich an die Zeit zurückdenke, bevor meine Mutter starb, bevor Bee in einem anderen Zimmer schlief. Das war die Zeit, in der wir uns am meisten geliebt hatten, aber damals war es uns nicht bewußt. Was immer auf uns zukommen mochte, wir hielten zusammen.

«Es ist soweit», sagt Bee. Ich fühle, wie meine Haut zu zerreißen beginnt. «Halt dich bereit.»

«Beatrice!» schreie ich.

Sie legt ihr Gesicht an meins. «Jetzt kann es losgehen.»

Danksagung

Für ihre Geduld, ihr Interesse und ihre Bereitwilligkeit beim Lesen dieses Buches in den verschiedenen Stadien danke ich Melissa Bank, Lisa Bankoff, Paul Cody, Ed Hardy, Lamar Herrin, Liz Holmes, Paul Jacobs, Mary LaChapelle, Alison McGhee, Steve Polansky und Stephanie Vaughn. Gini Fleming danke ich für ihre Beratung in medizinischen Dingen, Dan Kelliher für die Unterstützung bei den Sternen und Lary Cantera für die Hilfe bei der Titelfindung.

Für ihre Fachkenntnisse in Philosophie und vielen anderen Dingen danke ich Barbara Schumacher, für ihre Begeisterung für Geschichten und ihre Fachkenntnisse in Golf meinen Eltern.

Für die freien Dienstage und Donnerstage in den vier Jahren, in denen ich mich auf das Schreiben konzentrieren konnte, bin ich den Lehrern vom Kinderzentrum der Universität von Minnesota sehr dankbar.

Und für seinen unerschöpflichen und unbeugsamen Enthusiasmus danke ich Lawrence Jacobs, meinem ganz persönlichen Don King, der dieses Buch gelesen und sechs Jahre lang damit gelebt hat.